ULLA SCHELER

UND WENN DIE WELT VERBRENNT

ULLA SCHELER

UND WENN DIE WELT VERBRENNT

ROMAN

heyne›fliegt

Sollte diese Publikation Links auf Webseiten Dritter enthalten, so übernehmen wir für deren Inhalte keine Haftung, da wir uns diese nicht zu eigen machen, sondern lediglich auf deren Stand zum Zeitpunkt der Erstveröffentlichung verweisen.

Das Zitat von Mary Oliver ist folgender Ausgabe entnommen:
Mary Oliver, *New and Selected Poems,*
Boston: Beacon Press 1992, S. 126.

Verlagsgruppe Random House FSC® N001967

Copyright © 2017 by Ulla Scheler
Copyright © 2017 dieser Ausgabe
by Wilhelm Heyne Verlag
in der Verlagsgruppe Random House GmbH,
Neumarkter Str. 28, 81673 München
Redaktion: Diana Mantel
Umschlaggestaltung: Nele Schütz Design, München,
unter Verwendung eines Motivs
von © shutterstock/Angelina Babli
und Tithi Luadthong
Satz: Leingärtner, Nabburg
Druck und Bindung: CPI books GmbH, Leck
Printed in Germany

ISBN: 978-3-453-27142-5

www.heyne-fliegt.de

Für Ingo

*What is the name
of the deep breath I would take
over and over
for all of us? Call it*

*whatever you want,
it is happiness,
it is another one of the ways
to enter fire.*

– MARY OLIVER –

TEIL 1

10. APRIL

Felix

Manchmal reicht ein Blick, um einen Menschen zu sehen. Deswegen sitze ich in dieser unbequemen Haltung hier auf dem Boden, neben meiner Kreidedose. Meine Finger sind bunt und staubig. Ich male die Passanten, wie ich sie sehe.

Es ist ein erstaunlich warmer Tag, und ich erwarte nichts Besonderes.

Alisa

Immer, wenn ich die Einsamkeit spüre, steige ich in die U-Bahn und fahre durch München, bis ich bei den Bildern bin.

Auch heute. Das Chemie-Praktikum ist für diesen Tag zu Ende, und die anderen Medizinstudenten wollen das erste Eis des Jahres essen. Wie immer lehne ich ihre Einladung freundlich ab – und da pustet sie mir auch schon in den Nacken, die Einsamkeit, meine alte Begleiterin.

Als ich die U-Bahn-Treppe nach oben komme, erkenne ich den Platz kaum wieder. Natürlich – normalerweise bin ich nachts hier und habe die Bilder für mich alleine. Heute geselle ich mich zu den Leuten, die in einem Halbkreis stehen und zuschauen. Die Sonne scheint, in den Blättern der Bäume schwebt ein Rauschen. Die Stimmen der Leute klingen heute heller, ganz klar, als würden sich alle über Glas unterhalten.

Ich sehe, was sie sehen:

Kreidebilder, Menschen auf dem Boden. Sie strecken sich wie Seesterne, sie liegen auf der Seite, die Beine angezogen, kleine Menschenkugeln.

Und zum ersten Mal sehe ich auch den Künstler. In einem lockeren Karohemd sitzt er da und wirft ihr Bild mit leichten Strichen auf den Boden. Er hat außergewöhnlich schlanke Finger, die fast zerbrechlich aussehen, als hätte man Pergament über ein Keramikgestell gespannt. Die Kreide hält er leicht wie einen Pinsel, und trotzdem muss er fest aufdrücken, damit die Farbe kräftig wird und die Schattierung deutlich genug.

Gerade malt er einen kleinen Jungen. Als der Maler aufschaut, folge ich seinem Blick und entdecke das Kind. Die Ähnlichkeit ist verblüffend, auch wenn der echte Junge eine Sonnenbrille trägt und der Kreide-Junge nicht – er hat die Augen geschlossen. Etwas packt mich – ein kleines Detail –, und ich gehe näher heran. Aus der Nähe fällt mir auf, dass die Proportionen nicht ganz stimmen. Etwas an dem Gesicht passt nicht – die Ohren sind ein bisschen zu groß. Die Linien wackeln auf dem rauen Untergrund, aber es ist etwas an dem Bild, das mich den Kopf schief legen lässt. Der Künstler wird etwas schneller, hier ein Strich, da noch einer, dann legt er die Kreide zur Seite und ruft dem Jungen zu, dass er fertig sei. Die Mutter, die neben dem Jungen steht, berührt ihren Sohn an der Schulter und umrundet die Malereien, bis sie direkt vor dem Bild steht. Sie sagt etwas zu dem Künstler. Er schüttelt ihr die Hand, und sie lachen darüber, dass sie jetzt auch eine bunte Kreidehand hat. Etwas an dem Lachen des jungen Mannes sorgt dafür, dass ich näher herangehe: Es klingt wie das Lachen von jemandem, der keine Angst hat.

Die Mutter schießt ein Foto mit ihrem Handy und wirft eine Münze in die Dose, die vor den Kreidebildern steht, dann geht sie zurück zu ihrem Sohn. Erst jetzt, als er aufsteht, bemerke ich den weißen Stock, der neben ihm auf dem Boden liegt. Hin und her gleitet der Stock, als der Junge fröhlich losläuft. Auch andere Leute spenden Geld, und der Straßenkünstler lächelt ihnen zu.

Er nimmt einen Schluck aus einer Wasserflasche, schraubt sie zu, stellt sie wieder auf den Boden und dreht sich plötzlich zu mir um, als hätte er mich schon vor Minuten entdeckt. Mein Mund ist auf einmal trocken: Ich kannte nur das Blau seiner Kreidehände, nicht das Blau seiner Augen. Ob er weiß, dass die Leute ihm auch deshalb Geld geben, weil er gut aussieht?

»Möchtest du dich hinsetzen?«, fragt er.

Das Lächeln ist immer noch in seinem Gesicht, aber auch in seiner Stimme, und obwohl es eine Frage ist, habe ich nicht das Gefühl, Nein sagen zu können.

Mein Herz schlägt nur noch schneller, als ich mich setze. Der Asphalt ist warm. Gleich malt er mich.

Wie sieht er mich?

Er ordnet die Kreide vor sich neu und schiebt einige Farben ein Stück nach vorne. Sind das meine Farben? Die Aufregung sammelt sich in meinem Magen, und ich wünsche mir ein Stück Plopp-Folie, um mich beim Zerdrücken der Blasen zu beruhigen.

Dann schaut er auf, und er sieht nicht mein Gesicht an, sondern *mich*.

Das Gefühl ist sofort da: Wie ein Gummiband um meine Brust, das sich spannt, je länger er den Blick hält. Ich schaue zurück, solange ich kann, dann blicke ich weg.

»Das war schon richtig«, sagt er. »Schau einfach zu mir.«

Also sehe ich wieder zu den blauen Augen. Er lächelt ein bisschen, wie um es mir leichter zu machen, aber sein Blick bewegt sich nicht. Sein Blick huscht nicht umher, um die Proportionen zu nehmen und Schattenwürfe zu kopieren. Sein Blick ist ruhig mit meinem verschränkt, als könnte er alles andere gleichzeitig aufnehmen.

Das Gefühl um meine Brust wird immer enger. Ich will mich irgendwo kratzen oder bewegen, um Erleichterung zu bekommen. Ich will mir die Hände vors Gesicht halten, weil ich mich unter seinem Blick so schutzlos fühle.

Und er schaut mich weiter an, und ich bewege mich nicht. Strich für Strich.

Er wechselt die Kreide, ein Rechtshänder.

Meine Gedanken toben. Eine Erinnerung nach der nächsten zerren sie hervor – wie in den Nächten, in denen ich nicht schlafen kann, weil ich Moment um Moment vor mir sehe.

Momente von uns. Momente voller Nicht-Einsamkeit. Wie ich mir die Haare abgeschnitten habe. Wie ich mein Facebook-Profil gelöscht habe. Wie ich mich für Medizin eingeschrieben habe. Die ganze Geschichte.

Und er malt weiter, ein Gesicht, das die Angst hoffentlich nicht zeigt, ein ruhiges Gesicht von einem guten Menschen.

Dann legt er die Kreide weg, und sein Blick verändert sich. Das Gummiband schnappt zurück, und Luft strömt in meine Lungen. Mit wackeligen Knien stehe ich auf und streife mir die Erinnerungen wie Ameisen von den Händen. Wie lange saß ich dort? Er steht auf, und man erkennt schon an seiner Haltung, dass er Klimmzüge machen könnte. Ich mache die paar Schritte, bis ich neben ihm stehe. Mir ist schwindelig. Fast strecke ich die Hand aus, um mich an ihm festzuhalten.

Ich sehe mich selbst. Oder auch nicht. Dort liegt nicht die Alisa, die sich jeden Morgen vor dem Spiegel schminkt, damit sie sich weniger verletzlich fühlt. Die Kreide-Alisa ist ungeschminkt und hat lange Haare, die ihr in Wellen bis zur Brust fallen – anders als ich hier mit meinem schulterlangen Bob. Mein Atem stockt. Das Gummiband um meine Brust spannt sich ruckartig.

»Würde dir so auch gut stehen, oder?«, sagt er.

Er betont das »auch«, und es klingt wie eine Entschuldigung, aber warum? Fällt es ihm schwer, über seine Bilder zu reden?

»Schon okay«, sage ich. Dabei hat er mich gemalt, wie ich vor einem Jahr ausgesehen habe. Als hätte er die Haare, die ich mir vor dem Spiegel der Bahnhofstoilette abgeschnitten habe, einfach wieder angeklebt.

Ich kann sehen, wie ihm Gedanken über die Stirn fließen. Was wird er gleich sagen? Sein Blick fixiert mich. Die Haut an meinem Körper scheint einen Zentimeter zu kurz zu sein. Alles spannt.

Ich habe die wirre Angst, dass er fragen wird, wie ich das mit dir habe zulassen können, obwohl er davon nichts wissen kann, egal wie gut er hinsieht.

Er setzt zu einem Satz an, aber da klimpert es. Jemand hat Geld in die Dose geworfen, die er aufgestellt hat. Für einen Moment dreht er sich um. »Danke!«

Ich flüchte schnellen Schrittes. Schon bin ich hinter ein paar Menschen, dann hinter ein paar Bäumen. Die Erleichterung meines Körpers kommt sofort, wie eine goldene Welle, wie immer.

Aber zum ersten Mal ist da auch ein bitterer Geschmack in meinem Hals. Was wollte er sagen?

Die U-Bahn scheint mir zu eng, also laufe ich zu meiner Wohnung, auch wenn die am anderen Ende der Stadt ist. Ich würde dir so gerne all das hier erzählen, kleiner Käfer. Ich will dir sagen: Die Ameisen sind wieder da. Sie sind über meine Finger geklettert und haben Erinnerungen unter meiner Haut geweckt, die ich verdrängt hatte. Du weißt, dass Erinnerungen unter der Haut leben? Mein Körper erinnert sich an dich. Hier hast du meine Tränen weggestrichen. Hier hast du deinen Kopf hingelegt, um mir eine Gänsehaut zu machen. Hier hast du deinen feuchten Zeigefinger in mein Ohr gesteckt. Der Junge hat mich gemalt – oder das Mich, das er gesehen hat –, und während mein Bild Strich für Strich auf dem Boden entstanden ist, gähnten die Erinnerungen und streckten sich. Dann schlugen sie die Augen auf.

Felix

Das Bild von dem blinden Jungen war mir gut gelungen, fand ich. Nur am Ende hatte ich seine Kleidung mit einem falschen Faltenwurf vermasselt, aber vielleicht fiel das niemandem auf.

Ich malte das Bild von dem Jungen fertig und zwang mich, die Falte nicht zu verschlimmbessern. Technik ist wichtig, erinnerte ich mich. Aber Hinschauen ist wichtiger.

Die Mutter schoss ein Foto von dem Bild und dankte mir. Vermutlich hatte sie meinen Schnitzer nicht einmal bemerkt.

Wen würde ich als Nächstes malen? Eigentlich hatte ich vorgehabt, eine ältere Frau und ihren kleinen Kläffer, die mir fast jeden Tag zusahen, auf den Asphalt zu übertragen. Ich hatte sie schon mehrmals gemalt, weil die Frau sich jedes Mal irrsinnig darüber freute, obwohl sie danach nie kam, um mit mir zu reden. Stattdessen winkte sie mir immer nur scheu zu, bevor sie ihren Rollator davonschob.

Dann schaute ich zur anderen Seite der Zuschauer und sah sie. Sie blickte mir direkt in die Augen. Jemanden mit ihren klaren Gesichtszügen hatte ich heute noch nicht gemalt.

»Möchtest du dich hinsetzen?«, fragte ich.

Sie zögerte, dann ließ sie sich in einer flüssig-erschöpften Bewegung auf dem Boden nieder.

Ich wollte anfangen, wie ich immer anfing – mit dem Schnappschuss, der in meinem Kopf aufgetaucht war, als ich die Person gesehen hatte, meinem allerersten Blick, aber als ich jetzt danach suchte, war da nichts. Um Zeit zu gewinnen, ordnete ich meine Kreide neu. Ich war unschlüssig. Was wollte ich an ihr malen? Was zeichnete sie aus? Wie sah ich sie?

Es war mir noch nie passiert, dass ich gar keine Idee hatte, wie ich jemanden malen sollte. Ich blickte auf, als würde ich sie ganz neu sehen.

Der blaue Parka, den sie mit offenem Reißverschluss trug, war ein bisschen zu groß und zu warm für das Frühlingswetter, genau wie ihre Boots. Trotz der vergangenen grauen Wochen und ihrer offensichtlichen Müdigkeit schimmerte ihre Haut ein bisschen golden. Und sie hatte halblange dunkelbraune Haare, die irgendwie nervenaufreibend über ihr Schlüsselbein strichen.

Schöne Beschreibungen, aber sie fingen sie nicht ein.

Plötzlich schaute sie weg. Das passierte bei den meisten Menschen, die es nicht gewohnt waren, still zu sitzen, sodass ich sie meist irgendwohin schauen ließ. Sie dagegen saß sehr still, das war nicht der Grund.

»Das war schon richtig«, sagte ich. »Schau einfach zu mir.«

Als sie zurücksah, erhaschte ich ein kurzes Flackern. Da war etwas; etwas, das ich zeigen wollte. Ich warf einen kurzen Blick in die Runde der Passanten, aber außer mir schien es niemand gesehen zu haben. War ich der Einzige, der ihren Blick bemerkt hatte? Ihre Augen waren für einen Moment so offen gewesen, dass sie fast ängstlich aussah. Sofort nahm ich die Kreide, um den Eindruck festzuhalten. Ein paar schnelle Striche, bevor er verschwand. Ich malte sie blasser, als sie war, mit weniger Farbe. Als ich an die Haare kam und sie ihr schlüsselknochenlang malte, schien sie mir zu verletzlich, zu schutzlos, sodass ich die Strähnen links und rechts ein bisschen länger malte.

Als ich spürte, dass das Bild gefüllt war, wurde ich langsamer, aber hörte trotzdem nicht auf. Ich war nicht *fertig*. Was ich gemalt hatte, drückte nicht aus, was ich glaubte, gesehen zu haben. Getrieben schabte ich weiter daran herum, bis ich anfing, die Kreide zu dick aufzutragen und auch das letzte bisschen von ihr aus dem Bild zu tilgen. Ich zwang mich, die Kreide wegzulegen, und das fühlte sich endgültig falsch an.

Wir standen gleichzeitig auf, und sie lief einen Bogen um das Bild, bis sie neben mir stand.

Für einen Moment schien sie zu wanken. Dann richtete sie sich auf, als hätte sie den Reißverschluss ihres Willens mit einem Ruck bis oben zugezogen. Ich hatte gemalt, was ich gesehen hatte. Gefielen ihr die langen Haare nicht?

»Würde dir so auch gut stehen, oder?«, fragte ich.

Erkannte sie sich in dem Bild? Berührte das Bild irgendetwas in ihr?

»Schon okay«, antwortete sie und lächelte. Ihre Stimme klang anders, als ich erwartet hatte – tiefer und sehr rau.

Tick, tick, tick. Gleich würde sie sich für das Bild bedanken und dann gehen. Was konnte ich sagen, damit sie nicht ging? Was konnte ich fragen?

Was trägst du in deiner Tasche?

Warum bist du so müde?

Wohin gehst du?

Letzten Sommer, nach meinem Abi, hatte mein großer Bruder David mich und Johannes, seinen Freund, mit auf einen Roadtrip durch die USA genommen. Um zu feiern, dass ich *endlich von den Kleinbürgern aka unseren Eltern wegzog,* wie er mehrmals sagte. Wir waren beim Grand Canyon gewesen und auch auf dem *Skywalk,* einer Glasplattform, die über den Rand der Schlucht hinausragte. Es war ein irres Gefühl, den ersten Schritt auf das Glas zu machen, auch wenn David schon längst weiter vorne war und ich gewusst hatte, dass die Plattform halten würde. Es schien riskant, wie leicht er war, dieser erste Schritt, von dem so viel abhing. Meine Hände waren schwitzig, und in meinem Bauch ballte sich die Hitze.

So fühlte sich das jetzt an, aber irgendetwas musste ich sagen.

Geld klimperte in der Kreidekiste, und ich war für einen Moment abgelenkt. Als ich mich wieder zu ihr umdrehte, sah ich von hinten nur noch ihre Haare, ihren Parka und ihre Beine, die mit schnellen Schritten davongingen.

Und ich spürte die Enttäuschung – als würde mir ein Faden plötzlich den Magen zusammenschnüren.

11. APRIL

Alisa

Die Einsamkeit, kleiner Käfer.

In der U-Bahn holt sie mich immer ein.

Ich steige ein, suche mir einen sauberen Ledersitz und schiebe mir die Ohrstöpsel in die Ohrmuschel. Sie verschwinden unter meinen Haaren und verstärken das Gefühl, schwer schlucken zu können. Jetzt kann ich die anderen Leute nur noch gedämpft hören. Wenn ich die Augen schließe – was zu der Tageszeit, zu der ich aufstehe, nicht einmal seltsam wirkt –, bin ich allein mit der Beschleunigung und dem Abbremsen. Manchmal ruckelt die Bahn und die Person neben mir berührt meinen Arm. Ich bin dann seltsam dankbar für diesen Kontakt und öffne die Augen einen Spalt, um die Person zu beobachten, wenn sie aussteigt.

Aber die Anwesenheit von Menschen verhindert nicht die Einsamkeit. In meiner Geschichte sind sie nur Statisten.

Stell dir einen Film nur mit Statisten vor. Das ist Langeweile.

Stell dir einen Film mit einer Hauptperson und sonst nur Statisten vor. Das ist Einsamkeit.

Die Kamerafrau meines Lebens zoomt auf mich ein. Die Umgebung verschwimmt. Mit rasender Geschwindigkeit bewegt sich die U-Bahn von einer Station zur nächsten. Sie rauscht durch die Erde. Darin sitzen hundert Leben, aber davon spüre ich nur eines.

Du studierst doch nicht alleine Medizin, würdest du jetzt vielleicht sagen, wenn du tatsächlich hier wärst.

Und du hast recht. Meine Laborpartnerin im Chemie-Praktikum hat sich heute in der Mittagspause neben mich auf die Stufen vor dem Uni-Komplex in Martinsried gesetzt. Sofort war ich auf der Hut. Das Band schlang sich enger um meine Brust.

Ich glaube, sie und die anderen machen sich ihre Gedanken über mich. Wäre ich ganz still, würde sich vielleicht niemand wundern. Aber ich beantworte die Fragen der Dozentin über Lackmus-Test und Titration und unterhalte mich vor und nach dem Praktikum freundlich und ungezwungen. Nur bei persönlichen Fragen weiche ich aus.

»Geht es dir gut?«, hat sie gefragt.

Mir ging es gut, bis sie gefragt hat.

»Nur ein bisschen müde«, habe ich geantwortet, was nicht einmal gelogen war. »Und dir?«

Und sie ist auf das Ablenkungsmanöver hereingefallen. Sofortige Erleichterung.

Jetzt ist das Praktikum vorbei, es ist Freitag, und das Wochenende streckt sich ewig und leer vor mir aus. Ich bin mit der U-Bahn gefahren und gewohnheitsmäßig ausgestiegen. Als ich bemerke, wohin mich meine Füße führen, bin ich schon fast da. Zwei Schritte weiter, hinter der Ecke, ist der Platz mit den Kreidebildern und dem Jungen.

Ich bleibe stehen.

Warum bin ich hier? War ich gestern nicht froh wegzukommen?

Es ist ein seltsames Gefühl. Auf der einen Seite bekomme ich Angst bei dem Gedanken, dass er mich noch einmal so anschauen könnte. Auf der anderen Seite ist es genau dieser Blick, der mich zurück zu den Bildern zieht. Dabei ist es doch bloß Zufall, wie er mich gemalt hat, und hat wenig zu bedeuten.

Ich sollte nach Hause gehen, in mein sicheres Zimmer, aber da ist dieses Gefühl. Flüssiges Bedauern schwappt in meinem Bauch hin und her.

Einen Blick, sage ich mir. Nur einen Blick. Bei dem Gedanken fühle ich mich sofort leichter, wenn auch angespannt. Vorsichtig blicke ich um die Ecke. Er ist nicht da, obwohl die Kreide-Dose für das Geld aufgeklappt auf dem Boden steht.

Auf der anderen Seite des Platzes befindet sich ein kleines Café, das gerade renoviert wird. Der Außenbereich, wo normalerweise die Tische stehen, wird von steinernen Trögen mit Buchsbäumen abgegrenzt. Ein perfekter Beobachtungsposten.

Wenn ich einmal um den Block laufe, erreiche ich die Stelle, ohne den Platz überqueren zu müssen.

Ich schaffe es hinter einen der Tröge, ohne dass mich jemand bemerkt. Ungerupftes Gras streckt sich aus den Ritzen. Nur an einer Stelle ist es platt getreten, und genau dort kauere ich mich hin. Er ist immer noch nicht da, aber weil ab und zu jemand an den Bildern vorbeiläuft und Geld in die Dose wirft, bin ich davon überzeugt, dass er gleich wiederkommt. Falls ihm währenddessen jemand das Geld stehlen will, bin ich bereit loszusprinten.

Minuten ticken vorbei.

»Und wen beobachtest du?«, flüstert hinter mir eine Stimme.

Mein Puls schießt auf zweihundert, und ich drehe mich ruckartig um.

Felix

Ruckartig drehte sie sich um. Ihre Augen waren weit aufgerissen, und sie riss die Hände nach oben, noch unentschlossen, ob sie wegrennen oder zuschlagen sollte. Sie sah unglaublich erschrocken aus. Viel erschrockener, als man es sein sollte, wenn einen jemand ansprach.

Ich hatte sie schon aus der Ferne erkannt – der Parka, die Haare –, und seltsamerweise war ich nicht überrascht gewesen, aber etwas in mir war still geworden, als hätte ein klapperndes, loses Teil die richtige Stelle gefunden. Vorsichtig war ich näher gekommen, unsicher, wie ich sie ansprechen sollte und was sie dort auf meinem Platz tat. Ihren Schock hatte ich nicht erwartet.

»Bin bloß ich«, sagte ich und hob die Hände. »Du sitzt an meinem Platz.«

»Das ist *dein* Platz?«, fragte sie, und ich konnte nicht sagen, ob sie die Eigentümerschaft eines öffentlichen Platzes in Frage stellte oder die Tatsache, dass *ich* sie anmeldete.

Ihre Hände sanken gleichzeitig mit meinen.

»Zumindest sitze ich hier häufig«, sagte ich.

»Und warum?«

Hätte ich nicht *ihr* diese Frage stellen sollen?

Ich fischte nach Worten, und als ich keine fand, setzte ich mich neben sie auf den Boden. Als sie sofort den Oberkörper nach hinten lehnte, rutschte ich ein kleines Stück von ihr weg.

»Die Leute lassen sich nicht anschauen«, sagte ich.

Sie sah mich an, als wäre das nur ein Teil der Antwort.

»Also muss ich es halt tun, ohne dass sie es merken.«

»Und deshalb sitzt du hier.« Sie drehte den Kopf Richtung Platz und linste zwischen den Buchsbäumen hindurch, als versuchte sie, es sich vorzustellen.

»Siehst du die Frau mit dem grünen Kleid?«, fragte ich und

zeigte auf eine Frau mit blondem Dutt und subtil, aber effektvoll geschminktem Gesicht.

Sie bog den Buchsbaum leicht auseinander und nickte.

»Was siehst du?«, fragte ich.

»Sie ist schön«, sagte sie. »Und es ist viel zu kalt für dieses Kleid.«

Ich mochte die objektive, fast staunende Art, mit der sie »Sie ist schön« sagte, weil es dem Gefühl so ähnlich war, das ich hatte, bevor ich anfing, jemanden zu malen.

Dann lehnte ich mich ein Stück nach vorne, sodass ich ebenfalls durch den Spalt zwischen den Blättern schauen konnte.

»Und siehst du auch, wie sie an dem Kleid herumzupft, wie sie sich nicht vorhandene Haare aus dem Gesicht streicht, wie sie sich umschaut?«

»Sie denkt, dass sie angeschaut wird«, sagte sie.

»Sie weiß nicht, dass sie schön ist«, sagte ich.

Ihre Augenbrauen hoben sich ein Stück nach oben. »Das ist ein Satz aus Pop-Liedern«, sagte sie. »Die Wahrheit ist, dass sie ganz genau weiß, dass sie schön ist, genauso wie sie weiß, dass dieser Dutt ihre Wangenknochen hervorhebt und dass das Kleid genau die richtige Enge um die Taille hat. Sie *glaubt* es nur nicht.«

Ich war verblüfft, weil es das erste Mal war, dass sie so viel auf einmal sagte, und weil ihre Beobachtung so wahr und präzise war.

»Du hast recht.«

Ein kleines Lächeln schimmerte auf ihren Lippen, und sie nickte, als freute sie sich weniger über die Bestätigung als darüber, dass ich sie verstanden hatte.

»Was denkst du, warum sie das Kleid trägt?«, fragte sie.

»Vielleicht hat sie ein Date«, sagte ich.

Sie schaute wieder zu der Frau. »Vielleicht hat sie einen schlechten Tag.«

Die Theorie schien mir ziemlich abwegig. »Warum würde sie sich an einem schlechten Tag aufbrezeln?«

Ihr Blick fixierte meine Augen.

»Weil sie heute Morgen in den Spiegel geschaut hat und ihr eigenes Gesicht nicht mochte. Das hat wehgetan, und deswegen hat sie sich ein neues Gesicht geschminkt, bei dem sie nicht wegschauen musste. Dann hat sie ihren Kleiderschrank geöffnet, und da hing das grüne Kleid, ihr Glückskleid, und sie hat es angezogen, weil sie gute Erinnerungen an diese Tage hat. Und als sie die Tür geöffnet hat und es viel zu kalt war, hat sie das in Kauf genommen, weil ein bisschen Frieren ein guter Preis ist für ein bisschen Bestätigung.«

Mein erster Gedanke war, dass sie von sich selbst redete, auch wenn es mir gleichzeitig unwahrscheinlich erschien, weil ihr Blick so fest war. Meine Augen huschten an ihr nach unten, aber sie trug unter dem Parka kein Kleid, sondern einen Pulli und Jeans. Und immer noch ihren festen Blick. Die Unsicherheit, die ich gestern für einen Moment gesehen hatte, wäre mir wie eine Einbildung erschienen, wenn sie nicht ein paar Meter vor uns auf dem Asphalt gelegen hätte.

Ihr Blick glitt wieder zu der Frau, und sie entdeckte etwas. »Schnell, schau.«

»Was?« Ich schob meinen Kopf neben ihren, sodass ich besser zwischen den kleinen Blättern hindurchschauen konnte.

»Ich glaube, sie macht gleich ein Selfie.«

Tatsächlich: Die Frau hatte ihr Handy gezückt und streckte den Arm aus.

»Jetzt gleich«, flüsterte sie. Sie beobachtete die Frau gespannt.

Was war an einem Selfie so besonders?

Die Frau zupfte ihre Haare zurecht, kontrollierte die Wirkung ihres Stylings im Handybildschirm und dann: setzte sie ein strahlendes Lächeln auf. Legte den Kopf schief. Drückte selbstbewusst die Schultern durch. Und schoss. Bild um Bild.

So wollte die Frau also gesehen werden. So wurde sie vielleicht auch gesehen. Und wer sah ihre Unsicherheit?

Schließlich ließ sie das Handy sinken, und mit dem Handy sanken ihre Schultern und ihr Lächeln und ihr Kopf. Die Rückverwandlung war auf eine kleine Art herzzerreißend.

Ein Bus hielt, der grüne Saum wehte, und die Frau stieg ein. Der Bus rollte weg.

Ich warf dem Mädchen einen Blick zu, und es sah so traurig berührt aus, wie ich mich fühlte.

Alisa

Es hat wehgetan, wie wenn man einen verletzten Vogel sieht oder wie wenn man mit der U-Bahn an jemand Weinendem vorbeifährt. Die Art von Schmerz, wenn man nur zuschauen und nichts tun kann, kleiner Käfer. Die Art von Schmerz, die ich nur noch schlecht aushalte.

»Siehst du sie noch vor dir?«, frage ich.

Verständnislos schauen mich die blauen Augen an.

»Komm schon«, sage ich, nehme seine Hand und ziehe ihn auf die Füße. »Bevor sie verschwindet.«

Instinktiv hat er das mit dem Selfie verstanden, weil es das ist, was er den ganzen Tag trainiert.

Ich laufe ihm voran zu den Kreiden. Überrumpelt läuft er mir nach.

»Los«, sage ich.

Es ist mir wichtig und dringend, dass wir etwas tun.

Ich will, dass er sie malt. Wenn ich es könnte, würde ich es selbst tun.

»Aber sie ist weg«, sagt er.

»Stell dir vor, sie kommt hier jeden Tag vorbei. Und morgen sieht sie sich in ihrem grünen Kleid auf dem Boden liegen. Obwohl sie gar nicht bemerkt hat, dass jemand sie angeschaut hat. Es wird sich anfühlen, als ob sie das Kleid anhätte, und es wäre *warm*.«

Sein verwirrter Ausdruck klärt sich, und er krempelt sich sein Hemd – dasselbe wie gestern – nach oben. Schon wieder hat er es verstanden. Er wählt eine Stelle aus, und ich knie mich neben ihn.

»Kannst du mir die grüne Kreide geben?«, fragt er.

Vorsichtig greife ich danach. Grüner Staub bleibt zwischen meinen Fingern zurück.

Wie passend, dass er das Kleid zuerst malt. Es legt sich über unsichtbare Schultern, fällt in wenigen Falten und erstarrt am Saum im Schwung. Dann die Beine. An den Füßen wird er langsamer.

»Sie hatte Kitten-Heels an«, sage ich, bevor er fragen muss.

»Kitten-Heels?«

»Stöckelschuhe mit einem kleinen Absatz.«

»Farbe?«

»Schwarz.«

Er malt die Schuhe. Als Nächstes die Arme.

»Eine silberne Armbanduhr am linken Handgelenk«, sage ich, als er beim Ellenbogen ist.

Seine Hand mit der Kreide pausiert. »Wie heißt du?«

Die Frage erinnert mich daran, dass wir uns nicht kennen.

»Alisa«, sage ich mit trockenem Mund.

Der Junge schaut mich an. »Du bist sehr aufmerksam, Alisa«, sagt er ernst und gleichzeitig mit einem Lächeln.

»Wie heißt *du*?«, frage ich an Stelle einer Antwort.

»Felix.«

Felix. Ich präge mir den Namen ein, weiß aber auch so, dass ich ihn nicht vergessen werde.

Felix malt weiter; schon ist er beim Gesicht. Er malt es strahlend und ohne jede Traurigkeit. Aber als er mit dem Gesicht und den Haaren (die sind einfach) fertig ist, hört er nicht auf. Mit ein paar Strichen skizziert er ein Handy-Display um sie herum, mit Kamera und Home-Button, so leicht, dass man es erst einen Moment später als das Porträt erkennt.

Schwungvoll springt er auf die Füße und klopft seine Hände ab. Auch ich stehe wieder auf. Wie gestern betrachten wir nebeneinander das Bild.

»Du schaust auch sehr genau hin«, sage ich.

Noch einen Moment mustert er sein Werk, dann dreht er sich mir zu und lacht.

Er ist keine Person, die einmal reflexartig die Mundwinkel hebt, kleiner Käfer. Wenn er lacht, dann bewegt sich sein ganzes Gesicht und besteht nur noch aus diesem Lachen. Nur noch aus Augen, Lachfältchen und Grübchen.

»Das hier ist toll«, sagt er.

Und ich nicke nur, weil ich immer noch ein bisschen geblendet bin von so viel offen gezeigter Freude.

Felix

Ein Rest des Lachens lag mir immer noch kichernd im Bauch. Das Gefühl war einfach zu irre: dass sie das mit dem Selfie bemerkt hatte und dann das Malen, das sich unter ihrem Blick leichter angefühlt hatte, nicht schwerer.

Sie kapiert es. Oh mein Gott, endlich kapiert es jemand.

»Wenn es nicht möglich ist, die Person sofort zu zeichnen, mache ich manchmal auch Fotos. Aber das vermeide ich lieber«, sagte ich. »Weil die Fotos den Moment so gut einfangen und meine Bilder das nur manchmal schaffen.«

Warum erzählte ich ihr das aus dem Nichts?

Sie nickte. »Und du probierst es trotzdem immer wieder, weil du weißt, dass du es kannst, und es so frustrierend ist, dass deine Hand davon noch nichts mitbekommen hat.«

»Weil es in meinem Kopf immer besser aussieht als auf dem Papier.«

»Und weil es überall so viele Dinge gibt, die man malen möchte.«

»Und weil es so krass ist, wenn man es dann doch geschafft hat.«

Eine Pause. Wir lächelten uns an.

»Malst du auch?«, fragte ich, weil mir das die offensichtliche Frage erschien.

Sie kniff die Lippen zusammen, und ich wusste sofort, dass es die falsche Frage gewesen war.

»Ich kannte mal jemanden, der viel gemalt hat«, sagte sie.

War ihr – die sie doch so genau hinschaute – bewusst, dass sie nach ihrer Antwort die Arme verschränkte? So eng, dass es aussah, als würde sie sich selbst umarmen?

Mein Eindruck war fast derselbe wie am Tag zuvor, auch wenn er schon einen Moment später wieder zerfloss, als wäre er aus Aquarell.

»Ich muss los«, sagte sie und wandte ihren Körper schon halb den Buchsbäumen zu, hinter denen ihr Rucksack lag.

»Bist du bald mal wieder hier?«, fragte ich.

Sie nickte nur. Dann hob sie die Hand zum Abschied, sammelte ihren Rucksack auf und lief ohne einen weiteren Blick zurück aus meinem Sichtfeld.

Vom Boden schaute mir ihr Bild entgegen.

Das Gefühl, etwas verloren zu haben, war auf einmal kaum auszuhalten.

14. APRIL

Alisa

Ich bin seither nicht mehr dort gewesen, kleiner Käfer. Das Chemie-Praktikum ist heute zu Ende gegangen, und während des ganzen Tages habe ich verschiedene Flüssigkeiten titriert und dabei unser Gespräch wieder und wieder durchgespielt.
Du sitzt an meinem Platz.
Säuretropfen.
Siehst du die Frau mit dem grünen Kleid?
Erlenmeyerkolben.
Sie weiß nicht, dass sie schön ist.
Blaufärbung.
Das Gespräch war so leicht, bis er die Frage gestellt hat.

Denn wenn ich ihm von dir und mir erzähle, fragt er bestimmt, warum wir nicht mehr miteinander reden, und was soll ich darauf antworten?

Man sollte meinen, nachdem ich mich einmal überwunden habe und hingegangen bin und es so leuchtend war, wäre es leichter, aber das stimmt nicht.

Es macht mir Angst, wie viel er sieht, kleiner Käfer. Denn das macht es unausweichlich, dass er irgendwann erkennt, dass ich nicht sein Lachen verdiene (dieses Lachen), sondern seinen Abscheu. Was wir getan haben, prangt wie ein Tattoo auf meiner Haut, das ich jeden Morgen überschminke. Bloß nicht in den Regen kommen. Bloß nicht schwitzen. Bloß nicht aus Versehen mit dem Finger daran reiben.

Und ich habe jetzt schon das Gefühl: Ich habe zu viel gesagt; er weiß zu viel über mich.

Also war ich nicht dort, auch nicht nachts, und ich vermisse die Bilder genauso sehr wie mein abendliches Ritual, sie anzuschauen.

Deshalb gehe ich heute hin, als es schon spät ist.

Die Kreidedose ist nicht da und auch sonst niemand.

Langsam umkreise ich die Bilder. Es sind nur zwei neue dazugekommen: eine alte Frau mit Rollator und Hund.

Und ein kleiner Junge und ein kleines Mädchen, die sich überglücklich und unbedacht an den Händen halten. Die beiden versetzen mir einen Stich.

Ein vorbeidonnerndes Motorrad holt mich zurück. Lange, nachdem die weißen und roten Lichter hinter der nächsten Hausecke verschwunden sind, kann ich den Motor noch hören.

Dann ist der Platz wieder dunkel, und die Baumwipfel wispern.

Obwohl ich erleichtert bin, dass niemand hier ist, bin ich gleichzeitig enttäuscht, dass Felix nicht doch auf dem Motorrad saß oder plötzlich lächelnd hinter mir steht. Ich fühle mich ausgehöhlt vor Einsamkeit, und deswegen erlaube ich es mir, noch einmal zum Beobachtungsposten zu gehen, um mir vorzustellen, ich würde dort auf ihn warten.

Im dunklen Licht sehen die Bodenplatten anders aus, und die Buchsbäume werfen verzerrte Schatten.

Und noch etwas ist anders: Auf den Bodenplatten, zwischen den Grashalmen liegt Kreidestaub in gewissen geheimnisvollen Formationen.

Eine Telefonnummer.

Mein Puls schießt nach oben, als hätte er mich schon wieder erschreckt.

Ich mache ein Foto und muss die ganze Zeit lächeln, obwohl die Kamera gar nicht auf mich zeigt, sondern auf den Boden.

Das Glück hält an, während ich die U-Bahn-Stufen nach unten springe.

Tapp – tapp – ein besonders großer Sprung – tapp.

Am besten ich schreibe ihm gleich – wer weiß, wann er die Nummer dort hingeschrieben hat. Nur was? Unser Gespräch hat die Erwartungen gleich auf »tiefgehende Gedanken« gesetzt.

Warum freut mich die Telefonnummer so sehr, dass ich noch weiter springe und auf einem Treppenabsatz fast ausrutsche? Weil es so eine schöne Idee ist, für die er nachgedacht hat. Und weil es zeigt, dass er das Gespräch auch gut fand. Und weil es bedeutet, dass er noch nicht erkannt hat, was ich bin.

Der letzte Gedanke verlangsamt meine Schritte. Er ist der wichtigste von den dreien.

Er wird es erkennen, oder?

Schließlich hat er mich schon beim ersten Mal fast durchschaut, als er mir die langen Haare gemalt hat. Und auch wenn dieser Eindruck übertrieben ist, bin ich mir sicher, dass er Andeutungen und Puzzle-Teile schneller aufliest als andere Menschen. Dass er von einem Teilchen schnell zu einem 3000-Teile-Panorama-Bild gelangt.

Still stehe ich vor den Gleisen.

In der Hand halte ich immer noch mein Handy mit dem Foto. Ich mag mein Handy – es ist schick, schmal, schön und mein einziger Luxus, denn wer ein Handy in der Hand hat, wirkt weniger alleine.

Jetzt hätte es sogar die Chance, mich tatsächlich kurzfristig weniger alleine zu machen.

Und deshalb möchte ich es gerade am liebsten auf die Gleise werfen.

Denn als die U-Bahn einfährt und alles rauscht und sich bewegt, während ich so still stehe, wird mir klar, dass ich ihm nie schreiben werde.

15. April

Felix

Normalerweise arbeitete ich samstags nicht, aber mein großer Bruder brauchte Hilfe in seiner Immobilien-Agentur, und natürlich radelte ich gleich nach dem Aufstehen hin.

»Und?«, fragte David, als ich meinen PC hochfuhr. »Hat deine Idee funktioniert?« Er lehnte im Türrahmen, in der Hand den Smoothie, den er sich gerade aus der kleinen Teeküche geholt hatte.

Ich wusste nicht, was ich darauf sagen sollte. Die Telefonnummer stand jetzt seit fast einer Woche da – zwischendurch hatte ich sie sogar noch einmal nachgefahren. Bisher hatte Alisa sich nicht gemeldet, aber vielleicht war sie ja auch noch nicht vorbeigekommen?

»Keine Ahnung«, sagte ich. Ich wünschte, er wäre da gewesen und hätte mir sagen können, was an meiner letzten Frage so falsch gewesen war.

David nickte und trank den letzten Schluck von seinem Smoothie. Er schaffte das, ohne dass ihm Fruchtsaft an der Oberlippe klebte.

»Hattest du schon Zeit, dir die Interessenten für die Wohnung in Laim anzuschauen?«

»Bin dran«, sagte ich. »Kriegst du gleich per Mail.«

»Danke, Flip«, sagte David.

»David?«

Er blieb im Türrahmen stehen und drehte sich halb um. Mit seinen blonden Haaren, dem Hipster-Bart und dem maßgeschneiderten Anzug sah er aus, als wäre er gerade aus der Werbung für einen rauen Männerduft geklettert. Ich wusste aus Erfahrung, dass er sogar verkatert noch gut aussah.

»Was mache ich, wenn sie nicht antwortet?«, fragte ich.

Sein Körper wurde weich. »Wird sie«, sagte er.

»Vielleicht hat ihr mein Bild nicht gefallen.«

»Hat es. Sie meldet sich schon.«

»Warum sollte sie?«

»Schau in den Spiegel, Flip«, sagte er und ging in sein Büro.

Die Zimmertür schloss sich hinter seinem Hemdsärmel, und ich dachte, dass er dieses Problem bestimmt nicht hätte. Dass die Mädchen sich schon bei ihm melden würden.

Und dann dachte ich, dass Alisa – wenn sie sich denn überhaupt meldete – ihn am besten nie treffen sollte.

Ich sichtete die Liste mit den Interessenten.

David verkaufte eine Wohnung.

Sie meldete sich nicht.

19. APRIL

Alisa

Ich stehe auf. Ich frühstücke. Ich sehne mich danach, dass die Vorlesungen wieder anfangen. Einmal gehe ich auf einen Silent Rave und tanze mit anderen Schlaflosen in völliger Stille zu meiner eigenen Musik.

Mein Handy sitzt meistens schweigend in meinem Rucksack und schaut mir zu. Nur wenige Leute haben die Nummer, und noch weniger benutzen sie auch.

Jetzt vibriert es, und ich denke schon, dass Felix geschrieben hat, bevor mir einfällt, dass er die Nummer ja gar nicht haben kann und ich mir verboten habe, an ihn zu denken. Die SMS ist von einer unbekannten Nummer. Ich öffne sie.

Meine Hände beginnen, unkontrollierbar zu zittern.

Ich weiß nicht, ob du noch diese Nummer hast.
Ich hoffe, es geht dir gut.
Ich habe dich lieb.
Deine Mutter

Woher hat sie meine Nummer? Warum schreibt sie jetzt?

Ich presse mir die Handballen auf die Augen. So lange und so hart habe ich daran gearbeitet, die Erinnerungen zurückzudrängen, und jetzt brechen sie über mich herein wie eine Springflut.

Der Anruf. Das Feuer. Dein Gesicht.

Meine unglaubliche Scham.

Die Erinnerungen schnüren mir die Luft ab.

Seit wann hat Erika ein Handy? Die Nummer muss sie von dir haben, dabei schreibst du mir nie. Seit ich gegangen bin, warte ich darauf, aber du hast nie versucht, mich zu kontaktieren.

Jetzt hast du Erika meine Nummer gegeben, und es gibt eine Verbindung zurück, dünn und schimmernd wie ein Spinnenfaden.

Ich stelle mir vor, wie ihr zusammen Snickers frittiert und Kuchen esst.

Das letzte Mal, dass ich mich so allein gefühlt habe, war der Tag, an dem ich die Schlüssel für meine Wohnung abgeholt habe. Als ich eingezogen bin, hat meine Vermieterin gefragt, wo meine Eltern seien. Ich habe etwas von »arbeiten« genuschelt, und dann habe ich die Unterschrift neben meinem Namen besonders groß und schwungvoll gemacht, als wäre ich freiwillig alleine dort.

Das Zittern wird weniger. Ich bleibe sitzen, bis es ganz aufgehört hat.

Mir fällt auf, dass ich immer noch das Handy in der Hand halte.

Soll ich ihm schreiben? Ich weiß, es wäre nur für eine kurze Zeit, und es wird wehtun, wenn es zu Ende geht, und noch mehr wehtun danach. Aber diese unsichere Aussicht erscheint mir auf einmal viel erstrebenswerter als meine sichere Einsamkeit.

Als ich früher im Dunkeln gelegen und überlegt habe, das Licht anzumachen, damit die Monster verschwinden, wusste ich nicht, was schlimmer ist: die Dunkelheit mit Vielleicht-Monstern oder das Licht mit ihren unübersehbaren Zähnen. Früher bin ich mit geballten Fäusten im Bett liegen geblieben, stille Tränen auf den Wangen, um die Monster und die Angst gleichzeitig zu besiegen, jetzt fliegen meine Finger schon über das Handy-Display.

Ich weiß, es ist eine seltsame Form von Mut – von einer Angst in die Arme der anderen zu laufen –, aber es fühlt sich trotzdem mutig an, als ich Erikas SMS schließe und eine neue öffne.

Schon ist seine Nummer eingetippt. Zur Sicherheit gleiche ich sie noch einmal mit dem Bild ab, aber nein, ich weiß sie tatsächlich auswendig, ich bin ja so erbärmlich.

Ich sende ihm eine kurze Nachricht und muss nicht mal nachdenken, schließlich hatte ich dafür schon tagelang Zeit.

Um nicht untätig neben meinem Handy zu warten, schneide ich mir die Fingernägel und lackiere sie. Ich bin gerade erst mit dem letzten Nagel fertig, als Felix zurückschreibt, und ich bewundere ihn, dass er es nicht cool spielt, indem er erst ein paar Stunden abwartet. Er macht keinerlei Andeutung, dass ich mir ganz schön Zeit gelassen habe, und lädt mich für morgen zu sich zu Hause zum Kochen ein.

Mein Herz rast davon.

Kennst du das Gefühl, kleiner Käfer? Die Monster sind am größten, wenn man die Hand schon auf dem Lichtschalter hat.

Ich muss mich an meinen Mut (Mut, nur Mut) erinnern, bevor ich die Nachricht mit vorsichtigen Fingerkuppen eintippen und auf Senden drücken kann.

Ja.

War es ein Fehler, ihm zu schreiben? Vielleicht, aber da ist auch dieses Flattern in meinem Bauch. Ich habe etwas getan, und auf einmal gibt es Möglichkeiten.

Jetzt ist mein Nagellack trocken. Er schimmert dunkelgrün.

20. APRIL

Felix

Ihre Fingernägel waren grün lackiert. Wie ein Schnappschuss fiel mir das auf, als ich Alisa die Tür öffnete und sie mit der Hand ihren Jute-Beutel an der Schulter festhielt. Dann sah ich schon ihr Gesicht: Sie lächelte ein bisschen, und mein Magen machte einen Sprung. Ich konnte nicht fassen, dass sie tatsächlich da war. Von der Straße in meine Wohnung. Was dachte sie sich dabei? Warum war sie gekommen?

»Hi, komm rein.«

Ich machte einen Schritt zur Seite, damit sie in den Flur treten konnte, und schloss die Tür hinter ihr. Mein Flur war schmal, und wir standen dort, ohne uns zu berühren. Wie begrüßte man sich bei so was? Warum gab es keine Zwischenstufe zwischen Handschlag und Umarmung?

Sie schlüpfte aus dem Parka, und ihr Geruch hing plötzlich in der Luft, als hätte sie ihn mit der Jacke an den Haken gehängt.

»Zur Küche geht es da entlang«, sagte ich und zeigte auf die einzige offene Tür. Es war ein seltsames Gefühl, ihr in mein Wohnzimmer zu folgen, so als müsste ich das Zimmer auf einmal durch ihre Augen sehen. In der Mitte des Raums blieb sie stehen. Das gefiel mir. Normalerweise blieben die Leute bei möblierten Zimmern an der Tür stehen und betrachteten den Raum – sie dagegen drehte sich langsam um sich selbst, und ihr Blick glitt ruhig über die Couch und meine CD-Sammlung. Was dachte sie über das Zimmer? Es war mein Lieblingsraum. Gefiel es ihr so gut wie mir? Hoffentlich roch man das Putzmittel nicht mehr, und hoffentlich blieb die Tür zu meinem Schlafzimmer schön geschlossen – dort wurde man nämlich sonst von einstürzender Unordnung erschlagen.

Weil ich sie nicht weiter anstarren wollte, ging ich ihr voran in die Küche, wo ich schon alle Zutaten bereitgelegt hatte.

»Kann ich etwas helfen?«, fragte sie.

Sie stand in der Küchentür. Das Sonnenlicht fiel von hinten auf sie, und ich sah nur ihren Umriss, mit den feinen Haaren, die von ihrem Kopf wegflogen. Als sie einen Schritt nach vorne machte, konnte ich plötzlich auch ihr Gesicht wieder sehen. Mit ihrer geraden Nase und den hervorstehenden Wangenknochen schien sie aus einer anderen Zeit zu kommen, wie jemand von einem verblassten Sepia-Foto.

»Du kannst den Blumenkohl in Röschen teilen«, sagte ich und deutete auf das Brettchen.

Alisa nickte. Mit streifenden Blicken erfasste sie die Küche. Sie schaute sich ganz offen um – die hohen weißen Schränke, der Gasherd, der Backofen, alles in Chrom –, bevor ihr Blick wieder bei mir ankam. Mit der Hand fuhr sie über die Arbeitsfläche.

»Was gibt es?«, fragte sie.

»Grünen Salat mit Grissini – die sind schon im Ofen – und dazu gefüllte Reispapier-Samosas.«

»Kochst du oft?«

»Willst du meinen Gefrierschrank sehen?«

»Wenn du alleine für dich einen Gefrierschrank hast, reicht das ja als Antwort«, sagte sie und lächelte wieder ein bisschen.

Meine Blicke huschten immer wieder über die marmorne Arbeitsfläche zu ihren Händen. Sie war keine geübte Köchin, dazu hielt sie das Messer viel zu falsch, aber sie schnitt bedächtig jede einzelne Rose vom Blumenkohl. Es war schwer zu beschreiben:

Sie bewegte sich langsam, aber jede Bewegung war zielgerichtet, weswegen es doch wieder schnell wirkte. Die Zwiebeln schmorten in der Pfanne, und ich schnitt die Möhren klein. Im Hintergrund sang Arthur Russell.

»Hast du noch ein kleineres Messer, Felix?«

Automatisch gab ich ihr ein Messer aus dem Messerblock, auch wenn ich mich überrumpelt fühlte, wie immer, wenn jemand unerwartet meinen Namen sagte. Und sie hatte ihn zum ersten Mal überhaupt gesagt. Schnell holte ich die Grissini aus dem Ofen. Was war los? Ich hatte schon mit anderen Mädchen hier gekocht. Aber nie mit diesem Gefühl, als müsste ich ein rohes Ei auf einem Messer balancieren.

Dann fing sie an zu summen. Kaum hörbar unter der Musik, aber es fühlte sich wie ein Geschenk an, dass sie es hier in meiner Küche tat.

Alisa

Jetzt bin ich also in seiner Wohnung, kleiner Käfer, und habe angefangen zu summen. Wie ich es immer tue, wenn ich nervös bin und meine Gedanken in einen Klangteppich wickeln muss.

Du weißt das, aber Felix weiß es nicht. Ich bin erstaunt und erleichtert, dass er meine Anspannung nicht bemerkt.

Unser Gespräch fühlt sich unecht an wie eine Rose ohne Duft. Weißt du, ich dachte, die Überwindung läge darin hierher zu kommen. Und wenn ich erst mit Felix reden würde, würde die Anspannung von mir abfallen. Aber es ist so, als stünde ich immer wieder vor seiner Tür und müsste mich durchringen, endlich zu klingeln. Das Band um meine Brust ist zurück und enger denn je.

Ich habe Angst, die falschen Sachen zu sagen.

Zum Glück haben wir etwas zu tun, und ich hoffe, dass meine Stille dadurch weniger verkorkst wirkt. Außerdem hoffe ich, dass ich mir keinen Finger absäbele.

»Willst du ein Grissini?«, fragt Felix.

Felix

Ich hielt ihr ein warmes Grissini hin, eine beiläufige Geste, die sich gerade deshalb so riskant anfühlte: Sie war keine langjährige Bekannte von mir, mit der ich einfach so kochte – aber mit dieser Geste tat ich so.

»Danke«, sagte Alisa und lächelte. Ich kann es nicht richtig beschreiben, aber ihr Lächeln war so ehrlich erfreut, dass es fast wehtat.

Ich gab die Möhren und den Blumenkohl zu den Zwiebeln, schüttete noch die Erbsen dazu und zuletzt die Kichererbsen – nur um sie nicht anzustarren, wie sie so langsam aß.

Eine Pause entstand, als ich mich zu der leeren Arbeitsfläche umdrehte. Es gab kein Gemüse mehr, mit dem wir uns beschäftigen konnten. Also ging ich dazu über, das Reispapier einzuweichen.

Alisa schob sich den letzten Rest Grissini in den Mund. Sie schaute auf das Bild, das über dem Küchentisch hing: ein Embryo-Bild von Lennart Nilsson. Die Aufnahmen von den ungeborenen, werdenden Babys mit dem Elektronenmikroskop hatten zwölf Jahre gedauert, und als sie damals veröffentlicht wurden, hatte die Zeitschrift *Life* eine Millionenauflage gehabt.

»Der Embryo sieht aus wie eine Astronautin, die im Weltall schwebt«, sagte sie und nickte in Richtung des Bildes.

»Eine tote Astronautin«, sagte ich, während ich gefülltes Reispapier zu einem Dreieck faltete.

»Warum? Sie hat doch nur die Augen geschlossen.«

»Nilsson hat viele tote Embryos fotografiert«, sagte ich. »So konnte er länger mit Licht und Perspektiven experimentieren.«

»Er fotografiert einen toten Embryo, um uns den Beginn des Lebens zu zeigen?«, fragte Alisa und legte nachdenklich den Kopf schief. »Das ist falsch und schön, und ich kriege das nicht in meinen Kopf.«

Sie schaute mich an, als wartete sie auf Bestätigung ihres Gedankens. Ich konnte nur nicken, schließlich war das der Grund, warum ich das Bild überhaupt aufgehängt hatte. Sagen konnte ich nichts. Erst jetzt fiel mir auf, dass keine Musik mehr spielte, und das schien ihren Satz noch bedeutungsvoller zu machen.

»Du hast gesagt, dass du Fotos von deinen Motiven auf dem Handy hast?«, fragte sie.

Ich nickte.

»Darf ich sie sehen?«

Mein Mund war trocken. »Jap.«

Sie half mir, die letzten Samosas zu falten, und wir schoben sie in den Backofen.

Dann holte ich mein Handy aus der Hosentasche und öffnete die Foto-Galerie. Ich scrollte möglichst schnell über die belanglosen Bilder und – zugegeben – Selfies, bis ich zu einer Reihe Fotos kam.

Stumm und langsam flippten wir uns durch.

Menschen.

Ungeschminkt, weinend, opulent, groß, mit Luftballons, ärgerlich, gebrochen, aus Fleisch und Knochen, aus Wimpern, aus Pixeln, alles auf dem Platz, wo ich malte.

Menschlich.

Wir wurden beide leise, während wir sahen, was uns sonst entging. Irgendwann bekam ich ein komisches Gefühl – als müssten wir die Nähe zu den fremden Menschen durch unsere eigene Nähe ausgleichen.

Alisa schien es auch zu spüren.

»Warum malst du?«, fragte sie.

Ich wusste nicht, was ich ihr sagen sollte. Es gab so viele Teile dieser Antwort. Das mit dem Sehen wusste sie schon. Und ich hatte schon immer gemalt, was natürlich ebenfalls ein Grund war, wenn auch keiner, der sich gut anhörte.

»Wenn ich auf der Straße male, laufen die Leute um die Bilder

herum«, sagte ich schließlich. »Das gibt mir immer Hoffnung: dass man mit ein bisschen buntem Staub ihr Verhalten ändern kann.«
Alisa dachte darüber nach. Reichte ihr diese Erklärung? Sie schien mir so löcherig.
»Du solltest auch Dinge malen, durch die die Leute hindurch laufen *können*«, sagte sie.
»Woran denkst du?«
»Vielleicht ein Dschungel.« Ihre Augen leuchteten. »Ein Großstadtdschungel.«
Das war gut. Ich sah die schweren Äste schon vor mir, wie sie sich Richtung Boden beugten. Die wilden Tiere in den Ästen. Auf einem Ast ein Mädchen mit schulterlangen Haaren, die ihr irgendwie nervenaufreibend über das Schlüsselbein strichen.
»Wie bist du eigentlich zu der Wohnung gekommen?«
»Mein Bruder ist Immobilienmakler«, sagte ich. »Der hat mir die Wohnung besorgt. Ich jobbe auch nebenbei bei ihm.«
»Dann verdienst du dein Geld gar nicht mit Malen?«
»Nee. Letztes Jahr in der Schule habe ich noch viel gemalt und gezeichnet, aber jetzt mache ich es nur ab und zu.«
»Wegen des Studiums?«
Ich nickte. »BWL.«
»Wie gefällt es dir?«
Nun ja. Das BWL-Studium war noch langweiliger, als ich es mir vorgestellt hatte. Aber wenn David das fünf Jahre lang ausgehalten hatte, musste doch was dran sein.
»Es ist nett, dass man es sich selbst einteilen kann«, sagte ich ausweichend.
»Wow«, sagte Alisa. »So schlimm?«
Da roch ich die Samosas. *Shit.*
Hektisch sprang ich auf und fluchte, als ich das verbrannte Reispapier aus dem Backofen zog.
»Die sind hinüber«, sagte ich.
»Ein bisschen gebräunt«, sagte Alisa.

»Machst du Witze? Die sind schwarz.«

Ich verbrannte so gut wie nie was – warum ausgerechnet heute? Frustriert stellte ich das Blech auf der Kochfläche ab und schloss den Ofen.

»Wir können immer noch die Füllung essen«, sagte Alisa vorsichtig. »Das wäre dann fast wie ... äh ... Hummer knacken.«

Ich musste grinsen. Ob sie schon mal Hummer gegessen hatte?

»Fast.«

»Und es gibt doch bestimmt Nachtisch?«, fragte sie.

»Aber sicher gibt es Nachtisch«, antwortete ich.

Alisa

Wir tragen das Essen auf den Balkon, wo er bereits den Tisch gedeckt hat. Der Balkon liegt perfekt in der Abendsonne, die Luft ist warm und summt wie von fernen Bienen.

»*Bon appetit*«, sagt er mit einer gespielten Verbeugung.

»Croissant«, sage ich, denn ich kann kein Französisch, und Felix lacht.

Als er meinen Teller mit Salat und den Reistaschen füllt, sage ich ihm, dass ich seine Hände mag, und sofort muss er sich räuspern.

Felix bietet mir Wein an, aber ich möchte nur Wasser, und er gießt sich ebenfalls ein Glas ein. Damit stoßen wir dann auch an. Häufig.

Wir trinken auf den Nachtisch.

Auf die Astronauten.

Auf ein volles Gefrierfach.

Darauf, dass ich noch alle Finger habe.

Auf vegetarischen Hummer.

Es fühlt sich an, als würden wir von der Kohlensäure betrunken werden.

Wir knacken uns durch den Reispapier-Panzer und essen halb mit Fingern, halb mit Grissini-Stäbchen. Es macht Spaß.

Dann stelle ich Felix weiter Fragen, und er beantwortet sie ohne Vorbehalte. Ich fühle mich sicher zwischen den Fragen. Fragen kann ich gut.

Als Nachtisch hat Felix Pudding aus Kokosmilch gemacht, und ich löffele langsam zwei Gläser hintereinander. Danach fühle ich mich *satt* auf jede erdenkliche Art, und ich finde, das ist ein perfekter Moment, um zu gehen.

Felix

Als sie das leere Puddingglas auf den Tisch stellte, war es dunkel geworden, und Alisa warf einen Blick auf die Uhr.

»Ich gehe jetzt«, sagte sie.

Sie stand auf. Mein Blick fiel auf ihren Sitzplatz: Der Teller war sauber gegessen, und das Besteck lag parallel daneben.

Nach dem Dämmerlicht auf dem Balkon war das Wohnzimmer erschreckend grell, wie eine kalte Dusche. In dem Licht schien das Essen auf dem Balkon unwirklich gewesen zu sein. Auf einmal fühlte ich mich gehetzt, als hätte ich die Zeit schlecht genutzt. Wir hatten nicht einmal ausgemacht, wann wir uns wieder sehen würden.

In der offenen Tür drehte sie sich noch einmal um. Vielleicht fragte sie jetzt danach.

»Danke für das Essen«, sagte sie.

Da war ein kurzer Moment des Zögerns, als sie ihren Jute-Beutel über die Schulter schob, aber als ich es realisierte, drückte sie die Tasche schon fest an sich.

»Tschüss, Alisa«, sagte ich.

Ihr Name schien nicht die gleiche Wirkung auf sie zu haben wie wenn sie meinen sagte: Sie glitt einfach auf den Gang. Aber ihr Name blieb auf meiner Zunge liegen, schwer und cremig wie der Pudding.

Als ich zurück auf den Balkon wollte, um das Geschirr zu holen, sah ich die Jacke.

Alisa

Ich bin stolz auf mich, kleiner Käfer. Ich bin hingegangen, *und es war gut.*
Plus das Essen. Wann hat das letzte Mal jemand für mich gekocht? Das muss Erika gewesen sein, irgendwann bevor ich abgehauen bin.
Felix wohnt im elften Stock, wo es keine Ameisen gibt. Dafür hat er einen Rauchmelder in der Küche.
Meine Gedanken sind sprunghaft, aber fröhlich.
Die Luft ist warm. Ein paar Jogger sind unterwegs. Ich höre ihre Schritte hinter mir. Blütenblätter taumeln durch die Luft.
Zum ersten Mal seit Langem fühle ich mich wohl in meiner Alleinseinkeit.
Dann fasst mich jemand am Arm.

Felix

Alisa drehte sich ruckartig zu mir um. Schon wieder war sie so erschrocken: riesige Augen, Hände vor dem Körper hochgerissen. Ihr Atem ging genauso schnell wie meiner, und ich keuchte noch von dem harten Sprint.

»Deine Jacke«, sagte ich.

Es dauerte einen Moment, bis sie mich erkannte, dann ließ sie die Hände sinken, auch wenn die Anspannung in ihren Schultern blieb.

Sie lachte kurz, tief, erleichtert, und mein seltsames Gefühl verschwand.

»Danke«, sagte sie.

»Warum hast du überhaupt eine Jacke dabeigehabt?«, fragte ich. »Ist doch nicht so kalt.«

Ich war versucht, mich mit den Händen auf die Oberschenkel zu stützen, um besser zu atmen, aber ich tat es nicht.

»Das lernt man, wenn man häufig genug campen war«, sagte sie.

»Ah«, machte ich, obwohl ich nicht sicher war, dass ich sie verstanden hatte. Hauptsache, ich konnte stehen bleiben, bis sich mein Atem beruhigt hatte.

»Felix?«

Schon wieder. Ich schien mich nicht daran zu gewöhnen.

Ihre dunklen Augen fixierten mich, und das Grau darin schimmerte. »Ich küsse dich jetzt.«

Sie machte einen Schritt auf mich zu. Ich schaute sie nur an. Mein Kopf war noch ein bisschen Sauerstoff-unterversorgt.

»Achtung.«

Sie stand so dicht vor mir, dass ich ihre Wimpern hätte zählen können. Ich bewegte den Kopf, und sie folgte meiner Bewegung. Berührte meine Lippen.

Meine Hände, die das Gemüse geschnitten, die Gewürze gerieben und schließlich die Samosas gefüllt hatten, schlossen sich um ihren Rücken und zogen sie näher.

Alisas Herzschlag pochte an meiner Brust so schnell wie mein eigener.

Ich dachte an Karamell, goldbraun, kurz vor dem Verbrennen.

Alisa

Ich könnte sagen, es war das verbrannte Reispapier. Oder die Glukose-Flut von dem Essen. Oder das Adrenalin in meinem Blut. Oder dass es mich einfach überkommen hat. Kein Warum, nur Bauchgefühl und richtig.

Er ist überrascht von meinem Kuss. Erst mit Verzögerung legt er seine Hände sacht auf meine Schulterblätter, um mich näher heranzuziehen. Und dann küsst er mich: Sanft nimmt er meine Lippen zwischen seine. Ich spüre die Wärme überall – sie strahlt von ihm ab. Zum ersten Mal seit Monaten fühlt es sich so an, als würde jeder Teil meines Körpers Sauerstoff bekommen.

Vorsichtig löse ich mich wieder von ihm – dieses Millimeter-um-Millimeter-Zurückziehen, sodass das Gefühl entsteht, der Kuss hätte ganz von alleine aufgehört.

Ich lächele ihn an. Mein Körper glüht, als würde ich zum ersten Mal seit Langem wieder auf voller Geschwindigkeit laufen. Gerade fühle ich mich sehr *ich*, sehr in diesem Körper, in diesen weißen Schuhen.

Er lächelt sein Lächeln, ganz offen, ganz ehrlich, als hätte ihm noch nie jemand wehgetan.

Und vielleicht ist das tatsächlich so. Kannst du dir das vorstellen?

Er ist so anders als wir. Seine Narben sind nur vom Hinfallen, und seine Sorgen lassen sich mit Geld und Zeit lösen.

Wohin soll das führen, wenn ich ihm nie alles von mir erzählen kann?

Ich fühle, wie die Angst zurückkriecht.
Der Kuss. Er ist mir so nah.
Das hier ist schön.
Das hier wird wehtun.
Das Leuchten verglüht schon auf seinem Gesicht.

Ich bemühe mich um ein Lächeln und berühre ihn kurz am Arm, dann drehe ich mich um und laufe, bevor die Zweifel mich einholen.

21. APRIL

Felix

Ich stand vor dem Lennart-Nilsson-Bild, und die Astronautin schaute mich an. Der Embryo war verschwunden – ich konnte ihn nicht mehr erkennen. Nur eine Astronautin, die im All schwebte, dem Erdaufgang über dem Mondhorizont zusah und träumte. Das war falsch und schön, und ich bekam das nicht aus meinem Kopf.

Alisa.

Das Geschirr stand noch auf dem Balkontisch. Die Aussicht war wirklich gut: Das Olympiastadion sah aus wie ein riesiges Spinnennetz, und die grünen Hügel dahinter wie Hobbit-Wohnungen. Das Gefühl, so hoch oben, auf diesem Balkon zu stehen, nutzte sich einfach nicht ab. Es war immer noch so wie beim ersten Mal, als ich mit den Schlüsseln in der Hand dort gestanden hatte. Noch keine Möbel, aber im Kopf schon eingerichtet, mit all den Dingen, die ich jemals besitzen wollte.

Ich füllte die Spülmaschine und putzte die Küche, dann aß ich die Grissini auf. Mit kleinen Bissen, so wie sie das gemacht hatte. Sie schienen dadurch anders zu schmecken.

Schließlich schrieb ich ihr eine SMS:

Gestern hat Spaß gemacht. War ein schöner Abend.

Ein Standard-Text, obwohl ich davor bestimmt zwölf originellere Versuche in mein Handy tippte und wieder löschte.

Ich versuchte mir vorzustellen, wie sie die SMS bekam und wie sie aussah, wenn sie sie las. Dabei hatte ich das Gefühl, sie nach gestern Abend schlechter zu kennen als nach dem Malen, wo ich sie für einen Augenblick hatte fassen können. Besonders als sie nach dem Kuss so schnell gegangen war.

An diesem Morgen, auf dem Balkon, machte ich meine erste Skizze von ihr. Eigentlich zeichnete ich nur ihre Hand, die mit der Gabel die Erbsen aus den Samosas aufspießte. Ihr Gesicht traute ich mir nicht zu – ihr Ausdruck veränderte sich zu schnell –, aber eine Hand? Hände waren schwierig, aber wenigstens blinzelten sie nicht.

Außerdem musste ich an das Kompliment denken, das sie mir für meine Hände gemacht hatte. Wenn ich jetzt ihre Hände zeichnete, waren wir irgendwie quitt.

Der Bleistift kratzte über das Papier. Ich hatte die Musik von gestern Abend angemacht.

Am Ende war ich sogar zufrieden mit der Zeichnung.

Am Abend lief ich zur Turnhalle des Zentralen Hochschulsports. Die Bäume im Olympia-Dorf waren aus sich selbst herausgebrochen. Blatt-Explosionen, die von den Ästen am Wegfliegen gehindert wurden. Von den Balkonen hingen die Pflanzen. Alles schob und wucherte. Die Luft roch blattfrisch. Hier war er schon, der Großstadtdschungel, von dem Alisa geredet hatte.

Heute würde ich meinen persönlichen Rekord beim Klettern brechen. Ich hatte einfach so viel Energie.

Kaum war ich angekommen, scannte ich die Halle nach Olli ab und entdeckte sie auf der Empore an der Klimmzugstange. Konzentriert zog sie sich nach oben. Sie bemerkte mich nicht.

»Dass du dich da hochtraust«, sagte ich.

Olli schaute herunter und schnitt mir eine Grimasse. Ihre Höhenangst war die einzige Sache, mit der ich sie aufziehen konnte. Sie beendete ihr Set, bevor sie federnd vor mir auf den Boden sprang.

Man vergaß es, wenn man sie an den Geräten oder an der Kletterwand ackern sah, aber Olli – oder Olivia, wie allerdings nur ihre Mutter sie nannte – war ziemlich klein. Sie ging mir gerade mal bis zur Schulter. Was sie nicht davon abhielt, ein Gesundheitsrisiko für all die abgelenkten Sportler zu sein.

Zur Begrüßung gab sie mir erst einen High-Five und dann eine Umarmung. So hatte sich das eingebürgert, seit wir uns auf dem Klo kennengelernt hatten.

An meinem – und auch ihrem – ersten Tag in der Uni war sie aus Versehen ins Jungsklo gelatscht. Ich hatte es gerade noch geschafft, meinen Hosenstall zuzuziehen.

»Oh«, sagte sie, als sie mich sah. »Sorry, not sorry?«

Ich musste grinsen. »Es lebe die Unisex-Toilette.«

»Darauf würde ich dir ja gerne einen High-Five geben«, sagte sie. »Aber es ist mir wirklich wichtig, dass du dir vorher die Hände wäschst.«

Einmal Händewaschen später klatschte ich die Hand der Person ab, die irgendwann in den Monaten danach meine beste Freundin wurde, auch wenn ich sie noch nie so genannt hatte.

»Und wie war's gestern?«, fragte sie mit erwartungsvoll gehobenen Augenbrauen.

»Willst du nicht lieber erzählen, was Paul von Barcelona berichtet?«

Paul war ihr Freund und machte ein Auslandspraktikum bei einer Non-Profit-Organisation.

»Nicht ablenken«, sagte Olli und grinste. »War es so furchtbar?«

»Anders«, sagte ich und wusste auf einmal, dass ich keine Worte finden würde, um es ihr zu erklären.

»Zum Beispiel ...«, soufflierte Olli.

»Sie isst sehr langsam«, sagte ich.

»Jaja«, sagte Olli. »Leute, die langsam essen, finde ich auch unglaublich heiß.«

»Nein, wirklich«, sagte ich.

»Du musst mir gar nichts erklären«, sagte sie und legte mir eine Hand auf die Schulter. »Da bleibt mehr Essen für einen selbst übrig.«

»Das ist es nicht!«

Wie konnte ich es ihr begreiflich machen?

Ich dachte an die Astronautin und an die Skizze von Alisas Händen. Den Kuss.

»Sie hat mich geküsst«, sagte ich, als könnte ich damit auch sagen, wie es sich angefühlt hatte.

»Einfach einen wehrlosen Jungen wie dich küssen?« Olli zog anerkennend die Augenbraue nach oben. »Ich glaub, ich mag sie.«

Ich gab es auf.

Erst kletterte ich ein bisschen, dann trainierte ich mit Olli weiter. Mein Handy zwitscherte in einer 30-Sekunden-Pause zwischen Sit-ups und Liegestützen. Sofort rollte ich mich auf den Bauch und las.

Alisas Antwort.

Fand ich auch.

Kein Emoticon, dabei schienen Emoticons nur von Mädchen erfunden worden zu sein, damit sie im Text jede feine Nuance ihrer Nachricht rüberbringen konnten. Olli hatte mir den Code erklärt: Je mehr Smileys, desto besser, und wenn man einen Kuss-Smiley schickte und einen zurückbekam, war die Sache geritzt.

Alisa schickte nicht einmal ein Ausrufezeichen.

Olli robbte neben mich. Ich zeigte ihr die SMS.

»*Fand ich auch*«, las sie. »Sie ist schon sehr lässig, oder?«

Es war seltsam, den SMS-Text aus Ollis Mund zu hören. Denn ich konnte mir genau vorstellen, in welchem Tonfall Alisa das sagen würde. *Fand ich auch.* Dieselbe tiefe Stimmlage, mit der sie das »e« in meinem Namen aussprach.

23. APRIL

Alisa

Er hat als Treffpunkt den Ort vorgeschlagen, wo er immer malt, und ich bin nach dem Frühdienst im Krankenhaus direkt hierhergefahren. Jetzt sitze ich neben meinem Bild auf dem Boden. Wenn du denkst, dass das eine dumme Idee ist, hast du vielleicht recht, aber ich habe mir etwas überlegt, keine Angst.

Ich mag die Asphalt-Alisa, auch deshalb, weil sie inzwischen nur noch blass zu sehen ist. Ich mag ihre langen Haare. An ihr finde ich meine Nase schön, meine Augen elegant. Ob den Passanten auffällt, dass wir dieselbe sind?

»Was liest du?«, fragt seine Stimme. Ich habe nicht gemerkt, dass er gekommen ist, und fühle mich ertappt, als hätte ich mich im Spiegel betrachtet.

Ich schirme die Augen mit der Hand ab und schaue zu ihm hoch. Das Hemd, das er trägt, ist ein bisschen zerknittert, aber das macht ihn nur sympathischer.

»Anatomie. Ich lerne für das erste Testat des Semesters. Leitungsbahnen.«

Sein Blick gleitet von mir zu der Asphalt-Alisa. Er lächelt.

Es ist verrückt: Ihn zu sehen tut fast weh. Zum Glück blendet die Sonne, und ich kann so tun, als wäre das der Grund, warum ich ihm nicht in die Augen schaue.

Komm schon, Alisa. Mut.

»Medizin passt überhaupt nicht zu dir«, sagt er.

»Ich weiß, was du meinst.« Du hättest mir dasselbe gesagt, wenn ich dich um Rat gefragt hätte.

Felix setzt sich neben mich auf den Boden. »Warum studierst du es dann?«

Er ist erst seit einer Minute da, und schon stellt er Fragen, als hätte er meine Taktik vom letzten Mal durchschaut. Aber warum wundert mich das überhaupt? Ich weiß doch schon, dass er versucht, die Menschen zu sehen.

»Ich möchte das Gefühl haben, am richtigen Ort zu sein«, sage ich, ohne ihn anzuschauen. »An einem Ort, wo Dinge besser werden, als sie es vorher waren.«

Felix sieht mich ernst an. Das Band zieht sich zu. Warum habe ich ihm auch etwas so Persönliches erzählt? Schließlich sagt er: »Das nennt sich ›Küche‹.«

Ich muss gleichzeitig husten und lachen.

Felix steht auf und reicht mir eine Hand. »Wollen wir los?«

Ein zufriedenes Lächeln wölbt sich in seinen Mundwinkeln, auch wenn er versucht, es zu verstecken.

Ich lasse mich auf die Füße ziehen. »Malst du heute?«

Das Lächeln verschwindet, und für einen Moment sieht er anders aus, auch wenn es zu schnell ist, als dass ich es fassen könnte.

»Ich kann heute nicht malen«, sagt er.

Aber er hat den Rucksack dabei, der letztes Mal neben ihm auf dem Boden lag und in dem vermutlich die Kreide ist.

»Warum?«, frage ich. Würde ich ihn besser kennen, würde ich vielleicht nicht nachfragen, wenn sich sein Gesicht verzieht, aber weil ich ihn nicht besser kenne, kann ich einfach fragen, als wäre es mir nicht aufgefallen.

Wieder schieben sich die Augenbrauen zusammen, und er reckt verteidigend das Kinn nach vorne.

»Ich fühle mich nicht danach«, sagt er.

Über solche Ausreden hast du dich immer lustig gemacht.

»Ach so«, sage ich und lege den Kopf schief, als wäre ich du. »Du denkst, du kannst heute nicht *gut* malen.«

Er kennt mich nicht gut genug, um den Spott in meiner Stimme zu hören, was ein bisschen sticht. Stattdessen denkt er darüber nach und nickt. »Die anderen Bilder sind gut. Ich will sie nicht versauen.«

»Du würdest sie bestimmt nicht versauen«, sage ich. »Aber wir können auch Eis essen gehen.«

Er sieht erleichtert aus. Ich bücke mich und packe das Buch in meinen Jute-Beutel. Felix bietet an, die Tasche zu tragen, aber ich wehre ab.

»Ach komm«, sagt er und nimmt mir die Tasche aus der Hand. Überrumpelt stecke ich meine leeren Hände in meine Hosentaschen. Felix trägt die Tasche mit einer Leichtigkeit, als würde sie nicht zwei Kilo wiegen. Wir schlendern zur Eisdiele *Ballabeni*.

Zwischen uns ist die Anfangsstille: wenn man noch nicht weiß, welchen Weg man einschlagen soll, und seinen Atem und die Umgebung lauter hört als sonst.

»Du bist sehr beschäftigt, oder?«, sagt Felix.

Ich bin ein bisschen enttäuscht, dass das der Weg ist, den er ausgesucht hat.

»Warum?«, frage ich.

Er zögert. »Wenn du dein Lehrbuch sogar zu einem Date mitschleppst ...«

Date. Er hat nachgedacht, bevor er das Wort benutzt hat. Ich habe ihn zur Begrüßung umarmt – macht mich das Wort wirklich nervös?

Ja, tut es. Ich atme tief ein.

»Jetzt habe ich jedenfalls Zeit«, sage ich und lächele ihn an.

Das Lächeln scheint ihn zu ermutigen, denn er fängt an zu reden – und das wiederum heißt, dass er vorher eingeschüchtert gewesen ist. Er erzählt mir eine absurde Geschichte von einem besonderen Rezept, das er seit Jahren versucht hinzubekommen, aber das aus verschiedenen Gründen jedes Mal schiefgeht. Wenn ich es richtig verstehe, geht es um ein Eiscreme-Sandwich, das in Baiser eingehüllt ist und angezündet wird. Es ist süß, dass er so ein Essens-Nerd ist.

Meine Gedanken driften vor sich hin. Ich fühle mich sehr leicht, im Sonnenschein, unter den Bäumen – oder vielleicht ist es auch nur die Tatsache, dass ich das schwere Buch nicht mehr trage. Der Wind in der Stadt ist still, aber die vorbeifahrenden Autos greifen in den Stoff meines Shirts.

Er ist einer dieser Jungen, die viel reden, und das passt nicht zu meinem ersten Eindruck, als er still vor sich hin gemalt hat. Oder vielleicht sollte ich sagen, dass der Felix in meinem Kopf noch nicht zu dem echten Felix passt.

Die Schlange vor der Eisdiele ist wie immer lang – ein Qualitätsargument. Ich überlege schon, welche der unglaublich vielen leckeren Eissorten ich wählen soll, Kokos oder Mango? Die leichten Entscheidungen fallen mir immer besonders schwer – und übersehe dabei an der nächsten Kreuzung das rote Männchen in der Ampel.

Eine Berührung an meiner Schulter – gerade noch rechtzeitig zieht mich Felix zurück; das Auto fährt Zentimeter vor meinen Füßen vorbei und hupt. Mein Herz schlägt schnell von dem Beinahe-Unfall. Oder ist es doch wegen Felix' Hand auf meiner Schulter? Er steht so nah, dass ich sein Deo riechen kann. Seine Berührung ist zart – zarter, als man einer Bekannten die Hand auf die Schulter legen würde. Seine Vorsicht verrät ihn schon wieder.

Er löst seine Hand von meiner Schulter, und wir überqueren die Straße und reihen uns in die Schlange ein.

Als wir endlich an der Reihe sind, entscheidet sich Felix schnell für eine Kugel Schokolade. Obwohl ich so oft hier war, dass der Eisverkäufer nicht nach »Waffel oder Becher« fragt, sondern gleich die Waffel nimmt, bin ich unentschlossen.

Felix beobachtet mich amüsiert. Vielleicht hätte er mich für meine Unentschlossenheit ausgelacht, aber das kann er sich nicht leisten, dafür kennt er mich nicht gut genug.

Schließlich entscheide ich mich. Felix bezahlt, und ich bedanke mich und mache nicht einmal den Versuch zu protestieren, schließlich habe ich seine Wohnung gesehen.

»Darf ich probieren?«, frage ich, als wir draußen sind.

Er scheint überrascht – vielleicht gehört er zu den Leuten, die nie mit jemandem ihr Besteck, ihre Trinkflasche oder ihr Eis teilen –, hält mir aber trotzdem sein Eis hin. Ich teile sogar Zahnbürsten und Kaugummis und beiße etwas von seinem Eis ab.

Er schaut mich an, mit dem Blick, den er beim Malen gehabt hat.

»Was?«, frage ich.

Stumm schüttelt er den Kopf.

Wir laufen zu der Wiese zwischen den Pinakotheken und setzen uns auf eine Bank unter den Bäumen, die die Rasenfläche säumen. Felix fängt erst jetzt an, an seinem Eis zu schlecken, meine Kugel hat schon kleine Biss-Spuren. Hoffentlich kommt er nicht auf die Idee, die Bilder in den Pinakotheken anschauen zu wollen.

»Wo wohnst du eigentlich?«, fragt er.

Ich deute über die Schulter grob in Richtung Schwabing.

»Allein?«

Ich nicke.

Das Eis ist lecker wie immer.

»Das ist jetzt eine komische Frage«, sagt Felix, und etwas in mir spannt sich sofort an. »Aber wie kannst du es ertragen, Eis abzubeißen? Mir stellen sich ja schon vom Zuschauen die Nackenhaare auf.«

Die Erleichterung über die harmlose Frage lässt mich grinsen, und ich nehme einen Bissen. »Ist« – noch ein Bissen – »das« – Bissen – »so?«

Er schaudert, dann holt er tief Luft und beißt von seinem Eis ab.

»Ja« – Bissen – »ist« – Bissen – »es.«

Ich muss lachen, und ich höre einfach nicht mehr auf. Wann habe ich das letzte Mal gelacht? Wann habe ich das letzte Mal *so* gelacht?

»Brauchen wir einen Notarzt?«, fragt Felix. Er sieht ein bisschen besorgt aus und ein bisschen zufrieden.

»Sag du's mir. Wie geht's deinen Zähnen?«

»Schrecklich«, sagt Felix mit plötzlich ernster Miene. »Ganz, ganz schrecklich.«

»Oh nein«, sage ich. »Hast du dir jetzt eine Männergrippe eingefangen?«

»Nur eine Grippe? Das hier ist Männer-Malaria.«

Ich fange wieder an zu kichern. Als müsste das ganze angestaute Lachen auf einmal raus.

Felix isst den Rest von seinem Eis in einem Happs.

»Und jetzt eine wirklich ernste Frage«, sagt er, als er ausgekaut hat, aber sein Lächeln lauert schon in den Lachfältchen um seine Augen. »Meine beste Freundin – sie heißt Olli – hat diesen Artikel gelesen, in dem Fragen stehen, um jemanden richtig gut kennenzulernen.«

Noch mehr Fragen. Und: Er will mich also *richtig gut kennenlernen*.

»Und jetzt kommt eine davon?«, frage ich mit trockenem Mund.

»Eine von denen, die ich mir gemerkt habe. Bereit?«

Ich nicke stumm. Mein Herz schlägt schnell. Hoffentlich stellt er keine Frage, die irgendwie mit dir zu tun hat.

Er räuspert sich. »Bevor du jemanden anrufst – übst du da, was du sagen willst?«

Wieder ist die Erleichterung so groß, dass ich antworte, bevor ich darüber nachdenken kann. »Tue ich tatsächlich. Immer. Besonders wenn ich weiß, dass ich wahrscheinlich auf eine Mailbox sprechen muss.«

Es fühlt sich seltsam an, dass er das jetzt weiß. Wie vorhin auf

der Straße: als wäre ich einen Schritt zu weit nach vorne gegangen.
»Du?«, schiebe ich schnell hinterher, aber es funktioniert nicht wie sonst.
»Warum bei der Mailbox?«, fragt er an Stelle einer Antwort.
»Die andere Person kann das mehrmals anhören«, sage ich. »In einem normalen Gespräch fällt einem das nicht auf. Aber wenn man selbst gar nicht die Absicht hat zu reden, hört man der anderen Person viel besser zu.«
»Und warum ist das schlimm?«, fragt er.
Ich fühle mich in die Enge getrieben. »Man muss es richtig machen«, sage ich.
»Glaubst du, dass die andere Person nach deinen Fehlern sucht?«
Ja?
Ich schlucke.
»Glaube ich jedenfalls nicht«, sagt Felix nach einer Pause. »Ich glaube, sie suchen in deinen Worten nach einem Zeichen, dass du ihre Fehler noch nicht gefunden hast.«
Er lächelt mich an.
Eis tropft auf meinen Finger, und ich lecke es schnell ab.
»Und du?«, frage ich. »Überlegst du dir auch vorher, was du sagen willst?«
»Nein.« Er lächelt schief. »Obwohl ich es sicher tun würde, wenn ich bestimmte Leute anrufen würde.«
Mein ganzer Körper beginnt zu kribbeln.
»Nächste Frage«, sage ich.
Ich esse mein Eis nur langsam auf, weil mir das Zeit gibt, noch länger nachzudenken. Mit jeder Frage, die Felix stellt, spüre ich, wie sich meine Vorsicht auflöst und mir wie ein zu großer Mantel von den Schultern rutscht.
Denn ich mag die Fragen, die er stellt, und ich mag seine Stimme, die die Fragen stellt, und ich mag die Art, wie seine Augen klar

werden, weil er so genau zuhört. Und die eigentliche Frage, die ich die ganze Zeit höre, ist: Wie kann ich hier neben ihm sitzen und mir weiter vormachen, dass das eine zweimalige Sache ist, wenn ich nicht wegschauen kann von seinem Lächeln?

»Darf ich auch eine Frage stellen?«

Felix

»Gibt es etwas, für das du dich schämst?«, fragte sie.

Als ich ihr Fragen gestellt hatte, war ihr Blick immer ein paar Mal durch die Gegend gehuscht, wie auf der Flucht, aber jetzt schaute sie mich ganz ruhig an.

Natürlich gab es etwas, für das ich mich schämte. Jeder schämte sich für irgendetwas. Manche Leute schämten sich für ihren Körper – das sah ich, wenn ich sie malte. Manche Leute schämten sich für ihre Armut, andere für ihre Traurigkeit.

Und ich?

Vor allem schämte ich mich dafür, nur »Davids kleiner Bruder« zu sein. Als wäre das meine ganze Aufgabe im Leben.

Ich konnte manche Sachen gut. David konnte alle Sachen besser. Außer dem Malen vielleicht, aber das interessierte ihn auch nicht.

David war mit achtzehn nach München gezogen und hatte dort sein ganzes Leben aus dem Boden gestampft: sein Studium, seine Agentur, seine Sexualität – das hatte er sich alles erkämpfen müssen.

Ich dagegen war ihm einfach in sein gemachtes Nest gefolgt.

Und das war auch okay – ich war gerne bei David, ich lernte ständig von ihm – aber eben nicht immer. Nicht wenn ich nachts aufwachte. Nicht wenn ich mich fragte, warum sie nicht zurückschrieb.

Manchmal hasste ich ihn dafür, dass er es mir so schwer machte, jemand Besonderes zu sein.

»Also?«, fragte Alisa.

»Warum fragst du?«, sagte ich, um Zeit zu gewinnen.

Ich wollte ihr ehrlich antworten – sonst riss unser Gespräch hier ab, und ich hatte doch gerade erst das Gefühl, mehr über sie zu erfahren. Aber das mit David konnte ich ihr unmöglich erzählen.

»Du wirkst nicht so, als würdest du dich für irgendetwas schämen«, sagte Alisa. »Das mag ich an dir.«

»Da gibt es schon etwas«, sagte ich.

»Ach ja?« Sie beugte sich mit dem Oberkörper ein Stück nach vorne.

»Ein Kindheitstrauma von mir.«

Sie zuckte zusammen. Vermutlich wollte sie keine Jammerlappen-Story hören.

»Ich kann kein Rad schlagen«, sagte ich. »Purzelbäume kann ich wie ein König, aber Radschlagen – da lachen mich Fünfjährige aus.«

»Du weißt ja, dass du das jetzt vorführen musst«, sagte sie. Seltsamerweise sah sie erleichtert aus.

»Muss ich?«

»Komm«, sagte sie und nahm meine Hand. »Ich mach auch mit.«

Schnell zog sie mich zur Wiese, und wir stellten uns nebeneinander auf. Sie hatte meine Hand viel zu schnell wieder losgelassen.

»Auf die Plätze«, sagte sie und hob den linken Arm. »Fertig ... los.«

Ich stürzte mich nach vorne, machte einen komischen Kreis mit den Händen, strampelte mit den Beinen und landete wenigstens wieder auf den Füßen. Hinter mir hörte ich ein Lachen.

Alisa hatte sich kein bisschen bewegt und stand immer noch da. Sie lachte mich tatsächlich aus.

»Das war so unterirdisch«, sagte sie. »Wegen dir werden Maulwürfe blind.«

»Du hast mich reingelegt!«, sagte ich mit gespielter Empörung. Eigentlich war ich nur stolz, sie lachen zu sehen.

»Nach *der* Vorlage?«

»Kannst du überhaupt ein Rad?«

»Klar«, sagte sie.

»Zeigen.«

Sie holte Schwung und ließ sich nach vorne fallen. Schwerelose Haare. Lange Beine. Zwei kurze Kontakte mit dem Gras – tapp, tapp – und sie stand wieder, mit leicht geröteten Wangen.

»Das war gut«, gab ich zu.

»Jetzt du.«

»Du hast doch gesehen, wie das ...«

»Zusammen?«

»Okay.«

Ein Rad.

Noch eines.

Ging es schon etwas besser? Es fühlte sich zumindest so an. Wir turnten uns einmal quer über die Wiese. Als wir keine Räder mehr schlagen konnten, machten wir Purzelbäume. Als ich keine Purzelbäume mehr machen konnte, blieb ich im Gras sitzen und beobachtete nur noch, wie sie weiterrollte. Schließlich blieb auch sie liegen, und ich krabbelte zu ihr hinüber und beugte mich über sie.

Kopfüber schaute ich sie an.

»Der Himmel dreht sich«, flüsterte sie. »Du drehst dich auch.«

»Du verwechselst da was.« Auf einmal flüsterte ich auch. »Es ist die Erde, die sich dreht.«

»Dann sind wir gar nicht der Mittelpunkt des Universums?«

»Nur der von unserem eigenen.«

Ihr Gesicht war kopfüber ungewohnt und gleichzeitig vertraut. Ihre Augen mit dem grauen Ring um die braune Iris fingen das Nachmittagslicht ein.

Dieses Gefühl überkam mich, ganz plötzlich: Ich wollte sie zum Lachen bringen und sie festhalten und ihr Eis kaufen und sie beschützen und sie küssen und ihr ihre Lieblingsbücher vorlesen und mit ihr schlafen und ihre kalten Füße an meinen Beinen wärmen.

Ohne darüber nachzudenken, küsste ich sie auf die Stirn.

Sie schaute mich dabei an, und ihr Blick blieb ruhig.

Dann lächelte sie mit zusammengepressten Lippen. Auf dem Kopf. Falsch rum. Genau richtig.

Shit, mein Herz.

Der Frühling hätte in diesem Moment einfrieren können, aber da setzte sie sich abrupt auf.

»Ich sollte gehen«, sagte sie und rappelte sich hoch. Ich blieb verdattert in der Wiese sitzen.

Hätte ich sie nicht küssen sollen?

»Was ist ...«

»Siehst du irgendwo meinen Jute-Beutel?«

»Da hinten.« Ich deutete zur Bank.

Sie lief schon, als ich erst aufstand. Ich musste rennen, um sie einzuholen.

»Noch alles da«, sagte sie, nachdem sie den Beutel inspiziert hatte.

»Gut«, sagte ich. Selten hirnlose Antwort. Was war los?

»Sehen wir uns ...«

»Ich muss die nächste U-Bahn kriegen«, sagte sie und sprintete los. Ich sah ihr hinterher. Trotz des Ziegelstein-Buches in ihrem Beutel rannte sie wahnsinnig schnell. An der nächsten Ecke drehte sie sich noch einmal um, als ob sie sehen wollte, ob ich ihr noch nachschaute.

Alisa

Rennen. Schnell rennen. Immer schneller rennen.

Rennen, bis die Lunge kalt ist. Rennen, bis mein Herzschlag mich überholt.

Schnell sein. Wegrennen.

Denn das ist mein Plan:

Ich kämpfe gegen das Band um meine Brust, solange ich kann.

Und wenn er mir zu nahe kommt und sich in mir auf einmal alles kantig anfühlt und ich das Bedürfnis habe, etwas Gemeines zu sagen, um ihn von mir wegzustoßen, dann gehe ich schnellen, leichten Schrittes.

Und als ich auf der Wiese lag und Felix' Gesicht mein ganzes Blickfeld ausgefüllt hat – als ich mich für einen Moment vollkommen geborgen gefühlt habe –, schlug mir die Angst doppelt so stark wieder ins Gesicht.

Ich will nicht, dass er mich ängstlich oder wütend sieht. Er soll nichts von den Dingen wissen, die wir getan haben.

Und trotzdem, trotz alldem muss ich wissen, ob er mir nachschaut.

1. MAI

Alisa

Es ist mitten in der Nacht.
Meine Finger zittern, und ich bin nass geschwitzt.
Ich hatte wieder den Albtraum.
Darin wache ich auf, mein ganzer Körper brennt. Ich schaue an meinen Armen herab: Riesige Ameisen haben sich in meine Haut verbissen. Mit den Händen schlage ich sie weg, auch die, die auf meine Augen zukrabbeln. Ich suche nach dir, aber du bist nicht da, nur die zerquetschte Flöte, die groß wie ein Mensch neben mir im Bett liegt. Mein Körper brennt.
Ich stolpere die Treppenstufen hinunter, klopfe an die Tür deines Zimmers, aber auch da bist du nicht. Da öffnet sich die Tür zum Schlafzimmer der beiden, ich höre seine Stimme und ducke mich, aber da ist Erika, sie stolpert aus dem Zimmer, Rauch quillt hinter ihr aus der Tür. Sie brennt – Flammen fressen ihren Körper –, sie ist wie eine menschliche Fackel. Und sie läuft auf mich zu. Immer näher. Sie streckt ihre Hand nach mir aus, um mir über die Haare zu streichen; meine Haare verschmoren, und meine Haut wirft Blasen und dann …
… wache ich auf.
Mit kühler Haut.
Allein.
Jedes Geräusch lässt mich zusammenzucken.

2. MAI

Felix

Sie hatte mir geschrieben und gefragt, ob wir heute ins Kino gehen wollen. Ihre SMS hatte mich überrascht – auch die Uhrzeit, um die sie sie abgesendet hatte: nachts um zwei. Natürlich hatte ich Ja gesagt und angeboten, die reservierten Karten abzuholen. Nach der Makro-Ökonomie-Vorlesung, unglaublich langweilig, war ich direkt hierhergefahren. Jetzt wartete ich auf sie.

Es waren einige Leute da: Nieselregen – Kinowetter. Die Lichterketten im Innenhof des Kinos leuchteten bunt, und in diesem Licht entdeckte ich sie: Sie trug eine Jeans und eine einfache Regenjacke. Und sie hatte keinen Schirm, nur ihre Kapuze. Darunter kräuselten sich die braunen Haare schon.

»Hi«, sagte sie und blieb nur knapp vor mir stehen.

Etwas war mit ihr los. Sie wirkte angespannt und durcheinander, aber ich konnte nicht sagen, wie ich zu dem Eindruck kam.

Ich hatte keine Ahnung, wie ich sie begrüßen sollte, aber sie schien zu aufgewühlt, um sich Gedanken darüber zu machen, also umarmte ich sie einfach.

»Ich hab die Tickets schon«, sagte ich. »Willst du Popcorn?«

Sie nickte, und wir stellten uns drinnen an. Der Verkaufsraum war voll und roch nach warmer Butter und feuchten Jacken.

Alisa

Die Schlange schiebt sich langsam vorwärts.

Das City-Kino ist mein Lieblingskino: Ich mag die gemalten Filmplakate, die Filme in Originalsprachen, die Leute, die sich wegen der freien Platzwahl vor dem Eingang drängen, und die Tatsache, dass sie mir hier das süße und das salzige Popcorn mischen.

In dem Getümmel und den Stimmen, die – vielleicht wegen des Wetters – alle ein bisschen gedämpfter scheinen als sonst, hat man nicht das Bedürfnis, viel zu reden. Felix' Blick schweift durch den Raum.

Ich spüre, dass ich aufgeregter bin als bei unserem ersten Treffen. Das hier fühlt sich verbindlicher an. Es ist in der Welt, meiner Welt, nicht in einer kleinen verborgenen Tasche davon. Aber es ist die beste Idee, die ich gestern Nacht hatte.

Als wir drankommen, will ich wie gewohnt eine mittlere Portion Popcorn bestellen, dann fällt mir ein, dass ich nicht alleine hier bin. »Eine große Portion Popcorn, bitte«, sage ich. »Salzig und süß gemischt.«

Der Verkäufer lächelt mich an. Vielleicht macht das seinen Abend abwechslungsreicher.

Wir gehen mit der Tüte nach draußen, um vor dem Vordach darauf zu warten, dass der Einlass beginnt.

»War das eine gute Idee?«, fragt Felix und beäugt ein Popcorn in seiner Hand, als könnte er durchs Aussehen herausfinden, ob es das süße ist.

»Wer von uns beiden ist denn der kulinarische Marco Polo?«, frage ich.

»Meinst du, weil ich gerne koche?«, fragt Felix. »Vielleicht ist dein Geschmack viel exotischer als meiner. Was ist dein Lieblingsessen?«

Die Frage überfordert mich. Wie bei den Diddl-Freundschaftsbüchern in der Unterstufe: Ich habe mit absoluter Sicherheit gewusst, was ich mal werden wollte, aber bei meinem Lieblingsessen habe ich immer einen Strich gemacht oder die Person beschrieben, der das Freundschaftsbuch gehört hat. Mein Lieblingsessen: kleine, blonde Mädchen mit Zahnspange.

Du hast es lustig gefunden.

»Ich habe keins«, sage ich.

»Komm schon«, sagt Felix. »Jeder hat doch ein Lieblingsessen.«

Habe ich wirklich nicht. Ich esse in der Mensa, aus der Mikrowelle und aus der Packung.

»Ich nicht«, sage ich. Als ich sein Gesicht sehe, füge ich hinzu: »Und den Weihnachtsmann gibt es auch nicht.«

Felix schneidet mir eine Grimasse. Das ist neu.

»Ist das auch eine Frage von dieser Liste?«, frage ich.

Felix schüttelt den Kopf. »Aber eine andere Frage von dieser Liste, die mir gefallen hat: Wann hast du das letzte Mal vor jemand anderem gesungen?«

Ich weiß es ganz genau: Das war mit dir, kleiner Käfer. Unser Dachboden, deine Querflöte, und ich singe einfach dazu, weil ich so verdammt glücklich bin.

»Ich erinnere mich nicht«, lüge ich. Ich werde besser darin. »Aber das könnte auch daran liegen, dass ich wirklich grausig singe. Und du?«

»Ich weiß nicht, ob ich überhaupt schon mal für jemanden gesungen habe«, sagt Felix.

Ich nicke. »Nächste Frage«, sage ich. Nachdem ich ihm in der Nacht geschrieben habe, konnte ich tatsächlich schlafen, aber ich fühle mich trotzdem halb durchsichtig, nicht ganz da, und dieser Eindruck soll nicht bei ihm ankommen.

Felix sucht auf seinem Handy den Artikel.

»Wie kommt man überhaupt auf die Idee, einen solchen Artikel zu schreiben?«, frage ich.

»Nix Artikel«, sagt Felix. »Das ist eine wissenschaftliche Studie. Und die nächste Frage lautet: Hast du eine geheime Ahnung, wie du sterben wirst?«

Ich will nicht noch einmal lügen. »Durch ein Feuer«, sage ich.

»Autsch«, sagt Felix. »Ist das nicht ein bisschen brutal?«

Doch, ist es.

»Ich habe mir das ja nicht ausgesucht«, sage ich.

Ich hätte mir gar nichts davon ausgesucht. Außer dich.

Der Einlass beginnt, und wir rutschen zum Eingang vor. Ich beschütze das Popcorn unter meiner Jacke. Felix zeigt unsere Tickets vor, und wir bekommen zwei gute Plätze, Mitte hinten.

Ich knabbere das Popcorn – deswegen nehme ich ja auch alleine eine mittlere Portion: damit noch etwas da ist, wenn der Film losgeht.

»Darf ich auch was haben?«, fragt Felix.

Mir fällt auf, dass ich das Popcorn auf meinen Schoß gestellt habe.

»Willst du es wirklich riskieren?«, frage ich und halte ihm die Tüte hin.

Felix nimmt sich eine große Handvoll.

Wir knuspern uns durch die Werbung.

Der Film beginnt und ist unglaublich langweilig. Typischer Fall von Beste-Szenen-im-Trailer. Die ersten paar Minuten versuche ich noch, mich in die Handlung einzufinden, dann gebe ich auf. Ich linse zu Felix und treffe seinen Blick. Er grinst mich an.

Ich lehne mich zu ihm hinüber.

»Und wie wirst du sterben?«, flüstere ich.

»Anscheinend vor Langeweile in einem Kinosessel«, flüstert er.

»Was meinst du, wie lange könnten wir mit dem Popcorn überleben?«

»Vielleicht einen halben Tag? Oder einen ganzen, wenn wir die harten Maiskörner vom Bodensatz mitessen.«

Hinter uns räuspert sich jemand.

»Wir überleben nur zwei Stunden, denn dann werden wir vom hochgeistigen Publikum gelyncht«, flüstere ich.
»Wenn Sie den Film nicht schauen wollen, dann gehen Sie doch«, sagt eine Frau hinter uns.
Felix und ich schauen uns an.
Dann stehen wir gleichzeitig auf.

Felix

Es war seltsam, auf einmal draußen zu stehen. Der Nieselregen war stärker geworden, oder es kam mir nur so vor, weil es mittlerweile dunkel war.

Ich spannte meinen Regenschirm auf, der klein war, aber groß genug für uns zwei. Sie trat darunter, und auf einmal standen wir sehr nah beieinander.

»Und jetzt?«, fragte ich.

»Die nächste Frage«, sagte sie. Ihre Stimme klang seltsam entschlossen.

Ich zückte mein Handy und achtete darauf, dass sie die Überschrift des Artikels nicht lesen konnte.

»Wenn du etwas an deiner Erziehung ändern könntest, was wäre das?«, las ich vor.

Für einen langen Moment starrte sie mich an, als wäre sie mit ihren Gedanken meilenweit weg. Dann blinzelte sie und sagte: »Nächste Frage.«

Normalerweise hätte sie wahrscheinlich einen Schritt von mir weg gemacht, aber der Regenschirm war wie ein Raum, und sie blieb vor mir stehen. Die Tropfen prasselten jetzt noch stärker auf das Plastik.

Was war mit ihren Eltern oder ihrer Familie?

Warum war sie neulich so hastig aufgebrochen?

Seit wann schrieb sie mitten in der Nacht SMS?

Es kam mir vor, als lebte unter ihrer ordentlich gekämmten Oberfläche ein anderes Wesen, das perfekt in ihre Formen passte und sich in ihrem Körper von einem Versteck zum anderen schlängelte. Das Gefühl war diffus, wie Rauch.

»Wenn du morgen mit jeder beliebigen neuen Fähigkeit aufwachen könntest, welche wäre das?«, las ich die nächste Frage vor.

Fast erwartete ich, dass sie wieder passen würde, aber sie sagte sofort: »Die Zeit zurückdrehen. Und du?«

»Menschen fliegen lassen können«, sagte ich.

»Nicht einfach ›fliegen‹?«, fragte sie.

»Ich glaube, es macht mehr Spaß zu zweit«, sagte ich.

Sie lächelte mich an. Ihre Wangen waren von dem überheizten Kino-Saal gerötet, als hätte man ihre Lippenfarbe mit viel Wasser verdünnt.

»Wollen wir ein bisschen spazieren gehen?«, fragte sie.

Spazieren gehen? Während es schüttete?

»Klar«, sagte ich. »Warum nicht?«

Alisa

Wenn es regnet, ist die Welt lauter und wilder und weiter. Wenn es regnet, fühle ich mich mit der Welt mehr verbunden. Ich kann nicht in meinen Gedanken versinken, wenn die Welt auf mich tropft, tropft, tropft.

Oder wenn Felix so nah neben mir läuft.
Wir reden über dies und das und jenes und nichts.
Und währenddessen fühle ich mich sorgenlos.
Ich bleibe stehen.
»Felix?«
Er dreht sich um. »Hm?«
»...«

Ich trete vorsichtig an ihn heran und lege eine Hand auf seine Wange. Er wird ganz still. Mit offenem Blick schaut er mich an. Wie kann er so offen schauen?

Ich küsse ihn, und er küsst mich.

Seine Lippen sind sehr sanft. Es ist ein langsamer Kuss, den ich so nicht erwartet habe.

Schritte werden lauter und laufen an uns vorbei. Das verändert den Kuss – auf einmal haben wir die Rolle des knutschenden Pärchens inne –, und wir treten auseinander. Wir sind atemlos, und wir schauen uns nicht an.

Auf den Straßen verwischt der Regen das Leuchten der Reklamen und macht das Licht der Autoscheinwerfer schlierig. Der Vorhang aus Tropfen hüllt alles in Unwirklichkeit.

»Frierst du?«, fragt Felix.

Was soll ich sagen? Ich zittere.

»Möchtest du meine Jacke haben?«, fragt er. Seine Stimme ist nah an meinem Ohr, denn die Straße ist laut.

Ihm ist bestimmt auch kalt, da kann ich doch nicht seine Jacke nehmen, zusätzlich zu meiner eigenen.

»Du möchtest meine Jacke haben«, stellt er fest und zieht sie aus. Dann hält er sie mir hin und wartet, sodass ich immer noch ablehnen kann. Was ich nicht tue. Ich schlüpfe in die Jacke. Natürlich ist sie warm. Natürlich riecht sie nach ihm. Natürlich habe ich das nicht erwartet.

Er zieht mir vorsichtig den Reißverschluss zu. Ich spüre seinen Blick, und ich weiß nicht, wo ich hinschauen soll. Die Spannung hält mich so fest, sie ist wie eine zweite enge Jacke. Es tut mir so leid, dass ich ihn nicht zurück anschauen kann, und ich will verschwinden, aber ich halte das Gefühl aus, spüre, wo es mich packt. Und dann passiert etwas Erstaunliches: Langsam lässt es mich los, langsam kann ich wieder atmen, und zurück bleibt nur eine Wärme in meinem Zwerchfell.

Ich beuge mich nach vorne und küsse ihn auf die Lippen.

Dann laufen wir weiter.

Felix

Ich hatte nicht erwartet, dass sie die Jacke nehmen würde. Jetzt war mir schon ein bisschen kalt, aber es machte mir nichts aus.

»Warum kochst du eigentlich so gerne?«, fragte sie, die Stimme ein bisschen höher als sonst.

»Mein Bruder kocht viel«, sagte ich. »Und wir haben oft zusammen gekocht.«

Sie nickte. Es war seltsam, »mein Bruder« zu sagen. Sonst sagte ich immer »David«, aber Alisa kannte David ja nicht. Sie war die einzige Person in meinem Leben, die David nicht kannte, und sie war trotzdem da. Der Gedanke war glatt und angenehm wie ein perfektes Macaron.

Vielleicht lag es auch an dem Regen, aber auf einmal hatte ich dieses überwältigende Gefühl, dass ich bereit war, etwas Mutiges zu tun. Ein Rausch überkam mich, und ich griff nach ihrer Hand.

Alisa

Ich dachte, seine Jacke wäre warm.

Seine Hand ist noch viel wärmer. An manchen Stellen hat sie Schwielen, an anderen ist sie weich.

Und ich lasse sie nicht los.

Mir ist bewusst, dass ich das hier nicht verdient habe und dass ich für dieses Glück irgendwann bezahlen muss.

Aber hier im Regen, unter diesem Schirm, kommt es mir vor wie ein Geheimnis, fast nicht echt. Im Regen gibt es keine Ameisen. Und Regen kann Feuer löschen. Vielleicht löscht er auch meine Gedanken.

5. MAI

Felix

Heute stand ich auf – guten Morgen, Astronautin – und ließ meinen Kaffee kalt werden. Der Himmel war blau, zum ersten Mal seit einer Woche, und ich wollte direkt mit dem Malen anfangen. Ich nahm den Wassermalkasten und den Block mit Aquarellpapier, tunkte die Spitze meines Pinsels in das Wasserglas, das ich seit Tagen benutzte, und fing an.

Erst stark verdünnt, mit wenig Farbe. Es sah aus, als würde sie sich langsam auf dem Papier materialisieren, aus dem Nebel auftauchen. Farbe, Blatt, Pinselspitze. Bis sie schließlich dort saß, auf dem 120-Gramm-Papier, ihr Buch auf den Knien, und zweitausend Kilometer über meine Schulter hinwegschaute.

Es war nur eine kleine Skizze, aber ich spürte den Wind, der über meine Haare strich, und die Sonne auf meinem Gesicht – aufmerksam, wie wenn man etwas Großes geleistet hat und ganz still wird.

»Warum gehst du nicht an dein Handy?«

Ich drehte mich um. David stand auf einmal in der Tür, schon auf den ersten Blick deutlich genervt. Er hatte immer noch einen Schlüssel für die Wohnung.

»Wir wollten heute klettern gehen, hast du das vergessen?«, fragte er. »Ich warte schon seit Ewigkeiten auf dem Parkplatz.«

Ich stellte den Pinsel zurück ins Glas. Von den vielen Farben hatte das Wasser eine braune Färbung angenommen, aber sogar jetzt verfärbte der Pinsel für einen Moment das Wasser.

»Heute bin ich mit Alisa verabredet«, sagte ich. »Wie ich dir gestern doch extra nochmal gesagt habe. Hast *du* das vergessen?«

»Wo ich gerade daran arbeite, den Riesenjob an Land zu ziehen?« Er schaute ungläubig. Tatsächlich bemühte er sich gerade, eine Geschäftsfrau, Emilia Rewen, vertreten zu können, die gleich mehrere Immobilien in München verkaufen wollte. »Danke fürs Mitdenken.«

Er hatte recht: Mir war klar gewesen, dass er mir nicht richtig zugehört hatte, als ich um halb acht die Tür zu seinem Büro aufgeschoben und ihm gesagt hatte, dass ich nach Hause gehen würde und dass wir uns morgen – entgegen unserer Gewohnheit – nicht sehen würden. Mit der Hand hatte er mich weggewinkt, ohne den Blick von seinem PC-Bildschirm zu lösen.

»Entschuldigung«, sagte ich. »Nächstes Mal schicke ich dir eine Mail.«

Er nickte, aber der genervte Zug um seinen Mund verschwand nicht sofort.

»Also? Kommst du jetzt?«, fragte David.

»Geht doch nicht. Ich bin mit Alisa verabredet.«

»Sie hat bestimmt auch morgen Zeit und versteht es, wenn du Zeit mit deinem Bruder verbringst, der sechzig Stunden die Woche arbeitet.«

»Sie ist keine Person, der man absagt«, sagte ich.

»Ach ja?« David lehnte sich an den Türrahmen. »Wie ist sie denn dann?«

»Unerwartet«, sagte ich, und obwohl ich wusste, wie kryptisch das klang und dass David mit einem solchen Adjektiv überhaupt nichts anfangen konnte, hatte ich das Gefühl, ich würde ein glitzerndes Stück von ihr freilegen.

»Unerwartet«, wiederholte David, als kostete er das Wort.

Der Klang seiner Stimme gefiel mir nicht. Ich wollte mit David nicht über sie reden.

»Wie wäre es mit einem Foto?«, fragte er. »Du hast doch bestimmt eins.«

Ich schüttelte den Kopf.

»Ist sie das?«

David trat näher und beugte sich über den Tisch. Ich hatte das Bild ganz vergessen. Er musterte es, langsam. Alisa war in dem Bild, ich war in dem Bild. Am liebsten hätte ich den Block unter seinem Blick weggezogen, aber das hätte ihm mehr verraten als das Bild selbst.

Abrupt zog er seinen Kopf zurück.

»Liegt es an deinen Malkünsten, dass sie so aussieht?«, fragte er.

Es tat schon weh, noch bevor ich die Bedeutung der Worte greifen konnte. Sätze, die er in diesem beiläufigen Tonfall sagte, taten immer weh.

Mein Blick fiel auf die Skizze, und ich schob sie mit dem Finger ein Stück mehr in die Mitte des Tisches. Das Bild war gut geworden. So sah Alisa aus. So fühlte sie sich an. Ich hatte nie darüber nachgedacht, ob David sie hübsch finden würde. War sie hübsch? Wahrscheinlich.

Ich blieb stumm und schaute ihn nicht an.

David seufzte. »Sorry, Flip. Ich bin müde. Es ist nur – das mit dem Malen ist irgendwie nicht … zielführend, oder?«

»Ist das einzig zielführende Hobby Golfspielen?«, fragte ich.

»Du musst ja nicht Golf spielen.«

»Was stört dich denn am Malen?«

David schüttelte den Kopf. Er schaute mich nicht an: Sein Blick sammelte die Farben des Sonnenuntergangs auf, als würde er in seinem Kopf eine Anzeige zu der Aussicht verfassen.

»Vielleicht sollten wir wann anders darüber sprechen.«

»Vielleicht sagst du einfach, was du meinst.«

Noch immer schaute er mich nicht an. *Genießen Sie eine erst-*

klassige Verkehrsanbindung und die Aussicht auf den BMW-Vierzylinder.

Dann schaute er mich an und grinste. »Weißt du was? Du grübelst zu viel«, sagte er und wuschelte mir durch die Haare. »Hab einen schönen Nachmittag mit deiner Kleinen.«

Als die Tür hinter ihm zufiel, schoss ich ein Foto von der Skizze, um es ihr später zu zeigen. Niemand, der Alisa kannte, würde sie irgendjemandes »Kleine« nennen – vermutlich nicht mal ihr Vater. Trotzdem war ich froh, dass er ihren Namen nicht benutzt hatte. Ihren Namen aus seinem Mund zu hören hätte mir das unangenehme Gefühl gegeben, dass sie mir schon durch die Finger glitt.

Alisa

Ich warte am Marienplatz auf Felix. Dafür, dass München 1,5 Millionen Einwohner hat, kommt mir dieser Platz mit dem neugotischen Rathaus voller Türmchen und Blumen immer sehr klein vor. Wir haben uns hier verabredet, weil Felix etwas besorgen muss, und natürlich ist es voll: Jeder braucht etwas, jeder muss bestellen-kaufen-umtauschen. Leute strömen aus und zur S-Bahn, dazwischen schlängeln sich Fahrradfahrer.

Deshalb sehe ich Felix nicht, bis jemand hinter mir sagt: »Hallo, Alisa.«

Ich drehe mich um.

Da steht er.

Da grinst er.

Ausgewaschene Hosen und Band-T-Shirt und alles.

Ich bin ein bisschen überwältigt.

»Jo«, sage ich lahm.

In meinem Leben habe ich noch nie »Jo« zur Begrüßung gesagt.

Felix lacht laut los.

»Jo, Ghetto-Schwester«, sagt er. »Voll krass geil, gib mal Hand zum Abklatschen.«

Ich gebe ihm die Hand. Er holt in Zeitlupe aus und klatscht sie mit maximalem Elan ab.

»Quatschkopf«, sage ich, aber ich bin aus meiner Schockstarre befreit und küsse ihn auf den Mund.

So einfach kann das also sein.

»Also, warum sind wir hier?«, frage ich.

»Um mit Konsum unseren Teil für die Ankurbelung der Weltwirtschaft zu tun«, sagt Felix.

»Und welche Form wird der Konsum annehmen?«, frage ich.

»Reingehen. Bezahlen. Rausgehen.«

»Ach so«, sage ich. »Dann ist ja alles klar.«
»Schon, oder?«, sagt Felix.
Er sprüht heute vor Energie.

Wir biegen ein paar Mal ab, dann tritt Felix durch eine Glastür. Ich bleibe stehen.

Natürlich. Dieser Laden – damit hätte ich rechnen können. Schon einige Male stand ich vor den Schaufenstern und habe nach drinnen geschaut. Aber nie bin ich reingegangen.

»Kommst du?«

Felix hält mir die Tür auf.

Zwei Schritte bis zu Felix. Der Schritt danach ist schon drinnen.

»Ich brauche ein paar Sachen«, sagt Felix. »Sollte aber nicht allzu lange dauern.«

Zielstrebig geht er davon.

Dass ich so plötzlich auf der anderen Seite der Schaufenster stehe, überwältigt mich. Vielleicht sollte ich einfach wieder rausgehen und draußen warten.

»Kann ich Ihnen helfen?«

Ein schnurrbärtiger Mann im Hemd des Ladens lächelt mich an. Mein Mund ist trocken.

»Wo sind denn die Pinsel, bitte?«, bringe ich hervor.

Sein Gesicht leuchtet auf, als würde er schon den ganzen Tag darauf warten, jemandem die Pinsel zu zeigen. »Folgen Sie mir.«

Er geleitet mich in ein anderes Stockwerk und dort durch ein paar Regalreihen.

»Bitte schön. Alle Größen, alle Fasertypen. Wenn Sie noch eine Frage haben, zögern Sie nicht, einen Kollegen oder eine Kollegin anzusprechen.«

Ich nicke. Betäubt. Aufgeregt.

Der Pinsel, den ich aus dem Regal nehme, kostet 15,35 €. Ein Aquarellpinsel mit runder Spitze, Stärke 12, Synthetikhaare.

Das hier erinnert mich an dich. Mit dem Pinsel schreibe ich deinen Namen in meinen Handteller. Immer wieder.

»Hier bist du«, sagt Felix auf einmal hinter mir.

Erschrocken drehe ich mich zu ihm um und lasse die Hand mit deinem Namen darauf sinken. Ich fühle mich ertappt.

In der Hand hält Felix die Tüte mit seinem bezahlten Einkauf. Wie lange stehe ich hier schon?

»Ich habe nur die Pinsel angeschaut«, sage ich, bevor er fragen kann.

»Und?«, fragt Felix.

»Sie sind weich.«

Sein Gang ist jetzt nicht mehr so zackig, und er schaukelt die Tüte vor und zurück, als wir zurück Richtung Marienplatz laufen. Soll ich seine Hand nehmen?

Plötzlich: Glockenläuten. Ich orientiere mich in die Richtung des Geräusches. Es kommt vom Alten Peter.

»Warst du schon mal oben?«, frage ich.

»Bestimmt«, sagt Felix, aber es klingt nicht so, als könne er sich daran erinnern.

»Ich nicht«, sage ich. »Dabei lebe ich schon fast ein halbes Jahr hier.«

»Ja, ich weiß«, sagt Felix. »Man sieht die Sehenswürdigkeiten der eigenen Stadt nur, wenn man Besuch hat.«

Darauf antworte ich nicht. Wenn er seinen eigenen Satz zu Ende denkt, weiß er ja, dass mich noch nie jemand hier besucht hat. Du ganz sicher nicht.

»Was ist – willst du hoch?«

Der Wind streichelt uns über die Haare. Es ist eng, und Felix steht nah hinter mir, eingeklemmt zwischen der Brüstung, mir und der steinernen Mauer.

Heute ist Föhn, deshalb können wir bis zu den Alpen sehen.

Auf einmal bin ich stolz, dass ich hier wohne, dass ich mir diesen Ort ganz alleine ausgesucht habe. Zum ersten Mal habe ich das Gefühl, dass hier tatsächlich mein Zuhause sein kann, dass man sich sein Zuhause aussuchen kann.

»Hast du Höhenangst?«, fragt Felix.

Seine Arme liegen links und rechts von mir auf der Reling, sodass er mich fast von hinten umarmt. Ein bisschen zu eng, aber hier oben in Ordnung.

Ich blicke zum Test nach unten, auf die Dächer, schließe die Augen und lehne mich nach vorne gegen den Stein. Nichts. Nur der Stein, der zurück lehnt.

Habe ich Angst? Vor dem hier? Vor allem?

Dann öffne ich die Augen wieder.

»Nein«, sage ich fest. »Du?«

Ich spüre an meiner Wange, wie er den Kopf schüttelt.

»Was für ein schöner Tag«, sagt Felix.

Seine Stimme klingt anders, so nah an meinem Ohr, oder anders, hier oben. Vielleicht fühlt er dasselbe wie ich: ein bisschen mehr Luft zum Atmen.

Wir steigen die dreihundert Stufen wieder nach unten und gehen zurück zum Marienplatz. Mein Bauch knurrt, und Felix hört es.

Er schaut auf seine Uhr. »Typische Mensa-Zeit?«, fragt er.

»Heute eher Brezel-Zeit«, sage ich und schiele Richtung Bäcker.

»Nix da. Wenn heute schon unser Touri-Tag ist, dann richtig«, sagt Felix und grinst mich an.

Er nimmt meine Hand, und was mir neben dieser immer noch ungewohnten Berührung am meisten auffällt, ist, wie instinktiv er das tut.

Wir laufen an der Statue der Bezaubernden Julia vorbei zum Viktualienmarkt. Er läuft ein bisschen schneller und zieht mich von Stand zu Stand. Seine Begeisterung ist ansteckend. Wir probieren uns durch den Käse und die Dips und verschiedene Obstsorten, bis wir die Plastiktüte mit unseren Käufen unten halten müssen, damit sie nicht reißt.

Wir wechseln uns mit dem Tragen ab, während wir zum Englischen Garten laufen.

Die Grashalme dehnen sich vor uns aus. Wir setzen uns auf unsere Jacken und begutachten die Beute unseres Raubzuges.

Wir haben Brezeln, Salat, Bananen-Curry-Dip und Käse mit riesigen Löchern.

Wir haben einen Frühlingstag.

Felix

Es gab Tage wie diesen: große, glorreiche, grüne Frühlingstage. Der Ärger über David in meiner Brust verdünnte sich mit jedem Atemzug. Als würde in mir ein Kreisel zur Ruhe kommen und dann einfach, völlig still, auf der Spitze stehen bleiben.

Ich hatte schon mit dem Essen aufgehört und sah Alisa nur noch zu. Die Isar plätscherte an uns vorbei, als würde jemand ein Glitzern vertonen. Ein Radfahrer im Neopren-Anzug fuhr mit einem Surfbrett im Arm Richtung Eisbachwelle.

»Welchen Beruf hat dein Vater?«, fragte ich.

Der plötzliche Klang meiner Stimme schien sie zu erschrecken, denn sie verschluckte sich an dem letzten Bissen Brezel und hustete.

»Bauunternehmer«, sagte sie mit tränenden Augen. »Warum?«

Ich zuckte die Achseln. »Ich weiß bloß noch nicht viel von dir.«

Das »noch« fühlte sich an, als würde man sich während eines Gewitters aus dem Fenster lehnen. Sie überging es.

»Was ist mit deinen Eltern?«, fragte sie.

»Sie wohnen in einem Dorf in Brandenburg. Arbeiten als Sachbearbeiter und Verkäuferin.«

Ihr Kauen wurde langsamer, während sie nachdachte. »Wie oft redest du mit ihnen?«

Eine andere Frage, als ich erwartet hatte.

»An Weihnachten war ich zu Hause«, sagte ich. »Seitdem haben wir uns nicht gehört.«

»Vermisst du sie?«

Eigentlich hätte ich die Frage gleich verneint. Aber sie sah mich so interessiert an, dass ich länger darüber nachdachte.

»Nein«, sagte ich. »Aber David ist ja da. Ich sehe ihn fast jeden Tag, wenn ich in seiner Agentur arbeite. Wenn ich krank wäre, würde ich zu ihm gehen. Er ist hier meine Familie.«

»Dein Bruder«, sagte sie, und ihr Blick driftete davon. Der Ausdruck auf ihrem Gesicht erinnerte mich an die Skizze. In meiner Hosentasche glühte das Handy, mit dem ich das Foto gemacht hatte. Ich wusste nicht, ob ich es ihr zeigen sollte – natürlich hatte ich sie schon einmal gemalt, aber dieses Bild war anders. Es fühlte sich an, als würde ich ein frisch geschlüpftes Küken in den Händen halten und ganz vorsichtig die obere Hand anheben, um ihr den lebenden Flaum zu zeigen.

Sollte ich sie es jetzt sehen lassen?

Ein Vibrieren riss uns beide zurück. Ihr Handy, nicht meins. Es war ein ganz neues Modell, mit hochauflösender Kamera, das so gar nicht zu ihrer schlichten Kleidung passte. Mit schmierigen Fingern entsicherte sie ihren Bildschirm und las die Nachricht mit zuckenden Links-rechts-Bewegungen ihrer Augen. Dann starrte sie einfach nur auf den Text.

Ihre Miene war auf einmal erstarrt, fast schutzlos, als hätten die Worte alles weggerissen. Was stand da?

»Hast du eine Nachrichten-App installiert?«, fragte ich. »Gab es wieder einen Terror-Anschlag?«

Sie schaute auf, als hätte erst meine Stimme sie daran erinnert, dass ich da war.

Alisa

Sein Gesichtsausdruck sagt mir, dass ich für einen Moment gefroren war und er es gesehen hat.

Es fühlt sich schrecklich an. Schlimmer als die Nachricht selbst. Warum muss sie jetzt schreiben, kleiner Käfer? Warum macht sie alles kaputt? Ich versuche doch so sehr, es zu verstecken. Ich will nicht, dass er es sieht. Das Traurige. Das Gesplitterte. Denn das wird ihm Angst machen, und dann wird er gehen.

Verzweifelt klaube ich nach Wörtern, aber sie lassen sich nicht zu einer Erklärung zusammenfügen.

Felix

Ihre Körperhaltung erinnerte mich daran, wie sie unter dem Regenschirm gezittert hatte. Aber die Sonne war fast zu warm – wie konnte sie jetzt frieren?

»Nur eine SMS«, sagte sie, aber ihre brüchige Stimme und ihr schwacher Blick sagten etwas anderes.

Wer hatte ihr geschrieben? Wenn mein Blick eine Frage war, dann war ihr Wegschauen weder ein Kopfschütteln noch ein Nicken. Ihre Finger begannen wieder, Grashalme aus der Wiese zu zupfen.

»Willst du darüber reden?«, fragte ich.

Sie schüttelte heftig den Kopf, die Lippen fest zusammengepresst. Weinte sie jetzt gleich?

Mit den Händen strich sie sich über das Gesicht, dann sah sie auf.

»Macht ihr euch Weihnachtsgeschenke?«, fragte sie. Ihre Stimme zitterte immer noch, und ihre großen Augen schimmerten feucht.

Ich nickte vorsichtig. »David ist besessen davon, das perfekte Geschenk zu finden. Das macht es natürlich schwierig, ihm etwas zurück zu schenken.«

»Verstehe ich«, sagte sie. Dann, abrupt: »Gibt es noch mehr von diesen Fragen zum Kennenlernen?«

Keine Ahnung, warum sie die so toll fand. Vielleicht wollte sie sich auch nur von der SMS ablenken.

Ich suchte den Artikel auf meinem Handy raus. »Okay ... was bedeutet Freundschaft für dich?«

Sie dachte nach. Noch mehr abgerissene Grashalme.

Für mich war Freundschaft, dass die andere Person da war, wenn man sie brauchte.

Alisa sah mich nachdenklich an. Dann sagte sie: »Dass einem jede Situation im Leben weniger schlimm vorkommt, weil man weiß, dass man mit dieser Person darüber reden wird, und weil allein diese Gewissheit alles besser macht.«

Sie sah immer noch traurig aus, deswegen küsste ich sie nicht, aber die Traurigkeit schien jetzt mehr ein Nieselregen als ein volles Gewitter zu sein, und irgendwann im Laufe unseres Gespräches schien sie ganz verdunstet.

Wir lagen in der Sonne, redeten ein bisschen, unsere Arme und Beine berührten sich dabei. Dann liefen wir zu Fuß in Richtung von Alisas Wohnung. Als sie mich mit einem Kuss an der U-Bahn-Station verabschiedete, war es dunkel.

Zeit-Drift. Als wären unsere Gesprächsthemen Dünen, die sich unbemerkt unter unseren Füßen bewegten.

Der Spaziergang durch die müde Stadt, die langsam vorbeirollenden Autos, Geräusche aus Wohnungen, in denen Menschen beim Zähneputzen Radio hörten, all das hatte mich ruhig gemacht. Ich wollte die Treppen ins orange Licht des U-Bahn-Schachts hinunterlaufen, als mir das Bild auf meinem Handy wieder einfiel. Jetzt im Dunkel fühlte ich mich plötzlich sicher, es ihr zu zeigen.

Ich spürte die Aufregung wie einen Kick und rannte los – teils, um sie einzuholen, teils, um das Gefühl loszuwerden. So schnell wie möglich rannte ich in die Richtung, in die sie gegangen war. Gerade bog sie um eine Ecke. Natürlich hätte ich rufen können, aber in der stillen Straße fühlte sich das nicht richtig an. Noch eine Ecke, dann ging sie durch ein Tor in einen kleinen Innenhof. Ich verlangsamte meine Schritte.

Sie stand im Lichtkegel der Eingangstür und kramte nach ihren Schlüsseln.

»Hey«, sagte ich.

Ihre Augen fingen das Licht ein, als sie sich abrupt umdrehte.

»Ich habe vergessen, dir etwas zu zeigen. Warte ... schau hier.«

Ich flippte durch meine Handy-Galerie und hielt ihr das Foto hin.

Sie starrte mich an. Kein Ausdruck in ihrem Gesicht. Ihr Mund formte Worte, aber ihre Stimme trug sie nicht. Dann schluckte sie und sprach noch einmal.

»Hau ab«, sagte sie.

Vielleicht hätte ich abwarten sollen, bis sie die Tür geöffnet hatte – überrumpelt zu werden, während man mit dem Schloss friemelte, löste wahrscheinlich jedes Horror-Szenario aus, das bei Mädchen nach Einbruch der Dunkelheit immer irgendwo in einem kleinen Independent-Kopf-Kino spielte.

»Sorry«, sagte ich. »Ich wollte dich nicht erschrecken.«

»Hau ab«, wiederholte sie mit einer Stimme, die ich noch nie von ihr gehört hatte.

Sie drehte sich halb zur Tür, sodass sie mich aus den Augenwinkeln sehen konnte, und stocherte im Schloss. Ich traute mich nicht, sie zu berühren oder einen Schritt auf sie zuzugehen.

»Was ist denn los?«, fragte ich. »Ich wollte dir bloß ...«

Sie drückte sich gegen die Tür, glitt in den Eingang und schlug die Tür zu.

Das Geräusch davon vibrierte in meinen Ohren nach. Desorientiert stand ich davor. Was war das? Mit langsamen Schritten ging ich aus dem Innenhof, lief in die falsche Richtung und kam trotzdem irgendwie bei einer U-Bahn-Station an.

Hatte es irgendetwas mit dem Bild zu tun? War sie gekränkt? Hatte ich sie schlecht getroffen? Davids Worte fielen mir ein. Vielleicht fand sie sich auf dem Bild nicht schön. Ich schaute auf mein Handy-Display. Nein, das war sie. So sah sie aus.

So schaute sie durch mich hindurch.

Alisa

Es war zu viel: die SMS, meine Blamage, der restliche schöne Nachmittag.

Und dann tauchte er auf einmal hinter mir auf, und ich konnte nirgendwohin, und die Angst ist über mir zusammengeschwappt, und ein paar Momente später stehe ich hinter der sicheren Tür, wie betäubt, und realisiere langsam, was ich da gerade getan habe:

Ich habe alles kaputtgemacht.

Im Treppenhaus fange ich an zu heulen und sacke auf den Stufen zusammen. Es tut so weh: Ich habe mich so angestrengt, bin wieder und wieder gegen die Angst angerannt, und wofür?

Um wieder alleine zu sein.

Weil niemand meine Angst ertragen kann und sie wahrscheinlich nie verschwinden wird.

Ich hole das Handy heraus, speichere Erikas Nummer ohne Namen ein und gebe ihr einen besonderen Klingelton, als würde mir das irgendeine Kontrolle darüber geben – und als wäre es nicht schon zu spät.

Erschöpft stecke ich das Handy wieder ein. Meine Hände zittern immer noch. Mein Nagellack splittert ab.

Bis zu meinem Zimmer sind es vier Stockwerke, acht Treppenabsätze, achtundvierzig Stufen.

Ich weiß nicht, wie ich auch nur eine einzige schaffen soll.

6. MAI

Felix

Olli schaute von meinem Handy zu mir.

»Ich verstehe ihr Problem nicht«, sagte sie und gab mir das Handy zurück. »Das Bild ist doch top. Keine Ahnung, warum sie so ausrastet.«

Sie hing sich wieder an die Kletterwand und probierte den schwierigen Pfad, an dem sie schon zweimal gescheitert war. Wir waren in der Boulderhalle – maximal zwei Meter über dem Boden – wo Olli an ihrer Höhenangst arbeitete. Ich blieb ausgestreckt auf der dicken Matte liegen und sah ihr zu, wie sie wieder von dem Griff abrutschte.

Unzufrieden ging sie an mir vorbei zur Freifläche, um ihr Körpergewichtstraining zu machen. Ich lief ihr hinterher: Sie legte sich in den Unterarmstütz, und ich setzte mich neben sie auf den Boden.

»Olli, was soll ich jetzt machen?«

»Ähm ... trainieren?«, sagte sie.

»Ernsthaft«, sagte ich.

»Seit du sie das erste Mal getroffen hast, ist die nur kompliziert«, sagte Olli. »Im Buddhismus heißt es ›Wie am Anfang so in der Mitte, so am Schluss‹.«

»Hast du das in einer Vorlesung gelernt?«

Olli studierte offiziell »Buddhistische und Südostasiatische Studien«, aber eigentlich »das Leben«, wie sie es nannte. Wenn es einen interessanten Kurs gab, dann saß sie drin, und jedes Mal, wenn wir uns trafen, erzählte sie mir von einem neuen Text von einer Psychologin, einer Philosophin oder dem Dalai Lama, oder mit was auch immer sie sich gerade beschäftigte.

»Nee«, sagte sie. »Das stand auf einem Kalender. Und ich übersetze es dir: Du hast dir gerade eine nervige Beziehung und ein beschissenes Schluss-Machen gespart. Herzlichen Glückwunsch. Wir können dieses Gespräch übrigens auch führen, während du *plankst*.«

Widerwillig stützte ich mich neben sie auf den Boden.

»Nicht durchhängen«, sagte Olli und gab mir von unten einen Klapps auf den Bauch.

»Also?«, fragte ich. »Was mache ich jetzt?«

»Vielleicht hast du es einfach versaut, und sie will dich nicht mehr sehen?«

»Scheiße, Olli. Du sollst mich aufbauen und nicht runterziehen, während mein Bauch gleich auseinanderbricht.«

Olli seufzte. »Du magst sie wirklich, oder?«

Ihr Timer piepte.

»Dreißig Sekunden Pause«, sagte sie.

Ich sackte auf den Boden und erwartete eine Stichelei, aber es kam keine.

»Warum eigentlich?«, fragte Olli, und es dauerte einen Moment, bis mir ihre vorige Frage wieder einfiel.

Den eigentlichen Grund konnte ich nicht in Worte fassen: dass ihr Charakter glitzernd und unfassbar war, dass sie immer andere Fragen stellte, als ich erwartete, dass sie manchmal mit ihren stillen Augen und der schlichten Kleidung wie aus einer anderen Zeit oder Welt wirkte. Wie schön es war, wenn sie unerwartet lachte. Und am meisten: Was für eine Überraschung es jedes Mal war, dass sie Zeit mit *mir* verbrachte, ausgerechnet mir, von allen möglichen Leuten.

Also sagte ich den nächstbesten Grund: »Sie versteht das mit dem Malen.«

»Hat David mal wieder einen komischen Kommentar gemacht?«, fragte Olli und bedeutete mir mit einer kleinen Handbewegung, wieder auf die Unterarme zu kommen. Nächste Runde. Ich nickte nur.

Zwanzig Sekunden tickten weg, während Olli nachdachte, was mir die unglaublich wichtige Gelegenheit gab, mich ganz auf meine brennenden Bauchmuskeln zu konzentrieren.

»Es ist doch ganz einfach«, sagte sie schließlich. »Du bist ein Maler. Du hast sie kennengelernt, als du gemalt hast. Muss ich dir das wirklich ausbuchstabieren?«

Der Timer piepte.

Ich kollabierte auf dem Boden. »Ja.«

Sie hielt den Unterarmstütz, Schweißtropfen auf der Stirn, während sie mir einen Plan ausbuchstabierte, dann senkte sie sich elegant ab.

7. MAI

Alisa

Der Gedanke an Felix ist wie ein Spreißel, der aus meinem Finger eitert: Es tut weh, aber es wird besser. Ich stehe um neun auf und gehe um zwei schlafen.

Jedes Mal, wenn ich die Haustür aufschließe, erinnert sie mich an den Schock und die Traurigkeit und die Menschen, die mal neben mir gelaufen sind.

Aber heute! Heute wird einmalig, heute wird gigantisch, inspirierend, heute … habe ich dasselbe vor wie an jedem anderen Tag: aufstehen, anziehen, frühstücken. Der Enthusiasmus ist schon versickert, bevor ich zum ersten Mal pinkeln war.

Das nächste Dreier-Set: Zähne putzen, zur Uni fahren, Seminar oder Leichen präparieren oder Vorlesungen oder Bibliothek.

Ich putze meine Zähne, nehme meinen Beutel und breche auf. Wenn ich die Tür von innen öffne, fühle ich nichts. Von innen sieht sie anders aus: Sie ist braun und beklebt mit Ankündigungen.

Dann bleibe ich stehen: Auf den Bordstein vor dem Haus ist ein roter Kreidepfeil gemalt. Daneben steht: **Hi.**

Mein Herz sprintet los.

Am Ausgang des Innenhofs sehe ich den nächsten Pfeil. Auch dort steht irgendetwas daneben.

Ich laufe hin.

Es.
In schönen geschwungenen Buchstaben, wie am Anfang eines Märchens. Er hat es schlau gemacht. Von dieser Stelle aus kann ich den nächsten Pfeil schon erkennen, aber nicht das Wort, das danebensteht.
Soll ich den Pfeilen folgen oder zur Uni gehen?
Der Beutel mit dem Buch zieht schwer an meinem Arm.
Noch ein Pfeil, sage ich mir.
Der Beutel gibt auf.
Tut.
Es ist doch klar, was das hier werden soll, oder? Eine Entschuldigung, die vor meiner Haustür anfängt und sich straßenlang zieht. Eine Entschuldigung für etwas, das er gar nicht getan hat.

Ich sollte zu meinem Seminar mit Anwesenheitspflicht gehen, aber die Art, wie ich mich fühle, erinnert mich daran, wie schnell die Bäume in dieser Straße im Frühling grün geworden sind – nur zwei Wochen, dann habe ich die Straße von meinem Zimmer aus nicht mehr sehen können – und welches helle Grün die Blätter gehabt haben. Die Kirschbäume blühten rosa vor dem blauen Aprilhimmel. Ganz plötzlich. Aufplatzende Knospen.

Und ich habe dieses hungrige Schwindelgefühl, das man immer hat, wenn man jemandem zuschaut, wie er sich weiter aus dem Fenster lehnt, als man selbst es sich trauen würde.

Also laufe ich den Pfeilen nach und lese die Wörter:
Mir.
Nicht.
Es tut ihm *nicht* leid? Ich laufe ein bisschen schneller zum nächsten Pfeil.
Leid.
Und weiter.
Dass. Ich. Dich. Von. Der. Uni. Abhalte.
Er muss die Pfeile in der Nacht oder am frühen Morgen gemalt

haben. Mit der Logistik lenke ich mich ab, damit ich nicht darüber nachdenken muss, was am Ende der Pfeile auf mich wartet. **Aber. Das. Hau. Ab. Schon. Sagst. Du. Mir. Was. Ich. Falsch. Gemacht. Habe?**
Ich schaue von dem Fragezeichen auf und erwarte fast, ihn zu sehen. Etwas reißt an mir. Aber nein. Die Pfeile gehen ja auch noch weiter. Mittlerweile bin ich im Uni-Viertel. Ein paar Leute schauen neugierig auf den Pfeil und dann auf mich.
Zum nächsten Pfeil laufe ich langsamer.
Bitte?
Ich stehe vor der Glasfront eines Cafés. Der Pfeil zeigt auf die Eingangstür, auf der »Café Carlo« steht. Das Café ist klein, die Scheiben sind schlierig vom Alter, und innen hängen schwere, alte Vorhänge. Ist er da drin? Kann er mich schon sehen?
Ich weiß nicht, ob ich die Tür öffnen soll. Mein Magen rumort. An meinem Zwerchfell ist ein Gefühl wie ein Zupfen.
Erst einmal gehe ich zur letzten Ecke zurück, lehne mich an eine Hauswand und schließe die Augen, sonst fange ich an zu heulen. Er macht das hier für *mich*. Mein Hals fühlt sich geschwollen an, und das Schlucken fällt mir schwer. Wenn man sich erst einmal wieder daran gewöhnt hat zu reden, ist es nicht so leicht, alle Sätze hinter den Zähnen zu behalten, die man den Tag über gedacht hat. Es ist nicht so leicht, auf einmal wieder Fertigessen runterzuschlingen. Es ist nur leicht, sein Popcorn wieder alleine zu essen.
Zwei Münchner Typen laufen vorbei – gegelte Haare, Sakkos, teure Sonnenbrillen. Sie unterhalten sich und qualmen dabei. Ich mache einen Schritt in ihren Weg und halte sie an.
»Darf ich kurz ziehen?«, frage ich.
Einer der beiden zuckt mit den Achseln. »Kriegst auch eine ganze«, sagt er.
»Will nur mal ziehen, danke.«
Er hält mir die Zigarette zwischen Zeigefinger und Daumen

hin. Ich beuge mich nach vorne und sehe mich in seinen verspiegelten Gläsern.

Ich habe noch nie geraucht, denn du hättest mir stundenlang deswegen Vorträge gehalten.

Jetzt nehme ich einen Zug, nicht mal tief, und gebe ihm die Zigarette zurück. Für einen Moment halte ich den Atem an. Dann huste ich alles wieder raus.

»Danke«, sage ich.

»Jo.« Er nickt mir zu, und sie laufen weiter.

Ich lehne mich wieder an die Wand. Mein Kopf fühlt sich leichter an, fast schwindlig.

Er weiß doch sowieso schon, wo ich wohne. Es macht überhaupt keinen Unterschied, ob ich jetzt in das Café gehe oder nicht.

Mit schnellen Schritten laufe ich zum Café zurück. Ich darf nicht zögern, sonst drehe ich um. Und ich will nicht, dass er sieht, wie unsicher ich mich fühle. Es fühlt sich an, als wäre ich fünfzehn, dran mit Alkohol kaufen und würde geschminkt und in hohen Schuhen an der Kasse stehen, mit meinen Fingernägeln spielen und versuchen, sehr, sehr sechzehn auszusehen.

Meine Hand drückt die Klinke nach unten.

Die Tür schwingt erstaunlich leicht auf, und mit etwas zu viel Schwung laufe ich hinein. Das Café ist wirklich klein – mit einem einzigen Blick erfasse ich den ganzen Raum.

Felix ist nicht da. Was nichts heißen muss: Wer weiß, wie lange er schon wartet – vielleicht ist er auf der Toilette und kommt gleich zurück.

Fast erwarte ich, auf dem Boden einen weiteren Kreidepfeil zu sehen, der mich zum richtigen Tisch führt, aber dort liegen bloß dicke Teppiche.

»Alisa?«

Ich schaue auf. Vor mir steht eine Kellnerin, blond, ziemlich klein und in hohen Schuhen. Sehr hübsch.

Mein Gesichtsausdruck ist ihr wohl Bestätigung genug, denn sie sagt: »Ich bringe dich zu deinem Tisch.«

Der Teppich schlägt Falten, und ich folge dem Beispiel der Kellnerin und hebe vorsichtig die Füße an, als ich ihr zu einem Tisch im hinteren Teil des Cafés folge. Sie bleibt neben dem Tisch stehen und mustert mich die letzten Schritte, die ich bis zur Sitzecke brauche. Ich setze mich.

Sie nickt zufrieden und geht zur Theke zurück.

Verwirrt bleibe ich sitzen. Sie bringt mir keine Karte, sondern schneidet an der Theke großzügige Stücke von runden Torten, zapft Kaffee aus der Maschine und bedient die wenigen Kunden, die um zehn im Café sitzen. Ab und zu wirft sie einen Blick in meine Richtung. Sie scheint den Laden alleine zu schmeißen.

Immer noch erwarte ich jeden Moment, dass Felix sich mir gegenüber auf die Bank zwängt oder mir auf die Schulter tippt, dabei sitze ich mit dem Rücken zur Wand und kann den Eingang sehen. Trotzdem: Was soll ich ihm sagen, wenn er kommt? Zum ersten Mal weiß ich nicht, wie ich ihn begrüßen soll. Ich fühle mich eingequetscht hinter dem Tisch.

Die Kellnerin kommt auf einmal wieder zu meinem Tisch, ein Tablett auf der Hand.

Mit raschen Handbewegungen stellt sie eine Tasse und einen Teller Nudeln vor mir ab, dann geht sie wieder.

Vorsichtig tauche ich den Löffel in die braune Flüssigkeit in der Tasse, rühre einmal um und führe den Löffel dann zum Mund. Heiße Schokolade. Es ist zehn Uhr, ich habe zu Hause nur ein halbes Toastbrot runtergebracht, aber als ich an dem Teller rieche, stelle ich fest, dass ich gerade sehr wohl einen ganzen Teller Spaghetti aufschlürfen kann. Die Soße hinterlässt rote Muster auf dem weißen Teller, als ich den ersten Bissen koste.

Was soll das alles? Ganz offensichtlich hat Felix die Kellnerin instruiert und ihr ein Foto von mir gezeigt, aber warum?

Gedankenverloren wickele ich eine Nudel auf die Gabel. Die

Soße schmeckt würzig, aber nicht zu scharf, und hat genau die richtige Cremigkeit, während die Nudeln den perfekten Biss haben. Ich glaube, ich habe noch nie so gute Pasta gegessen.

Mir fällt ein, dass es in einem kleinen Café wie diesem vermutlich kein Mittagessen gibt, und erst recht nicht um zehn Uhr morgens. Felix muss es gekocht haben. Ich sehe ihn direkt vor mir, wie er in seiner Küche gestanden und geschnippelt haben muss. Erst die Zwiebeln und den Knoblauch andünsten, währenddessen die Tomaten blanchieren und häuten, Geheimzutaten dazu und dann stundenlang auf kleinster Flamme köcheln lassen, bevor noch die Oliven dazukommen. Wie lange hat er die Kellnerin beschwatzt, damit sie in ihrem Café sein Gericht serviert?

Die Gabel klappert. Der Teller ist leer. Als ich mir mit der Serviette den Mund abwischen will, sehe ich, dass darunter ein weißer Umschlag liegt.

Sprinter-Herz.

Ich nehme ihn in die Hand – dickes Papier, natürlich, typisch Felix – und öffne ihn.

Spaghetti alla Capricciosa. Mit ganz viel drin. Ich glaube, das könnte deine Lieblingssoße sein. Habe ich recht?
Es tut mir leid, wenn ich dich erschreckt habe.
Wenn du willst, ruf mich an. Wenn nicht ...
schreib mir eine SMS.

PS: Das Essen ist bereits bezahlt.

Es hat ihn nicht verschreckt.

Kleiner Käfer, *es hat ihn nicht verschreckt.*

Ich lecke mir die Soße aus den Mundwinkeln, um mein schmerzendes Lächeln zu verstecken. Die Kellnerin schaut noch immer. Aber jetzt grinst sie.

Felix

Ich stand am Waschbecken und rubbelte an dem Soßenfleck auf meinem Hemd. Der Spargel in der Mittagspause war klasse, aber die Sauce Hollandaise sah auf meinem weißen Hemd unappetitlich aus. Man war eben koordinativ eingeschränkt, wenn man die ganze Nacht die perfekte Soße gekocht hatte.

»Felix«, rief David. »Dein Typ wird gebraucht.«

»Gleich fertig«, rief ich zurück.

Ich lief zu seinem Büro, und da sein Schreibtisch der Tür gegenüber stand, sah ich sein Gesicht zuerst. Warum schaute er mich so erwartungsvoll an?

»Du hast Besuch«, sagte er.

Sein Blick glitt von mir weg, und zeitgleich sah ich sie. Sie saß ihm gegenüber. Musste an der Badtür und meinem Schreibtisch im Vorzimmer vorbei direkt in Davids Büro gelaufen sein.

Es gab zwei einfache Wege, sich bei mir zu melden: anrufen oder eine SMS schreiben. Es überraschte mich nicht, dass sie einen dritten, schwierigen Weg gefunden hatte.

»Hallo Alisa«, sagte ich. Aus den Augenwinkeln bekam ich mit, wie David sich in seinen Stuhl lehnte, als hätte sich eine Vermutung von ihm bestätigt.

Ich war selbst überrascht, wie glücklich ich mich auf einmal fühlte. Sie war nicht nur gekommen. Sie hatte sich sogar gemerkt, dass ich bei meinem Bruder arbeitete, dass er eine Immobilien-Agentur hatte, wie ich mit Nachnamen hieß. Jeder Fakt wie eine glitzernde, kühle Murmel in meinem Kopf.

»Du kannst dich auch setzen«, sagte David amüsiert.

Ich zog mir den zweiten Stuhl vor seinem Schreibtisch heran. Wie lange hatte ich dagestanden und sie angestarrt?

»Was studierst du?«, fragte David Alisa, und mir fiel auf, wie er einfach voraussetzte, dass sie überhaupt studierte.

»Medizin.«

David nickte. »Nicht das leichteste Studium«, stellte er fest. »Wie geht es dir damit?«

»Es ist anstrengend, aber es geht schon, wenn man sich seine Zeit gut einteilt.«

David lachte sein einnehmendes Lachen. »Ich mag deine Einstellung.«

Der Unterschied zwischen uns beiden war mir in diesem Moment nur zu bewusst: Ich sah vielleicht gut aus, aber David war größer, massiver, und es war sein Büro, in dem wir saßen. Das Gefühl war dasselbe wie damals, als ich klein gewesen war und jedes Fahrrad, das ich fuhr, vor mir David gehört hatte und irgendwie noch immer ihm gehörte.

»Felix hat erzählt, dass ihr euch kennengelernt habt, als er dich gemalt hat«, sagte David.

Alisa nickte langsam, als wartete sie noch auf eine tatsächliche Frage.

»Findest du, dass er gut malt?«, fragte David.

Es fühlte sich an, als würden die Worte mein Hirn gefrieren lassen.

»Du nicht?«, fragte Alisa.

»Er zeigt mir seine Bilder nicht so gerne«, wich David so schnell aus, wie sie zurückgeschossen hatte. Was »Nein« hieß.

»Ich denke, es ist ziemlich offensichtlich, dass er gut ist«, sagte Alisa. »Ich kann nächstes Mal Fotos machen. Meine Handy-Kamera zeigt auch Details ziemlich gut.«

Irgendwie war sie aus der Situation herausgekommen, ohne mich oder David zu beleidigen.

Warum waren wir überhaupt noch hier? David hatte beim Mittagessen erwähnt, wie viel er zu tun hatte, aber das merkte man ihm nicht an.

»Alisas Vater ist Bauunternehmer«, sagte ich, um auch noch etwas anbringen zu können.

»Ach ja?«, sagte David. »Wie heißt er denn?«

»Er *war* Bauunternehmer«, sagte Alisa schnell. »Die Firma ist pleitegegangen.«

»Hmm.« David nickte unbestimmt. Pleitegehen war ein Thema, von dem er nur ungern hören wollte.

Ich warf David einen Blick zu. *Komm schon, Bro.* Er fing ihn auf.

»Schön, dass du gekommen bist«, sagte David. »Freut mich, dass ich dein Gesicht jetzt nicht mehr nur vom Papier kenne.«

»Du bekommst die Fotos«, sagte Alisa und lächelte.

Wir verließen das Zimmer, und ich ließ die Klinke besonders langsam los, damit es kein Geräusch dabei gab. Es erschien mir wie ein Wunder, dass sie auf meiner Seite der Wand war und nicht bei David.

Stumm blieben wir vor meinem Schreibtisch stehen. Das Vorzimmer wirkte auf einmal übertrieben groß.

»Jetzt kennst du also meinen Bruder«, sagte ich. Mich interessierte, was sie von ihm dachte. Das war die andere Seite: Ich wollte, dass sie David mochte, weil er mir selbst so wichtig war.

»Ich mag ihn«, sagte sie. Dann sah sie meinen Blick. »Und ich mag dich lieber als ihn.«

»Was? Hast du den Kerl gesehen? Sollen wir noch mal reingehen?«

Sie fasste mich an den Ohren und zog mein Gesicht zu sich heran.

»Außerdem bist du hetero. Das ist ein weiterer deiner Vorteile.«

Dass sie das so schnell gerafft hatte – ich selbst hatte es erst kapiert, als er mir vor einem Jahr seinen Freund vorgestellt hatte.

»Irgendwie muss ich mich ja abgrenzen.«

»Du bist witzig. Er nicht.«

»Denkst du. Aber eigentlich ...«

»Klappe«, flüsterte sie.

Ich küsste sie langsam und vorsichtig, ganz anders als David das gemacht hätte. Dabei war ich immer noch überrascht, dass sie wieder da war, und ich wusste immer noch nicht, warum sie mich weggeschickt hatte.

Alisa schaute sich um. »Und hier arbeitest du?«, fragte sie.

»Ich helfe aus.«

Sie ging zu meinem Bürostuhl und setzte sich darauf. Mit den Händen schob sie sich an und kreiselte um ihre eigene Achse. Ich wollte mich auch setzen, um ihr zu signalisieren, dass sie sich ganz in Ruhe umschauen konnte, aber in dem Vorzimmer gab es keinen anderen Stuhl. Also ließ ich mich auf dem Boden nieder. Es war seltsam dort unten, weil ich den Raum noch nie so betrachtet hatte. Als würde er sich durch ihre Anwesenheit tatsächlich verändern. So tief, wie ich saß, konnte ich sie hinter dem Schreibtisch nicht mehr sehen.

Plötzlich rutschte sie vom Stuhl und kroch unter den Schreibtisch, auf mich zu.

Warum hatte sie so heftig reagiert, als ich ihr das Bild gezeigt hatte?

Sie schien meine Gedanken zu spüren, denn ihr Blick huschte zur Tür. Der Raum war ihr auf einmal zu eng, vielleicht wollte sie weg, statt meine Frage anzuhören. Ich krabbelte auf sie zu. Auch wenn sie wegrennen würde, würde ich die Frage stellen. Mein Herz klopfte, aber gleichzeitig war eine gewisse Klarheit darin, den Kreisel aus meinem Kopf in meinen Mund zu entlassen.

»Was war los?«, fragte ich.

Ich sah ihr Gesicht wie durch ein Fischaugenobjektiv. Wie ihre Lippen zuckten, wie die Haut zwischen ihren Augenbrauen sich zu einer schmalen Falte zusammenschob.

»Wenn es eine Sache gibt. Eine einzige Sache, die mir Angst macht und über die ich nie mit dir reden möchte – ist das in Ordnung für dich?«

Sie kauerte leicht nach vorne gebeugt und hatte die Lippen

aufeinandergepresst. Es tat weh, sie anzuschauen, denn in diesem Moment sah ich sie ganz genau: Sie wartete auf das »Nein«. Sie war sich dessen ganz sicher. Und trotzdem schaute sie mir so fest in die Augen. Ich setzte zu einer Antwort an, hielt dann aber noch mal inne, weil mir klar wurde, wie es für sie klingen musste, wenn ich mit »Nein« anfing.

»Hör mir bis zum Ende zu«, sagte ich. Ich traute mich nicht, sie zu berühren, so angespannt saß sie da. »Nein, es ist für mich nicht in Ordnung, wenn es etwas gibt, das dir Angst macht und das so schlimm ist, dass du darüber nicht reden möchtest. Und ich hoffe, du tust es irgendwann. Aber wenn du es aushältst, was auch immer es ist, dann kann ich das genauso.«

Mein Ausatmen füllte die Stille.

Als sie nichts sagte, streckte ich meinen Arm nach ihr aus.

Alisa

Erinnerst du dich an die Bücher, die wir gemeinsam gelesen haben, kleiner Käfer?

Alice im Wunderland. Wie oft lagen wir im Bett und haben Kassetten von Alice im Wunderland angehört? Die alte Stimme auf den Bändern, die uns in unseren Träumen Geschichten erzählte, bis die Batterie aufgab.

Eine Stelle ist mir besonders in Erinnerung geblieben:

Vor Neugierde brennend rannte Alice dem Kaninchen mit der Taschenuhr nach über den Grasplatz und kam noch zur rechten Zeit, um es in ein großes Loch unter der Hecke schlüpfen zu sehen.

Den nächsten Augenblick war sie ihm nach in das Loch hineingesprungen, ohne zu bedenken, wie in aller Welt sie wieder herauskommen könnte.

Genauso fühlt sich das an, unter dem Schreibtisch, mit Felix.

Springe ich?

Darf ich springen?

Kann ich springen?

Zu spät – ich fliege schon durch die Luft.

Felix

Ich hatte erwartet, nur Luft zu fassen, und war fast erstaunt über die Wärme ihrer Haut. Meine Hand berührte ihre Schulter.

Sie zuckte nicht zurück, als ich näher zu ihr heranrutschte. Stattdessen kroch sie in meine Umarmung, und mein T-Shirt wurde an meiner Schulter langsam nass.

29. MAI

Alisa

Eigentlich haben wir morgen beide Vorlesung, aber wir wollen lieber Sterne schauen, also fahren wir aus der Stadt, um dem Licht zu entkommen. Felix hat das Auto von seinem Bruder geliehen. Wir fahren weit raus und wollen ein Lagerfeuer machen, aber das Holz ist zu feucht. Es fühlt sich fast an wie Camping, kleiner Käfer, und damit kennen du und ich uns leider nur allzu gut aus. Wolken verdecken den Himmel, und falls da Sterne sein sollten, sehen wir sie nicht.

Auf einmal ist die Luft voll leuchtender Punkte. Glühwürmchen. Sie schweben in der Luft. Viele, viele, viele. Felix nimmt ein Glas, das vor dem Abendessen mit Dip gefüllt gewesen ist, und fischt damit nach dem leuchtenden Pünktchen, fängt aber nichts als Luft. Ich nehme ihm das Glas aus der Hand. Langsam schiebe ich es auf das glühende Insekt zu. Eine Wolke, ein Luftschiff. Ich scheine zu langsam, und ich spüre Felix' Unruhe neben mir. Da, es ist drin. Ich lege den Deckel darauf und ziehe es an meine Brust. Felix lacht und klatscht aus kindischer Begeisterung in die Hände. Meine Augen treffen seinen Blick. Mein Herzschlag überrennt mich fast. Ein Kichern gleitet durch meine Lippen, und ich drehe das Glas mit zittrigen Fingern zu. Als ich mir mit einer Hand die Haare aus dem Gesicht streichen will und dabei an meinem Gesicht vorbeifahre, sehe ich das

Leuchten. Es hängt an meinen Fingern. Es schmiert über das Glas. In der Hast habe ich vor dem Zudrehen nicht bemerkt, dass das Glühwürmchen sich zwischen den Deckel und das Glas gezwängt hat.

Ein Loch tut sich in mir auf. Ich trauere um das summende Lichtwesen, das ich zerquetscht habe.

»Krass«, sagt Felix. Aber er schaut nicht auf meine Finger. Er schaut mir ins Gesicht.

Mein Blick fixiert Felix, und ich schaue nicht weg, weil der Moment verschwindet, sobald ich nicht mehr hinschaue – aber ich möchte ihn unbedingt festhalten. Ich möchte den Moment einatmen, ich möchte ihn aufessen, ich möchte ihn in meine Haut ritzen, auf meine Augenlider, und mich wie ein Chamäleon mit den Fingern daran festsaugen; ich taste nach meinem Handy, um ein Foto zu schießen, und lasse es dann doch in der Jacke, weil ein Foto nicht mal das Sichtbare festhalten kann, ganz zu schweigen von dem Hüpfen meines Magens, als Felix mich zu sich zieht.

Felix gräbt die Hände in meine Haare. In der Ruckartigkeit verfehlen sich unsere Münder zuerst, und sein Atem bricht sich an meiner Wange.

Das Glühwürmchen ist gestorben, und ich habe diesen Kuss bekommen. Eine Opferung.

Hierhin kommt man also, wenn man einmal mehr mutig ist, nachdem man denkt, man kann nicht mehr.

Ich schlinge ihm die Arme um den Hals. Mit abgespreizten Fingern, um sein Hemd nicht zu verschmieren.

Der Geruch der Wiese und seines After-Shaves.

Meine fluoreszierenden Finger.

Mein fluoreszierendes Herz.

30. MAI

Alisa

Es ist schon fast hell, als wir bei mir ankommen.
Felix parkt das Auto, und wir steigen beide aus.
Die Morgenluft ist noch kühl.
Meine Wangen sind noch warm.
Wir hätten auch campen können, dort draußen im Wald. In einem Zelt mit einer Abdeckung, die angeblich vor Insekten schützt. Mit Orangenmarmeladen-Toast zum Frühstück. Aber das hier hat überhaupt nichts mit dem Campen von damals gemeinsam. Das hier ist anders und neu. Martin ist nicht hier.
Auch im Zelt haben wir nebeneinander geschlafen, kleiner Käfer.
Wenn ich in meinem Bett liege, vermisse ich deinen Atem. Du hast laut geatmet, wenn du geschlafen hast, als bereitete es dir Mühe, den Brustkorb zu heben. Kein Schnarchen, nur die Luft, die wie Ebbe und Flut aus deiner Lunge floss und dabei rauschte.
Felix steht vor mir und tritt von einem Fuß auf den anderen.
»Felix?«, frage ich.
Hoffnungsvoll schaut er auf.
»Schläfst du bei mir?«
Schläfst du mit mir?
Schläfst du mit mir ein?

Felix

»Schläfst du bei mir?«

Mein Herz war nicht mein einziges Körperteil, das pochte, als Alisa die Haustür aufschloss. Die Haustür, die sie mir schon mal ins Gesicht geschlagen hatte.

»Wir müssen leise sein«, flüsterte Alisa. »Sonst wacht meine Nachbarin auf.«

»*Roger that*«, flüsterte ich zurück und machte das Taucher-Okay-Zeichen.

Alisa lief vor mir. Drei Stockwerke, vier. Schließlich blieb Alisa vor einer Tür stehen. Das Klappern des Schlüssels war das einzige Geräusch, dann öffnete sie die Tür.

Ich blieb im Türrahmen stehen. War nur mir bewusst, was für ein Schritt das gerade war? Letztes Mal hatte sie unglaubliche Angst gehabt, und das war vier Stockwerke weiter unten gewesen.

»Komm rein«, sagte Alisa.

Also gut. Ein kleiner Schritt für Alisa. Ein großer Schritt für meine Wenigkeit.

Leise schloss ich die Tür hinter mir und zog die Schuhe aus. Das kleine Zimmer, das dem noch kleineren Flur folgte, war ziemlich voll: Kleider quollen aus dem viel zu kleinen Schrank. Bücherregale und Bett waren mit Lichterketten bewachsen. An den Wänden hing beschriebenes Papier und über dem Bett ein riesiges Poster von Porto. In der Ecke stand eine große Stehlampe.

So viele neue Details – von den Titeln der Bücher über die geblümte Bettwäsche zu dem Geschirrstapel in der Küchenzeile.

Als sie reingekommen war, hatte sie die Lampe angeschaltet, jetzt langte sie an mir vorbei und knipste sie wieder aus. Durch die Fenster fiel das Morgenlicht.

Im Vergleich zu draußen war es im Zimmer warm, fast stickig, und ich öffnete den Reißverschluss meiner Jacke. Sie legte ihre Hände auf meine Schultern und streifte mir die Jacke von den Armen. Dann küsste sie mich. Weil sie sich mit ihrem ganzen Gewicht gegen mich lehnte, musste ich einen Schritt zurück machen, sodass mein Rücken gegen die Tür drückte. Ihre Hände waren an meinem Nacken.

Mir wurde noch wärmer.

Ihr anscheinend auch, denn sie zerrte sich ihren Pulli über den Kopf.

Das Morgenlicht schimmerte auf ihrem Gesicht, das heute ungeschminkt war. Haut hatte niemals nur eine Farbe: Ihre war golden, dann floss sie in einen sanften Gelbton, und an den Wangen leuchtete sie rosa. In diesem zarten Aquarellbild traten die Lippen hervor, dicke Farbschichten, hoch pigmentiert.

Mein Blick ließ sie lächeln, und als ihr Lächeln noch breiter wurde, fiel mir zum ersten Mal auf, was für spitze Eckzähne sie hatte.

»Was grinst du so?«, fragte sie, lächelte aber noch immer.

»Du hast verdammt spitze Eckzähne, hat dir das schon mal jemand gesagt?«

»Hab ich?« Sie fuhr mit der Zunge darüber, dann zuckte sie die Achseln. Ihre Lippen waren meinen schon wieder sehr nahe.

»Isst du mich jetzt?«, fragte ich gegen ihren Mund.

Sie rückte ein Stück zurück und sah mich ernst an. »Ich habe wirklich schon genug dreckiges Geschirr.«

»Dann ist es also sicher, wenn ich mein T-Shirt ausziehe?«, fragte ich.

»Wenn es dir hilft, kann ich meins auch ausziehen«, bot sie an.

Ich wusste nicht, wobei genau *das* helfen sollte, aber ich sagte »Deal«.

Also packte ich mein T-Shirt im Nacken und zog es mit einem Ruck über den Kopf. Sie nahm beide Hände an den unteren Rand ihres T-Shirts, bewegte sie irgendwie kreuzweise nach oben, und darunter trug sie ein Top.

Offensichtlich konnte ich meine Enttäuschung nicht verstecken, denn sie lachte. »Ich bin verfroren«, sagte sie.

»Ist dein BH beheizbar?«, fragte ich. »Das wäre sonst mal eine Start-up-Idee.«

Statt einer Antwort zog sie das Top aus.

Und das war das Ende meiner Unternehmer-Ambitionen.

»Ist dir jetzt nicht kalt?«, fragte ich mit trockenem Mund.

»Ist dir nicht immer noch zu warm?«, fragte sie mit einem Lächeln in den Mundwinkeln.

Ich zog die Hose aus.

Sie auch.

Oh Gott. Mädchenunterwäsche. Mädchen *in* Unterwäsche.

Ihre war schwarz. Meine Unterhose war leider langweilig blau. Sie sagte nichts dazu. Sie schaute nicht mal hin. Stattdessen legte sie die Hände auf meine Brust und strich über meinen Oberkörper. Nicht nur die Haare auf meinen Armen stellten sich auf.

Ich zog sie näher zu mir und küsste sie. Meine Arme verschränkten sich hinter ihrem Rücken. Ihre Hände bewegten sich über meine Haut. Dabei spürte ich auch die leichteste Berührung. Mein Körper schien auf doppelter Energie zu laufen. Warum war dieses Zimmer so heiß?

»Zum Bett«, brachte sie zwischen zwei Küssen hervor, und wir stolperten über Schuhe und Kleidung und Bücher, weil keiner von uns auf den Boden schaute.

Dann kippten wir auf die Matratze.

Alisa rollte sich nach oben. Sie hatte die Hand schon am Bund meiner Unterhose, als irgendwo ihr Handy ein Zwitschern von sich gab, obwohl es sonst immer nur vibrierte.

Ihr Körper krampfte sich zusammen wie bei der SMS, die sie im Englischen Garten bekommen hatte. Wieder dieses Erstarrte, dieses Schutzlose. Ungelenk kletterte sie von mir herunter und rollte sich zu einer Kugel zusammen. Sie wirkte sehr klein, verloren, ein einsamer Vogel.

Was ging hier ab?

Wer schickte diese SMS, die ihr so wehtaten? Warum taten sie ihr so weh?

Was war geschehen, dass sie jetzt so dalag? Es musste unvorstellbar schlimm gewesen sein.

Meine Erektion drückte immer noch gegen den Unterhosenstoff, dabei wäre ich sie gerade gerne los gewesen.

Ich versuchte, ihr so viel Platz wie möglich zu geben, aber ihr Bett war so schmal, dass mein Ellenbogen sie trotzdem berührte. Weil das komisch war, streckte ich schließlich die Hand aus.

»Vorsicht, das ist meine Hand«, sagte ich, bevor ich sie auf ihre Schulter legte.

Unter meiner Handfläche spürte ich ein feines Zittern, hochfrequent. Ohne ihre Schulter loszulassen, fischte ich erst mit den Füßen, dann mit der freien Hand nach der am Fußende liegenden Decke und zog sie über uns beide.

»Hey«, sagte ich.

Sie öffnete die Augen. »Zählt das als Höhle?«, fragte sie leise.

»Wenn du willst, klar.«

Alisa

Seine Augen sind weit offen. In diesem Moment habe ich zum ersten Mal den Wunsch, ihm alles zu erzählen.

Nur was, wenn er es nicht versteht?

Felix hört gut zu. Er ist einfühlsam. Aber es gibt zwei Arten von Einfühlsamkeit. Die scheinbare, wo sich jemand nur gut in andere einfühlen kann, wenn er selbst schon mal in derselben Situation war. Und die echte, wo man von seinen eigenen Denkmustern und Erfahrungen wegschwimmt, um ganz in den Kosmos des anderen einzutauchen.

Ich hätte Angst, dass er nicht nachvollziehen kann, wie sich Schuldgefühle in Knochen graben. Wie ein Gedanke, immer wieder gedacht, zu einer eigenen Stimme im Kopf werden kann. Wie schlimm sich die Erinnerung anfühlt, wenn man ganz von ihr eingehüllt ist.

Vielleicht würde er denken, dass ich es mir selbst unnötig schwer mache. Vielleicht würde er denken, dass ich einfach aufhören kann, mich schuldig zu fühlen. Als hätte ich das nicht schon probiert.

So wie wenn Leute einer depressiven Person sagen, sie solle die Dinge doch mal positiv sehen. Oder einer übergewichtigen Person unterstellen, dass Abnehmen ganz einfach sei, wenn man nur ein wenig Selbstdisziplin habe.

Er schaut mich immer noch an, die schweren Arme ruhig an seiner Seite.

Was, wenn er mich nicht mehr mag, wenn er weiß, was ich getan habe?

Ich fühle mich verletzlich wie eine Erdbeere, die aus der Schachtel auf die Straße gefallen ist. Tiefrot, gelbe Grübchen, das pelzige Innere. So zart auf dem rauen Asphalt.

Felix

»Erzähl mir was«, sagte sie. »Irgendwas.«
Ich überlegte kurz. Ich wollte irgendetwas erzählen, das ihr das Gefühl gab, mit mir über diese SMS reden zu können. »Willst du von meiner ersten Nacht in München hören?«, fragte ich.
»Okay.«
Ich drehte mich auf den Rücken.
»David sagt immer, der Horizont unserer Eltern endet am Ortsschild. Das ist natürlich übertrieben, aber er hat schon ein bisschen recht. Solange ich denken kann, hat er sich mit ihnen gezofft, und direkt an seinem achtzehnten Geburtstag ist er nach München abgehauen. Ich habe ihn nur in seinen Semesterferien gesehen – da hat er mich abgeholt und mit mir Ausflüge gemacht. In meiner Vorstellung hat er in München ein superspannendes Leben ohne unsere Eltern geführt, und das hat er bestimmt auch, aber ich glaube, zwischendrin war es knochentrocken. Er hat in einem Haus gewohnt, das schon zum Abriss freigegeben war, und neben der Uni zwei Jobs geschmissen. Und ich habe ihn die ganze Zeit vermisst. Meine Eltern haben darüber geredet, in was für Geschäfte David wohl verwickelt sei, dass er sich mit nicht mal Mitte zwanzig seinen eigenen BMW leisten konnte. Das hat ihn wahnsinnig aufgeregt. ›Ich arbeite hart, und ich liefere guten Service‹, hat er gesagt. ›Ich gehöre nicht zur verdammten Mafia.‹ Wenn sie wüssten, dass er schwul ist, würden sie ihn vermutlich aus den Familienbildern schneiden.«
Ich warf Alisa einen Blick zu, aber sie hatte die Augen wieder geschlossen. Schlief sie schon?
»Sobald ich mein Abi hatte, hat David mich abgeholt. Die ganze Fahrt über habe ich mich gefreut, dass wir jetzt endlich wieder zusammenwohnen würden. Wie in unserem gemeinsamen Kin-

derzimmer, wo er mir immer flüsternd erzählt hat, wohin er sich heute rausschleichen würde.

Dann hat er auf einmal bei einem Hochhaus geparkt, das ich noch nie gesehen hatte. David hatte sein Ich-habe-eine-Überraschung-und-du-wirst-sie-lieben-Grinsen drauf. Wir sind mit dem Aufzug hochgefahren, er hat aufgesperrt und mir die Wohnung gezeigt. Sie ist vollkommen leer gewesen, bis auf eine Matratze im kleineren der beiden Zimmer und einem Gewürzschränkchen in der Küche. David hatte mir nämlich die Chance geben wollen, meine Möbel selbst auszusuchen.

›Ist die Aussicht nicht gigantisch?‹, hat er gefragt. Dann hat er mich wegen eines Termins allein gelassen – und allein habe ich mich auch gefühlt. Das war *sein* Traum: diese Wohnung in dieser Stadt zu haben. Genauso hätte er es neun Jahre früher auch gewollt. Ich bin dann ins Oly-Dorf gegangen und habe mir einen Döner gekauft, damit es im Zimmer wenigstens nach Essen roch.«

Der Menschenball neben mir streckte sich aus. Alisa atmete ruhiger, aber ich wusste nicht, ob sie schlief, und wenn ja, ob die plötzliche Stille sie wecken würde, also erzählte ich weiter.

»Als ich zurück zu meiner Wohnung wollte und schon im Aufzug stand, fiel mir auf, dass ich nicht darauf geachtet hatte, in welchem Stock ich eigentlich wohnte. Ich stieg wieder aus und schaute auf die Klingeln und die Briefkästen in der Hoffnung, dort meinen Namen oder ein leeres Schild zu finden – dort waren so unglaublich viele Namen, nur meinen fand ich nicht.

Also schätzte ich, in welchem Stock ich der Aussicht nach gewesen sein könnte, und probierte meinen Schlüssel auf jeder möglichen Etage aus. Sie sahen für mich alle gleich aus. Im neunten Stock beäugte eine Nachbarin, die gerade vom Einkaufen kam, mit raschen Schulterblicken, wie ich vergeblich versuchte, eine Tür zu öffnen. Im elften Stock drehte sich der Schlüssel endlich im Schloss.

Der Döner war dann natürlich nur noch lauwarm.

Als es langsam – endlich – dunkel wurde, zog ich die Matratze aus dem kleinen in das große Zimmer und legte mich darauf. Ich stellte mir vor, wie es war, David vor neun Jahren zu sein. Wie die Aufregung, die Freude, endlich von zu Hause weg zu sein, in ihm hochblubberte. Wie er an die Decke starrte und sich seine goldene Zukunft ausmalte. Und ich fühlte nur die Enttäuschung, dass er nicht da war – wie ein Loch in meinem Bauch –, und gleich daneben die Scham, dass ich mich so alleine fühlte.«

Ihre Augen waren immer noch geschlossen. Vermutlich schlief sie wirklich schon. Wir waren ja auch die ganze Nacht wach gewesen.

»Aber das geht vorbei«, sagte ich leise. »Jeden Tag geht es ein bisschen mehr vorbei, bis du eines Tages aufwachst und dich nicht mehr erinnern kannst, wie sich das angefühlt hat.«

Ich schwieg.

Sie öffnete die Augen. »Ist die Geschichte zu Ende?«

»Du hast nicht geschlafen?«

»N-nn.«

»Warum noch mal habe ich dir jetzt diese Geschichte erzählt, die mich wie einen Lauch aussehen lässt?«, fragte ich.

Sie drückte sich auf die Ellenbogen hoch und küsste mich auf die Wange. »Weil ich dich darum gebeten habe.«

»Ich hätte dir doch auch von dem Mal erzählen können, als ich tausend Klimmzüge geschafft habe.«

»Hast du?«

»Nein.«

Sie kicherte und küsste mich noch einmal. Während des Kusses schob sie sich weiter nach vorne, dann blieb sie auf meiner Brust liegen.

»Dein Herz schlägt schnell«, sagte sie.

»Tut es das?« Ich streichelte ihr über die Haare.

Ihre Hände glitten über meine Seiten.

»Jetzt schlägt es schneller«, sagte sie.

Weiter nach unten.

Ich sog scharf die Luft ein. Alisa sagte nichts mehr.

Dann wurden wir den Rest der Kleidung los.

Ich hatte ein Kondom in meinem Geldbeutel, aber bevor ich es holen konnte, hatte Alisa schon eins in der Hand und rollte es mir über.

Als ich sie an den Hüften hielt und sie sich über mir bewegte, brach das Licht der aufgehenden Sonne gerade durchs Fenster. Die winzigen Haare, die von ihrem Kopf wegflogen, reflektierten es hell.

31. MAI

Alisa

Etwas ist anders, als ich neben Felix aufwache. Ich sehe sein Gesicht, im Schlaf ganz entspannt, völlig offen. So habe ich vor ein paar Minuten sicher auch ausgesehen. Plötzlich ist es, als hätte jemand meine Brust mit einem Skalpell angeschnitten und dann bis zum Bauch aufgerissen. Ich fühle die Verletzlichkeit wie einen Vogel, der in der Wunde nistet. Das Gefühl, von ihm wegzurutschen, möglichst viel Abstand zwischen uns zu bringen. Langsam, Alisa. Atme.

Während ich die Angst beobachte, löst sie sich auf. Sie wird durchsichtig wie ein Tropfen Tinte, der sich in einem Glas Wasser verteilt, bis das Wasser fast klar ist. Stattdessen fühle ich diese bodenlose Sehnsucht. Ohne Sauerstoff im Weltall schwebend. Ein einziges Ausatmen, während sich unter mir die Erde dreht. Er öffnet die Augen. Ozeane. Der blaue Planet.

»Guten Morgen«, sagt er.

»Es ist schon halb eins«, sage ich.

»Das habe ich nicht gehört«, sagt er und tippt mir auf die Nasenspitze. Dann schließt er wieder die Augen.

Ich rutsche näher an ihn heran, und er nimmt mich im Halbschlaf in die Arme.

Der Planet dreht sich, während wir fallen.

11. JUNI

Alisa

Mein Geburtstag. Felix – ein lächerliches Hütchen auf dem Kopf – trägt ein Tablett ins Zimmer.

Noch nie habe ich so eine große Torte gesehen.

»Wünsch dir was«, sagt Felix.

Aber was soll ich mir wünschen, kleiner Käfer? Hier in diesem sonnendurchfluteten Raum mit Felix und seinem leuchtenden Lächeln zu sein ist mehr, als ich mir je selbst zugestanden hätte.

Also wünsche ich für ihn, mit den blauen Augen und den sanften Worten, dass er glücklich ist.

Ich hole tief Luft, und ich blase alle Kerzen auf einmal aus.

12. JUNI

Felix

Zum Frühstück schlang ich ein Stück übrig gebliebene Sahnetorte herunter, dann flitzte ich in die Agentur. David hatte um meine Hilfe gebeten – er wollte heute den Vertrag mit Emilia Rewen klarmachen, und ich hatte einige Unterlagen für ihn vorbereitet. Ich ließ seine Klientin rein. Emilia Rewen war Anfang dreißig, also ein bisschen älter als David. Sie hatte braune gelockte Haare, und die Ahnung ihres Geldes umgab sie wie eine Parfümwolke: Seidenschal, Lederschuhe, Designer-Tasche mit dem allerkleinsten Logo. David hat mir erzählt, dass sie das Geld von ihrer Mutter hatte. Ich fragte mich, woher er das wusste.

»Du musst Davids kleiner Bruder sein«, sagte sie und lächelte mich an.

»Emilia!«, sagte David und kam aus seinem Büro. Er schüttelte ihr die Hand. »Schön, dass du da bist.«

Sie fingen an zu quatschen und achteten nicht weiter auf mich, was mir ganz recht war, weil die Marketing-Vorlesung gleich anfing.

»Bis später«, sagte ich.

»Ciao«, sagte Emilia mit ihrer hellen Stimme. Bestimmt konnte sie fließend Italienisch.

»Bis heute Abend, Flip«, sagte David.

Durch das Treppenhaus gelangte ich in den Innenhof, und

erst dort fiel mir auf, dass ich meinen Fahrradschlüssel auf dem Schreibtisch hatte liegen lassen. Also ging ich noch mal nach oben.

Ich hörte kein Gespräch mehr, deshalb nahm ich an, dass sie in Davids Büro gegangen waren.

Falsch: Sie standen noch im Vorzimmer, an derselben Stelle sogar, nur dass sie nicht mehr redeten.

What the fuck?

Doch nicht er.

»David?«

Er riss den Kopf von dem Kuss zurück und ließ sie los. Jetzt sah er erschrocken aus, die Augen aufgerissen, als hätte jemand unerwartet geblitzt.

»Ich habe meinen Schlüssel vergessen«, sagte ich und ging zum Schreibtisch, mit Beinen so schwer, als watete ich durch Wasser. Ich hielt den Schlüssel hoch, als bräuchte ich einen Beweis, dann ließ ich ihn wieder sinken, weil meine Finger zitterten. Sobald ich aus der Tür war, lief ich schneller.

Hinter mir ging die Tür noch einmal.

»Felix, warte«, sagte David, aber er kam mir nicht hinterher.

Irgendwie schloss ich mein Fahrrad auf und fuhr los. Vage bekam ich mit, wie mich Autos anhupten und wie ich über rote Ampeln raste. Ich, winzig, auf meinem Fahrrad, als würde ich vor einem Erdbeben davonradeln.

Mein Herz klopfte; ich schwitzte mein T-Shirt nass.

Ich fühlte mich betäubt, als hätte mich ein Lastwagen gerammt, konnte nicht nachvollziehen, warum ich aus dem Büro gestolpert und so verpeilt war.

Am Odeonsplatz hielt ich an.

Es war nur ein Kuss. Und doch.

»Alter, aus dem Weg!«

Ich schreckte hoch, und ein Fahrradfahrer raste an mir vorbei.

Ich arbeite hart, und ich liefere guten Service. Das hatte David gesagt. *Ich sehe gut aus. Ich nutze das aus, um andere auszunutzen.* Das hatte der Kuss gesagt.

Aber warum regte mich das so auf?

Als ich mit dem Aufzug nach oben zu meiner Wohnung fuhr, war ich völlig verschwitzt. Gefühlt war ich einmal durch die ganze Stadt gerast – in echt hatte ich keine Ahnung, wo ich gewesen war. Auf meinen Ohren plärrte Rock-Musik.

Der Flur war dunkel, und ich knipste das Designer-Deckenlicht an.

Er stand bereits vor meiner Tür: in seinem Anzug, mit den perfekten Haaren.

»Hallo Felix«, sagte mein Bruder.

Der Gang war auf einmal so trocken und staubig, dass ich der Reinigungsfirma einen Beschwerdebrief schreiben wollte.

»Was willst du?«, brachte ich heraus.

»Können wir kurz reden?«

Er machte einen Schritt weg von der Tür, damit ich sie aufschließen konnte. Warum hatte er sich nicht einfach mit seinem Zweitschlüssel reingelassen?

Halte den Klienten immer die Tür auf, Flip. Lass sie zuerst eintreten, dann haben sie das Gefühl, die Anlage würde schon ihnen gehören.

Das hatte er mir einmal in den Ferien beigebracht, als ich noch ein Schüler war.

Ich schloss die Tür auf und trat zuerst ein.

Es war sauber und aufgeräumt. Gut, dachte ich. Und dann: Warum interessierte mich immer, was er dachte?

Die Couch sank ein, als wir uns setzten, wodurch wir uns näher waren, als ich wollte. Ich rutschte ein Stück weg.

Er tat so, als hätte er es nicht bemerkt. Die Ader an seinem Kehlkopf pulsierte.

»Das war vorhin eine seltsame Situation, oder?«, fragte er.

Ich spürte, wie erleichtert ich war, dass er das Gespräch angefangen hatte. Gleich würde er mir eine gute Erklärung geben, warum der Kuss gar keiner gewesen war und warum wir uns so komisch benahmen. Danach würden wir planen, wann wir am Wochenende klettern gingen, und am Ende würde er mir durch die Haare wuscheln, obwohl ich fast so groß war wie er.

»Emilia war richtig verwirrt von deinem Abgang.«

Was hatte Emilia damit zu tun?

»Emilia interessiert mich ehrlich gesagt einen Scheiß«, sagte ich.

»Das habe ich gesehen«, sagte David trocken.

Ich wartete auf seine Erklärung.

»Es ist wichtig, dass du in der Agentur professionell bleibst.«

Es kam keine.

»Bist du hier, um mir einen Vorwurf zu machen?«, fragte ich.

David lehnte sich auf der Couch zurück, die Beine überschlagen. »Was hast du denn erwartet?«

»Vielleicht eine Erklärung, warum mein schwuler Bruder die Zunge im Hals einer heterosexuellen Frau stecken hatte«, sagte ich.

Er lachte. »Jetzt blas das mal nicht so auf, Flip. Ist doch kein Ding.«

Kein Ding. Warum klang sein Lachen dann so angespannt? Warum hatte er vor der Tür gewartet, wenn er angeblich nichts falsch gemacht hatte?

»Machst du das öfter?«, fragte ich.

»Nein. Das war das erste Mal.« Er klang fast genervt. »Aber warum reden wir immer noch darüber?«

»Ich weiß es nicht«, sagte ich und suchte nach einer Antwort. »Wahrscheinlich habe ich immer gedacht, du hättest das nicht nötig, und jetzt fühlt es sich an, als wärst du ein Hochstapler.«

»Was?«, sagte David und hörte auf, mit dem Fuß zu wippen.

»Na ja, das fällt doch eher unter die Kategorie ›Immobilienmakler, über die wir uns lustig machen‹, oder?«, sagte ich.

»Du nennst mich einen Hochstapler?« David stand auf und thronte auf einmal riesig über mir.

»Ich habe nur überlegt, warum es sich so komisch anfühlt«, sagte ich beschwichtigend. Irgendwie erwartete ich immer noch eine Erklärung.

»Während du in der geilsten Studentenwohnung aller Zeiten stehst, die ich dir bezahle?«

»Und deshalb darf ich keine Kritik äußern?«

Zum ersten Mal in meinem Leben wurde ich wütend auf ihn. Ich war im Recht, es war an ihm, sich zu entschuldigen, *er wusste es genau.*

Ungläubig schüttelte David den Kopf. »Das ist einfach viel zu dreist.«

»Kommt jetzt gleich: Solange du deine Sneakers auf meinen Teppich stellst, machst du, was ich sage?«, fragte ich und stand ebenfalls auf. Wir waren fast gleich groß. »Hast dir ja einiges von unserem Vater abgeschaut.«

Es war gemein, aber wahr.

Davids Gesicht kam langsam näher.

»Du hättest mal deinen Gesichtsausdruck sehen sollen, als ich dich von dort abgeholt habe. Du wolltest doch genau das Leben, das ich habe!«

»Ich vergaß. Das ist ja hier mein Job: Oh danke, edler großer Bruder.« Ich machte eine Anbetungsgeste. »Soll ich jetzt auch noch auf die Knie fallen? Wenigstens habe ich ein bisschen Moral und mache mich nicht für einen zweiten BMW an die Schickeria ran.«

David sah aus, als wollte er etwas anderes sagen, dann trat er plötzlich einen Schritt zurück. »Wenigstens bilde ich mir nicht ein, ich könnte malen.«

Es gab nur eine Person auf der Welt, bei der der Satz mehr wehgetan hätte.

Wir starrten uns an. In meinen Ohren rauschte es.

»Verpiss dich«, sagte ich.
»Scheiße, Flip. Das habe ich nicht so ...«
»Geh.«
Er ging zur Tür. Seine Schritte blieben noch einmal stehen – vielleicht drehte er sich zu mir um –, dann hörte ich, wie die Haustür sich öffnete und im nächsten Moment zuknallte.

Pass auf, wenn du die Haustür schließt, Flip. Mach sie ganz leise zu, sodass sie in ihren Köpfen noch offen ist und sie das Gefühl haben, sie könnten jederzeit zurückkommen.

Ich blieb auf dem Sofa sitzen. Es fühlte sich an, als könnte ich nirgendwo anders hingehen. Als stünde das Sofa auf einem Felsplateau, und der gesamte Boden um die vier Beine herum wäre weggebrochen.

Mein ganzes Leben lang hatte ich genau wie mein Bruder sein wollen. Aber jetzt – wo ich in seiner Stadt wohnte, in einer Wohnung, die er ausgesucht hatte, dasselbe studierte wie er, in seinem Büro arbeitete – stellte ich fest, dass es nicht die Wahrheit war.

Ich wollte irgendjemand anderes sein, aber es war niemand übrig.

Alisa

Stumm lässt Felix mich in die Wohnung, und ich folge ihm zum Sofa. Er hat mir eine SMS geschrieben – *Kannst du bitte kommen?* –, und ich habe sofort gewusst, dass etwas nicht stimmt.

Die Deckenlampe ist aus – nur durch die Fenster zum Balkon kommt ein bisschen Nachtlicht ins Zimmer. Ich setze mich mit Abstand neben ihn und ziehe die Beine an den Körper.

In ihm ist eine Stille.

Warum sagt er nichts? Die Stimmung ist fast unerträglich angespannt.

In ihm ist eine Traurigkeit.

Das Gefühl sitzt direkt unter seiner Haut. Ich habe Angst, ihn anzupiksen, und weiß nicht, was ich sagen soll.

Felix atmet ein, ich kenne das Geräusch. Der Versuch, langsam und kontrolliert zu atmen. Als könnte man langsam und kontrolliert atmen, wenn man am Ersticken ist.

Noch einmal versucht er es, und es gelingt ihm ein bisschen besser.

Im Dämmerlicht sehe ich, wie er mir das Gesicht zudreht.

Er kämpft um die Worte.

Ich strecke die Hand nach ihm aus. Felix drückt sie – unerwartet fest; es tut fast weh.

»Mein Leben ist ein schlechter Witz«, sagt er und erzählt mit stockenden Worten, was er beobachtet hat und von dem Streit danach.

»Das Schlimmste ist, dass er recht hat«, sagt Felix. »Ich habe ihn mein ganzes Leben angehimmelt. Als ich kleiner war, habe ich jeden seiner Sätze nachgesprochen. Seine Freunde haben sich immer darüber lustig gemacht, dass er einen Doppelgänger hat, aber er hat dann immer nur gegrinst und mich nicht weggeschickt.«

Er lacht traurig.

»Und ich habe keine Ahnung, was ich jetzt machen soll«, sagt er. »Was macht ein Doppelgänger ohne das Original?«

Ich verstehe ihn so gut. Auch Felix hängt in seiner Vergangenheit. Wie groß können die Schatten sein, die unsere Geschichten werfen? Sie wachsen mit der untergehenden Sonne, lange Streifen auf dem Boden. Da, das ist dein Bein. Und dein Arm, der ist so lang.

»Schau mich an«, sage ich. »Felix, schau mich an, und glaub mir.«

Er tut es, aber er sieht hohl aus, als wäre nichts mehr in ihm drin. Als würde ich ein Echo hören, wenn ich ihm etwas ins Ohr flüstere.

»Du bist gut, und du bist gut genug. Glaub es mir, Felix.«

Wie eine Beschwörung sage ich das. Wie zu dir: Glaub es mir, alles wird gut.

Dein, sein leerer Blick.

Ich versuche es noch einmal: »Das bist nicht du. Alles, was du eben aufgezählt hast – der Job, die Stadt, das Studium –, macht dich vielleicht zu jemandem, aber es hat nichts damit zu tun, wer du gerade *bist*. Ich mag dich nicht, weil du in München BWL studierst und bei deinem Bruder jobbst. Ich mag dich, weil du Menschen siehst, besessen vom Kochen bist und der herzlichste Mensch, den ich kenne.«

Ich flüstere das, und ich höre kein Echo.

Oder vielleicht doch, denn Felix beginnt zu weinen.

13. JUNI – 16. JUNI

Felix

Essen.
Fernsehen.
Meine ganzen Tage.

17. JUNI

Felix

Es klingelte. Olli stand vor der Tür, in der Hand eine Familienpackung Walnuss-Eis. Nachdem sie eine Woche nichts von mir gehört hatte, hatte sie gestern angerufen, und ich hatte ihr schon nach einer Frage alles erzählt.

»Wir gehen auf den Balkon und vernichten das ganze Ding«, sagte sie und quetschte sich an mir vorbei in die Wohnung. »Du kannst die Löffel holen.«

Überrumpelt tappte ich in die Küche und holte zwei Löffel. Olli lümmelte schon auf einem Klappstuhl, als ich auf den Balkon kam.

»Man kann über David sagen, was man will – die Aussicht ist fabelhaft.«

»David ist ein Arschloch«, sagte ich und hielt ihr einen Löffel hin.

Sie riss die Packung auf. »Ein Arsch, der deine Bude zahlt.«

»Das macht er, damit ich ihn anhimmele«, sagte ich.

»Das hast du doch auch ohne Wohnung gemacht«, sagte Olli. »Vielleicht wollte er das nur endlich mal verdient haben.«

Ich sagte nichts, sondern setzte mich nur neben sie und kratzte mit meinem Löffel an dem steinharten Eis. Olli legte die Hände um die Packung, um das Eis zu wärmen.

»Weich am Rand«, sagte sie mit dem Mund voller Walnuss.

Wir aßen uns durch die halbe Packung, dann mussten wir trotz bester Vorsätze aufgeben, und ich packte das Eis ins Tiefkühlfach.

»Also, was ist jetzt der Plan?«, fragte Olli, als ich zurück auf den Balkon kam. »Gehen wir zwei Wochen nicht in die Vorlesungen und nehmen den nächsten Fernbus nach Italien?«

»Ich gehe überhaupt nicht mehr in die Vorlesungen«, sagte ich.

»Also ja?«

»Und was mache ich dann, wenn wir wiederkommen?«

»Nicht so schlapp! Jeder ist um die zwanzig orientierungslos. Und hinterher wünschen sich alle, sie hätten die Zeit genossen.«

»Sagte die Hundertjährige.«

»Ich bin nicht hundert, nur weise«, sagte Olli grinsend und lutschte ihren Löffel sauber. »Also: der Plan?«

»Ich glaube, ich hätte Lust auf Malen«, sagte ich. Das war die Idee, über die ich schon eine ganze Weile nachdachte.

Olli sah mich aufmerksam an. »Weil du Lust drauf hast oder um David eins auszuwischen?«

»Keine Ahnung. Beides?«

Sie nickte langsam. »Uni schmeißen, malen ... klingt doch gut!«, sagte sie und grinste auf einmal. »Wenn es keinen Spaß mehr macht, machst du halt was anderes. Und ich besorge dir einen Job im Café Carlo, damit du dir um Kohle keine Gedanken machen musst.«

»Hört sich so einfach an«, sagte ich.

»Es *ist* so einfach«, sagte Olli und klopfte mir mit ihrem Löffel auf die Stirn. »Nur die Unsicherheit auszuhalten – *das* ist schwer.«

»Hundert Jahre alt *und* erleuchtet«, sagte ich. »Manchmal bist du echt schwer auszuhalten.«

Sie lachte. »Deswegen bringe ich ja Eis mit.«

23. JUNI

Alisa

Felix malt nur noch. Kurz nach dem Streit mit seinem Bruder hat das angefangen. Er muss sich beweisen, dass er das kann, und ich verstehe seine Flucht nur zu gut.

Meist malt er die Menschen mit Gesicht und Kleidung, aber darunter sind ihre Brustkörbe geöffnet, und man kann ihr Herz sehen. Bei einem dicken Mann auch mal den Magen. Einmal eine schwangere Frau mit Baby im Bauch. Und einen Mann mit Krücke, bei dem man die Schienen im Bein sieht. Einmal eine Blinde, bei der auf den Augen Bilder sind. Einmal eine alte, gebückte Frau mit jungem Gesicht.

Früher habe ich Porträts nichts abgewinnen können, aber Felix sagt: »Ich will der Welt etwas zeigen, dass die Leute der Welt nicht zeigen können oder wollen. Wenn man gemalt wird oder wenn man das Bild sieht, soll man sich zuerst beschämt fühlen, dass man so gesehen worden ist oder diesen Menschen so sehen konnte, und dann weggehen mit dem Gefühl, dass man berührt wurde.«

Genau wie bei den Embryo-Bildern. Und ich verstehe, was er versucht.

Manchmal sind Menschen wütend auf ihn, wenn sie das Bild sehen, zum Beispiel der dicke Mann, den Felix mit offenem Torso gemalt hat. Sein Herz ist leer – hohle, echowerfende Einsamkeit. Sein Magen ist voll.

In abgelegenen Gassen übt er mit den 3D-Bildern: Da gibt es einen Schmetterling, der vom Boden abhebt, und eine riesige Schatztruhe. Einmal malt er einen Elefanten, aber das geht schief. Jedes Mal macht er außerdem eine kleine Skizze von mir und schickt sie mir per Messenger. Neulich habe ich festgestellt, dass ich zu seinen Malzeiten ungeduldig auf mein Handy schaue und auf diese kleinen Nachrichten warte. Sie sind Zeichen, dass mit uns alles gut ist.

Felix malt manisch, mit seiner ganzen Kraft, und wenn er mich um meine Meinung bittet, sehe ich in seinen Augen, dass er an dünnen Fäden hängt. Er zieht mich weit nach draußen, weit aus mir heraus, aber ich kann und will ihn nicht alleine lassen. Ich will für ihn da sein, so wie er für mich da ist.

Meine Kamera ist besser als seine, und deshalb gehe ich jede Woche mindestens einmal hin und knipse mit meinem Handy ein Bild von jeder Zeichnung. Und dabei geht es mir nur ein ganz kleines bisschen schlecht. Wirklich, kleiner Käfer, nur ein ganz kleines bisschen.

25. JUNI

Felix

Alisa hatte mir die Fotos gezeigt, die sie von meinen Kreidebildern geschossen hatte. Sie hatte vorgeschlagen, dass ich sie online stellen und ein paar Links versenden sollte.

Ich war unsicher gewesen, aber sie hatte so lange und mit einer solchen Vehemenz auf mich eingeredet, bis sie mich überzeugt hatte. Also gut.

Draußen war es dunkel und still. Der Laptop-Bildschirm leuchtete blau.

Ich richtete mir online einen kostenlosen Blog ein und lud die Bilder hoch. Ein Post auf meiner Facebook-Pinnwand und eine Mail an meine Eltern. Sollte ich David den Link auch senden? Erst wollte ich nicht, aber dann dachte ich an Alisa und setzte seine E-Mail-Adresse in die Empfängerzeile.

Die Mail raste durch das WLAN davon. Gleich würde irgendwo das Handy meines Bruders vibrieren. Und dann? Was würde er von meinen Bildern denken? Seine Meinung war mir immer noch viel zu wichtig.

Ich drängte den Gedanken weg.

28. JUNI

Alisa

Noch nie habe ich so lange nicht an dich gedacht, kleiner Käfer. Der Juni geht zu Ende. Ich glaube, ich blühe.

Es ist seltsam, wie plötzlich Felix aufgetaucht und bei jedem Schritt nach vorne näher an mich herangerückt ist. Wie zwei Pflanzen, die sich – am Anfang des Jahres mit Abstand gepflanzt – langsam umeinander ranken.

Wir sind uns wegen meiner Unordnung in die Haare geraten, wegen Felix' Zweifeln, wenn das Malen mal nicht klappt, und wegen meiner ewigen Zeiten in der Bib, aber am Ende saßen wir immer zusammen auf dem Boden und haben uns zu einer Lösung durchgebissen.

Felix hört gut zu. Ich mag seine Stimme, und ich mag seine Stille. Wahrscheinlich werde ich ihm nie die ganze Geschichte erzählen, aber vielleicht einen Teil.

Natürlich vermisse ich dich, kleiner Käfer. Ich werde dich immer vermissen.

Aber die Einsamkeit ist jetzt nur noch wie ein Bluterguss, und ich gebe Acht, dass ich mich beim Schlafen nicht auf die schmerzende Stelle drehe.

29. JUNI

Felix

»I'm so excited, da-da-da, and I just can't hide it, da-da-da«, sang Olli. Dabei hüpfte sie auf und ab. Dass sie bei dieser Hitze noch Energie dafür hatte.

»Mach mal langsam, Flummi«, sagte ich.

Wir warteten auf Alisa, damit wir gemeinsam zum *Running Sushi* gehen konnten.

»Ich hätte sie ja am liebsten schon damals im Café zugequatscht«, sagte Olli. »Und ich verdiene heroischen Dank dafür, dass ich sie in Ruhe deine Spaghetti habe essen lassen.« Sie dachte kurz nach. »Und eigentlich auch dafür, dass ich die Spaghetti nicht selbst aufgegessen habe.«

Alisa kam um die Ecke, und ich entdeckte sie als Erster. Sie trug das schlichte, gelbe Kleid, das seit ein paar Wochen mit ein paar anderen Klamotten in meinen Kleiderschrank umgezogen war, und sah aus wie eine Sommerblume.

Wir begrüßten uns mit einem Kuss, dann standen sich Olli und Alisa gegenüber.

»Hi«, sagte Olli und umarmte sie. Nach einem verblüfften Moment umarmte Alisa sie zurück.

»Du bist doch das Mädchen aus dem Café«, sagte Alisa.

»Und du bist das Mädchen aus Felix' Träumen«, sagte Olli und grinste.

Na toll.

»Mach's ruhig schön peinlich für mich«, sagte ich.

»Hey – wenn ich es peinlich machen würde, würde ich ihr was ganz anderes erzählen.«

»Zum *Running Sushi* geht's da lang«, sagte ich in Hoffnung auf einen Themenwechsel.

»Was denn zum Beispiel?«, fragte Alisa.

Olli warf mir einen fröhlichen Blick zu. »Zum Beispiel, was die tatsächliche Überschrift von dem Fragen-Artikel ist«, sagte Olli.

»Oll-i-i«, grollte ich.

»Du bist die Freundin, die Felix den Artikel geschickt hat?«

»Jap. Wüsste auch nicht, welche Freundin er sonst hat, die ab und zu in Psychologie-Vorlesungen sitzt.«

»Ich laufe übrigens neben euch«, sagte ich.

»Und was ist die Überschrift von dem Artikel?«, fragte Alisa.

»*Die 36 Fragen, die zur Liebe führen*«, sagte Olli.

Alisa lachte. »Er hat mir erzählt, dass man sich damit richtig gut kennenlernt.«

»Tut man ja auch«, protestierte ich. An Olli gewandt, fragte ich: »War das jetzt wirklich nötig?«

»Das ist *süß*«, sagte Olli. »Ich hole dir Punkte.«

»Achtung«, sagte ich. »Gleich fängt sie an, Sex-Witze zu reißen.«

Ollis Grinsen stand schon in den Startlöchern, aber dazu kam es nicht, denn auf einmal roch ich den Rauch. Wir alle taten das: Ich erkannte es in den Blicken der beiden – irgendein uralter Mechanismus, der uns alle in Habachtstellung gehen ließ. Und da hörten wir auch schon die Geräusche: ein Brummen von Motoren. Die Haare an meinen Unterarmen stellten sich auf.

Als wir um die nächste Ecke bogen, sahen wir das kreisende Blaulicht.

Es war jetzt noch lauter. Mehrere Feuerwehrfahrzeuge blockierten die Straße. Feuer sah man keines, aber der Rauch war da: Er quoll aus den Fenstern und Türen und verdeckte die Fassade, bis er das Haus zwischen den Windböen ganz verschluckte.

Wir blieben stehen – so wie die Gruppe anderer Passanten, die sich schon auf dem Gehsteig gesammelt hatte.

Die Feuerwehrleute zielten mit mehreren Schläuchen auf das Haus und die Nebenhäuser, wohl damit das Feuer nicht übersprang.

Der Rauch wehte uns entgegen, eine neue Wolke aus Hitze auf dem sowieso schon glühenden Asphalt, und wir atmeten ihn ein. Tief. Erstarrt und ein bisschen fasziniert konnte ich den Blick nicht abwenden.

Dann barsten die Fensterscheiben. Feuer brach durch die Löcher in der Wand; hungrige Zungen, die die Fassade ableckten. Ein helles Klingen wie ein Sternenschauer, als die Scherben auf dem Boden auftrafen.

Wir zuckten alle zurück. Olli entfuhr ein »Shit«. Die anderen Passanten redeten durcheinander.

Nur Alisa war leise. Sie griff nach meiner Hand und zerquetschte sie fast. Schnell drehte ich mich zu ihr um. Ich kannte ihren Gesichtsausdruck schon. Ich kannte auch ihre Körperhaltung. Genau dieselbe wie bei den SMS.

Alisa

Etwas in mir reißt.
Und dann, als wäre – klick – ein Schalter umgelegt:
Schon einmal bin ich so dagestanden. Ich weiß, wie das aussieht, wie die Asche schmeckt. Ich weiß, dass der Rauch eines unkontrollierten Brandes schwarz ist, und ich weiß, dass die Feuerwehr ab einem gewissen Punkt nur noch die umliegenden Häuser mit Wasser kühlt, damit sie nicht auch noch Feuer fangen.

Angst wirbelt in meinem Bauch. Meine Finger werden feucht. Jetzt keine Panikattacke. Ich versuche, das enge Gefühl um meinen Brustkorb wegzuatmen.

Aber auf einmal spüre ich, dass mich jemand beobachtet. Ich weiß es mit völliger Sicherheit. Ich bleibe ruhig stehen und versuche aus den Augenwinkeln zu sehen, ob die Person sich auch bewegt.

Hat sie dunkle Haare und eine bullige Gestalt?

Passanten laufen durch mein winziges Blickfeld.

Da ist er, knapp zehn Meter von mir entfernt.

Er ist nach München gekommen.

Er hat mich gefunden.

Keine. Luft.

Ich sollte wegrennen, aber ich kann mich nicht bewegen.

Warum ist er noch nicht hier drüben? Warum hat er mich noch nicht gepackt?

Und dann höre ich die Stimme und weiß warum:

Ich bin nicht alleine.

Felix

»Alisa?«, fragte ich.

»Hey, was ist los?«, fragte auch Olli sanft.

Ich legte Alisa die Hände auf die Schultern.

»Willst du gehen?«, fragte ich.

Der Rauch brannte in der Kehle.

Für einen Moment dachte ich, Alisa würde uns gar nicht hören. Dann klärte sich ihr Blick, und sie nickte.

Ich legte ihr einen Arm um die Schultern, Olli lief nah an ihrer anderen Seite, und wir überquerten die Straße.

Im Gehen warf Alisa noch einen schnellen Blick über die Schulter. Ich drehte mich auch um, um zu sehen, was sie angeschaut hatte, aber außer den anderen Passanten war da nichts.

Schon als wir um die Ecke waren, wurden die Geräusche des Feuers von den normalen Straßengeräuschen überspült. Nur der Geruch blieb, hing weiter in unseren Haaren.

Wir kamen zu einem Park mit Spielplatz, und ich lotste uns an den Rand der Sandfläche, wo die Kinder auf einem Klettergerüst tobten.

Dort setzten wir uns hin.

Unter den Bäumen war es merklich kühler. Alisa zog ihre Sandalen aus und grub ihre Füße in den Sand.

Niemand sagte etwas – weder Olli noch ich fragten das Offensichtliche, aber unser Schweigen musste wie eine Frage klingen, denn Alisa sagte stockend: »Der Brand hat mich ... an meine Familie erinnert.«

Alisa

Noch einmal schaue ich mich um. Nein, er ist uns nicht gefolgt. Die Anspannung lässt mich langsam los, und plötzlich vermisse ich dich. Ich vermisse dich so stark, dass es schmerzt. Das Gefühl drückt in meinem Hals. Ich muss Tränen wegblinzeln.

Vermissen – das ist körperlich, als hättest du einen Abdruck auf mir hinterlassen, wie eine Kuhle im Kopfkissen, nur dass die Kuhle wehtut.

Ich vermisse sogar Erika – egal wie wütend ich auf sie bin. Sie hat uns alles gegeben, das sie hatte, und sie hat uns geliebt, vom ersten Moment an. An ihrem Blick konnte man immer sehen, wie verzweifelt sie sich uns gewünscht hat. Ich glaube, wir wären zwei sehr glückliche Kinder gewesen, wenn sie nicht auch Martin geliebt hätte.

»Woran genau hat es dich erinnert?«, fragt Olli vorsichtig.

Würde sie mich immer noch so verständnisvoll anschauen, wenn sie wüsste, was wir getan haben? Würde Felix immer noch seinen Arm um meine Schultern legen? Oder würden sie die Polizei rufen und die spielenden Kinder vor mir in Sicherheit bringen?

»Als ich jünger war, ist unser Haus abgebrannt«, sage ich. »Alles, was wir hatten, war weg.« Ich stocke. »Dass die Dinge so schnell schrecklich werden können und man nichts dagegen tun kann … das Gefühl lässt einen nie wieder los.«

Als ich aufschaue, sehe ich ihre verständnisvollen Blicke, und ich sehe auch, dass die beiden mit der Erklärung nicht ganz zufrieden sind.

Würden sie mich noch einmal fragen, was los ist, ich würde mit einem hellen Klirren zerbrechen und meine ganze Traurigkeit auf den Boden verschütten. Aber das tun sie nicht, und deshalb schwappt die Traurigkeit in meiner Brust weiter auf und ab.

Felix

Ich hatte das Gefühl, dass da noch mehr war, aber ich fragte nicht nach, denn ich wollte nicht, dass sie wieder auf diese Weise erstarrte. Und dann war da noch ein anderer Grund: War das die Sache, über die sie nicht reden wollte? Wenn sie schlafend neben mir lag, dachte ich manchmal darüber nach. War es also ein Brand? Es hatte sie gerade so viel Überwindung gekostet, davon zu erzählen.

Haare hingen ihr ins Gesicht, und unter anderen Umständen hätte das süß ausgesehen, aber heute wirkte es nur wirr und verloren.

Ihre Wangen schienen hohl, und ihre Schultern waren dieses kleine, angespannte Stück nach oben gezogen. Sie sah gestrandet aus, und ich fühlte diese Leere wie ein Echo in meiner eigenen Brust. Wenn ich gekonnt hätte, hätte ich dafür gesorgt, dass sie sich nie wieder so fühlen musste, aber da das nicht in meiner Macht stand, zog ich sie nur näher an mich, schloss meine Arme fest um sie und küsste sie auf den Kopf.

2. JULI

Felix

Alisa schlief, und ich war noch wach. Das passierte häufiger, weil ich später müde wurde als sie. Ich lag noch mit dem Laptop neben ihr und bearbeitete ein paar Bilder.

Seit dem Feuer war sie unruhig. Wenn wir unterwegs waren, sah sie sich häufig um, und nachts wälzte sie sich von einer Seite auf die andere und murmelte Sätze, die ich nicht verstand.

Jetzt zuckten ihre Augen hinter den Lidern hin und her. Etwas war eingesperrt hinter der Retina. Es tobte.

Auf einmal zwitscherte ihr Handy auf dem Nachttisch.

Zuerst dachte ich, sie wäre aufgewacht, aber sie blieb auf dem Bauch liegen, den Mund leicht geöffnet. Wenn sie morgen die SMS las, würde sie ganz anders aussehen – erstarrt und weggetreten. *Falls* sie morgen die SMS las ...

Mein Herz schlug schnell.

Während ich über meine Idee nachdachte, betrachtete ich Alisa. Am Knie hatte sie eine Wunde vom Fahrradfahren. Der Schorf platzte von ihrer Haut ab wie ein Dreckstreifen, als wäre er nie ein Teil von ihr gewesen und nicht aus ihrem Körper herausgewachsen.

Wenn sie ins Bett ging, legte sie sich immer erst auf den Rücken. Kurz bevor sie einschlief, drehte sie sich dann auf den Bauch. An ihrem Arm war eine kleine, gebogene Narbe.

Und sie hatte eine blonde Haarsträhne in ihren dicken braunen Haaren. Eine Haarsträhne, die man kaum sah, nur wenn das Licht der Sonne sich daran fing. Es dauerte, bis man sie im Halbdunkel des Schlafzimmers wiedergefunden hatte. Vor allem, wenn man sich dabei auf die Ellenbogen stützte und sie ansah und befürchtete, dass allein der eigene Blick oder wie man sein Gewicht auf der Matratze verlagerte, sie wecken würde.

Hatte ich ihr den Schmerz nicht ersparen wollen? Jetzt konnte ich es.

Ganz vorsichtig stand ich auf, nahm das Handy und ging ins Bad. Ich setzte mich auf den Klodeckel. Alisas Handy hatte einen grafischen Entsperrcode, aber ich hatte ihn oft genug gesehen. Vielleicht war das einer der Meilensteine jeder zwischenmenschlichen Beziehung: den Nachnamen, die E-Mail-Adresse, den Entsperrcode kennen.

Mein Finger schwebte über dem Nachrichten-Symbol. Sollte ich das wirklich tun? Es war ein riesiger Vertrauensbruch. In Filmen immer der Anfang vom Ende. Vielleicht war es besser, Alisa einfach noch einmal darauf anzusprechen.

Dann sah ich sie wieder vor mir. Die Traurigkeit oder Angst oder Panik, die über sie hinwegwusch wie ein plötzlicher Regenguss und sie Richtung Boden zog.

Ich klickte auf den Briefumschlag auf dem Display.

Die Nummer war ohne Namen eingespeichert, und es waren nur drei Nachrichten. Ob sie alle anderen Nachrichten gelöscht hatte?

Ich habe einen neuen Job. Ich glaube, er würde dir gefallen.
Melde dich doch.

Warum schreibst du mir nicht, wo du bist? Was du machst?
Du kannst nicht einfach verschwinden.

Komm zurück, bitte. Ich vermisse dich.

Ich wurde nicht schlau aus den Nachrichten. Zuerst dachte ich an einen Ex-Freund, dann an einen Stalker, aber irgendetwas daran passte nicht zum Gefühl der SMS.

Warum las Alisa die SMS überhaupt? Wer schickte ihr die Nachrichten?

Kurz entschlossen tippte ich eine Nachricht. Ich schrieb die Nachricht für Alisa, aber zum Teil auch für mich.

Das Tippen ging schnell, aber danach hielt ich noch einmal inne. Ihre Nachrichten zu lesen war eine Sache, zu antworten eine ganz andere. Sollte ich die Nachricht wirklich abschicken?

Ich sah vom Display auf.

Im Bad verstreut lagen ihre Sachen: rosa Shampoo, ein Spiralen-Zopfgummi, Zahnseide am Stück und Zahnseide auf kleinen Bürstchen. Mini-Pfeifenputzer auf Stäbchen. Eine Mundspülung und zwei Sorten Zahnpasta. Ich musste immer darüber lächeln, wie besessen sie von Mundhygiene war.

War sie jetzt nicht ein Teil von meinem Leben und ich von ihrem? Ich war doch dafür verantwortlich, dass es ihr gut ging. Und ich wusste nicht, ob es richtig war, die Nachricht zu schicken, aber es war das Beste, das mir einfiel. Zählte das nicht auch?

Ich drückte »Senden«, dann löschte ich den Text aus Alisas Verlauf.

Die letzte Nachricht blieb in meinem Blickfeld hängen.

Komm zurück, bitte. Ich vermisse dich.

Dann löschte ich auch sie.

29. JULI

Felix

Es war ein perfekter Tag in München. Ein Samstag. Wir hatten bei mir gekocht und waren danach in die Innenstadt spaziert, um Eis zu essen und Räder zu schlagen. Alisas Hand lag in meiner, seidig und warm, und als ich ihre Hand drückte – um mich zu vergewissern, dass sie da war –, drückte sie unerwartet fest zurück. Ich fühlte mich, als wäre mein Körper zu klein für so viel Glück.

Abrupt blieb Alisa stehen. Sie lauschte auf etwas. Durch das Geräusch der vorbeirollenden Autos und der Stimmen der Studenten, die mit der Hitze zwangsläufig lauter und gereizter klangen als sonst, bis auch ich es hören konnte. Musik. Ganz zart. Ganz leicht. Wie der Stoff von ihrem Kleid.

Sie nahm meine Hand wieder, fest dieses Mal, als hätte sie die Hand gedrückt und vergessen, wieder locker zu lassen. Ihr Blick war nach vorne gerichtet, auf die nächste Lücke zwischen den Studenten, durch die sie sich nun so schnell wie möglich schlängelte. Ihre Lippen waren leicht geöffnet, als bräuchte sie auf einmal mehr Sauerstoff, und die Innenseite ihres Mundes schimmerte dunkelrot. Ich spürte, wie mein Puls anstieg, und das lag nicht am schnellen Laufen in der Hitze.

Die Musik wurde deutlicher hörbar, Töne wie an Bändern, die sich zwischen die drehenden Speichen der vorbeifahrenden Fahrräder webten.

Vor uns öffnete sich der Platz zwischen den Pinakotheken, wo wie immer Leute im Gras lagen, Hunde über die Wiese nach Frisbees fetzten und sich Slacklines zwischen den Bäumen spannten. An diesem Tag war dort auch eine kleine Gruppe von Passanten, die im Halbkreis um jemanden standen.

Alisas Griff wurde schlaff und ihr Schritt langsamer, als sie sich an den äußeren Rand der Gruppe gesellte. Ich ließ meine Finger aus ihrer Hand gleiten. Diese Musik – Mann, war der Kerl gut. Alles andere, der heiße Wind in den Bäumen, das Bellen der Hunde, war nur Hintergrund, Percussion, Beat für die Töne, die aus dieser Flöte kamen. Silbern strahlte sie in der Sonne. Der Kerl war ungefähr so alt wie wir, und er spielte mit geschlossenen Augen. Er war krass dünn, aber er schien sowieso nur aus seinen Fingern zu bestehen, die sich so schnell bewegten, dass man nicht wusste, ob man vom Metall der Flöte geblendet wurde oder von den verschwimmenden Fingern. Kein Wunder, dass Alisa in ihrem wehenden, wirbelnden Sommerkleid stehen geblieben war.

Es war die perfekte Musik für unseren perfekten Tag.

Dann fing er an zu beatboxen, während er weiterspielte. Er beatboxte *in* die Flöte.

Ich holte meinen Geldbeutel aus der Hosentasche und nahm erst einen Euro heraus, bevor ich eine Zwei-Euro-Münze nahm. Schließlich wusste ich, wie es war, den Hut aufzustellen.

»Ich mach das schon«, sagte Alisa und kramte ebenfalls in ihrem Geldbeutel. Mir fiel auf, dass ihre Finger zitterten, als wäre ihr kalt.

Sie legte die Münze von einer Hand in die andere, als müsste sie sich überwinden, bis sie die paar Schritte zu ihm machte, sich nach vorne beugte und die Münze in den Flötenkasten fallen ließ.

In dem Moment, noch bevor die Münze mit einem Pling die anderen Münzen begrüßte und der Flötist die Augen öffnete, um Alisa ein Danke zuzunicken, bekam ich dieses Gefühl. Wie damals, als ich das Feuer gerochen, aber noch nicht gesehen hatte: Die Haare an meinen Unterarmen stellten sich auf. Die Münze machte *Pling,* die Fenster barsten, und der Flötist öffnete die Augen. Er verfehlte den nächsten Halbton, und dann brach er ab. Seine Lippen konnten den Ton nicht spielen, weil sie so lächelten. Sie lächelten ganz verzweifelt, so erleichtert.

Alisa

Da bist du.

Du bist da.

TEIL 2

Felix

Nur Alisas Wimpern bewegten sich, als ihre Pupillen größer wurden. Mentaler Schnappschuss, wie ich sie malen würde: Alles andere grau – ich, die anderen Passanten und die Wiese – und sie beide zwei Pop-out-Menschen in Farbe.

Mit zwei Schritten war sie neben mir. Ihre Hände, leer ohne die Münze, fuhren über ihr Kleid, als suchten sie etwas zum Festhalten.

Der Flötist schaute in meine Richtung, und unsere Blicke trafen sich. Was war das?, fragte ich ihn in Gedanken, aber sein Blick gab keine Antwort.

»Willst du weitergehen?«, fragte ich.

Alisa nickte, und ich nahm ihre Hand.

Eigentlich war nichts passiert: Sie hatte die Musik gehört, war hingegangen, hatte ihm eine Münze hingeworfen. Dann hatte er sie angeschaut. Und sie hatte zurückgeschaut. Das war alles. Warum hatte ich dann das Gefühl, ich müsste sie von seinem Blick abschirmen?

»Willst du jetzt Räder schlagen?«, fragte ich.

Sie schüttelte den Kopf. »Mir ist ein bisschen schwindelig.«

»Eis essen?«

»Ich glaube, ich fahre nach Hause und lege mich ein bisschen hin. Dann kann ich nachher auf dem Weg zu dir einkaufen, und wir kochen heute Abend zusammen?«

Sie lief sowieso schon Richtung U-Bahn.

Der Moment, als der Flötenspieler aufgeschaut hatte ...

Wir nahmen die Treppen nach unten.

... irgendetwas war seltsam daran.

Die U-Bahn fuhr ein.

»Hey.« Ich drehte Alisa zu mir um und küsste sie zum Abschied. Sie küsste mich zurück, aber ihre Lippen waren wie taub.

Die Türen der U-Bahn öffneten sich, und sie stieg ein. Ich musste in die andere Richtung und blieb an der Tür stehen.

»Kanntest du den eigentlich?«, fragte ich.

Alisa schaute auf wie aus tiefen Gedanken gerissen. Sie hielt sich an der Mittelstange fest.

»Wen?«

Die Türen piepsten viermal – das Signal, bevor sie sich schlossen.

»Den Flötisten«, fragte ich und lehnte mich nach vorne.

»Adrian?«, sagte Alisa.

Also kannten sie sich.

Ich hatte den Namen noch nie gehört.

Die Türen schlossen sich. Ich wollte noch eine Hand dazwischenschieben, aber ich war zu langsam, als würde ich durch Wasser greifen, und traf nur noch das schwarze Abdichtungsmaterial zwischen den Türen.

»Zurückbleiben bitte«, kam die Stimme der Fahrerin aus den Lautsprechern. Die U-Bahn fuhr an.

Adrian also.

Adrian und Alisa.

30. JULI

Alisa

Wenn du dich verirrst, bleib stehen. Wenn du etwas verloren hast, beginne die Suche an dem Ort, an dem du es zuletzt gesehen hast.

Ich bin zurückgekommen.

Und da bist du, kleiner Käfer, an der Stelle, an der du gestern gespielt hast. Du liegst im Gras, die Augen geschlossen, und sammelst Sonnenstrahlen. Neben dir liegt der Flötenkoffer mit der glatten, dellenfreien Silberflöte.

Ich komme näher.

Als ich die Flöte gehört habe, hatte ich natürlich die Hoffnung, dass du es wärst. Ich bin schon oft zu spät gekommen, weil ich eine Flöte gehört habe und wenigstens nachschauen musste. Habe mich auf engen U-Bahn-Treppen gegen die Fließrichtung der arbeitenden Bevölkerung gestemmt, gegen verschwitzte Achselhöhlen im Sommer und Filzschultern im Winter, um das Gesicht des Musikers zu sehen. Jedes Mal: nicht du.

Dann dachte ich immer an meine letzte Erinnerung. Wie ich mich von innen gegen die Tür gelehnt habe. Auf der anderen Seite warst du. Nur dein Atem. Zwischen uns das Holz. Wie ich mich gegen die Tür gelehnt habe, bis du endlich weggingst.

Und heute. Als hätte sich die Tür geöffnet. Als wäre ein Jahr einfach weggewischt.

Meine Füße stehen vor deinem Kopf. Ich knie mich hin und schaue dein Gesicht kopfüber an. Es sieht komisch aus, und als du jetzt lächelst, dauert es länger, bis die Botschaft in meinem Kopf ankommt. Ich streiche dir eine Locke aus der Stirn.
Du öffnest die Augen.
»Du bist da«, sagst du.
Ich weiß, es gibt einen Grund, warum ich wütend auf dich gewesen bin, auch wenn er mir entglitten ist.
»Ich habe dir nicht verziehen«, sage ich.
Du nickst. In die falsche Richtung, weil kopfüber.
»Das ist die Wahrheit«, sage ich.
Du nickst wieder. Und es ist wirklich die Wahrheit. Aber ich bin ja trotzdem da, oder? Bin ja trotzdem da und knie neben deinem Kopf mit meinen Händen in deinen Haaren, während die Menschen plappern und die Silberflöte in dem schwarzen Kasten sich aufheizt.

Ich setze mich ins Gras, das sich anders anfühlt als sonst: Ich spüre jeden Halm. Langsam drehst du dich auf die Seite und richtest dich auf, bis du mir gegenübersitzt wie mein Spiegelbild.

Du beobachtest mich, und auf einmal packt mich die Angst. Gerade habe ich das Gefühl, deinen Blick nicht mehr lesen zu können. Ich weiß nicht, was du hinter deinen blauen Augen denkst.

Was siehst du, wenn du mich anschaust? Bin ich dir zu langweilig geworden? Bin ich vom Wetter ausgebleicht wie das Geschirrtuch, das wir einen ganzen Sommer an der Wäscheleine haben hängen lassen? Du hast viel erreicht von unseren Plänen. Und ich? Ich bin zur Uni gegangen und habe mich verliebt.

»Sag was«, sage ich.
Du lächelst. »Ich weiß nicht, was. Ich habe zu lange darüber nachgedacht.«
»Irgendetwas.«
Das Lächeln bleibt breitbeinig auf deinem Gesicht stehen, wäh-

rend du überlegst. »Ich habe mich gefragt, ob es in München erlaubt ist, hier auf der Wiese zu übernachten.«

»Warum?«

Du legst den Kopf schief. »Vorgestern war ich im Nymphenburger Park. Da darf man nicht mal die Grünflächen betreten. Ich habe das Gefühl, hier ist alles verboten.«

Ich strecke den Fuß aus, und mein großer Zeh berührt dein Schienbein. Meine Wahrnehmung scheint auf unseren Berührungspunkt zusammenzuschrumpfen.

Du bemerkst es auch, und du verstehst die Antwort.

»Woher wusstest du, dass ich in München ...«

»Du wolltest immer nur an diese eine Uni.«

Am liebsten würde ich dich anfassen und an mich heranziehen.

Aber langsam. Ich bin sachte wie der Wind über den Grashalmen.

»Wie lange bist du schon hier?«

»Seit zwei Wochen.« Du deutest in Richtung der Pinakothek. »Ich dachte, hier würdest du auf jeden Fall irgendwann vorbeikommen.«

Die Pinakotheken. Da sind Sachen, über die wir nicht reden. Bei uns werden Wunden mit Pflastern bedeckt und nicht mehr berührt, bis das Pflaster oder das Körperteil abfällt.

Statt einer Antwort bewege ich meinen Fuß hin und her, und mein Zeh streicht über deine Haut.

Du bist wirklich da.

Ich fange an, daran zu glauben, dass du bleibst.

Felix

Alisa kam aus dem Bad wieder und legte sich neben mich aufs Bett. Ich küsste sie auf den Mund. Sie schmeckte nach Erdbeere wegen der Kinder-Zahnpasta, die sie benutzte, und die Oberfläche ihrer Zähne war glänzend glatt. Als sie ihren Kopf in meine Armbeuge schmiegte, roch ich ihre Hautcreme.

»Danke für das Essen«, sagte sie.

Ich nickte und schaute zur Decke, der einzigen freien Fläche im Raum.

Es war ein perfekter Abend gewesen. Bis auf diese eine Frage, wegen der ich mich beim Gemüseschneiden geschnitten hatte. Ich hatte ein Pflaster darübergeklebt, aber die Wunde pochte immer noch.

»Der Flötenspieler gestern …«, fing ich an und ärgerte mich, dass ich zögerte, bevor ich den Namen benutzte. »Adrian, woher kennst du ihn?«

Bewegungslos lag Alisa neben mir. »Adrian ist mein Bruder«, sagte sie.

Ihr Bruder.

Erst war ich erleichtert: Ein genialer Flötisten-Bruder war sicher besser als ein genialer Flötisten-Ex-Freund. Dann spürte ich, wie sich mir wieder die Haare auf den Unterarmen aufstellten.

Ihr *Bruder*. Das Wort fühlte sich plötzlich fremd an.

David, mit all seinem Einfluss auf mich, unseren gemeinsamen Erinnerungen, seiner Nummer in meinem Handy, war eine solche Präsenz in meinem Leben, dass ich nicht wusste, wie ich mich jemandem erklären sollte, ohne ihn zu erwähnen.

Und das hatten wir doch getan, oder? In all den durchredeten Nächten. Verschlafen beim Frühstück, mittags am Telefon mit den Hintergrundgeräuschen der Bibliothekshalle und des Kaffee-Vollautomaten, abends bei tausend gemeinsam geschnittenen Zwiebeln. Stück für Stück, Schnitt für Schnitt, hatten wir uns gegenseitig erklärt.

Von ihrer Familie hatte sie immer nur am Rande gesprochen. Aber ihren Bruder hatte sie mit keinem Wort erwähnt. Warum?

»Warum warst du so überrascht, ihn zu sehen?«, fragte ich.

»Das konnte ich nicht verbergen, oder?«, sagte sie. Ich sagte nichts. Ich wollte eine Antwort.

Alisa seufzte. »Wir waren zerstritten. Ich habe Adrian seit einem Jahr nicht gesehen.«

War Adrian die Sache, über die sie nicht reden wollte?

Sie setzte sich abrupt auf, um die Lichterketten auszuschalten. Die plötzliche Schwärze war durchdringend und weichte erst langsam auf, als meine Augen sich an die Dunkelheit gewöhnten. In der Stille hörte ich ihre leisen Atemzüge. Sie legte sich wieder hin und schloss die Augen. Gleich würde sie einschlafen.

»Warum wusste ich nichts von Adrian?«, sagte ich.

Alisa schlug die Augen auf. In der Dunkelheit erschienen sie bodenlos.

»Bist du nicht müde?«, fragte sie.

»Ich weiß so wenig über deine Kindheit.«

»Was willst du denn wissen?«

»Ich weiß nicht, irgendwas.« Irgendwas, um die Leerstelle auszumalen, die sich auf einmal in ihr Bild gefressen hatte. »Wie fandest du es, einen Bruder zu haben?«

Die Matratze gab nach, als Alisa sich auf die Seite rollte, um mir ins Gesicht zu sehen. Einen Moment lang fixierte sie mich – und für diesen Augenblick hatte ich das kreischende Gefühl, sie nicht zu kennen –, dann seufzte sie, knipste die Nachttischlampe an und setzte sich auf, als bräuchte sie zum Erzählen mehr Luft.

Sie lehnte den Kopf an die Wand und schloss die Augen. Wohin ging sie in diesem Moment? Als sie die Augen wieder öffnete und ihre Pupillen sich verkleinerten, hatte ich das Gefühl, dass sie sich nicht nur an das Licht anpassten, sondern von einem anderen Ort zu diesem zurückkamen.

Dann fing sie an zu erzählen. Weiche Stimme. Nacht und Dunkel.

»Wir haben uns ein Zimmer geteilt, Adrian und ich«, sagte sie. »Eigentlich war sein Zimmer im ersten Stock und meines unter dem Dach, aber irgendwann haben wir zusammen dort oben gewohnt. Am Anfang ist es nur ein kleiner Raum mit Dachschrägen gewesen, in der Mitte hoch genug, dass eine kleine Erwachsene wie unsere Mutter dort stehen konnte. Dann wurde der Raum etwas anderes: unsere Ritterburg, unser Raumschiff, der Bauch unseres Wals, unser Insekten-Imperium, unser Geschichten-Tempel, unser Reich der Fallen.«

Alisa

Ich habe ihm von dir erzählt.
Von dir und mir.
Es ist so schwierig, das zu beschreiben, wie es schwierig ist, mich selbst zu beschreiben.
Auch von dem Haus habe ich ihm erzählt. Aber nur von der preisgekrönten Energiebilanz, dem Holz aus deutschen Wäldern, den übertrieben schmalen Designer-Fenstern. Ich habe ihm nicht erzählt, dass einen immer dieses unwohle Gefühl beschlich, wenn man durch die massive Eingangstür trat, als wäre ein Schatten vor die Sonne gezogen, und man hätte die plötzliche Ahnung eines Gewitters. Dass einem darin immer ein bisschen kalt war. Dass die Flure wegen Martins Nachtblindheit nach Sonnenuntergang schummrig beleuchtet waren und dass die modernen geometrischen Glasdurchbrüche in den Wänden einem immer das Gefühl gaben, beobachtet zu werden.
Aber wenn man sich umdrehte, stand nie jemand da.

31. JULI

Felix

Ich bekam nicht mit, wann Alisa aufstand, da war nur eine Bewegung neben mir, als für einen Moment kalte Luft unter die Decke strömte, und ihr warmer Geruch verschwand zusammen mit ihrem Gewicht von der Matratze. Sobald ich richtig wach war, hatte ich dieses Gefühl, wie Hunger. Seit gestern spürte ich es. Seit ich Alisa für einen Moment so gesehen hatte, als kannte ich sie nicht. Da war es wieder, dieses Etwas, das sich unter ihrer Haut versteckte. Ich zog mich an und schwang mich auf mein Fahrrad. Die Stadt wachte gerade auf: Rentner holten ihre Zeitung ins Haus, und ich raste auf meinem Rennrad vorbei.

Da war meine Asphalt-Leinwand – und immer noch dieser Hunger. Die Kreiden lagen nebeneinander in der Dose. Nach und nach nahm ich sie heraus, legte sie neben mich auf den Boden und stellte die Dose auf. Ich musste dieses Bild von Alisa aus meinem Kopf auf den Asphalt bekommen. Schnell warf ich ein paar Skizzen auf den Boden, dann fing ich mit dem Gesicht an. Wie ein Wahnsinniger malte ich, Hauptsache schnell, damit das Bild in meinem Kopf nicht eintrocknete.

Als ich fertig war, trat ich ein paar Schritte zurück. Es war ganz gut geworden. Natürlich würde ich es morgen noch einmal versuchen, aber für heute reichte es. Mit meinem Handy fotografierte ich das Bild ab und sendete es an Alisa.

Ich machte mir ein frühes Mittagessen und kam wieder. Die Jacke zusammengefaltet und unter die Knie gelegt, schaute ich mich nach einem neuen Modell um.

Da, ein Mann im maßgeschneiderten Anzug lief an mir vorbei, während er in sein Handy redete, als wäre die Person am Ende der Leitung nicht nur schwerhörig, sondern auch dement. Ich malte die ersten paar Striche, dann musste ich an David denken, der vielleicht zum selben Schneider ging, um seine Anzüge schneidern zu lassen, und hatte auf einmal keine Lust mehr. Stattdessen sah ich einen Straßenkehrer, der den Dreck für die rotierenden Borsten der Kehrmaschine auf die Straße fegte. Dunkles Gesicht, noch dunkler durch die orange leuchtende Kleidung. Leicht verschwitzt, aber ein edles Schwitzen, feine Perlen auf der Oberlippe. Schließlich malte ich den Geschäftsmann in seinem Anzug, aber mit dem Besen des Straßenkehrers. Das machte Spaß.

Noch war nicht viel los, nur die Luft heizte sich auf. Ich malte mit der Kreide in der rechten Hand, und die Kreide bemalte langsam meine Hände. Da, ein Kreidemädchen wurde lebendig, ein Kreideluftballon, prall und glänzend, ein Kreidehund, wuscheliges Fell.

Dann: Musik. Plötzlich, unerwartet.

Klare Töne, die wie feuchte Kreide ineinanderflossen.

Ich sah auf. Ein paar Meter neben mir stand Adrian. Ich erkannte ihn sofort. Barfuß, mit Stoffhose und T-Shirt, musste er seine Querflöte zusammengesteckt haben, während ich nur mit meinen Händen gedacht hatte. Die Flöte blitzte im Sonnenlicht, und Adrians Finger bewegten sich ständig, wie in Wellen, obwohl sie die Klappen nie verließen. Seine Lippen bewegten sich auch und machten die Percussion-Sounds.

Was wollte der hier? Mein erster Gedanke war, dass er hier war, um mir das Publikum abzugraben. Aber der Flötenkoffer lag geschlossen neben ihm auf dem Boden.

Widerstrebend legte ich die Kreide ab, aber man konnte sich nicht wehren gegen seine Musik mit dem Beat, sogar wenn man eher Dubstep hörte wie ich.

Es war ungewohnt: Musik gab es nicht in Kreide-Land. Da lag mal eine Note auf dem Asphalt, wenn ein Kreide-Mensch ein Liedchen pfiff, aber hören konnte man die nicht.

Warum war er auf einmal aufgetaucht? Was wollte er von Alisa? Die ersten Mittagesser kamen vorbei. Das waren für gewöhnlich die, die schon um sechs im Büro waren. Sie sahen mich immer erst auf dem Rückweg, wenn sie etwas gegessen und ausgespannt hatten und auf der Suche waren nach etwas, das sie noch etwas länger vor der Arbeit bewahrte. Dann blieben sie stehen und schauten mir zu oder gingen die Galerie auf dem Boden entlang. Das Wechselgeld vom Teller Penne beim Italiener landete dann klimpernd im Deckel der Kreidedose, neben die ich auch heute einen großäugigen Welpen gemalt hatte. Diesmal schauten sie neugierig zu Adrian hinüber. Den kannten sie nicht, der machte ihre Mittagspause gerade neu. Die Erste warf eine Münze in die Dose. Ich sollte weitermalen – die Leute gaben mehr, wenn sie einen bei der Arbeit sahen –, aber ich konnte nicht aufhören, ihn zu beobachten.

Du hast also mit Alisa in einem Zimmer gewohnt, dachte ich. Ich versuchte, ihn mir mit Alisa vorzustellen, in irgendeiner Art von Interaktion, aber es gelang mir nicht.

Adrian spielte das Lied zu Ende. Einige Mittagesser klatschten, aber Adrian nickte nicht einmal, um es zur Kenntnis zu nehmen. Stattdessen ging er auf mich zu. Sein Schritt war seltsam, ein bisschen länger, als es natürlich schien.

»Ich bin Adrian, Alisas Bruder«, sagte er. Zum ersten Mal fiel mir auf, wie groß seine Augen waren. Dass er so dünn war, ließ sie nur noch runder erscheinen.

Ich gab ihm die Hand. Sein Griff war unerwartet fest. »Ich bin Felix, Alisas Freund.«

Als wüssten wir das nicht längst.

Adrian drückte noch einmal zu, ein bisschen zu lang und ein bisschen zu fest. Er drehte sich zu den Bildern um.

»Der Straßenkehrer da gefällt mir am besten«, sagte er. Mir auch. Es war das beste Porträt, das ich heute gemalt hatte.

»Trittst du oft draußen auf?«, fragte ich. »So wie gestern?«

Adrian zuckte die Achseln. Er sprach leise, als wäre er es gewohnt, dass die Leute ihm zuhörten. »Ich mag es. Die Leute bleiben nicht sitzen, weil sie wollen, dass die anderen ihr Abendkleid und ihre teuren Plätze bewundern. Wenn sie sitzen bleiben, dann nur wegen des Moments.«

Er war großzügig mit seiner Musik und sparsam mit seinen Worten, schien es.

»Wir sollten weitermachen«, sagte ich abrupt. »Das ist gerade die beste Zeit.«

Das wusste er natürlich, wenn er selbst auftrat.

Ich sah den Kreidedosendeckel, in dem schon einige Münzen liegen, aber noch kein Schein. »Wir können halbe-halbe machen«, sagte ich.

Adrian zuckte die Achseln, als hätte er darüber noch nicht nachgedacht. »Okay.«

War das Achselzucken ein Ding von ihm? Wenn nicht – was war sein Ding?

Irgendwann bemerkte ich, dass die Musik eine eigene Interpretation zu den Porträts ergab. Diese Bilder der Kreidemenschen waren Schwingungen in der Luft. Ein schleppendes Lied für einen Mann mit Trommelbauch. Ein Wiegenlied für das schlafende Baby. Die Darth-Vader-Titelmelodie für den Jungen im schwarzen T-Shirt, der nicht lächelte.

Nicht nur, dass Adrian sofort auf das beste Bild gezeigt hatte, wie Alisa verstand er genau, was ich zu erreichen versuchte.

Ab und an warf ich ihm einen Blick zu und versuchte, ihn anzusehen, wie ich meine Modelle ansah. Durch die engen Hosen und das T-Shirt, das an den Oberarmen schlackerte, wirkte er noch dünner. Seine Haare waren lockig. Um die Handgelenke war seine Haut dunkler. Aber das war auch schon alles. Ich konnte nicht durch ihn hindurchschauen, wie ich es bei den vorbeilaufenden Menschen konnte. Keine Chance.

Vielleicht hing schon zu viel Geschichte an ihm, zu viel Alisa.

Um zwei machten wir Schluss. Die Mittagspause war auch zu Ende, und die Leute tröpfelten nur noch vorbei.

Wir leerten die Kreidedose auf dem Boden aus, stapelten die Münzen, zählten die wenigen Scheine und teilten das Geld auf. Mein Magen verkrampfte. Mein Anteil war mehr, als ich sonst alleine verdiente. Lag das daran, dass wir zusammen aufgetreten waren, oder daran, dass Adrian so gut war? Wie viel verdiente Adrian, wenn er alleine spielte? Wie viel hatte er vorgestern zwischen den Pinakotheken verdient?

Ich verstaute die Kreide in der Dose und spülte meine Hände am Bordstein mit Wasser aus meiner Trinkflasche ab. Von der Kreide waren sie trocken und fest, als würde meine Haut beim Malen reptilienartiger werden. Nach dem Händewaschen, wenn meine eigene Hautfarbe wieder zum Vorschein kam, fühlte sich das an, als würde ich mir ein anderes Paar Hände anziehen.

Die Mittagsluft summte noch von der Musik oder vielleicht von dem Sonnentag und der Tatsache, dass bald Sommerferien waren. Adrian hatte die Querflöte schon zerlegt und reinigte die Metallröhre mit einem feinen Stofftuch. Er war ganz darauf konzentriert: Schob das Stofftuch mit dem Stöckchen in die Flöte und zog das Stöckchen auf der anderen Seite wieder heraus. Dabei hielt er die Querflöte ganz vorsichtig, als würde sie immer noch eine Melodie spielen, auf die er lauschte. Als er fertig war, legte er sie in den Samt des Flötenkastens, ließ beide Verschlüsse zuklappen und stand auf.

Er hatte nichts dabei außer seinem Instrument.

»Wo bekommt man hier einen guten Espresso?«, fragte er.

»Ich kann dich zum Café Carlo mitnehmen«, sagte ich. »Da muss ich jetzt sowieso gleich hin zu meiner Schicht.«

Adrian sagte wenig, und wenn er nicht unendlich viel mehr über Alisa gewusst hätte als ich, hätte ich es angenehm gefunden, schweigend mit ihm über die zwei Straßen zum Café zu schlendern. So fühlte es sich einfach nur seltsam an.

Das Café Carlo war proppenvoll, und einige Gäste hatten Stühle von drinnen nach draußen geschafft. Ich brachte meinen Rucksack in den Abstellraum und hatte es noch nicht einmal geschafft, meine Schürze umzubinden, als Olli schon auf mich zugeschossen kam.

»Gut, dass du da bist«, sagte sie. »Der Typ an Tisch sieben hat mit Absicht seinen Kuchenteller auf den Boden geworfen.«

Ich musste nicht mal zu Tisch sieben schauen, um zu wissen, dass dort der eklige Mittvierziger mit gegelten Haaren saß, der Olli schon seit Wochen mehr oder weniger krass belästigte. Jetzt wollte er offensichtlich, dass sie vor ihm auf dem Boden rumkroch, um die Scherben aufzusammeln, von denen einige bestimmt bis zwischen seine Beine »gerutscht« waren. Widerlich.

»Soll ich ihn rausschmeißen?«, fragte ich.

»Ich hab ihm schon gesagt, dass er gehen soll.«

Letztes Mal hatte er noch ganz in Ruhe seinen Kaffee ausgetrunken, bevor er endlich verschwunden war.

»Dann rufen wir die Polizei, Olli«, sagte ich. »Das musst du dir nicht gefallen lassen.«

Adrian, der sich bis dahin gründlich umgeschaut hatte, beobachtete den Wortwechsel mit seltsamer Miene. Klar, ich hatte ihn noch nicht vorgestellt.

»Adrian, das ist Olli. Olli, das ist Adrian, Alisas Bruder.«

Beim Wort »Bruder« wurden Ollis Augen groß.

»Hi, Adrian«, sagte sie und schüttelte ihm die Hand.

»Hey«, sagte er und lächelte sie an. Ich war kein Mädchen, aber ich war mir sicher, dass seine großen Augen eine Wirkung auf sie hatten.

»Soll ich anrufen?«, fragte ich Olli.

Sie wischte sich eine schwitzige Haarsträhne aus der Stirn.

»Danke nein. Selbst ist die Frau. Kannst du so lange die Bestellungen auf meinem Block abarbeiten?«

Ich nickte, und Olli ging in die Abstellkammer hinter der Theke, um zu telefonieren. *Bruder?*, formte sie noch hinter Adrians Rücken mit den Lippen, aber ich konnte ihr nichts zurücksignalisieren.

»Tja, dann fange ich wohl mal mit dir an«, sagte ich. »Was willst du haben?«

»Einen Espresso bitte.«

Ein paar Momente später stellte ich die dampfende kleine Tasse vor ihm ab.

»Was machst du in München?«, fragte ich, während ich die Milch auffüllte und einen Cappuccino aus dem Vollautomaten laufen ließ.

Adrian nahm einen Schluck von seinem Espresso, der ihm den Mundraum verbrennen musste. »Ich studiere ab nächstem Semester an der Musikhochschule hier.«

»Welches Semester?«

»Dann im dritten.«

Also war er im selben Semester wie Alisa.

»Dann bist du erst hergezogen?«

Er nickte. »Vorher war ich in Berlin.«

Warum war er jetzt hierhergekommen? Ich fragte nicht. Zwei Minztees, eine Rhabarberschorle, ein stilles Wasser und ein Kännchen Kaffee standen auf Ollis Liste, und ich tat sehr beschäftigt.

Mit einem Klappern stellte Adrian die leere Tasse ab. »Das machst du also den ganzen Tag«, sagte er. »Du malst, und du arbeitest als Kellner.«

Sein Ton war neutral, aber es klang, als wäre an seinen Sätzen ein Fragezeichen. *Das machst du also den ganzen Tag? Du malst, und du arbeitest als Kellner? So wie: Mehr nicht?*

Auf einmal fragte ich mich, ob er nur gekommen war, um mich abzuchecken.

»Genau«, sagte ich, während ich die Getränke auf ein Tablett stapelte. »Ich muss jetzt auch mal Kundenkontakt pflegen«, sagte ich und nahm das Tablett auf die Hand. »Der Espresso geht aufs Haus.«

»Danke. Ich packe es jetzt sowieso«, sagte Adrian.

»Gehst du noch mal spielen?«

»Nee. Aber meine Wohnung ist gleich um die Ecke, und Alisa kommt in fünf Minuten vorbei.«

Als wäre der Raum auf einmal schief – so fühlte sich das an, diese Information aus seinem Mund zu hören. Ich hielt das Tablett mit beiden Händen fest.

Er hob die Hand zum Gruß.

Alisa

Ich fahre zu der Adresse, die du mir gestern auf einen Kassenzettel gekritzelt hast. Die Stufen zu deiner Wohnung renne ich nach oben und klingele. Hinter der Tür höre ich Schritte, die näher kommen und dann stehen bleiben.

Da entdecke ich das Fischauge in der Tür. Ich lehne meinen Körper gegen das Holz und presse das Auge an das Glas. Auf deiner Seite ist es erst hell und dann plötzlich dunkel. Ein Auge hat sich vor die Linse geschoben, die graue Pupille noch größer als gewöhnlich. Bilde ich mir das ein, oder höre ich deinen Atem? Zwei Körper und dazwischen eine Holzplatte. Wir stehen eine lange Zeit so da, ein vergrößertes Auge, ein verkleinertes Auge, und schauen uns an. Dann wird es auf deiner Seite wieder hell, und du öffnest die Tür, aber langsam, damit ich nicht das Gleichgewicht verliere.

»Hey«, sagst du, und bei deinem Blick möchte ich weinen, weil du mich immer noch so anschaust, als hätten wir uns ein halbes Leben nicht gesehen. »Komm rein.«

Schnell schlüpfe ich aus meinen Schuhen und streife zur Begrüßung leicht deinen Arm. Deine Wohnung ist all das, was unser altes Zimmer nicht war: Sie ist fast leer (da liegt nur eine große Matratze) und hell und hat hohe Decken. Ich liebe sie.

Du erzählst mir, dass ein Musikfreund dich für eine günstige Miete dort wohnen lässt, aber ich höre nur mit halbem Ohr zu.

Ich denke an die ganzen Dinge, die ich Felix nicht erzählt habe. Ich habe ihm von dir erzählt, aber nicht von Martin.

Ich habe ihm von dem Zimmer unter dem Dach erzählt, aber nichts von der Akustik darin.

Es hallte in unserem Zimmer, aber man konnte unten nichts hören, das haben wir selbst getestet, indem wir das Radio auf verschiedene Lautstärken gedreht und in den unteren Räumen danach gehorcht haben. Man konnte nicht einmal etwas hören, wenn man an den Heizungsrohren lauschte.

Aber das Wichtigste war die Treppe: Sie quietschte. Die Stufen konnte man so betreten, dass sie still blieben, aber der Absatz oben knarzte immer. Leise nur, sodass man es im unteren Stockwerk nicht hörte, aber doch laut genug, dass man im Zimmer gewarnt war.

Die Stufen zu deiner Wohnung quietschen auch. Hier können wir uns sicher fühlen, kleiner Käfer.

Mit ausgebreiteten Armen lasse ich mich rückwärts auf die Matratze fallen.

»Erzähl mir von Berlin«, sage ich. Deine Decke ist weiß und weit und hat Stuck an den Seiten.

»Woher weißt du, dass ich dort war?«, fragst du und legst dich neben mich.

»Das Internet.«

»Du hast mich gegoogelt?«

Ich höre an deiner Stimme, dass du lächelst.

»Du mich nicht?«

»Natürlich«, sagst du, immer noch glücklich. »Also Berlin. Was willst du hören?«

»Erzähl mir alles«, antworte ich, und das tust du. Du erzählst mir von Räumen, wo man immer üben kann, von genialen Professoren, vom besten Falafel der Stadt.

Es klingt nach einem guten Jahr, kleiner Käfer. Es klingt nach einem Jahr, wie du es verdient hast.

Irgendwann schaue ich auf die Uhr. Die Zeit ist verflogen.

»Shit«, sage ich und setze mich auf.

Kleiner Käfer, ich muss gehen.

»Was ist los?«

»Ich bin mit Einkaufen dran.«

Du gähnst und streckst dich. »Ich hab auch Hunger. Lass uns Pizza bestellen.«

»Felix und ich kochen gemeinsam.«
Du rappelst dich auf. »Schreib ihm einfach, dass du nicht kommst.«
»Wir sind verabredet.«
»Und *wir* haben uns ein Jahr lang nicht gesehen.«
Schweigen zwischen uns. Das ist genau der Punkt, kleiner Käfer: Wir haben uns ein Jahr lang nicht gesehen.
Mit dem Rücken zu dir ziehe ich meine Schuhe an. Meine Finger zittern, und mein Hals ist rau. Als ich mich wieder umdrehe, wirkst du kleiner, so zusammengesunken auf dem weißen Laken.
»Wir sehen uns doch morgen«, sage ich.
Du nickst, aber die Enttäuschung rutscht davon nicht aus deinem Gesicht.
Ich habe ein schlechtes Gefühl, als ich die Tür hinter mir zuziehe und noch einmal dagegendrücke, um sicherzugehen, dass sie auch wirklich geschlossen ist. Als würde ich noch einmal abhauen.
Gleich neben deiner Wohnung ist ein Discounter, und ich besorge das Gemüse, das Felix mir aufgeschrieben hat: Auberginen, Tomaten und Zucchini für ein Ratatouille-Rezept, das er Ra-Ta-Ta-Touille nennt, weil es angeblich so viel besser schmeckt als das Original.
Die Kassenschlange zieht sich ewig. Endlich bin ich dran. Ich habe das Gemüse schon eingepackt und hole die Scheine aus dem Geldbeutel, als sich das quengelnde Kind in der Reihe hinter mir schreiend auf den Boden wirft. Als ich aufschaue, entdecke ich hinter einem der halbhohen Regale die Schildmütze.
Panik.
Eiskalte Panik.
Schmerzende, Gliedmaßen abfrierende, brüchig werdende Panik.
Mit dem Beutel schon über der Schulter renne ich aus dem Laden. Eine Stimme schreit »Ihr Wechselgeld!«, aber ich renne nur noch schneller.

Wie hat er mich hier gefunden?, frage ich mich. Wie?

Deine Wohnung ist so nah, aber natürlich werde ich ihn nicht zu dir führen. Meine Gedanken rasen, während meine Füße den Boden von mir wegschieben. Ich renne zur U-Bahn, schiebe Leute auf der Rolltreppe zur Seite – eine Bahn fährt gerade ein, wenn ich die schaffe –, ich rase über die Plattform – die Türen piepen schon, schließen schon – und wische gerade noch hindurch.

Keuchend lehne ich mich an die Mittelstange. Der Stoffbeutel hängt schwer an meiner Seite, die Tomaten bestimmt zerquetscht, und ich stelle ihn ab, um besser atmen zu können.

Die U-Bahn fühlt sich an wie ein sicherer, rasender Raum, und sie trägt mich fort von ihm, aber nicht fort von dem Bild in meinem Kopf.

Der Schildmütze, die er immer zum Campen getragen hat, um seine spärlich behaarte Kopfhaut vor dem Licht zu schützen.

Felix

Alisa ging nicht an ihr Handy, und deswegen konnte ich ihr nicht sagen, dass ich brutal zu spät kommen würde. Der ekelhafte Kunde hatte mit der Polizei noch richtig Ärger gemacht, und Olli war hinterher so aufgebracht gewesen, dass sie mich noch in eine Kneipe zwei Straßen weiter schleppte, um einen Schnaps auf Frauenrechte und ihren kurzfristigen Barcelona-Trip in zwei Tagen zu trinken und mich danach über Adrian auszuquetschen. Leider konnte ich ihr zu dem Thema keine befriedigende Antwort geben.

Als ich dann endlich nach Hause kam, saß Alisa auf dem Boden.

Normalerweise saß sie auf der Couch, immer in derselben Sitzhaltung: die Knie an die Brust gezogen, zwei Kissen hinter den Rücken gestopft. Entweder las sie ein Anatomie-Buch oder schaute fern. Heute: nichts von beidem. Sie kauerte auf dem Boden, zwischen mehreren Bögen weißen Papiers. Ihr Hightech-Handy lag neben ihr, und sie hatte die Ohrstöpsel drin. Noch so eine Sache: Normalerweise hörte sie nie mit Kopfhörern Musik. Wenn ich nicht so bedacht auf ihre Reaktion gewesen wäre, wäre es mir nicht aufgefallen. Sie hörte immer laut.

Ich zog meine Schuhe aus, setzte den Rucksack ab und kam ihr auf Socken näher.

Dann setzte ich mich neben sie und nahm ihr vorsichtig einen Ohrstöpsel aus der Ohrmuschel, damit sie den Kopf zurückziehen konnte, wenn sie weiter alleine Musik hören wollte. Aber sie legte den Kopf schief, sodass ich besser an den Stöpsel kam, und von der Seite sah ich, wie ihre Mundwinkel leicht nach oben glitten. Sie faltete das weiße Papier, bemerkte ich jetzt. Falzte mit ihren silbernen Fingernägeln scharfe Kanten in die dicken Bögen. Neben ihr lagen schon zwei mehrfach gefaltete Seiten, die sie offensichtlich verworfen hatte.

Die Musik war leise, aber unverkennbar. Flöte, oder genauer: Adrians Flöte, da war ich mir ziemlich sicher. Ich schaute weiter auf Alisas Finger, die das Blatt drehten, zwei Seiten aufeinanderfalteten, wieder drehten. Ihre Bewegung war präzise schnell und gleichzeitig von genüsslicher Langsamkeit.

Adrians Stück war gut, auch wenn er ab und an das Tempo wechselte und man auf der Aufnahme sein Atmen hörte. Oder war das unser Atmen, von Alisa und mir, hier auf dem Boden? Ich hielt die Luft an, konnte es aber nicht sagen.

Plötzlich saß ein papierner Körper auf Alisas Handfläche, mit Flügeln filigran und fragil wie die eines Schmetterlings. Alisa pustete eine Staubflocke weg, die an dem Papier hing, und die Flügel zitterten.

Vorsichtig setzte sie den Flieger auf das Sofa und drehte sich zu mir. Ich wollte ihr von dem selbst gemachten Eis erzählen, das im Tiefkühlfach war, dann sah ich ihren Blick. Anders. Mit beiden Händen umfasste sie mein Gesicht und küsste mich. Ihr Atem schien feuchter zu sein als sonst. Ihre Zunge glitt über meine Schneidezähne.

Sie ließ mich los und stand leichtfüßig auf. Nahm den Flieger auf die Hand.

»Kommst du?«

Ich wusste nicht, warum und wohin, aber die Antwort war Ja.

Draußen war es jetzt dunkel. Wir liefen. Das übliche Summen der Autobahn unter der Brücke, die Perlenreihe aus roten Rücklichtern. Das gläserne Zeltdach des Olympiastadions, das in Lichtreflexen glitzerte und seinen nächtlichen Schatten auf die beleuchtete Brücke warf.

Alisa lief rasch, ich spürte ihren Körper neben mir wie meinen Herzschlag. Sie trug eine dunkle Lederjacke, die ich noch nicht an ihr gesehen hatte. Ihre Haare wehten nach hinten. Sie sah schon wieder anders aus. Ich wusste nicht, was mit ihr los war, aber es machte mich atemlos. Kribbelig. Was hatte sie vor?

Der Olympiasee lag ruhig da, und die Hügel waren dunkelgrün; die Bäume schwarze Scherenschnitte vor dem orangen Glühen der nächtlichen Stadt. Wie Feuer in weiter Ferne. Zwei Menschen in der hellen Nacht.

Wir nahmen den gewundenen Fußweg nach oben auf den Berg – Alisa lief voran, mit raschen, leichten Schritten.

Oben wehte ein leichter Wind, der Alisas Haare anhob und verflocht. Meine Haare waren schon ein bisschen zu lang, und ich spürte, wie der Wind auch in meine Strähnen fuhr. Außer uns war nur noch eine Joggerin mit zwei großen Hunden auf dem Berg, die uns den Rücken zudrehte.

»Und jetzt?«, fragte ich.

Alisa setzte den Papierflieger auf ihre Handflächen und streckte sie über sich in die Luft.

Alisa

Der Papierflieger in meiner Hand vibriert. In meiner Vorstellung führe ich den Arm gerade nach vorne, eine köstlich langsame Bewegung, und der Flieger gleitet von meinen Fingern in einer geraden Linie in Richtung des dunklen Himmels. Der Wind trägt ihn – oder ist das Zittern des Papiers tatsächlich ein Flügelschlagen? Still gleitet der Flieger, Luft unter den Flügeln, Mondlicht darauf. Immer weiter, über die Baumwipfel, über die Dächer, weiter und weiter, bis zum Meer, wo Blau und Blau verschwimmen und man endlich bei der Sehnsucht angekommen ist.

Aber die Realität ist anders; eine Böe reißt mir den Flieger aus der Hand, und er taumelt durch die Luft, schon am Abstürzen, dann aus meinem Blickfeld.

Ich frage mich, wo er landen wird. Irgendwo müssen unsere ganzen Papierflieger doch sein. Irgendwo muss der Wind sie doch hingetragen haben. Ein Schwarm von Fliegern, die im Winter nach Süden ziehen. All unsere hoffnungslosen Wünsche.

So wie ich mir gewünscht habe, dass du wieder da bist – ohne zu ahnen, dass du die Angst mit dir bringen würdest und die Erinnerung an die Person, die ich gewesen bin.

Weißt du, du kannst die Asche in Säcke schaufeln und den Rauch aus deinen Haaren waschen, aber du kannst dir nicht die Bilder von der Netzhaut kratzen. Du kannst darüber schweigen, du kannst in eine neue Stadt umziehen, aber du kannst deine Vergangenheit nicht hinter dir lassen.

Ich könnte in die Nacht schreien, weil ich dieses schwelende Geheimnis habe, das herauswill; das Gefühl ist wie ein Brüllen im Hals. Aber was wäre der Sinn davon? Die Welt weiß es schon längst, und du weißt es auch.

Felix weiß nichts davon. Oder nur das, was jetzt davon übrig ist. Sein Gesicht ist ruhig, sein Körper ein Bollwerk gegen den

Wind – er wartet und beobachtet mich, als müsste er mich bei der nächsten Böe festhalten. Auf einmal bin ich überwältigt von diesem Gefühl für ihn: ein ungläubiges Staunen, dass er hier bei mir ist, wo er an tausend anderen Orten sein könnte.

Felix

Alisas Mund öffnete sich, aber der Wind trug die Worte davon. Ich trat näher an sie heran, und dieses Mal verstand ich, was sie sagte:

»Ich habe gerade eine solche Scheißangst. Und wenn ich Angst habe, schreibe ich das Wort auf das Papier, und dann lasse ich es los. Das habe ich schon so gemacht, als ich klein war.«

Angst? So war Alisa, wenn sie *Angst* hatte?

»Und wovor hast du Angst?«, fragte ich.

Alisa

Wovor ich Angst habe?

Ich habe Angst, dass er dich findet.
Ich habe Angst, dass du wieder verschwindest.
Ich habe Angst, dass niemand mich je ganz sieht.
Ich habe Angst, dass Felix mich ganz sehen könnte.
Ich habe Angst, dass er dann geht.

Ich habe Angst, dass Angst nur wächst und nie aufhört.

Ich behalte die Sätze in meiner Kehle, knapp hinter meiner Zunge, bis ich endlich die richtige Halbwahrheit finde.

Felix

»Prüfungen«, sagte sie. Ihr Gesicht war dunkel, weil sie abgewandt von der Lampe stand.

»Hat es geholfen?«, fragte ich.

Ich konnte ihr Gesicht immer noch nicht sehen, als sie mich mit den Armen umschlang. Aber ich spürte ihren Herzschlag, spürte ihr Zittern. Sie trug nur eine dünne Jacke.

»Das hier hilft«, sagte sie.

Wir gingen einen anderen Weg hinunter; Alisa lief voran. Mein Herz schlug schnell auf dem Rückweg. Der Moment, als ich ihr Gesicht nicht gesehen hatte: Sie hätte auch jemand anderes sein können. So kannte ich sie nicht. Ich kannte diese schnellen Schritte nicht, die sie vor mir machte. Sie war ein Schemen in der Dunkelheit, bestand nur aus Dunkel, alles an ihr. Vor uns machte der Weg einen Knick, und Alisa verschwand um die Ecke. Ich begann zu rennen, mit dem sicheren Gefühl, dass Alisa nicht mehr da wäre, wenn ich um die Ecke bog, aber ich kam an der Stelle an, und da war sie. Sie lief vor mir über die glitzernden Pflastersteine, und als ich ihren Namen sagte, drehte sie sich um und streckte die Hand nach meiner aus.

1. AUGUST

Felix

Die Sonne glitzerte auf dem Olympiasee, und die Luft war noch kühl. Ich war mit dem Fahrrad auf dem Weg in die Innenstadt und trat in die Pedale, dass die Oberschenkel brannten. Da sah ich etwas Weißes neben dem Weg im Gras liegen. Es bewegte sich leicht, als ich vorbeifuhr. Noch bevor mir bewusst geworden war, warum, bremste ich ab und fuhr in einem Bogen zurück. Im Gras lag ein Papierflieger. Alisas Flieger, das sah ich sofort.

Der Wind hatte ihn gebeutelt, und nach den dunklen Streifen zu schließen war schon ein Fahrrad darübergefahren, bevor ein weiterer Windstoß das Papier auf die Wiese getrieben hatte. Behutsam hob ich den Flieger auf und hielt ihn in der hohlen Hand. Weltschmerz, hatte Alisa gesagt, dabei hatte sie ihn so gut versteckt, dass ich ohne den Flieger nicht darauf gekommen wäre. Seltsamerweise sah man einen Menschen manchmal schlechter, je näher man ihm war. Vorsichtig steckte ich den Flieger in den Rucksack und fuhr weiter, langsamer.

Den ganzen Morgen malte ich, und als es ein Uhr schlug, packte ich meine Sachen zusammen und holte mir Mittagessen im Café Carlo. Olli war nicht da, vermutlich Sonnencreme kaufen. Ich verzehrte mein Croissant in der Sonne. Während ich aß, betrachtete ich den Papierflieger auf meinen Knien.

Mein Blick schweifte die Straße hinunter und kam dann zu dem Papierflieger zurück. So einen hatte ich noch nie gesehen. Ich setzte ihn auf meine Handfläche. Es war ein kompliziertes kleines Ding. Wie hatte Alisa das hinbekommen? Vorsichtig faltete ich den ersten Knick auf und faltete ihn wieder zurück, um mir den Schritt zu merken, damit ich ihn am Ende wieder zusammen bekam. Auf und zurück. Dann lag das Papier vor mir. Ganz schön viele Knicke. Ich drehte es um und sah die Worte.

Dort stand nicht *Prüfungen*.

Dort stand: *Er ist zurück.*

Das war doch Alisas Flieger? Es war zumindest ihre feine, geschwungene Handschrift.

Adrian war zurück. Und davor hatte sie Angst? Warum? Und warum hatte sie mich wegen des Textes auf dem Flieger angelogen?

Ich versuchte, den Flieger wieder zusammenzufalten – vielleicht flog er ja noch –, aber irgendeinen Schritt musste ich vergessen haben, denn es klappte nicht.

Was, wenn es gar nicht das Feuer war, über das Alisa nicht reden wollte? Was, wenn es eigentlich um Adrian ging? Die SMS – vielleicht hatte *er* sie gesendet.

Ich zerknüllte das Papier zwischen meinen Fingern. Mit seiner Flöte, der schmalen Statur und den großen Augen sah Adrian harmlos aus, aber möglicherweise täuschte dieser Eindruck. Wer außer den beiden wusste schon, worüber sie in dem kleinen Zimmer unter dem Dach gestritten hatten?

Alisa konnte ich jedenfalls nicht fragen – wie würde das klingen: Hey, ich habe deinen Papierflieger gefunden und aufgefaltet, und dort steht etwas anderes, als du gesagt hast.

Kindisch klang das und unsicher. Eine Sache war allerdings völlig klar: Wenn Adrian Alisa wehgetan hatte, würde ich ihn fertigmachen.

Von der Frau mit Dreadlocks, die am Nebentisch saß, lieh ich mir ein Feuerzeug.

Das Rädchen ratschte über meine Daumenkuppe. Mit einem Klicken streckte das Feuerzeug seine orange Zunge heraus. Die Flammen leckten an dem zerknüllten Papier. Dann fraßen sie.

Es geschah ganz schnell. Ganz leicht. Die Asche trieb in der Luft davon.

Alisa

Drei Dinge braucht Feuer, um zu brennen: Sauerstoff, Hitze und Material. Nimm eines davon weg, und du nimmst das Feuer weg.
Ich kann nicht aufhören, mir Videos von Feuerwehrleuten anzuschauen, die Brände löschen. Sie ersticken die Flammen mit Schaum. Sie lassen das Feuer mit Wasser erkalten. Sie werfen brennende Stühle aus dem Fenster.
Sie tun das auf Knopfdruck, jedes Mal, wenn ich »Play« drücke. Es ist hypnotisch.
Du kommst ins Zimmer, und ich klappe den Laptop zu.
»Nein, lass ihn an«, sagst du und beißt von einer Banane ab. Es macht mich immer noch so froh, wenn du isst. »Ich will dir was zeigen.«
Ich mache keine Anstalten, den Laptop wieder aufzuklappen.
»Komm schon«, sagst du. »Es ist was Tolles.«
Also entsperre ich den PC, und du siehst die Videos.
»Oh.« Nach einer Pause fängst du noch einmal an: »Wegen Felix ...«
»Felix ist jetzt da«, sage ich fest.
Du nickst. »Das meine ich auch gar nicht«, sagst du behutsam. »Ich frage mich nur, wie viel du ihm erzählt hast.«
»Warum ist das wichtig?«, frage ich.
»Er könnte zur Polizei gehen. Ich glaube, er ist der Typ dafür.«
»Ist er nicht«, sage ich mit einer Lautstärke, die meine Angst verrät.
Du erkennst es und presst von meiner Angst die Lippen zusammen. Mitfühlend schaust du mich an. »Wie sehr vertraust du ihm?«
Mit meinem Herzen und meinem Körper und meinem Schlaf.
»Komplett«, sage ich.
»Ach so«, sagst du langsam. »Dann hast du ihm also schon alles erzählt?«

Und schon liegen deine schmalen Finger auf der Wunde, aus der die Zweifel eitern. Denn natürlich habe ich ihm nicht alles erzählt. Was, wenn er geht?

»Ich will ihn nicht anlügen«, flüstere ich. Ich will diesen guten Teil meines Lebens nicht verlieren. Das verstehst du doch, kleiner Käfer?

»Ich weiß«, flüsterst du zurück. »Aber vielleicht kannst du ihm alles andere erzählen? Nur diese eine Sache nicht?«

Manchmal erschreckt es mich, wie sehr sich unsere Gedanken ähneln. Dann wiederum macht es schon Sinn: Wir sind Seelen mit demselben Schorf.

»Vielleicht würde es uns guttun, wenn jemand anderes davon wüsste«, sage ich, ohne dich anzuschauen. »Hast du darüber schon mal nachgedacht?«

Nein. Dein Blick sagt, der Gedanke ist dir fremd.

»Ich konnte mich immer nur auf einen Menschen verlassen«, sagst du. »Und das bist du. Niemand sonst.«

»Vielleicht hatten wir damals noch nicht die richtigen Menschen getroffen«, setze ich noch einmal an.

Dein Blick ist weich, und du schüttelst nur leicht den Kopf, statt auszusprechen, was du so überdeutlich denkst. Nämlich dass ich mich in Felix täusche, dass ich ihn erst ein halbes Jahr kenne und dass du Angst hast, dass ich verletzt werde.

Alles Gedanken, die ich selbst schon hatte, obwohl sich etwas in mir heftig dagegen wehrt. Ich *will* Felix vertrauen; er hat mir nie einen Anlass gegeben, das nicht zu tun. Im Gegenteil. Er ist *gut* auf eine Art, wie wir es nie wieder waren.

»Was wolltest du mir zeigen?«, frage ich mit einem Blick auf den Laptop-Bildschirm, wo immer noch eingefrorene Flammen brennen.

Du gibst eine Suchanfrage ein.

Porto.

Vor uns tauchen Bilder von der Dom-Luís-Brücke zwischen den beiden Hügeln auf. Darunter fließt der Douro.

Porto. Unsere Traum-Stadt. Unsere Flucht-Stadt.

Ich denke an fliesenbedeckte Häuser, an lange Spaziergänge durch enge Gassen, an Kabeljau und süßes Gebäck. Der Stimmungswechsel ist fühlbar wie eine frische Brise.

»Ich habe von den Münchner Musikfreunden ein Stipendium bekommen, um ein Semester bei Alberta Francetti zu studieren. Sie ist die Größte, weißt du?«

»Dann bist du gar nicht in München an der Musikhochschule?«

Du schüttelst den Kopf. »Ich habe ein Urlaubssemester genommen. Eigentlich bin ich nur auf der Durchreise.«

»Wann geht es los?«

»Am 24. September.«

Ich weiß nicht, ob dein leuchtender Blick eine Einladung sein soll, aber darüber möchte ich gerade nicht nachdenken.

Stattdessen sage ich: »Sieht aus, als hätte einer unserer Papierflieger doch sein Ziel gefunden.«

Falls du dir eine andere Antwort erhofft hast, lächelst du darüber hinweg.

2. AUGUST

Felix

»Wie ernährst du dich eigentlich, wenn ich nicht für dich koche?«, fragte ich. Die Frage war ein kleines Spiel geworden, seit ich das erste Mal fassungslos vor ihrem Kühlschrank gekniet hatte, der leer gewesen war bis auf eine Packung Haferflocken, einem angefangenen Becher Kirschjoghurt und einer Packung After-Eight. Mittlerweile war der Kühlschrank zwar immer voll, aber auch nur von Sachen, die ich gekocht hatte, wie dem Topf Risotto, der gerade auf dem Herd aufwärmte.

»Ich kann ein gutes Müsli«, sagte Alisa ihren üblichen Antwortsatz, dessen überzeugte Aussprache mich beim ersten Mal so zum Lachen gebracht hatte. Auch an diesem Tag ließ er mich lächeln, während ich gleichzeitig darüber nachdachte, wie ich ihren Streit mit Adrian ansprechen sollte.

»Außerdem sollst du nicht meinen Kühlschrank inspizieren, sondern das Eis aus dem Tiefkühlfach holen.«

Ich gab ihr ein Stiel-Eis und stand auf. Alisa biss Stücke von ihrem Eis ab – was mir wie üblich schon beim Zuschauen die Zähne zog. Sie aß hastig und in großen Bissen, schmiss den Stiel weg und trat direkt vor mich. Ich hatte meines gerade aufgerissen und einmal angeschleckt. Langsam nahm sie mir das Eis aus der Hand und küsste mich. Eiskalte Lippen wärmten sich auf. An diesem Tag kam sie mir stürmisch vor.

»Mein Eis schmilzt«, sagte ich.

»Ich weiß«, sagte Alisa und küsste mich wieder. »Es läuft mir über die Hand.«

Ich machte mich los – mehr zum Durchatmen als wegen des Eises – und nahm Alisa das Eis aus der Hand. Legte es in die Spüle, nahm ihre Hand und säuberte sie mit einem Geschirrtuch. Jeden Finger einzeln und auch die Zwischenräume, während sie ungeduldig zappelte. Dann nahm ich ihr Gesicht in meine Hände und küsste sie noch einmal, langsam und mit all der Zeit, die wir hatten.

»Das Risotto riecht fertig«, sagte ich schließlich.

»Na dann«, sagte Alisa und tat so, als würde sie den Kuss abbrechen und direkt zum Essen übergehen, bevor sie mich noch einmal lange lachend küsste.

Wir aßen gemeinsam von einem Teller, weil das, erstens, romantisch und Alisa, zweitens, eine Meisterin der Spüloptimierung war.

Nach dem Essen erinnerte sie mich immer noch an eine Brausetablette. Sie war aufgedreht auf eine Art, die ich nicht kannte.

»Willst du einen Spaziergang machen?«, fragte ich.

»Jetzt?«, fragte Alisa. Aber mit Vorfreude in der Stimme. *Jetzt, jetzt, jetzt?*

Ich nickte.

»Okay.« Alisa lächelte. Sie stand schon angezogen an der Tür, den Haustürschlüssel in der Hand, als ich noch meine Schnürsenkel band.

Acht Treppenabsätze – tapp-tapp-tapp – und wir waren draußen. Die Nacht umfing uns mit ihrer warmen Luft. Es war eine seltsame Stimmung, als wir losliefen. Das orange Licht und die Wärme – wir hätten in Italien sein können oder Spanien. Könnten wir wirklich, wir könnten jetzt gleich losfahren, irgendwohin, Fernbusse waren so günstig wie nie. Oder zusammenziehen. Ich würde für sie kochen; sie würde mich morgens wecken.

In der Dunkelheit, zwischen unseren Schritten, entfaltete sich diese Möglichkeit.

Alisa lief schnell, wie in der Nacht, als wir auf dem Olympiaberg gewesen waren. Die Seite von mir, die ihr zugewandt war, fühlte sich wärmer an als die andere. Ich nahm ihre Hand, und sie drückte zurück.

»Wie ging es eigentlich gestern mit dem Malen?«, fragte sie, wie fast jeden Abend. Es war nur diese einfache Frage, aber trotzdem freute ich mich jedes Mal. Ich liebte es, wie aufmerksam sie zuhörte, wenn ich über das Malen redete, und ich wartete immer ein bisschen auf die Frage.

Also erzählte ich ihr von meinen Fortschritten und den Bildern, die ich gemalt hatte. Über mein Treffen mit Adrian schwieg ich.

»Adrian hat mir erzählt, dass ihr zusammen aufgetreten seid«, sagte sie.

Adrian. Wie oft hatte sie ihn inzwischen getroffen?

»Er war richtig gut«, sagte ich. »Wir haben ordentlich Kasse gemacht.«

Jetzt hörte es sich an, als hätten wir wegen Adrian Kasse gemacht. Was vielleicht stimmte, aber sicher nicht das war, was ich Alisa erzählen wollte.

»Findest du?«, fragte Alisa.

»Es war schon mehr als sonst.«

»Dass er gut spielt?«

Dass Adrian gut spielte, konnte man auf den Gesichtern aller Zuhörer ablesen. Sogar die Leute, die sich nicht mit Musik auskannten, konnten sagen, dass Adrian extrem gut spielte. Und das Beatboxen war einzigartig.

»Ja, finde ich«, sagte ich, obwohl sich etwas in mir dagegen sträubte.

Alisa drückte wieder meine Hand und lief noch ein bisschen schneller. Eine bessere Gelegenheit ergab sich wahrscheinlich nicht.

»Warum habt ihr euch eigentlich damals gestritten?«, fragte ich und sah sie von der Seite an.

Unwillkürlich wurde ihr Schritt langsamer.

»So schlimm war es eigentlich gar nicht«, sagte sie.

Ach ja? »Aber ihr habt euch doch ein Jahr lang nicht gesehen?«

Sie zuckte die Achseln. »Du weißt doch von David, wie das ist. Es fängt mit etwas Kleinem an, und dann kocht das so hoch.«

»Womit ging es denn los?«

Ich versuchte sehr, meiner Stimme einen beiläufigen Klang zu geben, damit es nicht wie ein Verhör klang.

»Ich weiß es wirklich nicht mehr. Ich glaube, wir waren einfach beide erschöpft vom Abi.«

Sie sagte es leicht daher wie die Wahrheit, aber wegen einer Kleinigkeit zerstritt man sich nicht ein Jahr. Nicht, wenn man danach plötzlich wieder so eng war wie die beiden.

Warum also log sie mich an? Warum nahm sie ihn in Schutz?

»Hast du eigentlich mittlerweile mal wieder mit David geredet?«, fragte sie.

»Nein«, sagte ich abwesend. Ich überlegte, wie ich meine Frage am unverdächtigsten formulieren sollte. Schließlich konnte ich ihr weder von dem Papierflieger noch von den SMS erzählen.

»Ist Adrian ein guter Bruder?«, fragte ich schließlich.

Sie kniff die Lippen zusammen, blieb stehen und sah mich geradeaus an. Ihr Blick ließ mich daran zweifeln, ob sie wirklich log, als sie sagte: »Der beste.«

Alisa

Bist du ein guter Bruder?

Den ganzen Abend habe ich mich um gute Laune bemüht, um das unangenehme Gefühl zu überspielen, das ich seit dem Gespräch mit dir habe. Jetzt fällt sie von mir ab.

Bisher ist es mir gut gelungen, mir einzureden, dass man ein Geheimnis und eine ehrliche, weitspannende Beziehung haben kann. Auf einmal bin ich mir nicht mehr sicher. Es fühlt sich an, als würden die ungesagten Sätze zwischen uns stehen wie eine Glaswand, die immer schlieriger wird. Wie soll ich Felix erklären, was ich für dich fühle, und ihm die Möglichkeit geben, mich zu verstehen, wenn alles so miteinander verwoben ist?

Ich denke an deinen Rat – alles, nur nicht diese eine Sache –, und vielleicht hast du recht.

Jedenfalls erzähle ich ihm Kindergeschichten von uns. Wie du mich aus dem Eis gefischt hast, als ich beim Schlittschuhlaufen eingebrochen war, und ich beschreibe deine abstrusen, genialen Geburtstagsgeschenke.

Kleine Wahrheiten, um ihn davon abzulenken, dass ich mich in die Enge gedrängt fühle.

Aber woran ich eigentlich denken musste, als er mich nach deinem Bruder-Sein gefragt hat, war dein Vertrauen in mich und deine Zuversicht, dein grenzenloser Optimismus. Und besonders musste ich ans Campen denken.

Martin bestand darauf, unsere Zelte irgendwo im Wald aufzuschlagen, weil ihm das Geld für den Campingplatz zu schade war. Zu dieser Zeit begann es langsam, dass er immer weniger Aufträge bekam und immer mehr trank. Auch an diesem Abend war er betrunken, und Erika hatte ihm lange gut zureden müssen, bis er sich endlich ins Zelt schaffte.

Wir beide spielten noch ein bisschen Karten, dann krochen wir in unsere Schlafsäcke.

Dort lagen wir und warteten, bis uns Erikas leichtes Schnarchen verriet, dass auch sie eingeschlafen war. Still schälten wir uns aus unseren Schlafsäcken und krochen aus dem Zelt.

Die Farbe der Nacht war dunkelblau bis schwarz, als wir in unseren Jacken zu einer Feuerstelle weiter oben im Wald schlichen, die weit genug weg war, dass man das Feuer von den Zelten aus nicht sah.

Ich weiß nicht mehr, wann wir damit angefangen haben, Stunden zu stehlen. Ich weiß nur noch, dass Martins Unruhe und Unzufriedenheit schlecht zu ertragen waren, weil er sie direkt an seine Umgebung weitergab. Das Haus in der Kastanienstraße, ein Prototyp, den er auf eigenes Risiko entworfen und gebaut hatte, verkaufte sich nicht gut. Vielleicht merkten auch die Kunden, dass man sich darin nicht wohlfühlen konnte, egal wie viel Krempel und Duftkerzen Erika aufstellte.

Unsere Füße fanden den Pfad alleine – wir waren ihn oft genug gegangen. Da war ein Rauschen in den Bäumen. Ein Flüstern von Dingen, die noch kommen würden. Ich war nervös – zu der Zeit konnte ich mein Glück immer noch nicht fassen.

Der Pfad weitete sich zu einer Lichtung, und uns gegenüber war eine Anhöhe, von der man über das nächste Tal blicken konnte.

Wir setzten uns dort hin. Die Sonne ging langsam auf.

»Alisa«, hast du gesagt und mich über meine Zweifel hinweg von der Seite angesehen. »Ich glaube, wir werden ein gutes Leben haben.«

Du hast so fest daran geglaubt, dass es allein dadurch wahr zu werden schien.

»Was möchtest du denn machen?«, habe ich gefragt. »Mit deinem einzigen, wilden, kostbaren Leben?«

Ein Zitat aus einem Gedicht von Mary Oliver, das wir vor Kurzem entdeckt hatten und beide mochten.

Du hast das Zitat erkannt und gelächelt. Die Art zu lächeln, die du hast, bei der deine Augen größer werden.

»Porto sehen natürlich«, hast du gesagt. Wir waren besessen von Porto, seit wir mal mit Erika eine Dokumentation darüber gesehen hatten.

»Natürlich«, habe ich gesagt.

Mit nachdenklicher Miene hast du weitergeredet: »Ich will ein einfaches Leben, mit wenig Dingen und viel Musik. Ich will auf der Querflöte alles rausholen, was ich in mir habe. Ich will, dass die Leute meine Gedanken hören, wenn ich für sie spiele, verstehst du?«

Natürlich verstand ich. Ich nickte.

»Und du?«

Ich überlegte. Wie sollte ich die schwindeligen Höhen beschreiben? Mein Zeigefinger malte Muster in den Waldboden. An der Kuppe war ein Pflaster, wo ich mich an Papier geschnitten hatte.

Du hast meinen Finger angesehen. »Das ist es, was du willst, oder?«, hast du gesagt und gelacht. »Genau das. Machen, was du gut kannst.«

»Hast du Papier für die Flieger dabei?«

Du hast genickt und die Bögen aus deiner Jacke gezogen. Wir haben unsere Wünsche auf die Flieger geschrieben und uns nebeneinander auf die Anhöhe gestellt. Unsere Flieger sahen unterschiedlich aus, aber flogen in die gleiche Richtung, bis eine plötzliche Windböe sie durcheinanderwirbelte.

Der Himmel war blau und orange und hell, die Vögel waren wach und die Luft kühl an unseren Schläfen. Auf dem Weg zurück zum Zelt mussten wir übermütig und zukunftstrunken kichern, aber niemand wachte auf.

Das ist meine letzte schöne Erinnerung an unsere Kindheit, ich klammere mich daran.

An diesen einen Funken: Wie glücklich wir gewesen waren.

Felix lächelt über die Geschichten. Meine plötzliche Traurigkeit kann er nicht verstehen.

3. AUGUST

Felix

Es war dunkel, als ich aufwachte, aber das lag nur an den Rollos – es war schon halb zwölf. Alisa war früh aufgestanden und würde den Abend mit Adrian verbringen. Auf Malen hatte ich keine Lust, und die Schichten im Café Carlo waren auch schon anderweitig verteilt, deswegen blieb ich im Bett liegen und checkte erst mal meine Mails. Ich hatte nur eine von David, Betreff: *Bitte lies das,* die ich sofort löschte, und eine Telegram-Nachricht von Olli, mit einem Bild aus dem Flugzeug. Irrationalerweise war ich enttäuscht, dass ich keine Nachricht von Alisa hatte, aber sie schickte mir so gut wie nie welche, und dann meist auch nur ein Foto für meinen Blog, ohne Text.

Ich blieb im Bett liegen, streamte zwei Folgen Sitcoms, dann fiel ich in ein Porno-Google-Loch. Als ich an dem Punkt angelangt war, wo die Finger schon von allein den nächsten Link anklicken, fiel mir Adrian wieder ein.

»Der beste« hatte Alisa gesagt. Wirklich? Vielleicht war der Streit die Sache, über die sie nicht reden wollte. Bisher war es in Ordnung für mich gewesen, dass sie ein Geheimnis hatte, weil ich trotzdem der Mensch war, der am meisten über sie wusste. Mit Adrians Ankunft hatte sich dieses Gleichgewicht verschoben.

Kurz entschlossen gab ich seinen Namen in die Suchmaschine

ein. Ein paar Tastenanschläge, zwei Klicks. Ich öffnete die ersten drei Suchergebnisse.

Zuerst: Adrians eigene Homepage – Adrianherre.de

Es war wirklich nur eine Seite: weiß mit serifenlosen Buchstaben, insgesamt sehr schlicht und geschmackvoll. Ein kurzer Lebenslauf – Schule, Uni, eine E-Mail-Adresse zum Kontaktieren. Er hatte das letzte Jahr an der Universität der Künste in Berlin studiert.

Sonst war nur noch eine schlichte Kohlezeichnung von Adrians Gesicht auf der Seite. Die Zeichnung traf Adrian ganz genau. Halb-Profil. Was ich beim Malen anstrebte, nur besser – die Skizze war schon so gut, dass man das zugehörige Bild gar nicht mehr malen musste. Es stand keine Signatur des Künstlers dabei.

Der nächste geöffnete Tab: ein Interview mit Adrian, das die Süddeutsche Zeitung mit ihm geführt hatte. Er hatte wohl schon Wettbewerbe gewonnen und war sogar mit den Berliner Philharmonikern aufgetreten. Einer seiner Professoren an der Musikhochschule kam zu Wort und erzählte, wie Adrian zwei Tage lang in der Universität übernachtet hatte, weil er in seiner Wohnung nachts nicht üben konnte, aber unbedingt ein Stück meistern wollte. Am dritten Tag wäre er beim Spielen auf einem Stuhl gesessen, weil er so müde war, und es hätten sich praktisch nur noch seine Finger bewegt, aber er hatte das Stück gespielt.

In dem Interview wurde er als angenehmer Gesprächspartner bezeichnet; sein aufmerksamer, suchender Blick wurde beschrieben. Als Antwort auf die Frage nach seinem außergewöhnlichen Talent nannte er ironisch seinen außergewöhnlichen Geburtstag, den 29. Februar. Bescheiden sei er auch noch, schloss die Feuilletonistin, und das mit 20.

Auf dem zugehörigen Bild – das garantiert bearbeitet worden war – waren die Schatten unter seinen Wangenknochen noch dunkler, seine Haut sehr hell, und seine Augen hatten dieselbe Strahlkraft wie ein blauer Himmel. Man sah nicht, wie mager er war.

Wie betäubt tauchte ich auf. Ich saß in meiner Wohnung. Im Bett. Normalerweise erwachte ich aus stundenlangem Internetsurfen mit weichgespülten, faden Gedanken, aber heute fühlte sich in meinem Kopf alles scharf an und verrostet.

Ich hatte mich für einen aufstrebenden, jungen Künstler gehalten. Jemand, der ein gutes Studium aufgab, um seiner Berufung zu folgen. Jemand Besonderes. Aber das sah anders aus, das war mir jetzt klar. Was in dem Artikel über Adrian stand, waren genau die Kommentare, die ich über mich selbst lesen wollte. Besessen, bescheiden, perfekt. In der Süddeutschen Zeitung, es war zum Verrecken.

Wahrscheinlich sollte ich doch dankbar sein, dass Adrian Alisas Bruder war und nicht ihr Ex-Freund.

Der dritte Tab war noch offen. Schlimmer kann es ja nicht werden, dachte ich und klickte ihn an.

Es war nur eine kurze Meldung: Adrian Herre hatte von einer privaten Stiftung ein Stipendium bekommen, um sechs Monate in Portugal bei einer renommierten Lehrerin zu studieren.

In Portugal.

Am anderen Ende Europas.

Meine Stimmung veränderte sich so plötzlich wie das Wetter, wenn man endlich durch die Wolkendecke stieß.

Adrian würde bald weg sein – und mit ihm meine Sorgen um Alisa.

Alisa

Felix hat enttäuscht ausgesehen, als ich ihm gestern erzählt habe, dass ich heute Abend bei dir schlafen werde, und ich habe getan, als hätte ich es nicht bemerkt, obwohl ich es normalerweise angesprochen hätte.

Aber was heißt schon schlafen? Mein schlechtes Gewissen (wegen Felix, wegen allem anderen) hält mich nachts wach. Versteh mich nicht falsch – es ist gut, dass du wieder da bist, aber ich frage mich schon, warum jetzt?

Du hast dich nie gemeldet. Irgendetwas muss mit dir passiert sein, damit du vor Porto erst noch nach München gekommen bist.

Ich rolle mich von der Matratze und schlurfe in die Küche – deine dicken Stricksocken, die ich zum Schlafen trage, laden einfach dazu ein. Im Dunkeln gehe ich zur Spüle. Das Wasser aus der Leitung ist kühl, und ich trinke ein paar Schlucke aus meiner Hand.

»Hey«, sagst du. Lautlos bist du aufgestanden. Dein Umriss lehnt im Türrahmen. »Kannst du auch nicht schlafen?«

»Nein«, sage ich.

»Lass uns rausgehen.«

»Okay.«

Unsere Nachtwanderungen. Am liebsten waren sie mir im Winter. Wenn in einer wolkenlosen Nacht alles weiß reflektierte. Wenn es etwas kostete, zu lange draußen zu sein.

Wir schnüren unsere Sneakers und ziehen unsere Jacken über die Schlaf-Klamotten. Surreal fühlt sich das an.

Dann sind wir draußen. Es sind noch andere Leute unterwegs, und wir kichern, wenn du in deiner langen Flanell-Hose und ich in meinem Oma-Nachthemd an ihnen vorbeilaufen.

Die Nacht ist orange und gar nicht leise. Wir kommen zu

einem Park, und wir laufen quer über die Wiese, die schon feucht ist vom Tau, wandeln zwischen den Bäumen, reden nicht – warum auch? – und finden einen Spielplatz.

Schon erklimme ich das Klettergerüst, das aussieht wie ein Spinnennetz. Im Nachthemd fühlt sich das gewagt an. Als ich oben bin, kann ich den Bäumen fast in die Augen schauen. Du kletterst an der anderen Seite nach oben.

»Was soll das mit Medizin?«, fragst du, als du neben mir angekommen bist.

Ich hätte ahnen müssen, dass du hier oben solche Fragen stellst.

»Ich will das Gefühl haben, am richtigen Platz zu sein«, versuche ich, mich zu erklären. »An einem Ort, wo die Dinge besser werden, als sie es vorher waren.«

Es klingt schal.

Du schaust mich an, durch mich hindurch, in mich hinein. Und dann sagst du: »*Bullshit*. Wann zeigst du mir endlich, was du in der Zwischenzeit gemacht hast?«

Mein Herz klopft plötzlich schnell. Verboten, wie damals als ich mit dem weichen Pinsel deinen Namen in meine Hand geschrieben habe und Felix mich erwischt hat.

»Es gibt nichts, das ich dir zeigen könnte«, sage ich.

»Gar nichts?«

»Seit dem Tag.«

Ich kann dir nicht in die Augen schauen, weil ich Angst habe, dass du gehst. Die Angst höhlt mir den Magen aus. Der Fall ist tief.

Du greifst nach mir, und mein Blick rutscht zu deinem Gesicht. Es sieht so aus, wie ich mich fühle.

»Wir hatten Träume«, sagst du. »Weißt du noch?«

Ich schüttele den Kopf. Der Boden ist weit weg, und ich will von diesem verdammten Klettergerüst runter.

»Wirf sie nicht einfach weg.«

»Es ist zu spät, Felix davon zu erzählen«, sage ich. Auf einmal fühle ich mich zwischen euch eingeklemmt. Vielleicht war das eigentlich schon die ganze Zeit so. Felix auf der einen Seite, du auf der anderen.

»Felix.« Du schnaubst. »Der hält dich doch bloß auf.«

Du hast das hart gesagt, und ich muss einen Moment warten, bis ich genug Kraft in meine Worte legen kann.

»Er sieht mich«, sage ich.

Was auch immer du dagegen einwenden willst, du schluckst es herunter, als du meinen Blick liest. Stattdessen sagst du: »Dann fang doch wieder an.«

Ich kann nicht, kleiner Käfer. Du denkst, es ist wegen Felix, aber die Wahrheit ist eine andere, und ich sage sie dir: »Ich habe Angst, dass etwas Schlimmes passiert, wenn ich wieder anfange.«

Dass ich das Schicksal herausfordere.

»Das Schlimme ist schon passiert«, sagst du.

Und schau uns an, wie wir hier im Dunkeln stehen, weil er im Dunkeln nicht sehen kann. Deine Logik ist bestechend.

4. AUGUST

Felix

Als ich zu dem Platz kam, war Adrian schon da und schraubte seine immer schimmernde, immer saubere Flöte zusammen.
»Hey«, sagte Adrian und nickte mir zu. Sein Blick schien länger auf meinem Gesicht zu verweilen als sonst. Vielleicht kam mir das auch nur so vor, weil ich jetzt mehr von ihm wusste.
Er fing an, aber seine Musik schien das Malen nicht zu unterstreichen wie letztes Mal. Seine Musik war heute eine eigene Figur auf dem Platz, größer und fröhlicher als alles, was ich erschaffen konnte.
Verbissen machte ich mich an meine Zeichnung. Heute wollte ich groß und viel und farbig malen. Aber keine Menschen – stattdessen malte ich einen Baum an einem Abgrund und eine Schaukel, die über den Abgrund schwang. Die Idee war mir auf der Herfahrt gekommen. Leute liebten Schaukeln, und Leute liebten es, Fotos von sich zu machen. Warum ihnen nicht einen Anlass geben?
Münzen klap-per-ten in die Kreidedose. Ob wegen Adrian oder mir, konnte ich nicht sagen.
Ein Kindergeburtstag kam vorbei, und ich malte eine Geburtstagstorte; Adrian spielte ein Ständchen.
Als ich zum Schluss noch meine tägliche Skizze von Alisa anfing – ich wollte sie schon lange schlafend malen –, war ich schon

ruhiger. Adrian war bereits am Zusammenpacken, und ich stimmte zu, als er anbot, das Geld zu zählen.

Ihr Bruder war wieder da. Sie mochte ihn. Er wusste viel über sie. Solange es ihr gut ging, war das doch in Ordnung.

Die Umrisse ihres Gesichtes saßen noch, aber bei ihren geschlossenen Augen wurde ich unsicher. Am liebsten hätte ich eine Vorlage gehabt, aber ich hatte nie ein Bild von ihr gemacht, als sie schlief. Es hatte so lange gedauert, bis sie das erste Mal neben mir geschlafen hatte, und obwohl sie keine große Sache daraus machte, schien es mir immer noch ein besonderes Zugeständnis zu sein.

Am Ende lag ein schönes, schlafendes Mädchen vor mir auf dem Boden, aber nicht sie. Ich machte einen Schnappschuss. Normalerweise hätte ich ihr die Skizze geschickt – sie hatte mir Mut gemacht, ihr auch die vermeintlichen Misserfolge zu schicken –, aber heute konnte ich nicht. Nicht mit Adrians Erfolgen als Vergleich. Also sendete ich ihr zum ersten Mal kein Bild von ihrem Porträt, sondern nur eines von der Geburtstagstorte.

Adrian händigte mir meinen Teil unseres Auftrittes aus.

»Ich habe nächste Woche Sonntag ein Konzert«, sagte er. »Willst du kommen?«

Alisa würde bestimmt hingehen. Ich nickte.

Adrian nahm eine Karte aus seinem Geldbeutel und gab sie mir. Auf der Karte stand nur sein Name: Adrian Herre.

Ich bog das Stück Papier hin und her, dann steckte ich die Karte zu der Kreide in den Rucksack.

Den ganzen Nach-Hause-Weg hatte ich das zappelnde Gefühl, dass ich etwas vergessen hatte, dass da etwas war, an das ich mich erinnern musste.

Dann rief David an, und ich hielt das klingelnde, vibrierende Handy in den Händen und starrte wie hypnotisiert auf den Namen. *David* stand da. Nur sein Vorname, wie man das bei seinem Bruder machen konnte.

Das Klingeln verstummte und ein Gedanke wurde laut: Bruder. Geschwister.

Zwanzig.

Mir wurde gletscherkalt.

Auf meinem Handy suchte ich den Artikel im Internet. Er war vom März diesen Jahres. Adrian war am 29. Februar geboren und zwanzig Jahre alt.

Wenn Alisa genauso alt war und im Juni Geburtstag hatte – wie konnte er dann ihr Bruder sein?

Es gab andere Erklärungen. Die einfachste war, dass die Feuilletonistin sich verrechnet oder verschrieben hatte.

Ich checkte das Geburtsjahr in einem anderen Artikel. Es stimmte.

Vielleicht war Adrians Geburtsdatum nur ein Witz, und sie waren in Wirklichkeit Zwillinge. Aber hätte Alisa Adrian dann nicht als ihren Zwillingsbruder vorgestellt? Das war doch etwas – das Erste –, das man erzählen würde.

Die Möglichkeit verwirrte mich, und meine Gedanken liefen blind in eine dumme Richtung.

Die Berührungen. Die Blicke. Hatte Alisa nicht erzählt, sie hätten in einem Bett geschlafen?

Stopp. Ich wusste, dass es nicht stimmte. So schaute Alisa Adrian nicht an. Sie schaute ihn an wie einen Teil von sich selbst. Sie schaute ihn an, als würde sie in Gedanken mit ihm sprechen. So gesehen war das mit den Zwillingen gar nicht so weit hergeholt.

Aber hätte sie es mir nicht einfach sagen können?

Als sie neben mir ins Bett kroch: ihr Geruch. Ihre Wärme, die ich mir einbildete zu spüren, obwohl wir uns nicht berührten. Wir lagen nebeneinander im Dunkeln.

Es war nicht leicht, die Frage zu stellen. Ich rang mit mir.

Dann sagte ich: »Adrian ist nicht dein leiblicher Bruder, oder?«

Ihr Atem stockte. Die Stille verriet alles.

»Wie kommst du darauf?«, fragte sie.

»Eure Geburtstage.«

Die Matratze gab nach, als sie sich auf die Seite rollte und näher zu mir heranrutschte.

»Es fühlt sich nicht so an« sagte sie.

»Seid ihr Halbgeschwister?«

»Adoptiert.«

»Beide?«

Ich hörte, wie ihr Haar über den Kissenbezug strich: Sie nickte.

»Wann seid ihr adoptiert worden?«

»Bei Adrian weiß ich es nicht genau, er war vor mir da. Aber ich kam mit sieben dorthin. Im Winter. Ich erinnere mich noch an die Hand meiner Sozialarbeiterin. Sie hatte eine warme Hand, ganz trocken, schon ein bisschen runzelig und aufgebrochen von der Kälte.«

»Warum hast du es mir nicht erzählt?«, fragte ich.

»Es fühlt sich nicht so an.«

»Du hättest es mir sagen sollen.«

»Ich habe dir gesagt, dass er mein Bruder ist, und das ist die Wahrheit.«

Ihre Stimme klang ruhig und resolut. Wann war sie so geworden? Ich spürte ihren Atem, bevor ich ihre Lippen spürte. Sie küsste mich vorsichtig auf den Mund.

Dann rutschte ich von ihr weg, mit dem Rücken an der kühlen Wand.

»Adrian war plötzlich da, und seitdem habe ich dieses komische Gefühl.«

Die Worte klangen so plump und drückten nicht aus, was ich sagen wollte: Ich verstand nicht, warum sich alles veränderte. Oder viel mehr: Ich verstand nicht, wie ich mit dem Gefühl umgehen sollte, das mich aushöhlte.

Grau und leer und echowerfend.

Alisa

Wenn ich mich an den Tag meines Einzugs, den Tag unserer Begegnung erinnere, erinnere ich mich immer an meinen ersten Eindruck, als ich vor dem großen, neuen Haus stand und die Tür aufging. Die hohen Decken, die opulente Osterdekoration, der ungewohnte Familien-Geruch, der schon bald mein eigener werden würde, mein weniges Gepäck, und ihr drei: du, Erika und Martin. Ich habe einen Blick auf dein schüchternes Lächeln erhascht, bevor Erika mich an ihren weichen Busen gedrückt hat. Du hattest schon damals riesige Augen, und ich wusste, was passieren würde; ich hatte die Geschichte im Heim in Hunderten Variationen gehört. Das Kind, das schon Eltern hat, macht den Eltern das neue Kind madig. Wer wollte schon seine Eltern teilen?

Und ich war vorbereitet, hyperaufmerksam, keinen Moment ließ ich dich aus den Augen.

Das erste Abendessen: Es gab Erbsensuppe mit Würstchen. Erika hat geredet und Fragen gestellt, aber sie muss gedacht haben, dass ich entweder noch verschreckt oder ziemlich dumm war, denn ich war abgelenkt von deiner Art zu essen. Du warst wahnsinnig langsam, bei jedem Löffel. Du hast den Löffel erst in die Suppe eingetaucht, ihn am Tellerrand abgestreift und ihn dann zum Mund geführt. Die Monotonie und Konzentration, mit der du das getan hast, machten mich unruhig, sodass ich meine Suppe besonders schnell auslöffelte.

Nachdem Erika mir mein Zimmer gezeigt hatte, ging ich ins Bad im ersten Stock, um meine Zähne zu putzen. Wir hatten alle die gleichen Zahnbürsten, auch in derselben Farbe, aber sie waren beschriftet.

Ich benutzte Zahnseide, nahm extra viel Zahnpasta und schäumte meine Zähne ein. Unsere vier Zahnbürsten standen in vier Bechern. Deine Zahnbürste sah noch neu aus – du hattest beim Zähneputzen nicht aufgedrückt, und die Borsten waren kaum benutzt.

Ich dachte nach. Besser, ich kam dir zuvor – daran erinnerte mich die dünne Narbe auf meinem linken Unterarm.

Kurzerhand spuckte ich aus, gurgelte mit Mundwasser und stellte meine Zahnbürste in ihren Becher. Dann nahm ich deine Zahnbürste, hob die Klobrille an und fuhr mit den Borsten einmal den oberen Rand der Toilettenschüssel ab. Ich schnupperte an den Borsten – man roch es kaum – und stellte die Bürste zurück.

Sehr zufrieden ging ich in mein Zimmer (meins), schloss die Tür ab und kuschelte mich unter die Daunen.

Irgendwann, schon lange nach Erikas vorsichtigem Gute-Nacht-Kuss, klopfte es an der Tür. Warst das du? War das eine Falle?

Leise rollte ich mich aus dem Bett, schlich zur Tür, drehte blitzschnell den Schlüssel im Schloss herum und sprang ein paar Schritte zurück.

»Du kannst reinkommen«, rief ich.

Langsam hast du die Tür geöffnet und einen Schritt in die Dämmerung meines Zimmers gemacht. In deiner Hand hieltest du deine Zahnbürste. Du hast sie vor mir auf den Boden gelegt. So gefährlich, dich vor mir zu bücken.

»Du musst das nicht mehr machen«, hast du mit weicher Stimme, damals noch höher als jetzt, gesagt. »Das hier ist ein sicherer Ort.«

Du hast auf eine Antwort gewartet, aber da ich mich nicht einmal bewegt habe, hast du nur noch einmal genickt und mein Zimmer verlassen.

Das hier ist ein sicherer Ort. Nichts, was du hättest sagen können, hätte mir solche Angst gemacht wie dieser Satz, kleiner Käfer. Denn es gab keine sicheren Orte, nur Orte, wo der Kampf versteckt ausgetragen wurde.

In dieser Nacht habe ich kaum geschlafen, aber Einsamkeit und Angst kuschelten sich unter der Decke an mich.

Ich war am ersten Tag der Osterferien gekommen, und die folgenden zwei Wochen verbrachte ich in paranoider, mühsam versteckter Anspannung: Du könntest mir irgendwo auflauern, du könntest mich bei Erika und Martin anschwärzen. Denn du kanntest das Terrain, und ich kannte niemanden.

Dann kam mein erster Tag an der neuen Schule. Erwachsene denken, es sei anständig und höflich, die neue Schülerin zu würdigen, indem man sie der Klasse vorstellt, aber ich habe das gehasst. Besonders, wenn sie einen vor die Tafel stellen und man in dreißig unbekannte Gesichter schauen muss, die sich alle seit Jahren kennen.

Wobei es eigentlich nur neunundzwanzig unbekannte Gesichter waren – denn du warst auch da, wir waren in derselben Klasse. Eine gut gemeinte Aufmerksamkeit der Direktorin, damit ich mich schneller einfinden konnte, aber tatsächlich ein Umstand, der die Situation noch viel schlimmer machte: Dort hattest du nicht nur zwei, sondern *neunundzwanzig* Menschen, die du gegen mich hetzen konntest.

Sie mochten dich, alle. Du warst der lustige Junge, mit dem jeder befreundet sein wollte. Damals, vor dem Schaukelstuhl, vor den Hemden, warst du so jemand.

Da stand ich also, mit schwitzenden Handflächen. Mir war klar, dass ich keine Chance hatte – das hier war dein Heimspiel. Der Lehrer hat angefangen, behutsam und mitleidig zu erklären, woher ich komme. Es war schrecklich. Und da bist du aufgestanden, hast den Lehrer unterbrochen, dich zur Klasse umgedreht und gesagt: »Es ist ganz einfach. Das ist Alisa, und sie ist meine Schwester.«

Du hast dich zu mir umgedreht und mich angelächelt. Noch nie habe ich mich irgendwo so willkommen gefühlt wie in dem Lächeln in deinem Gesicht.

Jemand fing an zu klatschen, und weil dich alle mochten, bin ich so zu meinem neuen Platz gewankt: unter Lächeln und Applaus.

So sind wir Bruder und Schwester geworden: weil du mich vor dreißig Zeugen so genannt hast.

Du hast zu mir gesagt: Das hier ist ein sicherer Ort. Und, kleiner Käfer: Ich wünschte so, du hättest recht gehabt.

7. AUGUST

Alisa

Mein Schlaf ist in letzter Zeit so leicht, dass er fast gar nicht da ist. Dazu kommt, dass ich früh aufstehen musste, um nach Martinsried zum Biologie-Praktikum zu fahren. Die Bakterien unter dem Mikroskop sind vor meinen tränenden Augen immer wieder verschwommen, und die Anweisungen musste ich mehrmals lesen, bis ich den Sinn der Worte erfasst hatte. Es ist absolut nichts hängen geblieben. Zum Glück hat mich meine liebe Laborpartnerin gerettet.

Jetzt bin ich auf dem Weg zu Felix, mit der U-Bahn, und halte beim Laufen Abstand zu den Gleisen, weil ich so müde bin, dass meine Schritte schwanken. Die U-Bahn fährt ein, und ich steige in den erstbesten Wagen.

Erst bemerke ich nichts, weil am Hauptbahnhof viele Leute einsteigen und meine Augenlider immer wieder zuklappen.

Aber dann.

Da steht er.

Die immer selbe Schirmmütze auf dem Kopf.

Auf einmal bin ich so wach und starr wie kreischende Bremsen.

Ich erkenne seinen Hinterkopf. Seine bulligen Schultern. Sogar seine Jacke.

Alle Sitzplätze sind belegt, und ich kann mich nur in die Einbuchtung drücken und mich hinter einem Typen mit Rastas und Kopfhörern wegducken.

Er schaut mich nicht an, aber ich weiß, dass er mich gesehen hat. Uns trennt nur ein halbes Abteil. Er kann jederzeit zu mir herüberkommen.

Zum Glück bist du nicht da, kleiner Käfer. Zum Glück musst du das nicht erleben. Der Gedanke macht mich glücklich. Keine Ahnung, was er mit mir anstellen wird, aber du bist weit weg und in Sicherheit. Ich schließe die Augen. Warte. Habe Angst vor der Berührung und wie er dann vor mir stehen wird. Die U-Bahn schaukelt durch den Tunnel, und ich kann die Geräusche von Rädern und Schritten nicht auseinanderhalten. Letztes Mal war die Bahn meine Rettung; dieses Mal ist sie mein Gefängnis. Er wird mich schnappen, bevor ich aussteigen kann. Ich werde mich wehren, kreischen, schreien, aber was, wenn er ein Messer hat?

Schritte.

Wir werden langsamer. Ich hätte mehr Platz zwischen uns bringen sollen.

Schritte.

Wir halten. Türen öffnen sich, aber zu spät, denn er fasst mich schon am Arm.

Ich reiße die Augen auf.

»Sorry, geht es dir gut?«

Der Rasta-Typ.

Mein Blick rast durch das Abteil, aber ich entdecke sein Gesicht nicht.

Er ist weg. Ausgestiegen.

Etwas in mir sackt zusammen.

Dieses Mal lässt er mich davonkommen.

Nächstes Mal erwischt er mich.

Felix

Ich war gerade erst nach Hause gekommen, als mein Handy klingelte. Die Nummer kannte ich nicht.
War irgendetwas Schlimmes passiert?
»Hallo?«, meldete ich mich.
»Hallo Felix«, sagte eine unbekannte Frauenstimme, ein bisschen kratzig, als würde sie viel rauchen. »Ich heiße Katharina Blodt. Mir gehört die Galerie ›Blodt und Blau‹.«
Mein Herz: schlug.
Das Blut: rauschte in meinem Kopf.
Warum würde eine Galeristin mich anrufen?
»Hallo Frau ... Blodt«, sagte ich und war dankbar, dass der Name noch in meinem Kopf hing.
»Katharina, bitte«, sagte sie.
»Danke. Ich meine: okay.«
Sie lachte stakkatoartig. Ha-ha-ha. »Also Felix, warum ich anrufe: Ich habe mir deinen Blog angeschaut.«
»Oh.« Meine Antworten wurden immer geistreicher.
»Deine Bilder haben mir gut gefallen.«
Dieses Mal schwieg ich einfach. Beziehungsweise ich hielt die Luft an, während ich den Daumen meiner freien Hand zerquetschte. *Bitte, bitte.*
»Ich habe im September diese Ausstellung – ›Frisches Blut‹ nenne ich sie, weil vielleicht auch ein paar Performance Artists da sind – viele junge Künstler, du weißt schon –, und ich würde mich freuen, wenn du dabei wärst.«
»Können Sie das wiederholen?«, sagte ich atemlos.
»Ist die Verbindung schlecht?«
»Können Sie – also kannst du das einfach noch mal wiederholen?«
Sie wiederholte es. Ich ließ meinen Daumen los.

Als wir eine Viertelstunde später auflegten, startete ich schnurstracks meinen Laptop. Es dauerte gefühlt ewig, bis er endlich hochgefahren war und ich nach ihrem Namen googeln konnte. Ein paar Klicks später war ich überzeugt: keine Verarsche. Eine richtige Galerie.

Das Gefühl spülte mich weg. Ich warf mich auf mein Bett und schrie in mein Kopfkissen, während ich mit den Beinen auf die Matratze trommelte.

AAAAAAAAAAAAAAAAAAAAAAAAAAAAAAAAAAAAAAAA AAAAAA!

Die ganze Arbeit hatte zu etwas geführt. Es war kein Luftschloss. David hatte sich getäuscht. Ich war gut genug und gut. Alisa verschwendete ihre Zeit nicht mit mir. Ich war im Recht. Ich hatte das verdient. Ich würde ausgestellt werden. Ich würde Alisa davon erzählen. Ich würde David davon erzählen. Ich würde Olli davon erzählen. David würde nicht wissen, was er darauf erwidern sollte. Ich würde ausgestellt werden. Ich würde ausgestellt werden. Ich würde ausgestellt werden.

Atemlos drehte ich mich auf den Rücken, und dann schrie ich noch einmal, so laut ich konnte.

A
A
A
A
A
A
A
A
A
A
!

Alisa

Wie schaffe ich es bis zu seiner Tür? Ich weiß es nicht, aber ich stehe vor seiner Wohnung und klingele.

Er öffnet.

»Hast du deinen Schlüssel vergessen?«, fragt er lächelnd. Dann sieht er mein Gesicht.

»Hey.« Er legt seine Arme um meine Schultern. »Komm rein.« Auf dem Sofa liegt eine dicke Decke. In der Küche gibt es die Zutaten für eine heiße Schokolade. Felix stattet mich mit beidem aus. Die Schokolade verbrennt mir fast die Kehle, aber sie hilft, dass ich wieder reden kann.

»Na, was ist los?«, fragt er.

»Ich hatte einen miesen Tag«, sage ich. »Das ganze Lernen.«

Ich habe die Lüge ausgesprochen, bevor ich darüber nachgedacht habe. Es fühlt sich an wie eine verpasste Chance, genau wie damals, als Felix mich nach Erikas SMS gefragt hat. Und da sehe ich es auf einmal wieder zwischen uns, das schlierige Glas. Wenn ich ihm von Martin in der U-Bahn erzähle, muss ich ihm auch alles andere erzählen. Und wie könnte ich?

Dabei muss ich dringend darüber reden. Nicht darüber reden zu können schnürt mir doppelt die Luft ab. Die Angst ist ein Gedankenstrudel, aus dem ich nur für kurze Momente auftauche, um nach Luft zu schnappen. Den Weg von der U-Bahn bin ich gerannt und dabei beinahe eine Treppe hinuntergefallen, weil ich mich ständig umgedreht habe. Ist er wirklich ausgestiegen? Wartet er jetzt vor der Wohnung? Hat Felix die Tür abgeschlossen?

Felix läuft im Raum auf und ab. Er knetet seine Hände. Und er sieht aus, als wollte er etwas sagen. Weiß er etwas?

Meine Angst füllt den ganzen Raum und presst mich in das Sofa, wo ich kaum Luft bekomme.

»Und, wie war das Malen heute?«, frage ich schwach.

Felix

»Und, wie war das Malen heute?«

Ich dachte schon, sie würde nie fragen. Das war das Beste an meinem Nachmittag gewesen: mir vorzustellen, wie ich es ihr erzählen würde. Schließlich war das alles auf die ein oder andere Weise nur wegen ihr.

Ich holte Luft. Luft. Es schien so viel davon in diesem Zimmer zu sein.

»Eine Galeristin hat mich angerufen«, sagte ich. »Sie will mich ausstellen.«

Bumm. Da rauschte das Feuerwerk. Gebannt wartete ich auf ihren Gesichtsausdruck.

Sie rutschte tiefer ins Sofa und schloss für einen Moment die Augen, als wäre sie ... erleichtert.

»Das ist toll«, sagte sie und lächelte schwach.

War das ihre ganze Reaktion?

»Sie hat die Bilder auf dem Blog angeschaut«, sagte ich, obwohl Alisa nicht danach gefragt hatte.

Sie nickte, und ihr Lächeln vertiefte sich. »Du hast es verdient.«

Ihre Reaktion war so viel schwächer, als ich sie mir vorgestellt hatte, dass ich mich unwillkürlich enttäuscht fühlte. Irgendwie hatte ich erwartet, dass sie mir um den Hals fiel, durch die Wohnung hüpfte, mich mit Fragen bombardierte und zur Feier des Tages ein Abendessen nur aus Nachspeisen verlangte.

Ich probierte es noch einmal: »Die Bilder, die du geschossen hast?«

»Genial«, sagte sie. »Wann ist die Vernissage?«

Alisa

Die Erleichterung. Natürlich weiß er nichts von Martin. Aber ich fühle mich trotzdem naiv. Was hätte ich getan, wenn er in der U-Bahn wirklich auf mich zugekommen wäre? Es braucht nicht viel, um jemandem wehzutun, und ich habe nicht einmal ein Pfefferspray, um mich zu verteidigen.

Felix sagt etwas über die Bilder, die ich geschossen habe. Mir fällt auf, dass mein Gehirn seine letzten Sätze verschluckt hat. Er ist aufgeregt wegen seiner Ausstellung. Wenn Mimik eine Lautstärke hätte, würde uns beiden das Trommelfell platzen.

»Wann ist die Vernissage?«, frage ich.

»Am 21. September«, sagt er.

So nah an deiner Abreise.

Ich versuche, ihm meine Freude zu zeigen, denn ich freue mich ja echt. Die Ausstellung ist wie eine der Ermutigungen, die er von mir bekommt, aber nur halben Herzens glaubt. Es macht mich froh, ihn so leuchtend zu sehen, so von sich selbst überzeugt, aber ich bin so erschöpft.

Felix überlegt, was er als Motiv nehmen soll, ob er seinen Bruder einladen soll oder nicht. Ich versuche, mich auf ihn zu konzentrieren, aber meine Gedanken rasen immer wieder zu Martin in der U-Bahn zurück.

Da klingelt es an der Tür. Ich zucke zusammen.

»Bleib ruhig sitzen«, sagt Felix. »Ich gehe.«

Er läuft zur Tür. Vielleicht hätte ich ihm doch alles erzählen sollen. Hier, wo ich sitze, kann man mich von der Tür aus sehen. Ich husche zur Küche. Gleich macht Felix die Tür auf. In meiner Panik sehe ich den Messerblock.

Das Messer ist klein, aber scharf, der Kunststoffgriff ist glatt, es beruhigt mich sofort.

Das Klacken der Klinke und das Schaben des Vorlegers, wenn man die Tür öffnet.

»Hallo«, sagt Felix. Er klingt überrascht.

Felix

»OH MEIN GOTT«, kreischte Olli und warf ihre Arme um meinen Hals. »Du wirst ausgestellt. Ich meine, hallo? DU WIRST AUSGESTELLT! Ich saß noch im Flugzeug, als ich deine SMS gelesen habe.«

Sie ließ mich los, hüpfte aber weiter auf und ab. »Wir waren schon gelandet, aber der Steward hätte mich trotzdem am liebsten noch rausgeschmissen, weil ich so gekreischt habe.«

»Ah«, sagte ich. Ich war überrumpelt – auf eine gute Weise.

»Wir brauchen Gläser«, sagte Olli. »Wir müssen anstoßen. Ich habe Leute mit einem Einkaufswagen weggerammt, um die letzte Flasche Billig-Schampus zu bekommen.«

Sie drückte mir die Flasche in die Hand und preschte in die Küche.

»Schön, dich zu sehen«, hörte ich sie rufen. »Ist das mit der Ausstellung irre oder was?«

Alisas Antwort verstand ich nicht.

Dann kamen sie zurück ins Wohnzimmer, Olli mit drei Sektflöten kellnermäßig in einer Hand. Sie öffnete die Flasche auf dem Balkon, schenkte ein und verteilte die Gläser.

»Auf dich«, sagte Olli und hob das Glas. Sie grinste über das ganze Gesicht, als würde sie selbst ausgestellt werden, und ich konnte den Gedanken nicht unterdrücken, dass das genau die Reaktion war, die ich mir von Alisa erhofft hatte.

»Auf dich«, wiederholte Alisa und lächelte mühsam.

»Was genau sollst du malen?«, fragte Olli.

»Ein Bild.«

»Ein bestimmtes Motiv?«

»Ist mir freigestellt.«

»Hast du schon eine Idee?«

Ich sandte einen Blick zu Alisa.

Eigentlich war ich mir ziemlich sicher gewesen, dass ich ein Porträt malen würde – so ähnlich wie das auf Adrians Homepage –, und das Gesicht dafür hatte ich auch schon gehabt. Aber das wollte ich Alisa sagen, wenn sie in einer besseren Stimmung war.

»Ich bin mir noch nicht sicher«, sagte ich.

Olli quetschte mich weiter aus, und es fühlte sich gut an, sich die Fakten aus der Nase ziehen zu lassen.

Obwohl ich selbst schon ganze Tage zum Lernen in der Bib gewesen war und wusste, wie es einen auslaugte, verstand ich nicht, warum Alisa sich gerade nicht freuen konnte. Sie redete nur mit, wenn Olli oder ich ihr eine Frage stellten, und auch dann nur mit Verzögerung, als müsste der Schall erst aus großer Entfernung zu ihr reisen.

»Ich bin supermüde«, sagte sie schließlich und unterbrach unser Gespräch. »Ich pack's jetzt.«

»Wolltest du nicht hier schlafen?«, fragte ich und hörte, wie halbherzig es klang. Ich wusste, ich sollte nachfragen, was los war – denn irgendetwas war offensichtlich los –, aber ich spürte einen Widerwillen in mir. Hätte meine Ausstellung in der Süddeutschen Zeitung stehen müssen, damit sie sich mitfreute?

»Passt schon«, sagte Alisa und stand auf. »Ich bin echt kaputt. Feiert ihr ruhig noch ein bisschen.«

Sie brachte ihr Glas in die Küche, und wir hörten, wie sie es in die Spüle stellte. Olli warf mir einen verwirrten Blick zu. Vom Sofa beobachteten wir, wie Alisa ihre Schuhe band und in ihre Sweat-Jacke schlüpfte. Dann kam sie noch mal zu uns, umarmte Olli zum Abschied und küsste mich.

»Feiert noch schön«, sagte sie und schob ihre braunen Haarsträhnen unter die Kapuze, dabei war es draußen weder kalt noch regnerisch. »Oh, und ich habe mir ein Messer von dir ausgeliehen«, sagte sie zu mir. »Nur, dass du dich nicht wunderst.«

»Bist du jetzt auch unter die Köch_Innen gegangen?«, fragte Olli mit hörbarer Pause vor dem Binnen-I.

»Müsli-Messer«, antwortete Alisa und lächelte schief.

Einem Impuls folgend stand ich auf und brachte sie zur Tür.

»Es tut mir wirklich leid, dass ich nicht mitfeiern kann«, sagte Alisa. »Wir holen das nach, ja?«

Die Möglichkeit, sie zu fragen, was los war, tat sich noch einmal auf, aber ich wollte kein schwieriges Gespräch anfangen, das dann vielleicht länger dauerte. Ich wollte zurück auf die Couch und in Ollis Begeisterung baden, bevor der Sekt nicht mehr prickelte.

Also küsste ich sie nur noch einmal.

»Habt ihr euch irgendwie gestritten?«, fragte Olli, nachdem ich die Tür hinter Alisa geschlossen hatte.

»Nicht, dass ich wüsste«, sagte ich, aber da war ein schwappendes Gefühl in meinem Bauch, wie der Anfang einer Übelkeit.

Alisa

Meine Hände lösen sich erst von dem Messer, als du die Tür öffnest, und dann sind sie ganz verkrampft.
Du trägst eine weite Stoffhose und bist barfuß. Du siehst völlig und komplett entspannt aus.
»Komm rein«, sagst du.
Deine Berührung an meinem Arm ist weich, und obwohl wir uns selten umarmen, falle ich dir heute um den Hals. Reflexartig schließen sich deine Arme um mich, und das ist das Gefühl, nachdem ich den ganzen Abend bei Felix gehungert habe.
»Ich habe ihn gesehen«, flüstere ich. »Er war in der U-Bahn.«
Sanft schiebst du mich auf Armlänge. »Wer? Wen meinst du?«
Warum musst du das fragen?
»Martin natürlich.«
Etwas in deinem Blick verändert sich. Du scannst mich ab.
»Martin?«
Zwar tut es gut, davon zu erzählen, aber du bist nicht annähernd so besorgt, wie du es sein solltest. Es ist dasselbe Gefühl, das man hat, wenn man eine Stufe erwartet und in die Luft tritt, nur schlimmer.
»Ja. Er war im selben U-Bahn-Waggon wie ich.«
»Du hast ihn gesehen?«
»Ja, verdammt. Und du willst das nicht wahrhaben, aber er ist hier! Wir müssen auf uns aufpassen, okay?«
Dein Blick tappt im Raum umher, als suche er etwas zum Festhalten. Ich habe das Gefühl, als wären wir zurück auf dem Dachboden. Wir zwei. Das alte Team. Schließlich nickst du. »Ich glaube, ich schließe mal die Tür ab.«

8. AUGUST

Alisa

Wir schlafen kaum, und auch das ist eine Erinnerung an frühere Nächte. Am nächsten Mittag schlägst du vor, mich zum Pflegepraktikum im Krankenhaus zu bringen.

Natürlich – zu zweit sind wir sicherer. Warum sind wir darauf nicht früher gekommen?

Wir sitzen nebeneinander auf den Ledersitzen in der U-Bahn, und ich weiß nicht, was ich sagen kann. Ich habe solche Angst. Bei jeder Haltestelle versinke ich tiefer in meinem Sitz.

Du nimmst meine Hand, und wir steigen aus. Wir sind am Hauptbahnhof.

»Adi, das ist die falsche Station«, sage ich, aber du drückst nur noch einmal meine Hand. Das Gleis ist laut und voller Leute, die in unterschiedliche Richtungen wollen.

Hinter dir steige ich die lange Treppe zu den S-Bahnen nach oben.

Du zeigst auf die Tafel mit den abfahrenden Bahnen. Ich habe das Gefühl, dass sich alles um uns herum bewegt, und es macht mich schwindelig.

»Schau«, sagst du und zeigst auf die Anzeigetafel.

Freising Flughafen.

Dein Mund ist nah an meinem Ohr. »Schau dir den Zug an«, flüsterst du. »Wir könnten einfach einsteigen, dann einen Flieger nehmen, und er würde uns nicht hinterherkommen.«

Ich weiß, dass du recht hast, kleiner Käfer. Er kann kein Portugiesisch, und er würde Deutschland nie verlassen. Ich schließe die Augen und stelle es mir vor. Wie wir einsteigen, wie der Flieger startet. Nach Porto, in unsere Stadt. Die Angst lassen wir am Gleis zurück wie Sperrmüll. Sicher sein, nie wieder Angst haben. Auf einmal ist es möglich, und die Möglichkeit schmeckt so süß.

»Ich will, dass du mitkommst«, flüsterst du noch einmal.

Mein Mund ist trocken, und ich versuche zu schlucken.

»Ich kann doch nicht ...«

»Nur wir zwei. In Porto.«

»Aber.«

»Aber was, Ala? Medizin?« Du legst deine Hände um mein Gesicht. »Du musst dich nicht mehr verstecken.«

Felix. Der Gedanke an ihn tut weh, und du liest seinen Namen aus meinem Gesicht.

»Er kann dich nicht beschützen«, wisperst du. »Ich wünschte, es wäre anders, aber wohin soll das führen?«

Das ist der Teil, der wehtut, wenn ich mit dir zusammen bin: Du sprichst die Gedanken aus, die ich auf stumm stelle. Denn Situationen wie gestern werden sich wiederholen, und Felix kann mir nicht helfen – im Gegenteil. Ich muss die Angst vor ihm verstecken, weil jedes Mal, wenn ich ihm eine Erklärung verweigere, das Glas zwischen uns milchiger wird.

»Was sagst du?«

Es erschreckt mich selbst, wie sehr ich mich danach sehne, einfach mitzukommen. Der Fluchtinstinkt, den ich in den vergangenen Monaten so mühsam bekämpft habe, flammt wieder in mir auf. Ich dachte, ich hätte ihn in die Knie gezwungen, aber das stimmt nicht, oder? Unsere Ängste werden nicht kleiner. Wir werden nur größer neben ihnen, manchmal.

Gerade fühle ich mich winzig.

Felix

Gerade aufgewachte Gedanken: Jemand würde mein Bild in einen Raum hängen, wo Leute hingingen, um Bilder an Wänden anzuschauen. Viel. Zu. Krass. Ich starrte an meine weiße Decke und spürte ein Kribbeln in den Fingerspitzen.

In der Küche standen die offene Sektflasche und die leeren Papierboxen vom Thai. Olli war erst um halb zwei nach Hause gegangen, ein genialer Abend. Im Messerblock fehlte das Schälmesser. Dann – wie das Gefühl des Fallens, von dem man aufwachte – erinnerte ich mich an Alisa. Natürlich war sie nicht beeindruckt. Warum auch, wenn sie Adrian hatte?

Adrian flogen die Dinge zu. Er lief barfuß. Ich konnte mir genau vorstellen, wie es abgelaufen war: Er hatte ein Konzert besucht. Er hatte Lust gehabt, ein Instrument zu spielen. Er hatte einen guten Querflötenlehrer gefunden. Er hatte Spaß dabei. Er war ein verdammtes Wunderkind.

Eine Karriere in fünf Hauptsätzen.

Leicht wie eine Brise.

Und ich?

Ich versuchte, die Gedanken zurückzudrängen, und mich wieder zu meinem Hochgefühl zurückzuhangeln, aber der Gedanke war wie Schluckauf.

Trotzdem oder gerade deswegen fing ich mit dem Bild für die Ausstellung an. Erst mal würde ich nur eine Skizze malen, die ich dann später auf eine grundierte Holzplatte übertragen würde. Die Platte war Katharinas Idee gewesen, weil sie sich teurer verkaufen ließ als eine Fotografie.

Alisa. Ich warf ein paar Striche aufs Papier. Unter meinen Fingern sah ich sie langsam. Es war die Alisa, die ich das erste Mal gesehen hatte, dort auf dem Platz. Sie sah einsam aus. Ich malte sie mit kurzen Haaren, aber sonst war es fast das Bild, das ich damals von ihr gemalt hatte. Hatte ich mir damals vorgestellt, dass es so werden würde? Dass irgendetwas werden würde?

Ich verliebte mich oft ein kleines bisschen in meine Modelle oder vielmehr in die Person, die hinterher auf dem Pflaster lag. Weil ich diese Person kannte, im Gegensatz zu dem Menschen, von dem ich das Gesicht oder manchmal auch nur die Augenbraue geliehen hatte. Meistens verging diese spontane Verliebtheit, wenn ich die Person erst einmal besser kennenlernte.

»Meistens?«, hatte Alisa gefragt, als ich es ihr stockend erzählt hatte. Und ich hatte sie nur stumm und nachdenklich angesehen.

Warum hatte Alisa ein Messer mitgenommen? Zum Müsli-»Kochen« brauchte man das nicht.

Ihr Gesicht gestern.

In meinem hungrigen Stolz hatte ich es ignoriert, aber irgendetwas war überhaupt nicht okay.

Mir fiel auf, dass sich meine Hand mit dem Bleistift schon seit Ewigkeiten nicht mehr bewegte. Warum war ich gestern so kopflos gewesen?

Ich wählte ihre Nummer.

»Felix?«

»Warum ist es bei dir so laut?«

»Wir sind in der U-Bahn.«

Wir? Wollte sie gestern nicht nach Hause fahren?

»Wollen wir uns zum Mittagessen treffen? Vor der Alten Pinakothek?«, fragte ich.

»Ich war gerade dabei, dir eine Nachricht mit demselben Vorschlag zu tippen«, sagte sie, und ich hörte ihr Lächeln.

Ich wartete schon eine Weile auf dem Rasen, als ich sie aus dem Schutz der Bäume auf mich zukommen sah, den unvermeidlichen Jute-Beutel über der Schulter und eine große Papiertüte in der Hand. Zur Begrüßung küsste ich sie länger als sonst, wie eine Entschuldigung für den Abend davor, aber als ich den Kopf zurückzog, legte sie eine Hand in meinen Nacken und brachte mein Gesicht wieder näher an ihres. Der Kuss war atemlos und fordernd, und ich bekam das Gefühl, dass es um viel mehr ging als gestern Abend.

Als sie mich losließ, betrachtete ich vorsichtig ihr Gesicht. »Alisa, was ist los?«, fragte ich.

Müde schloss sie die Augen. »Es ist gerade ein bisschen viel.«

»Mit Adrian?«

»Mit dem Pflegepraktikum«, korrigierte sie mich und gab mir einen kleinen Stups. »Aber ja, vielleicht auch ein bisschen mit Adrian. Wir haben uns wirklich lange nicht gesehen.«

»Willst du mir davon erzählen?«

»Ich bin nur müde, sonst nichts«, sagte sie.

»Bist du dir ganz sicher?«, fragte ich und strich testweise über ihre Rippen, wo sie manchmal kitzelig war.

Sie schauderte und lehnte sich an meine Brust. »Ganz sicher«, sagte sie leise.

Ich schloss die Arme um sie, aber ließ die Augen offen. Es kam mir auf einmal so wundersam vor, ihre Wärme durch den Stoff des T-Shirts zu spüren, und, als ich stiller wurde, auch ihren Herzschlag. Sie war komplex, ein fein kalibriertes System, lebendig. Ihr feuchter Atem an meinem Oberarm, ihre Schulterblätter gegen meine Handgelenke. Wenn Adrian erst weg war, hatte ich eine Ewigkeit, um sie kennenzulernen.

Irgendwann löste sie ihren Kopf von meiner Brust, ohne dass ich meine Umarmung löste.

»Bist du auch so hungrig?«

»Ich habe was dabei«, sagten wir zeitgleich und mussten lachen.

Ich bückte mich und öffnete meinen Rucksack. Darin waren Parmesan-Rosmarin-Blätterteigschnecken.

Alisa holte zwei Portionen Nudeln von meinem Lieblings-Thai aus der Tüte. Sie musste durch die ganze Stadt gefahren sein, um sie zu holen, denn sie konnte nicht ahnen, dass ich erst gestern welche mit Olli gegessen hatte. Mein schlechtes Gewissen meldete sich zurück.

Alisa blickte geknickt auf die Tupperdosen mit dem selbst gemachten Essen, dann auf die Fertig-Servietten und massenverpackten Stäbchen.

»Das mit gestern tut mir leid«, sagte ich schnell. »Ich habe dich mit meiner Begeisterung völlig überfahren.«

»*Mir* tut es leid«, sagte Alisa. »Besonders weil ich mich wirklich für dich freue. Du hast das verdient.«

Ich hatte meine Entschuldigung ehrlich gemeint und konnte trotzdem nicht anders, als ein bisschen Zufriedenheit zu verspüren, dass sie einen Teil der Verantwortung übernahm.

»Essen?«, fragte ich und nahm ein Paar Stäbchen aus der Tüte.

»Essen«, sagte Alisa.

Erst schlangen wir die Nudeln runter, und als wir satt waren, fingen wir an, uns gegenseitig mit den Blätterteigschnecken zu füttern, Alisa mit dem Kopf auf meinen Oberschenkeln, wir beide im Gras.

Zwischendurch zogen wir in den Schatten um und breiteten Alisas Jacke über unseren Gesichtern aus, auch wenn es garantiert zu spät war, um einen Sonnenbrand abzuhalten. Unter all den Menschen waren wir nur zu zweit, und unter dem hellgrün leuchtenden Stoff waren wir das noch mehr. Sie rutschte näher an mich heran, und begann, mich sanft zu küssen, mit den Händen auf meinem Oberkörper.

»Du weißt, dass nur unsere Köpfe bedeckt sind?«, fragte ich.

»N-nn«, machte sie und schob sich ein Stück weiter auf mich.

Grinsend sagte ich: »Und solltest du nicht schon längst auf dem Weg zum Krankenhaus sein?«

Sie biss mir zart ins Ohr und blieb auf meiner Brust liegen.

»Keine Lust«, sagte sie.

Ich zog uns das T-Shirt vom Gesicht. »Im Ernst: Ich will nicht, dass du zu spät kommst.«

»Schon okay. Ich nehme mir die Zeit heute«, sagte sie. »Ich wollte nur Adrian noch ein Buch zurückbringen.«

»Kann ich machen«, bot ich an.

»Ja?«

»Wirklich kein Problem.«

Sie sank wieder auf meine Brust zurück, und aus der Position bewegten wir uns eine ganze Zeit nicht.

»Ist dir aufgefallen, wie wenig Bilder wir zusammen haben?«, fragte Alisa. Sie blickte durch die Finger der Äste hindurch zum Himmel.

»Willst du jetzt eines machen?«, fragte ich.

»Ich hätte gerne eine Erinnerung an diese Zeit«, sagte sie, immer noch nach oben blickend.

»Du willst wirklich ein Selfie schießen?«

»Nur eines«, sagte sie. »Und wir müssen ja nicht posen.«

Weil ich den längeren Arm hatte, gab sie mir das Handy. Ich streckte den Arm aus. »Bereit?«

Vom Kamerabildschirm aus blickten wir uns entgegen. Wir sahen aus dem Winkel beide ein bisschen seltsam aus, aber das machte das Foto irgendwie noch besser. Alisas Kopf lag in meiner Armbeuge. Sie hatte kein künstliches Lächeln aufgesetzt, aber sie strahlte auch so, aus ihren weichen Augen und der völligen Ruhe ihres Körpers.

Der Anblick ließ mich noch breiter lächeln, und ich drückte den Auslöser.

Als ich Alisa das Handy gab, nahm sie es an sich, ohne das Bild noch einmal anzuschauen, und packte es vorsichtig weg.

»Dann bleibt jetzt nur noch eine Sache«, sagte Alisa, als wir unsere Sachen zusammenpackten. »Hast du deine Kreide dabei?«

Immer. Ich nickte.

»Ich brauche eine weiße.«

Ich gab ihr eine und setzte den Rucksack auf.

»Okay.« Sie tippelte auf der Stelle hin und her wie eine Sprinterin. »Du hast alle unsere Sachen?«, fragte sie und checkte mich mit nervösem Blick ab.

Zur Antwort schulterte ich ihren Jute-Beutel.

»Dann los.«

Alisa wartete, bis die Tram vorbeigefahren war, und überquerte dann die Straße zur Pinakothek der Moderne. Erst dachte ich, sie wollte mir etwas *im* Museum zeigen, aber dann führte sie mich um das Gebäude herum. Vor der Betonwand blieb sie stehen.

»Ich hab keine Ahnung, ob das hier überwacht wird«, sagte sie. »Also mach dich bereit.«

Sie machte einen Schritt Richtung Wand, die Kreide auf einmal hart und auffällig in ihrer Hand, und zeichnete mit schnellen, geraden Strichen ein Rechteck an die Wand, groß wie die Holzplatte für die Ausstellung. In die rechte untere Ecke schrieb sie meine Initialen. Es dauerte nur ein paar Momente, und dann hing ein Bild von mir an der Pinakothek der Moderne. Zufrieden trat sie einen Schritt zurück und ließ die Kreide sinken. Dann drehte sie sich zu mir um.

»Die Ausstellung wird großartig werden«, sagte sie und schaute mich an, als müsste sie mir mit ihrem Blick die Worte ins Hirn tätowieren. »Sie werden alle begeistert sein. Ist das angekommen?«

»*Yes, Ma'm*«, sagte ich und küsste sie mit ihrem Gesicht zwischen meinen Händen, auf einmal wieder motiviert und überzeugt, etwas Großartiges zu schaffen.

Dann rief jemand »Hey! So geht das aber nicht!«, und wir rannten los.

Danach hatte ich Alisa zum Krankenhaus gebracht, und wir hatten vereinbart, dass wir am nächsten Morgen zusammen brunchen würden. Adrians Wohnung war tatsächlich ganz in der Nähe, in einem Dreieck mit dem Malplatz und dem Café Carlo. Kein Wunder, dass er immer zu Fuß kam.

Als er mir die Tür öffnete, erkannte ich an seinem nicht überraschten Blick, dass Alisa ihm Bescheid gegeben haben musste.

»Buchlieferung«, sagte ich und drückte ihm das Buch in die Hand. Ich kannte es; es war ein Gedichtband von Mary Oliver, der immer neben Alisas Bett auf dem Boden gelegen hatte.

»Danke«, sagte Adrian. »Hast du Lust, noch etwas zu trinken?«

Die Einladung kam überraschend, aber ich war in einer solchen Hochstimmung, dass ich einwilligte.

Vom Flur gingen vier Türen ab, und Adrian deutete auf die einzige, die angelehnt war. »Geh schon mal rein«, sagte er. »Ich bin auch gerade erst heimgekommen und muss mir kurz die Füße waschen.«

Ich schaute mir gerne Wohnungen an. Sie waren wie der Hintergrund, vor dem ich jemanden malen würde. Vielleicht kam da auch die Ex-Immobilienmakler-Aushilfe in mir durch.

Man sah, dass Adrian erst eingezogen war: Auf dem Boden lag nur eine Matratze, obwohl die teuer und bequem wirkte. An einer Wand stand ein Schrank. Daneben stapelten sich hüfthoch CDs. Es gab eine Anlage mit großen Boxen, die ebenfalls auf dem Boden stand. In der gegenüberliegenden Ecke lehnte eine zusammengerollte Yoga-Matte.

Von der Einrichtung her hätte Adrian auch ein Schach-Wunderkind sein können. Großmeister seit der zweiten Klasse. Oder eines dieser Kids, die nachts, angetrieben von RedBull und kalter Pizza, das nächste Internet erfanden.

Adrian kam ins Zimmer. Er hinterließ feuchte Fußabdrücke auf dem Laminat.

»Du machst Yoga?«, fragte ich. Dabei schien die Leere des Raumes das eigentliche Gesprächsthema zu sein.

»Ja«, sagte Adrian. »Ist gut für meine Atmung. Und ich mag das repetitive Moment darin. Willst du Musik hören?«

Ich nickte, gespannt, ob Adrian sich zu klassischer Musik besoff. Tat er nicht. Was aus den Boxen kam, mit gut eingestelltem Bass, war Old-School-Hip-Hop von Grandmaster Flash.

»Hast du was da?«, fragte ich. Es war seltsam, mit jemand zu Ruhigem in einem Zimmer zu stehen, und Alkohol würde gleich doppelt helfen.

Adrian nickte in Richtung einer weiteren Tür. »Im Kühlschrank. Bedien dich.«

Die Tür verband das Zimmer mit der Küche. Kleine Küche. Zwei Kochplatten, ein Ofen. Ein Toaster, anscheinend neu, der Karton stand noch auf den Kochplatten. Ein winziger Kühlschrank. Und darin: eine Flasche Wodka, eine Tüte O-Saft und Bier. Dazu ein Glas Marmelade.

Da gab es eine Familien-Ähnlichkeit.

»Essen ist nicht so dein Ding, oder?«, stellte ich fest.

»Manchmal vergesse ich es«, sagte Adrian und nahm zwei Gläser aus dem Schrank. »Aber meistens esse ich sowieso nur einmal am Tag.«

Wir nahmen die Gläser mit in Adrians Zimmer. Besser, zum Mischen nicht jedes Mal aufstehen zu müssen. Ich schenkte uns beiden einen Wodka-O ein, und wir stießen an.

»Hat Olli eigentlich einen Freund?«, fragte Adrian nach dem ersten Schluck.

Adrian stand auf Olli? Okay, wer stand nicht auf Olli, aber die Information musste ich trotzdem erst mal einordnen.

»Sie war gerade in Barcelona, und jetzt hat sie einen Ex-Freund«, antwortete ich. Das war eine Info, die ich letzte Nacht um eins nach sehr viel gebratenen Nudeln bekommen hatte, zusammen mit der trockenen Begründung, dass Fernbeziehungen für Olli nicht funktionierten, weil sie, erstens, jemanden brauchte, der da war, und zweitens, Sex.

»Oh«, sagte Adrian bloß und grinste schief.

Ich schenkte eine zweite Runde ein und überlegte, ob Adrian

mich eingeladen hatte, um mich wegen Olli auszuquetschen. Das brachte mich auf die Idee, dass ich unser trautes Saufen auch dazu nutzen konnte, mehr über ihn und Alisa herauszufinden.

Drei Gläser und eine CD später entdeckte ich langsam Adrians betrunkene Persönlichkeit: Er redete mehr. Ich selbst fühlte mich noch relativ stabil, aber ich war ja auch fünfzehn Kilo schwerer als Adrian und hatte bestimmt schon eine bessere Grundlage.

Ich stellte außerdem fest, wie ich mich in seiner Gegenwart entspannte, und war mir nicht sicher, ob ich das gut oder schlecht finden sollte.

»Wie war Alisa so, als sie klein war?«, fragte ich.

»Was hat sie dir denn schon erzählt?«, fragte Adrian.

»Ein paar Geschichten«, sagte ich. »Nicht viel.«

Gab es Geschichten über ihn, die er lieber nicht erzählt haben wollte? Wenn er erleichtert war, zeigte sein Gesicht das nicht.

»Sie war sehr misstrauisch, früher. Hat nicht vielen Leuten vertraut, war am liebsten allein. In sich zurückgezogen. Als sie älter wurde, hat sie sich verändert, so wie alle, aber sie ist zart, weißt du?«

Ich fragte mich, ob er mir etwas Bestimmtes sagen wollte. Auf jeden Fall konnte ich die Beschreibung schwer mit der Alisa zusammenbringen, die ich kannte. Die sich mit allen Leuten gut verstand. Die mit scharfem Blick Menschen durchschaute und ihre Beobachtungen mit sicherer Stimme kundtat. Die mir auch in Situationen, die ihr sichtlich unangenehm waren, fest in die Augen sah.

Dann war da ein anderes Bild: ihr Dunkel-Gesicht und immer diese Momente, wo ich sie nicht fassen konnte, so wie am Anfang unserer Beziehung und so wie diese Woche. Vielleicht passte es doch zusammen.

»Willst du Fotos sehen?«, fragte Adrian und sprang schwankend auf die Füße, bevor ich antworten konnte.

Er öffnete den Kleiderschrank und nahm ein Fotoalbum vom Boden.

Dann setzte er sich neben mich, ein bisschen zu nah vielleicht.

Ob ich Fotos sehen wolle, war die Frage gewesen. Fotos von Alisa und ihm.

Alisa alleine in einer Astgabel.

Alisa verschämt und mit dem Gesicht leicht vom Fotografen abgewandt vor einer Geburtstagstorte mit elf Kerzen.

Alisa mit Hängerkleidchen und schüchternem Lächeln in einer Blumenwiese in der Dämmerung, die geschlossenen Blütenköpfe der Gänseblümchen leuchtend wie Sterne an einem dunkelgrünen Himmel.

Zart hatte Adrian gesagt, und zart war sie. Wie konnte es sein, das sie mal so klein und zerbrechlich gewesen war? Am liebsten wäre ich in das Foto hineingetreten, um mit dieser Alisa zu reden. Ich stellte mir vor, wie ich ihr erzählte, dass ich mit der älteren Alisa zusammen war, und wie sie große Augen bekam, dass DAS ihr Freund sein sollte.

Zwischendurch fehlten immer wieder ein paar Bilder, was Adrian kommentarlos überblätterte. Es gab auch Fotos von dem Haus. Es war groß, komplett aus Holz und stach mir sofort ins Auge. Auf den ersten Blick wirkte es majestätisch, aber ich dachte mir, dass es schwierig gewesen wäre, es zu vermieten, ohne dass ich einen Grund außer meinem Bauchgefühl hätte nennen können. Schon der zweite Beweis an diesem Abend, dass ich Davids Einfluss nicht leugnen konnte.

Es gab auch Bilder, die ich lieber nicht gesehen hätte: Adrian und Alisa. Alisa und Adrian. Zusammen auf einem Baum. Gemeinsam auf einer schmalen Matratze. Wie sie aus einem Zelt herausschauten. Auf jedem Bild berührten sie sich, obwohl es nicht nötig wäre. Man konnte sich auch alleine an den Ästen festhalten; sie waren schmale Kinder und hätten genug Platz auf der Matratze gehabt.

Adrian redete die ganze Zeit und erzählte Geschichten von diesem und jenem Bild, und ach ja, das war Alisas zwölfter Geburtstag, und hier bin ich beim Mohrenkopf-Wettessen.

Es waren Fotos aus der Zeit, als die beiden zwischen zehn und dreizehn Jahre alt waren.

Das letzte Bild zeigte Alisa in Nahaufnahme, mit zu viel Kajal um die Augen. Ihr Gesicht glänzte, die Wimperntusche war schon ein bisschen verschmiert, und sie streckte dem Fotografen die Zunge raus. Hallo Pubertät.

»Gibt es noch mehr Bilder?«, fragte ich.

Adrian schüttelte den Kopf. »Wir mochten Fotos dann nicht mehr.«

Wann dann?

»Ich verspüre das überbordende Verlangen nach einer Pizza«, sagte Adrian, bevor ich fragen konnte.

»Ich dachte, du isst nur einmal am Tag.«

»Es ist ja auch schon morgen«, erklärte Adrian.

Wir bestellten zwei Familienpizzen. Was definitiv zu viel war, sich aber genau richtig anhörte.

Eine halbe Stunde später waren die Pizzen da, und mitternachtshungrig, wie wir waren, rissen wir die Kartons auf. Mein Kopf war auch nach drei Stücken noch neblig, und da war sie auf einmal, Alisa. Saß mir gegenüber und knabberte kleine Bissen von ihrer Pizza, wie sie es machte, wenn sie keinen Hunger mehr hatte, aber noch Appetit. Dann schnellte der Eindruck zurück, und es war wieder nur Adrian, der auf dieselbe Art wie sie seine Pizza zusammenrollte. Der letzte Rest Zweifel, ob Adrian und Alisa Geschwister waren, war ausgeräumt.

Adrian legte den Pizzarand zurück auf den Pappkarton.

»Ich bin müde«, sagte er, robbte auf die Matratze und war eingeschlafen, kaum dass sein Kopf das Laken berührt hatte.

Ich wischte mir mit der Papierserviette die Finger sauber – gar nicht so einfach, wenn meine Hand immer an einer anderen Stelle war als erwartet. Also wickelte ich die Serviette einzeln um jeden Finger und zog sie dann nach vorne. Es dauerte einige Zeit und war koordinativ schwierig.

Irgendwann schreckte ich davon hoch, dass mein Kopf nach vorne kippte. Okay, ich war müde. Und betrunken. Unter keinen Umständen wollte ich bei Adrian einpennen.

Mein Kopf kippte wieder nach vorne.

Nein, wirklich nicht. Auch nicht, wenn das bequemer war.

Wankend kam ich auf die Füße und tappte in den Flur. Hatte ich eine Jacke dabeigehabt? Keine Ahnung, ich sah keine, und so kalt konnte es draußen doch nicht sein, oder?

War es aber schon irgendwie. Taxi. Wo war das nächste Taxi?

Es fing an zu regnen. Erst leicht, dann aus offenen Schotten.

Und plötzlich, in betrunkener, unumstößlicher Klarheit, dachte ich, dass es sich genau so anfühlte, in Alisa verliebt zu sein: wie das erste Mal bis auf die Haut nass zu werden.

Meine Haare klebten in Strähnen auf dem Kopf, auf der Stirn.

Der Regen tropfte von meiner Nasenspitze.

Die Klamotten wurden schwer, sogar meine Boxershorts waren durchweicht.

Über die Socken rann die Nässe in meine Schuhe.

Der Regen war kalt, aber meine Haut noch nicht.

Ich fing Tropfen auf meiner Zunge – es waren so viele, es war gar nicht schwer. Wie schmeckte der Regen? Schmeckte er sauer? Er schmeckte nach nichts. Nach allem. Nach Himmel und Kühle und Nacht.

Da, ein Taxi.

Ich setzte mich rein, brabbelte erst meine Telefonnummer, dann meine Adresse. Die Taxifahrerin nickte gelassen.

Als ich in meine Wohnung stolperte, hatte ich das Fotoalbum immer noch in der Hand. Ich legte es auf den Nachttisch.

Der Schlaf knockte mich augenblicklich aus.

9. AUGUST

Felix

Um zwölf wachte ich auf, mit hämmernden Kopfschmerzen. Das Erste, was ich sah, war das Fotoalbum. Scheiße. Das Zweite, was ich sah, war Alisa, die im Bett neben mir schlief. Leise rollte ich mich aus dem Bett und tappte mit dem Album ins Wohnzimmer. Als ich zehn Liegestützen gemacht und eine Aspirin runtergewürgt hatte, setzte ich mich auf die Couch und nahm es in die Hand. Trotz der Bemühungen mit der Serviette gestern, an die ich mich verschwommen erinnerte, hatte ich fettige Fingerabdrücke auf dem dicken, weißen Papier hinterlassen. Der Regen war zum Glück größtenteils von der Plastikhülle abgehalten worden.

Ich blätterte es noch einmal durch und sah auch ein paar Bilder, die ich am Tag zuvor nicht wahrgenommen hatte: ein paar mit Farbe verschmierte Hände, die mich an meine eigenen Kreidehände nach dem Malen erinnerten. Auf Ästen röstendes Stockbrot über einem Lagerfeuer.

Und dann ein Bild, das zwischen Einband und letzte Seite geklemmt war. Es war offensichtlich in dem Dachbodenzimmer aufgenommen worden, und es zeigte nur Alisa, wie sie im Sonnenschein unter einem Bettbezug schlief. Sie füllte die Matratze mehr aus als auf den anderen Bildern und war in etwa so groß wie heute, was hieß, dass sie auf dem Foto vielleicht siebzehn war. Es sah nach Sommer aus, denn die Haut an ihren Oberschenkeln wirkte golden und weich, und ihr Gesicht glänzte von einer fernen Hitze. Im Schlaf schien sie sich unter dem Laken hin und her zu wälzen, ihr Gesicht war angespannt, wie jedes Mal, wenn sie unruhig träumte, und ihr Mund formte stumme Worte. Es war nicht nur die Tatsache, dass sie auf dem Bild schlief, die mich von einem Augenblick auf den anderen nüchtern machte. Es war die Tatsache, dass sie unter dem zerwühlten Stoff nackt war.

Ich klappte das Fotoalbum zu und tigerte einmal zur Küche und zurück, bevor ich das Album wieder aufklappte, als hätte das Bild sich in der Zwischenzeit verändert.

Nein. Es war und blieb kein Foto, das man von seiner Schwester machte. Es war das Bild, das *ich* gerne von Alisa gemacht hätte, aber aus einer unausgesprochenen Rücksicht vor ihrer Foto-Scheuheit heraus nie probiert hatte. Ich hätte mich kaum getraut, den Auslöser zu drücken, weil sie gleichzeitig unsterblich und zerbrechlich aussah, wie sie da in völliger Erschöpfung schlummerte.

Verriet das Foto etwas über den Streit zwischen Alisa und Adrian?

Ich hatte keine Ahnung, was in dem kleinen Zimmer vorgefallen war, aber etwas hatte Alisa dazu gebracht, für ein Jahr den Kontakt zu Adrian und, nach allem, was ich wusste, ihrer ganzen Familie abzubrechen.

Das Gefühl brannte in meinem Hals, und ich lief wieder auf und ab, weil ich nicht stillsitzen konnte.

Olli ging direkt ans Handy.

»Ist sie wirklich nackt?«, fragte sie nach meiner Erklärung.

»Es sieht zumindest so aus«, sagte ich. Ich stand in der Küche und hatte die Tür zum Wohnzimmer geschlossen.

»Okay, Klartext: Sieht man irgendwelche primären oder sekundären Geschlechtsmerkmale?«

»Eigentlich nicht.«

»Also *nein*?« Olli seufzte. »Ich kann nicht glauben, dass wir über ein Foto diskutieren, das du mir einfach schicken könntest, aber nicht schicken willst.«

»Du kannst mir glauben, dass es wirklich *kein* Geschwisterbild ist. Und sie sind ja auch keine richtigen Geschwister.«

»Oder vielleicht ist es gerade ein Geschwisterbild, weil sie sich über so etwas überhaupt keine Gedanken machen.«

»Er hat es absichtlich überblättert.«

»Ihr wart beide betrunken.«

»Auf wessen Seite bist du eigentlich?«, fragte ich.

»Geht es hier überhaupt um das Foto?«, fragte Olli zurück.

Ich schluckte. Ja. Nein. Typische Olli-Frage.

»Dachte ich mir«, sagte Olli. Sie seufzte. »Obwohl es wahnsinnig romantisch klingt – Eifersucht ist uncool, das weißt du?«

»*Thanks, Captain Obvious*. Aber ich bin nicht eifersüchtig, ich bin angepisst.«

»Wie wäre es mit Folgendem«, sagte Olli. »*Probier's mal mit Gemütlichkeit, mit Ruhe und...*«

»Nicht hilfreich.«

»Dann hier ein völlig abwegiger Vorschlag: REDE MIT IHR.«

»Ich habe sie gestern gefragt. Sie weicht jedes Mal aus. Außerdem habe ich ihr das dumme Versprechen gegeben, sie bei dieser einen Sache *nicht* zu fragen.«

»Jetzt hat sich die Situation eben geändert.«

»Was ist der Sinn von einem Versprechen, wenn man es ändern kann?«, fragte ich.

»Es ist wirklich schwierig, konstruktiv zu sein, wenn du für jede Lösung einen neuen Einwand findest«, entgegnete Olli.

Ich holte eine Pfanne aus dem Schrank.

»Jeden verdammten Tag mache ich ihr Frühstück – macht Adrian ihr jemals Frühstück? Was? Verschimmelten Scheiblettenkäse auf Knäckebrot?«

»Du schimpfst doch gerade nur.«

Das Handy zwischen Ohr und Schulter geklemmt schlug ich die Eier in die Pfanne und schnitt die Orangen auf. Presse. Zack. Zack.

»Vielleicht sollte ich mal nichts tun, nur um den Ausdruck auf ihrem Gesicht zu sehen, wenn sie zum Küchentisch tappt und kein frisch gepresster Orangensaft vor ihr steht. Dann würde sie sich auch mal fragen, was hier los ist.«

»Bist du fertig?«

»Nein.«

Die Tür öffnete sich.

»Guten Morgen«, sagte Alisa.

»Bis später«, sagte ich ins Telefon.

»*Pikachu, du bist dran*«, sagte Olli, ihre Form der Anfeuerung. Wir legten auf.

»Olli?«, fragte Alisa und lümmelte sich mit angezogenen Knien auf einen Küchenstuhl.

»Sie hat Liebeskummer wegen ihrem Freund«, sagte ich. Log ich. War ja auch egal.

Ich stellte die Gläser mit dem Orangensaft auf den Tisch. Dazu zwei Teller. Zwei Sets Besteck. Sagte nichts dabei.

»Wie war's bei Adrian?«, fragte sie.

»Er hat mir Fotos gezeigt.«

Ich machte eine Pause, in der sie etwas sagen konnte.

»Besonders eines von dir auf dem Dachboden«, sagte ich schließlich.

Als sie nicht reagierte, holte ich das Foto. »Das da?«

»Wow«, sagte sie und nahm es vorsichtig in die Hand. »Das Bild habe ich ja schon ewig nicht mehr gesehen.«

»Du weißt davon?«

»Ich habe Abitur in Kunst gemacht, habe ich das erzählt? Ich wollte die Stimmung auf dem Dachboden einfangen. Adrian musste hunderte Bilder schießen, bis ich es gut fand, und war am Ende echt genervt.«

Das war alles? Glaubte sie, die Erklärung reichte mir?
Sie sah auf und kräuselte die Nase. »Irgendetwas riecht hier angebrannt«, sagte sie.

Die Eier.

»Verdammt.«

Ich zog die Pfanne von der Kochstelle und fing an, mit dem Pfannenheber zu kratzen, obwohl ich genau wusste, dass es unten schwarz war.

Was für ein verdammter Idiot war ich? Wie hatte ich es geschafft, Spiegeleier zu verbrennen? Was konnte ich überhaupt?

»Alles okay?«, fragte Alisa.

»Nein!«, sagte ich und pfefferte die Pfanne in die Spüle. »Irgendetwas riecht hier die ganze Zeit angebrannt. Nichts ist *okay*. Was geht hier ab? Worüber kannst du nur mit Adrian reden? Ich bin hier. Ich höre zu. Braucht man dazu eine gemeinsame Kindheit?«

Ich starrte sie an, und die Worte hielten mich noch einen Moment aufrecht. Es irritierte mich, wie ruhig sie blieb. Ihre einzige Bewegung war ein Blinzeln.

Alisa

Ich bin so verdammt müde. Ich bin müde wie eine Matratze bei IKEA. Ich muss schlafen, ein paar Jahre schlafen, bevor ich ihm auf die Frage antworten kann.

Da ist die Glasscheibe zwischen uns. Inzwischen kann ich kaum noch durchschauen. Wenn ich es ihm jetzt nicht erzähle, dann sind wir am Ende. Und das will ich nicht, so viel ist mir gestern klar geworden, obwohl ich immer noch zittrig und unentschlossen bin. Also erzähle ich es ihm.

An dem Abend, an dem es zum ersten Mal passiert ist, bin ich von einem Leichtathletik-Turnier mit meiner Mannschaft zurückgekommen.

Das Haus ist still, als ich durch die Tür trete. Ich gebe Saschas Mutter ein Zeichen, dass ich drinnen bin, und winke. Sanft rollen die Reifen davon. Ich habe meine Bestzeit geknackt, und die Aufregung sprudelt noch in mir. Mein Körper fühlt sich matt an, aber sehr lebendig; diese Erschöpfung, wenn man wieder getestet hat, was er aushalten kann. Ich schleife meine Sporttasche hinter mir über die Fliesen.

Die Tür zum Wohnzimmer ist offen, und das Mondlicht lässt alles grau aussehen, menschenleer, so als wäre der Raum nicht dafür gemacht, dass Personen sich darin bewegen, sondern nur dafür, aus genau dieser Perspektive vom Flur betrachtet zu werden. Die Treppenstufen knarzen, als ich nach oben gehe. Im Bad knipse ich das Licht an und schalte es gleich wieder aus – es ist so grell, dass ich wieder aufdrehe, dabei erreiche ich eigentlich gerade den Punkt der Erschöpfung, wo ich mich hinlegen und sofort schlafen kann. Im Dunkeln putze ich mir Alibi-mäßig die Zähne und pinkle noch.

Die Stufen nach oben quietschen noch schlimmer als die der

unteren Treppe, und ich nehme sie schneller, obwohl ich mir bewusst bin, dass es dadurch genauso laut ist. Leise drücke ich die Klinke nach unten und schlüpfe in das Zimmer, aber als ich die Tür schließen will, rutscht mir die Klinke durch die Finger und knackt. Ich höre das Rascheln von Stoff.

Als ich mich umdrehe, ist die Szene fast so wie im Wohnzimmer: Fahles Licht fällt durch die Dachfenster und bemalt den Raum mit Dunkel und Schatten. Nur bewegt sich dieses Mal etwas in dem Stillleben, als wäre ein Möbelstück lebendig geworden. Der Schaukelstuhl wippt vor und zurück, als du dich unter der Decke hervorschiebst und dich zu mir umdrehst.

»Hey«, sage ich.

»Habt ihr gewonnen?«, fragst du.

Deine Stimme macht mich sofort wach. Sie scheint zu wackeln wie ein Gummiseil im Luftzug und klingt schwach, als hättest du Fieber.

»Adi, was ist los?«

Du wendest dich ab, und jetzt mache ich doch das Licht an, hell und schrecklich, und gehe zu dir hinüber.

Ich inspiziere dich; du hast die Augen vor der Helligkeit zugekniffen. Erst sehe ich nichts, aber dann fällt mir deine Haltung auf, die schief ist, an der Hüfte irgendwie unnatürlich abgeknickt, und ganz anders, als du sonst in dem Schaukelstuhl wippst.

»Adi, was ist los?«, frage ich noch einmal.

Langsam öffnen sich deine Augen. Für einen Moment hast du riesige Pupillen, dann ziehen sie sich zusammen. Du siehst todmüde aus.

Schließlich ziehst du dir unter sichtbarer Anstrengung und mit zitternden Armen den Pulli über den Kopf. Der Pulli fällt zu Boden, die Arme sacken an den Seiten herunter. Du schaust mich nicht an.

Als ich den Schaukelstuhl behutsam Richtung Licht drehe, sehe ich das Blau, das schon unter deiner blassen Haut schimmert.

Scharf ziehe ich die Luft ein.

»Wer?«, bringe ich heraus.

Du antwortest nicht. So teilnahmslos siehst du aus, dass ich für einen Moment zweifele, ob du mich gehört hast.

»Adi! Wer?«

Die Wut ist da, ganz plötzlich, und sie braucht ein Ventil. Du sagst den Namen, so leise, dass ich ihn nicht höre. Ich lese ihn von deinen Lippen ab.

Du bist allein in der Küche gewesen, um dir heimlich deinen Kaffee zu machen. Du hast kontrolliert, dass Erika einkaufen war und Martin im Schlafzimmer auf seinen Bildschirm stierte, wie immer, wenn er Arbeit mit nach Hause genommen hatte. Bei weit geöffnetem Fenster, damit Erika dich nicht wegen des Geruchs erwischt, hast du vor der Kaffeemaschine gestanden, die leise vor sich hin geblubbert hat. Normalerweise hast du den Kaffee in eine Thermoskanne gefüllt und den Kaffeefilter direkt zur Mülltonne gebracht, aber dieses Mal bist du nicht so weit gekommen. Die Tür ist aufgegangen, und Martin stand vor dir. Wusste er, dass Erika uns das Kaffeetrinken verboten hatte, weil sie es für ungesund hielt? Oder hat er es aus deinem erschrockenen Gesicht gelesen?

Ich sehe euch vor mir, euch beide, in diesem letzten Moment *vorher*. Wie eingefroren, wie ein Bild in einer Schneekugel, unsere glückliche Kindheit.

Dann ist er über dich hergefallen. Du erzählst, wie die Fäuste auf dich niedergegangen sind, und ich spüre den Schrecken, den du gespürt haben musst. Die Fäuste haben deinen Magen getroffen, deine Rippen und deine Arme. Du hast geschrien, aber obwohl das Fenster offen gewesen ist, ist niemand gekommen. Die Rasenmäher draußen und der Wunsch nach Vorstadt-Idylle sind lauter gewesen.

Irgendwann hat er von dir abgelassen, ist durch die Tür verschwunden, so unvermittelt, wie er gekommen war. Du hast dich nach oben geschleppt, das Abendessen verweigert, als Erika nach dir gerufen hat, und darauf gewartet, dass jemand durch die Tür kommt. Er oder ich.

Nein, du hast nicht geschlafen, wie denn, wenn du nach jedem Schritt auf der Treppe lauschen musstest?

Die ganze Nacht blieben wir wach. Ich bin noch einmal nach unten geschlichen, leiser als zuvor, und habe aus dem Medizinschrank in der Küche ein Schmerzmittel geholt, von dem ich dir die doppelte Dosis gab.

Der nächste Morgen stellte uns vor ein neues Problem: Die blauen Flecken traten deutlich hervor, besonders auf deinen Armen, und es war Sommer, T-Shirt-Zeit. Wir kramten dein einziges Hemd hervor, das Erika dir für das letzte Weihnachten gekauft hatte.

Dieses erste Mal stand es dir nicht gut, dazu hieltest du dich zu krumm und warst zu wackelig auf den Füßen. Aber du wuchst hinein in die Schulternähte und die Kragenweite. Ich weinte, während ich dich mit Abdeckstift und Make-up schminkte.

Vielleicht war es eine einmalige Sache. Wir hofften. Wir überstanden den Schock. Wir heilten.

Dann schlug er wieder zu.

Wieder.

Er brach uns.

Ich erinnere mich vor allem an eine salzige Dunkelheit, wenn wir im Bett lagen und leise redeten, Sprache und Schweigen, die in Wellen kamen, und die ständige Nässe des Kopfkissens an meiner Wange. Manchmal erwartete ich, morgens aufzuwachen und eine verschrumpelte Gesichtshälfte zu haben, so wie wenn man zu lange in der Badewanne war. Ich habe nie aus Schmerz oder Angst geweint. Nur aus Wut. Wir waren so hilflos.

Wir erzählten niemandem etwas davon. Erst überlegten wir: Da gab es die Lehrer, die nette Frau Nachbarin und irgendwo, in weiter Ferne, noch die Erinnerung an die trockene Hand meiner Sozialarbeiterin. Du warst es, dem es auffiel, und du sprachst es mit desillusionierter, fester Stimme aus: Wenn wir es jemandem erzählten und sie uns in ein Heim steckten, würden wir getrennt. Wir waren die einzige Familie, die wir hatten. Wir erzählten niemandem etwas.

Die Wut fraß an mir. In manchen Nächten, wenn ich an die Decke starrte, die Fäuste geballt, den ganzen Körper angespannt, der Schlaf unendlich weit weg, dachte ich, sie fraß mich auf.

Wir finden eine Lösung. Wir machen, dass es aufhört. Ich habe den Worten geglaubt, als ich sie zu dir gesagt habe, auch wenn dieselben Worte an mir abprallten, wenn du meine Wut damit dämpfen wolltest. Ich musste die Lügen glauben, um dich zu trösten.

Ich erinnere mich an die Nächte, als ich allein im Bett lag und hörte, wie sich die Tür öffnete, ganz leise, fast nur ein Luftzug, und wie ich die Decke anhob, damit du darunterkriechen konntest, und dann waren wir wieder zwei warme Kugeln auf der schmalen Matratze. Es wurde schnell zu einer Gewohnheit, dass wir zusammen schliefen, und die Nächte, an denen wir alleine waren, wurden seltener. Du schienst es zu brauchen. An den Tagen, die wir nachts nicht zusammen verbrachten – zum Beispiel weil ich am nächsten Tag einen Wettkampf außerhalb hatte –, warst du unruhig und hibbelig. Aber ich brauchte es auch. Zum ersten Mal hatte ich das Gefühl, dass es einen Platz für mich gab.

Du und ich, wir waren wie zwei Puzzleteile, die in dem Chaos der Welt um uns herum wenigstens in einem Teil von uns selbst Sinn finden konnten – dem Teil, der uns verband.

Es ging nicht spurlos an mir vorbei. Oft dachte ich, es wäre leichter für mich, wenn er an deiner Stelle mich schlagen würde. Tagsüber ließ ich nichts durch, aber nachts musstest du mich manchmal wecken, weil ich mich hin und her wälzte, als könnte ich mich aus den Albträumen herausrollen.

Dann die Brandwunden.

Es brennt, hast du gesagt, als ich dich gefunden habe. Es brennt, als würde jemand ständig Jod auf eine Schürfwunde kippen. Du hattest dir mal wieder Kaffee gemacht. Plötzlich war er da. Er hat deine Hände festgehalten und das Wasser über deine Handgelenke gekippt. Wie zwei rote Armbänder umliefen die Wunden deine Handgelenke, an der Seite deiner kleinen Finger waren sie nicht ganz geschlossen – da war das Wasser schon zurück in die Spüle getropft. Aber das sah ich erst, als die Bandagen abkamen. Erika war da gewesen, draußen im Garten zwischen ihren üppigen Beeten, zwischen den langsam kreisenden Hummeln, sie hatte dich schreien gehört und war nach drinnen gehastet, wo sie dich in der Küche fand, allein. Sie sah, was passiert war, rief Martin zu, dass sie in die Notaufnahme fuhren, und brauste los.

Wir hätten es dieses Mal nicht verstecken können. Du brauchtest dringend Hilfe, und außerdem konntest du keine Hemden tragen, weil es zu sehr an den Wunden rieb. Also hast du gelogen. Du wolltest dir Tee machen, hast du gesagt. Niemand hat gefragt, wie du dich an beiden Handgelenken gleichzeitig verbrannt hast.

Spätestens da hätte Erika es kapieren müssen. Ich hasste sie, weil sie es nicht tat. Du und Tee?

Wir kauften einen Wasserkocher und eine French Press. Der Kaffee mischte sich in den Geruch unseres Zimmers, den Geruch von uns beiden.

Felix

Was sollte ich darauf sagen?

Oh mein Gott? Es tut mir leid? Danke, dass ich jetzt verstehe, warum du und Adrian so verbunden seid? Kein Wunder, dass du nie nach Hause gehst? Ich passe auf dich auf? Du kannst hierbleiben? Wo ist er – ich schlage ihn zu Knochensplittern?

Endlose Gedanken strömten mir durch den Kopf, und ich fragte: »Kommt daher die Narbe auf deinem Arm?«

Ich Idiot.

»Was meinst du?« Sie bog ihren Arm nach hinten, um die Narbe zu sehen.

Ich fuhr vorsichtig über den langen, kaum sichtbaren Strich auf ihrem Unterarm. Die Haare auf ihrem Arm stellten sich auf.

»Nein«, sagte Alisa und kniff die Lippen zusammen. »Er hat mich nie angefasst.«

So erleichtert. Der Gedanke, dass irgendjemand diese Haut, die ich so vorsichtig berührte, und alles darunter, das ich nie berührt hatte, verletzen könnte …

»Warum?«, fragte ich. Schon wieder war mein blöder Mund schneller als ich.

Da. Zum ersten Mal war da Angst in ihrem Gesicht.

»Ich weiß es nicht«, sagte sie leise und schaute zur Seite.

12. AUGUST

Felix

Alisas Erzählung war die letzten Tage wie ein Soundtrack auf Endlos-Schleife durch meinen Kopf gekreist. Und darunter – wie der Bass – das Gefühl, dass ich ihr Geheimnis kannte. Allein dadurch fühlte ich mich ihr näher. Und sie sich mir – zumindest schloss ich das daraus, dass sie ruhiger schlief. Ihre Haare an meinem Hals.

Dieser winzige, glitzernde Stolz, dass ich davon wusste. So wie früher, wenn David mir etwas erzählt hatte, das ich unter keinen Umständen unseren Eltern verraten durfte.

Es war dieses Gefühl, das mich so schnell malen ließ. Die Skizze von ihr hatte ich bereits auf die Platte übertragen. Ich schickte Katharina Blodt ein Foto davon mit der Nachricht, dass ich erwartete, innerhalb dieses Monats fertig zu werden.

Den Kontakt mit Adrian hatte ich in den letzten Tagen vermieden – wie sollte ich mir nichts anmerken lassen, wenn Alisas Geschichte ständig über die Innenseite meines Kopfes lief? Aber ewig konnte ich mich nicht verstecken, also fuhr ich abends doch zu unserem Platz.

Es war heiß geworden, eine trockene Asphalt-Hitze, die sich in den Straßen der Stadt verfangen hatte. Die Hitze verlängerte den Tag in die Nacht, Menschen schoben sich durch die von Laternen erleuchteten und doch irgendwie noch himmelhellen Straßen.

Adrian war schon da, und sogar er hatte die Ärmel hochgeschoben. Während er spielte, schaute ich auf seine Handgelenke statt wie sonst auf seine Finger. Ja, da waren Bänder, fast wie Bräunungsstreifen, als hätte Adrian den ganzen Sommer über zusätzlich zu seinen langärmligen Hemden noch Handschuhe getragen.

Alisa hat mir alles erzählt.
Vermutlich sah er es mir sofort an. Vermutlich schaute ich bei unserer Begrüßung zu schnell auf den Boden, auf den ich gleich malen würde. Vermutlich sagte mein Blick ihm schon alles.

Ich packte die Kreide aus und malte ein paar Muster, um warm zu werden. Adrian spielte anders als sonst – oder hörte ich nur etwas anderes? Die Töne klangen melancholisch, lang gezogen, Moll. Als würde Adrian seine Geschichte selbst erzählen, in Noten und Melodie. Und es tat weh zuzuhören. Auf die Art, dass man gerne weiter zuhört, wie das eigene Herz gebrochen wird.

Ich malte. Es floss aus mir heraus. Adrian, aber nicht der Adrian, den ich kennengelernt hatte, und auch nicht der Adrian, auf den ich die letzten Wochen ständig eifersüchtig war. Ein zarterer Adrian, ein jüngerer Adrian, vielleicht ein Adrian, wie Alisa ihn sah.

Kreide-Adrian war noch schmaler als die echte Version. Er trug nur ein Hemd und eine Jeans, lag auf dem Asphalt und schaute nach oben. Mit seiner hellen Haut und den klaren Augen sah er zerbrechlich aus. Man wollte nicht über ihn drüberlaufen.

Ich malte.

Als ich fertig war, spürte ich einen inneren Widerstand. Ich wollte Adrian nicht so sehen. Und was, wenn er von seinem Platz herüberkam, um das Bild anzuschauen? Auf dem Asphalt lag er, wie ich ihn sah.

Ich zögerte, dann malte ich Kreide-Adrian noch eine Sonnenbrille über die Augen. Schon war er nicht mehr zerbrechlich. Schon war er nicht mehr Adrian.

Adrian verabschiedete sich, weil er eine Generalprobe für das Konzert spielen wollte. Meine Knie zitterten, als ich aufstand. Es war wie ein Rausch. Und alles nur, weil ich das Gefühl hatte, mehr über Alisa und Adrian zu wissen.

Ich würde sie nach einer weiteren Erinnerung fragen.

Alisa

Felix hat mich gefragt, ob ich ihm den Rest auch noch erzählen möchte.

Welchen Rest?, habe ich gefragt.

Was danach passiert ist, hat er gesagt. Warum ihr euch gestritten habt.

Vielleicht hätte ich gar nicht damit anfangen sollen, denn Felix hat recht: Da ist jetzt natürlich eine Lücke. Zwischen dem Moment, als ich in das dunkle Zimmer kam, in dem nur der Schaukelstuhl hin und her wippte, bis zu diesem Moment auf der Matratze auf dem Boden in deinem Zimmer, das nach einem ganz anderen Putzmittel riecht.

Obwohl sich die Wörter gegen meinen Gaumen drücken, habe ich ihm nichts erzählt, habe mit Händen und Schultern abgewiegelt, aber die Frage hat mich unwillkürlich erinnern lassen.

Das Geschlagen-Werden war schlimm, aber die Zeit dazwischen war schlimmer. Das Warten und Fürchten. Jedes Mal hofften wir, dass es das letzte Mal war, und jedes Mal wurde die Hoffnung zerschlagen. Jedes Mal war sie kleiner, und irgendwann blieb sie ganz fort.

Es veränderte unser Denken, als würden wir neue Naturgesetze lernen: Wenn es dir gut geht, folgt bald der Schmerz. Wenn du dich freust, reizt du damit jemanden. Wenn du jemandem vertraust, tut er dir weh. Wenn du dich sicher fühlst, wird jemand die Treppe hochkommen.

Ich rannte mir die Seele aus dem Leib, um einmal am Tag das Gefühl zu haben, dass ich tatsächlich atmete. Deine Flucht sah anders aus. Du warst schon immer dünn gewesen, und ich sah dich jeden Tag, deswegen fiel es mir nicht sofort auf.

Erst als Erika plötzlich bei einem Mittagessen sagte, dass du doch mal eines der Hemden anziehen könntest, das dir wirklich passte, bemerkte ich es.

Deine Hemden hatten alle dieselbe Größe. Wenn eines also nicht mehr passte, lag es nicht an den Hemden, sondern an dir.

Abends beobachtete ich dich, als du dich umzogst. Und als ich zum ersten Mal richtig hinschaute, sah ich es sofort.

Dein schmaler Körper, wie fest deine glatte Haut über die Knochen gespannt war, wie klein sich das Leben in dir machen musste – brach mir das Herz. Ich weiß nicht, wie ich sonst das Gefühl beschreiben soll, dass etwas in der Welt kaputtgegangen war. Als wäre der Himmel auf einmal nicht mehr blau.

Später schlich ich mich nach unten und holte die Tupperdose mit dem Rest Nudelauflauf vom Abendessen aus dem Kühlschrank.

Ich nahm dein Aussehen mit anderen Augen wahr, als ich wieder ins Zimmer trat.

Dein Kopf fuhr herum, und es warst du und dann doch wieder nicht. Natürlich: deine großen Augen. Die Locken. Aber was war mit deinem Blick?

»Hey«, sagte ich und schloss die Tür hinter mir. Der Moment, in dem ich mich wegdrehte und die Holzmaserung der Tür anschaute, gab mir Zeit, mich zusammenzureißen.

»Ich habe keinen Hunger«, hast du gesagt, als du die Dose und die Gabel gesehen hast. Deine Stimme klang mürbe.

»Sehe ich so aus, als würde mich das jucken?«, fragte ich.

»Davon wird mir bestimmt schlecht.«

»Ich sage dir doch, dass es mir egal ist.«

Vorsichtig kam ich näher zu deinem Bett. Unter deiner dicken Decke hast du mich an einen Vogel erinnert.

Erst bin ich stehen geblieben und wusste nicht, was ich tun sollte, dann habe ich mich neben dich aufs Bett gesetzt. Du hast nichts gesagt und hattest die Augen geschlossen. Dann hast du die Augen geöffnet. Dieselben strahlend grauen Augen.

»Wenn du schon stehst, kannst du wenigstens die Heizung anmachen«, hast du gesagt. »Mir ist kalt.«

»Natürlich ist dir kalt, du Idiot«, habe ich gesagt und die Dose auf deinem Nachttisch abgestellt. »Haut hält nicht besonders warm.«

»Kannst du mit unter meine Decke kommen?«

Jeder von uns hatte eine eigene Decke, aber ich kroch mit unter deine.

Es wäre eng gewesen, aber ... du hast nicht viel Platz gebraucht.

Dein kalter Fuß berührte mich, und ich musste unwillkürlich daran denken, dass irgendwann alles an dir so kalt sein würde, und als ich mir das vorstellte, dachte ich nicht an einen alten Mann, sondern an dein Gesicht in diesem Moment.

Du hast eingeatmet, als würdest du gleich etwas sagen, aber dann glitt die Luft nur wieder still hinaus. Deine Lungen verschoben die Luft. Kleiner als deinen Atem konntest du dich nicht machen.

Ich schloss die Augen und spürte deinen Vogelkörper neben mir, kühl und leicht auf der Matratze.

Manchmal fühlte ich mich, als wäre ich an der Haut mit dir zusammengenäht: Unsere Stimmungen diffundierten von einem Körper in den anderen, und wir mussten zusammenbleiben, wenn wir uns nicht in Fetzen reißen wollten. So auch jetzt.

»Adrian?«

»Mmh?«

»Du musst essen«, sagte ich.

Dein Seufzen war Antwort genug. Ich sagte es noch einmal. Und noch einmal.

Adrian, du musst essen, damit du wieder üben kannst.

Adrian, du musst essen, damit du zum Vorspielen kannst.

Adrian, du musst essen, damit er nicht gewinnt.

Ich drehte mich auf die Seite, sodass ich dein Profil vor mir sah, und tippte dir auf die Nasenspitze, sodass du die Augen öffnetest.

»Ich sehe, was du machst«, sagte ich. »Und ich verstehe dich. Du willst an einen sicheren Ort. Aber das hier ist nicht der richtige Weg dorthin«, sagte ich. Dein Gesicht war ausdruckslos. Ich redete weiter. »Denn wenn du diesen Weg nimmst, kommst du nicht zurück. Und du kannst mich nicht. Du. Kannst. Mich. Nicht. Hier alleine lassen.«

Eine einzelne Träne lief dir über die Wange.

»Aber warum?«, hast du geflüstert.

Ich habe deine Frage verstanden.

Warum sollten wir uns anstrengen?

Warum sollten wir es überhaupt probieren?

All die Male, als du unsere Träume in die Welt geschrien hast, laut (lauter), damit sie echt wurden. Dieses Mal war es an mir, eine Zukunft für uns zu träumen, leise (leiser), damit sie nicht zerstört wurde.

»Weil das hier unser Leben ist«, sagte ich. »Und es endet nicht hier.«

Du hast mich lange angeschaut. Ich konnte kaum atmen. Es war ein Moment, in dem sich mein Leben entscheiden würde, und ich wusste es. Wir glauben uns gegenseitig in die Welt, weißt du?

»Was ist es, was du mit deinem einen, wilden, kostbaren Leben anfangen willst?«, hast du geflüstert.

Ich habe gelacht. Dann habe ich die Augen geschlossen und dir bei einem vorsichtigen Bissen zugehört, still und berauscht.

13. AUGUST

Felix

Sonntag, halb acht am Abend. Der kleine Saal in der Musik-Hochschule war voller geschmackvoll angezogener Menschen, die auf ihren Plätzen warteten, dass das Konzert begann. Musikliebhaber, Kenner der Szene, bestimmt auch die SZ-Feuilletonistin. Die Leute redeten leise, und die angeregte, feierliche Atmosphäre machte mich nervös. Ich spürte den Druck, der durch Zuschauer kam. Die elegante Kleidung schien ihn nur zu erhöhen. Auf einmal war ich froh, dass nicht ich auf der Bühne stehen würde, mit klugen, stillen Gesichtern, die mich anschauten. Und ich wusste nicht, wie Adrian das packen sollte, der sich in meinen Gedanken unter einer Decke zu einem kleinen Ball zusammenrollte. Was ihm das hier bedeuten musste – und Alisa auch. Sie war den ganzen Tag schon mindestens so aufgeregt, wie er es sein musste, und prickelte wie der kühl gestellte Sekt.

Dann wurde der Raum dunkel, und die Bühne, die leer war bis auf ein kleines Podest und ein Abstelltischchen mit einem Glas Wasser, wirkte heller. Eine korpulente Frau in einem grandiosen bodenlangen Kleid kam auf die Bühne. Höflicher Applaus.

»Meine lieben Musikfreundinnen und Musikfreunde«, begann sie, nachdem der Applaus geendet hatte. »Wie ihr wisst, vergibt unser Verein jedes Jahr zwei Stipendien, liebevoll ›Freiheits‹-Stipendien genannt, die es aufstrebenden jungen Musikerinnen und Musikern ermöglichen, ein halbes Jahr bei einer Lehrerin oder einem Lehrer ihrer Wahl zu studieren.« Klatschen. Sie bedankte sich mit einer angedeuteten Verbeugung. »Vor zwei Wochen haben wir bereits das Konzert unserer diesjährigen Stipendiatin, der exquisiten Cellistin Ann Li, genießen dürfen – nun ist es mir eine besondere Freude, unseren diesjährigen Stipendiaten vorzustellen. Ein brillanter junger Flötist, den die meisten von euch schon von ›Jugend musiziert‹ kennen. Bei seinem Preiskonzert habe ich Peter-Rudolf weinen sehen, so gut war er, stimmt's, Peter-Rudolf?«

Sie zwinkerte einem grimmig dreinblickenden, bärtigen Mann zu. Die Zuschauer, die sich alle zu kennen schienen, lachten.

Gut gelaunt fuhr sie fort: »Genau wie Ann Li studiert dieser junge Mann in Berlin an der Akademie der Künste. Ich weiß, normalerweise vergeben wir keine Stipendien an Erst- oder Zweitsemester, aber ihr könnt euch gleich selbst davon überzeugen, dass er eine Ausnahme ist. Begrüßt mit mir: Adrian Herre.«

Die Tür am linken Rand öffnete sich, und Adrian kam auf die Bühne. Das Klatschen war laut. Er ließ sich von der Frau auf beide Wangen küssen und bat um das Mikrofon. Adrian stand gerade, aber entspannt, in seinen Händen blitzte die Flöte. Als der Applaus sich legte, deutete er eine Verbeugung vor dem Publikum an.

»Danke«, sagte er, und die Menschen verstummten. Sein Blick glitt langsam über die Reihen. Sie alle mussten das Gefühl haben, dass Adrian genau sie anschaute. Dabei suchte er eigentlich nur nach einem einzigen Gesicht. »Danke, dass ihr Musik so sehr liebt wie ich. Danke für diese Chance.« Sein Blick fand Alisa, und sein Ausdruck wurde unvermittelt weich. »Danke für die Reise, die ihr uns ermöglicht.«

Ich war die einzige Person im Publikum, die zusammenzuckte. Alle anderen mussten das »uns« auf ihn und seine Kommilitonin bezogen haben, aber ich konnte nicht anders, als es auf Alisa und ihn zu beziehen. Wollte sie gehen?

Auf der Bühne wurde das Mikrofon weggeräumt, und die Dame verschwand von der Bühne, während meine Gedanken von einem Indiz zum nächsten zuckten. Adrians plötzliches Auftauchen, die wenigen Dinge in seiner Wohnung, seine überzeugte Überlegenheit, Alisas Kuss und, zuletzt, das Foto, das sie unbedingt hatte schießen wollen.

Ohne Vorwarnung setzte Adrian die Flöte an und begann zu spielen. Die Melodie fing langsam an – nicht mal annähernd Adrians Maximalgeschwindigkeit –, und die Aufmerksamkeit wickelte sich wie Fäden um seine Finger.

Bildete ich mir das nur ein? War auch das nur blinde Eifersucht, die überall Grashalme zum Festhalten sah? Oder kündigte Adrian offen seine Pläne an?

Die anderen Zuschauer betrachteten Adrians tanzende Finger auf der Bühne, aber ich sah nur Alisa an. Sie lehnte in ihrem Sitz und hatte die Augen geschlossen. Die Andeutung eines Lächelns saß in ihren Mundwinkeln, das ganze Konzert über, in dem Adrian die Tonleitern nach oben und nach unten glitt, zwischen Oktaven sprang und doch ganz ruhig blieb, während seine Finger und die Querflöte von alleine Musik zu machen schien. Einmal sah ich, wie Alisa die Augen öffnete, aber nur kurz, wie um sich klarzuwerden, wo sie war, dann schloss sie sie wieder.

Bisher hatte ich Adrian keine klassische Musik spielen hören, aber er war darin noch besser, als ich schon geahnt hatte. Es klang, als hätte er auf der Straße nur seine Tonleitern gespielt. Wie konnte man in irgendetwas so gut sein?

Auf einmal fühlte ich mich verloren. Ich hatte immer das Gefühl gehabt, dass mein Talent wie eine glitzernde, glatte Murmel in meiner Handfläche war. Wenn ich die Handflächen auseinanderschob und sie vor mir ausstreckte, konnte die Welt die Murmel bestaunen und wie das Licht sich darin spiegelte. Jetzt kam mir mein Talent wie ein glitzernder Stein vor, den man wie einen Schatz aus dem Fluss holte und im Sonnenlicht hin und her drehte, bis das Wasser abgelaufen war, und man sah, dass er im trockenen Zustand grau war und matt.

Zwischen zwei Sätzen setzte Adrian die Flöte kurz ab, aber niemand klatschte in die Pause hinein. Erst als er die Flöte sinken ließ, fingen sie an zu klatschen. Und wie.

In dem Lärm der Hände schien Alisa unter ihrer eigenen Stillekuppel zu sitzen. Sie driftete davon wie eine Pusteblume.

Verstohlen holte ich mein Handy aus der Tasche und betrachtete das Foto von dem Bild, das ich Katharina geschickt hatte. Auf einmal war mir schrecklich klar, dass es nicht gut war. Warum hatte ich es ihr gezeigt?

Mit zitternden Fingern packte ich das Handy wieder weg.

Ich wünschte mir, dass Adrian sich verspielte. Schon schämte ich mich dafür. Wie konnte ich das denken, nach allem, was ich über ihn wusste?

Der Schluss-Applaus war ohrenbetäubend, viele Leute standen auf. Ich stand auch und klatschte, aber mechanisch. Meine Finger waren schnell taub. Zwischen den Verbeugungen sah Adrian immer noch entspannt aus. Er lächelte dem Publikum nur zu.

Alisa blieb still und für sich, bis wir das Gebäude verlassen hatten. Wir fuhren mit der vollen U-Bahn nach Hause. Menschen kamen oder gingen zur Arbeit, würden sich zu Hause eine Pizza bestellen und Hip-Hop hören.

»Kommt Adrian nach?«, fragte ich und dachte an den kühl gestellten Sekt.

Alisa schüttelte den Kopf, dann raffte sie sich doch zu Worten auf: »Jemand Wichtiges hat ihn zum Essen eingeladen.«

Natürlich hatte das jemand.

»Wie fandest du's?« Alisa fragte vorsichtig, genau wie während unseres Nachtspaziergangs, als könnte ich tatsächlich eine negative Antwort geben und als müsste sie sich vor dieser Antwort schützen.

»Der Applaus hat ewig gedauert«, sagte ich.

Sie nickte. »Er ist noch so viel besser geworden, seit ich ihn das letzte Mal gehört habe.«

Würde sie das jemals über mich sagen? Warum war sie nicht so stolz gewesen, als ich die Zusage für die Ausstellung bekommen hatte?

»Hörst du immer mit geschlossenen Augen zu?«, fragte ich, um das Thema zu wechseln.

Alisa lächelte überrascht, wie man lächelt, wenn man sich darüber freut, wie genau der andere einen beobachtet hat.

»Es hat mich daran erinnert, wie wir – als wir jünger waren – also wie Adrian immer gespielt hat und ich ... gelernt habe«, sagte sie.

»Damit du den NC für Medizin schaffst?«

Sie machte eine Pause, als müsste sie nachdenken. »Genau. Ich saß immer auf dem Boden, mit dem Rücken an der Wand, und habe in meine Bücher geschaut, während er geübt hat. Und er hat tagelang geübt. Immer das, was er am wenigsten konnte. Manchmal war er nach einer Stunde Üben ganz ausgelaugt. Dann hat er sich vor mich auf den Boden gelegt, und ich habe ihm vorgelesen, was ich gerade gelernt habe.«

Sie lehnte mit dem Kopf an der Tür der Bahn und schloss die Augen, als wäre das Rauschen der Bahn auf den Schienen eine Form von Musik im Ultraschall-Bereich und sie ein Delfin. Wie viele Tage hatte sie dort mit ihm gesessen – jede verblichene Erinnerung ein Vertrauensgewicht?

Ich wollte sie fragen – hast du vor, zu gehen? –, aber ich konnte es nicht. Nichts war so abstoßend wie Selbstzweifel.

Die Lautsprecherstimme sagte den Hauptbahnhof an. *Munich Central Station, for regional and long distance services, please change here.*

»Wir müssen gleich aussteigen«, sagte ich.

»Ich weiß«, sagte Alisa mit geschlossenen Augen.

Die S-Bahn hielt. Alisa öffnete die Augen und nahm meine Hand, aber ich hatte das Gefühl, dass sie nicht aussteigen wollte, nicht mit mir. Dass sie immer noch mit Adrian an diesem anderen Ort war, zu dem ich keinen Zutritt hatte.

Und wie konnte ich es ihr verübeln?

14. AUGUST

Felix

Als ich aufwachte, war Alisa schon weg. Vielleicht hatte sie heute Dienst im Krankenhaus, vielleicht war sie bei Adrian.

Ich quälte mich aus dem Bett, verbrannte mir die Kehle am Kaffee und stand dann auf dem Balkon, mit dem Bild. Kein Wunder, dass Alisa von Adrian begeistert war und nicht von mir. Adrian konnte ihr Kleider aus Tönen schneidern. Dass ich jetzt eine Erklärung hatte, warum er so besessen von der Flöte war und woher das enge Band zwischen den beiden stammte, machte das Gefühl in meinem Magen nicht weniger tief. Im Gegenteil: Jetzt hatte ich nicht mal mehr einen Anspruch darauf, mich aufzuregen.

Ein feiner Wind blies, und auf einmal fühlte ich mich wie der einzige Mensch in einer Welt aus Kreidemenschen. Die Menschen würden an den Wänden leben und ich in den Räumen dazwischen. Sie würden im Boden leben und ich darauf. Niemand würde mich berühren.

Und so einsam fühlte ich mich jetzt schon.

Ich trennte die Skizze aus dem Block und riss sie langsam und methodisch in Papierquadrate. Dann nahm ich schwarze Farbe und überstrich die Leinwand.

Alisa

Dein Konzert, kleiner Käfer.

Mit geschlossenen Augen saß ich dort, und alles kam zurück. Unsere Ideen. Unsere Träume und Hoffnungen. Deine Musik hat sie zurückgeholt, oder vielleicht auch die Tatsache, dass unser Traum für dich schon vorangeschritten war, als du auf dieser Bühne standest und alle dir zuhörten.

Ich saß auf meinem Platz in dem Saal, aber die Lehne war tapeziert wie die Wand im Dachboden, die Sitzfläche war aus grobem Holz, und wenn man nicht aufpasste, holte man sich einen Spreißel. Du hast gespielt, während ich auf dem Boden saß.

Wir wollten groß sein, damals. Die Welt neu verwurzeln, weißt du noch?

Als ich dort saß, hatte ich wieder dieses Gefühl. Es war überall, als würden die Ameisen unter meiner Haut laufen.

Lächelnd hörst du dir mein Lob an. Dann springst du plötzlich auf.

»Ich habe eine Überraschung für dich«, sagst du und grinst über das ganze Gesicht.

Du ziehst mich auf die Füße und führst mich in den Flur, von wo die Tür abgeht zu dem großen leerstehenden Zimmer, in dem du einen Riesenkarton voll Bananen, zwölf Packungen Milch und zwei Packungen Cornflakes lagerst.

Du sagst: »Öffne die Tür.«

Ich öffne die Tür. Du hast die Bananen, die Milch und die Cornflakes aus dem Zimmer geräumt, um Platz für deinen Einkauf zu schaffen, der in der Mitte thront.

»Es könnte wieder wie früher sein«, sagst du. »Nur wir zwei.«

Mein Herz schlägt so laut, dass ich es an meinem Trommelfell pochen fühle.

»Nein«, sage ich. »Ich kann nicht.«

Bitte, Adrian. Zwing mich nicht.

Ein fader Zug ist um deine Mundwinkel, aber du ziehst die Tür zu. Wir gehen in dein Zimmer zurück und fläzen auf deiner Matratze, während wir fernsehen.

»Ist es wegen Felix?«, fragst du plötzlich.

Ich schüttele den Kopf.

»Wenn du es ihm erzählst, setzt du alles aufs Spiel«, sagst du.

Ich weiß.

Du sagst nichts mehr. Immer wieder betrachte ich dein Gesicht von der Seite: Bist du von mir enttäuscht?

Der Gedanke verschwindet nicht aus meinem Kopf, genauso wenig, wie die Tür aus deinem Flur verschwindet. Er krabbelt mir hinterher, als ich zu Felix fahre. Er krabbelt bis in meine Träume.

15. AUGUST

Felix

In der Mitte der Nacht wachte ich von ihrer Stimme auf, hoch und panisch.

»Es krabbelt«, sagte Alisa. »Mach es weg, Felix. Mach es weg.«

Schlaftrunken, aber in einem Teil meines Kopfes hellwach, fuhr ich hoch und knipste das Licht an. Sie riss sich das T-Shirt über den Kopf und drehte sich auf den Bauch.

»Mach es weg, Felix.«

Ich suchte ihre Haut ab, sah aber nichts und blinzelte, um meine Sicht vom Schlaf zu klären. Im Licht der Nachttischlampe war ihr Rücken weiß und makellos.

»Da ist nichts, Alisa«, sagte ich und ließ mich zurück auf die Matratze sinken.

Sie blieb auf dem Bauch liegen und schloss die Augen. Es war zwei Uhr nachts.

»Was war denn los?«, fragte ich.

»Da war irgendetwas auf meinem Rücken«, sagte sie.

»Ist es jetzt wieder gut?«

Sie nickte.

»Vielleicht sollte ich ein Insektennetz am Balkon anbringen«, sagte ich.

Die Nachttischlampe leuchtete unglaublich grell. Ich streckte

mich, um sie auszuknipsen. Für einen Moment: Dunkelheit. Dann das trübe Licht, das durch die Ritzen der Rollos floss.
»Was du mir letztes Mal erzählt hast, war nicht alles, oder?«, fragte ich.
Sie zögerte. »Nein.«
In der Dunkelheit hatte sie eine andere Stimme. Sie war auch nicht mehr dieselbe Person. Manchmal vergaß ich, dass ich mit *ihr* sprach. Als würde die Dunkelheit eine Schicht zwischen uns wegnehmen. Geheimnisse ließen sich leichter aussprechen.
Wenn sie mir noch vertraute, konnte ich sie vielleicht überzeugen zu bleiben.
Mein Herz schlug schneller. Fast spürte ich die Kreide zwischen Zeigefinger und Daumen.

Alisa

Felix' Hand, die noch auf meinem Rücken liegt, ist schwer und warm. Die Wärme fließt aus seinen Fingerspitzen. »Da ist nichts«, habe ich gesagt und habe nicht hören können, ob er mir glaubt. Das Krabbeln ist noch da, als würde eine Ameisenstraße über meinen Rücken laufen.

Vielleicht hat Felix ja recht, und es wird besser, wenn man darüber spricht. Vielleicht verschwinden dann die tausend Füßchen auf meiner Haut.

Die Erinnerung hat mich aus der Besinnungslosigkeit zwischen zwei Träumen gerissen, und der Moment – Felix' Atmen, das fahle Licht – scheint gestohlen und selbst wie ein Traum. In dieser Atmosphäre schweben Wörter aus meinem Mund wie Seifenblasen.

Wir saßen in unserem Bett. Ich mit dem Papier auf den Knien und du mit der Querflöte an den Lippen. Du hast gespielt – im doppelten Sinne: Deine Finger haben auf den Klappen getanzt und die Töne mit dir. Sie trällern in der Luft: *Hier drüben, Adrian. – Nein, hier. – Fang uns, wenn du kannst.* Und es macht Spaß, euch zuzuhören bei eurem Spiel.

Plötzlich fliegt die Tür auf. Die Klinke kracht in die Holzverkleidung. Da steht er, und sein ganzes Auftreten ist zu schwer für diesen Raum. Die Töne huschen aus der Tür.

»Um diese Uhrzeit?«, sagt er. »Meint ihr nicht, das ist ein bisschen spät? Meint ihr nicht, andere Leute müssen schlafen?«

Der Dachboden ist fast schalldicht, aber weil es so heiß ist, haben wir einen Fehler gemacht: Wir haben die Fenster geöffnet. Die Luft streicht über unsere Haut, als hätte sie uns mit ihren kühlen Fingern warnen wollen.

Er spricht so leise und ist so ruhig. Warum ist er so ruhig? Wird er dir jetzt etwas antun, und ich muss zusehen?

»Entschuldigung«, sage ich. »Wir haben die Zeit vergessen.«
Er wiegt sich ein bisschen von links nach rechts, dann greift er nach dir, und ich schreie auf, aber er packt nur die Flöte und entreißt sie deinen zitternden Fingern mit einem Ruck. Erleichterung durchflutet mich.
Aber du bist nicht erleichtert.
»Nein«, flüsterst du. »Bitte.«
Erst jetzt sehe ich es: eine matte Reflexion, ein dumpfes Glitzern, ein Hammer in seiner Hand.
Er legt die Flöte auf die Dielen. In diesem Moment beherrscht ihn das Instrument noch – es ist wertvoll, er kann es nicht auf den Boden fallen lassen oder werfen. Dann holt er aus – nein, er kann nicht, er darf nicht – und schlägt zu. Der erste Schlag trifft das Mundstück, der zweite Schlag geht auf die Klappen. Und der dritte.

Und ich werfe mich auf ihn, und ich trommele mit meinen Kinderhänden, prügele mit meinen Erwachsenenhänden, schlage, schmerze, trete, halte auf.

Und ich sitze stumm auf dem Bett, erstarrt, tot, schaue zu, tue nichts, werde dir unwürdig.

Die Querflöte macht Töne, sie winselt. Oder bist du das, der neben mir im Bett liegt, während unsere Träume zerschlagen werden? Ich erahne deine Bewegung – du willst dich über die Flöte werfen –, und mit meiner ganzen Kraft packe ich dich und halte dich fest. Du kämpfst gegen meine Umklammerung, aber ich lasse nicht los. Wer kann die Flöte retten, während er den Hammer schwingt?

Er hört mit dem Schlagen auf, sein Kopf ist rot, und er atmet heftig. Dann verlässt er den Raum, den Hammer in der Hand.

Du gleitest aus dem Bett und kriechst zu der Flöte, die verbeult auf dem Boden liegt. Stumm hebst du sie auf und bettest sie auf deine Knie. Du versuchst gar nicht erst, sie zu spielen: Sogar wenn die Klappen noch schließen würden, wäre jeder Ton schief wie das Metall.

Wie lange haben wir im letzten Sommer gearbeitet, um dir die Silberflöte kaufen zu können? Wie lange hast du auf dieser Flöte geübt? Wie sollst du ohne ein Instrument die Aufnahmeprüfung an der Musik-Hochschule schaffen?

Die Flöte schmiegt sich in deine Armbeuge, und du trägst sie zum Bett. Ich ziehe die Decke über unsere Köpfe, als würde das irgendetwas helfen. Wir reden nicht. Unsere Nacht ist verstummt wie die Flöte.

Gefühle helfen, Erinnerungen zu festigen, habe ich im Studium gelernt. Also: Welches Gefühl erklärt, dass diese Erinnerung so häufig zu mir zurückkommt wie keine andere? Ich weiß, dass der Schock meinen Körper taub gemacht hat. Und ich erinnere mich daran, dass in mir ein Graben aufbricht, als ich deinen Gesichtsausdruck sehe.

Aber ich glaube, es war die Wut.

Felix

Okay.

Die Kreide in die Hand nehmen. Der erste Strich.

Ja, es ging gut. Ich blieb vorsichtig und versuchte, nicht so viel nachzudenken. Schon oft hatte ich optimistisch angefangen, war über einen meiner Gedanken gestolpert und hatte es dann den ganzen Tag nicht geschafft, mich davon loszumachen. Meine Aufmerksamkeit konzentrierte sich auf die Spitze der Kreide. Genau, ganz genau so. Mit jedem Strich wurde ich schneller. Heute war es gut, das war gut, ich war gut.

Ich malte.

Alisa heute Nacht, die mir von früher erzählte. Mit aufgeweichten Augen. Unglaublich verletzlich.

Schwarz und blau.

Malte.

Nachtfarben und Nachttisch-Licht.

Malte.

Malte.

17. AUGUST

Felix

Wir waren auf dem Rummel, und Alisa und ich warteten neben dem Riesenrad – genau wie die gefühlt zehntausend anderen Menschen, die nach Dachau gefahren waren, um auf dem Volksfest zu essen, zu trinken und Auto-Scooter zu fahren. Sie trug einen Strohhut – vielleicht weil die Sonne vom Himmel stach, vielleicht weil er ihr so gut stand. Ich konnte nicht aufhören, sie mit der Kreidezeichnung zu vergleichen, die ich nach mehreren Anläufen heute Morgen fertiggestellt hatte. Ihr Gesicht war entspannt, und sie wirkte ruhig, aber ich war ja noch nie besonders gut darin gewesen, in ihren Zügen zu lesen. Ich wollte ihr das Bild zeigen, und ich wartete auf den richtigen Moment, aber hier, in der Menschenmenge, kam der bestimmt nicht. Später am Abend, wenn wir zu Hause auf den Wiesen des Olympiaparks saßen und man die Dunkelheit zu zweit wie ein Zelt bewohnen konnte – dann würde ich sie fragen, auch wenn ich die Worte dafür noch nicht kannte. Ganz bestimmt würde ich sie dann fragen. Im Moment beschränkte ich mich darauf, sie von der Seite zu beobachten.

Sie schwieg, und das Schweigen war mir nicht unangenehm, während wir auf Olli und Adrian warteten, die zusammen von der S-Bahn kamen. Ich sah die beiden zuerst: Olli lachte ihr brüllendes Lachen, und Adrian lächelte leicht. Was hatte er gerade erzählt?

Es gab ein Begrüßungskuddelmuddel, dann bummelten wir auf der Suche nach dem besten Abendessen über das Gelände. Es war Donnerstagabend, aber weil das Wetter so gut war, war es trotzdem ziemlich voll. Die Menschenmenge schob sich nur langsam voran. Wir konnten nicht zu viert nebeneinanderlaufen, und Alisa lief neben Adrian. Olli und ich liefen hinterher. Olli war aufgedreht – von zu viel Cappuccino, wie sie sagte, weil wir im Café Carlo eine neue Kollegin hatten, die an der Kaffeemaschine eingewiesen werden musste. Das resultierte in einer Menge fehlgeschlagener Milchschaumkunst, die man unmöglich einem Kunden vorsetzen, aber genauso wenig wegschütten konnte. Also hatte Olli jetzt einen kleinen Koffein-Kick, der sie laut und schnell erzählen ließ, was richtig witzig hätte sein können, wenn ich nicht so abgelenkt gewesen wäre.

Vielleicht hätte ich ihr das Bild doch schon vorher zeigen sollen.

Immer wieder berührten Alisa und Adrian sich beiläufig – von hinten konnte ich das gut sehen. Ihre Hände schwangen beim Laufen aneinander, Alisa strich Adrian ein paar Haare aus der Stirn, und er legte ihr die Hand auf den Arm, um ihr etwas zu zeigen.

Das Schlimme war, dass sie es wahrscheinlich nicht einmal bemerkten. Es schien so natürlich für sie wie der ständige Schweißfilm im Sommer, den man ab einer gewissen Hitze einfach vergaß.

Jetzt waren wir einmal rum. Ich machte ein paar schnelle Schritte, um die beiden einzuholen, und tippte Alisa an der Schulter an.

»Schon Präferenzen fürs Essen?«, fragte ich.

Alisa wollte Kaiserschmarrn, Adrian Pommes, Olli holte sich ein Schmandbrot und ich mir einen Crêpe mit Pflaumenmus.

Das Gespräch lief einfach dahin. Die anderen unterhielten sich gut, aber ich fühlte mich, als würde ich durch eine verspiegelte Scheibe zuschauen, obwohl ich hin und wieder etwas sagte.

Meine Eifersucht war Quatsch, oder? Sie würde auch nicht weggehen. Egal, ob sie echte Geschwister waren oder nicht. Am besten, ich unternahm aktiv etwas gegen das miese Gefühl.
»Willst du mit zum Kettenkarussell?«, fragte ich Alisa.
Sie lächelte. »Gerne. Ist das für euch okay?«
»Geht ruhig«, sagte Olli und winkte uns davon. »Wir unterhalten uns gerade gut.«
Hand in Hand bummelten wir Richtung Karussell. Die Musik der Fahrtgeschäfte war laut und Bass-lastig. Alisa betrachtete die Auslagen der Losbuden, die leuchtende Werbereklame der Geisterbahn. Sie wirkte entspannt. Dann glitt ihr Blick nach vorne, und auf einmal war sie unter all der Sommerbräune blass.

Alisa

Ich denke darüber nach, warum irgendjemand freiwillig in eine Geisterbahn gehen würde (was offensichtlich genug Menschen tun). Da entdecke ich zwischen den Ständen sein Gesicht in der Menge.

    Unverkennbar: die wässrigen Augen.

    Die verkniffenen Lippen.

    Die Anspannung eines Dobermanns.

    Er sucht nach mir.

    Und gleich hat er mich gefunden.

    Wie? Warum jetzt?

    Da fällt es mir ein: dein Konzert. Wie konntest du so fahrlässig sein?

Felix

Sie fing an zu zittern. Die Art von hochfrequentem Zittern, die sich zeigt, wenn man versucht, es zu unterdrücken. Ihre Finger verkrampften um mein Handgelenk. Immer wieder warf sie einen Blick über die Schulter, während sie sich durch die Menge schob. Sie schob mich in eine Lücke zwischen zwei Fressbuden.

»Ich kann es dir nicht erklären«, sagte sie. »Aber hol Adrian, sag ihm ›Er ist da‹ und bring ihn zum Ausgang. Ich treffe euch dort, okay?«

»Alisa, was ist los?«, fragte ich.

Sie packte mich am Kragen und presste mich gegen den Essenswagen: Waffeln, klebrig, süß. Das Metall krachte gegen meinen Rücken.

»Bringst du ihn dorthin?«

Ich nickte, und sie ließ mich los und schob mich zurück auf den Weg. Als ich mich nach ihr umdrehte, war sie verschwunden.

Alisa

Wahrscheinlich sollte ich mich zeigen und ihn ablenken. Ich kann bestimmt schneller rennen als er. Außerdem habe ich das Messer, das schwer in meiner Tasche liegt.

Aber ich kann nicht. Schließlich weiß er, was ich versucht habe. Hinter den Ständen sieht er mich nicht, aber mein Herz schlägt mir trotzdem bis zum Hals, jedes Mal wenn ich von einem Stand zum nächsten husche und man mich vom Weg aus kurz sehen könnte. Ich schaffe es nicht, wieder in sein Blickfeld zu treten. Die Angst von Jahren schlägt über mir zusammen. Dir Felix zu schicken war das Beste, das ich tun konnte.

Ich ducke mich. Aus der Ferne bin ich nur ein Loch in der Menge.

Zum Glück ist er groß. Wäre er mir auf den Fersen, würde ich ihn sehen, aber ich kann ihn nicht erkennen. Das ist noch schlimmer. Ich laufe langsamer weiter, in der Erwartung, dass er mich gleich packt.

Schon sehe ich den Ausgang vom Volksfest, aber euch sehe ich nicht.

Erwartet er, dass wir uns dort treffen? Hat er euch abgegriffen?

Geduckt schleiche ich mich näher – vielleicht versteckt ihr euch, ihr seid schlau.

Ich hoffe, dass ich gleich dein Gesicht sehe. Ich hoffe, dass Felix dich zuerst gefunden hat.

Felix

Als ich Adrian sah, verlangsamte ich meinen Gang. Er saß neben Olli auf der Wiese. Ich wollte nicht auf die beiden zurennen, aber Alisas Zittern ließ mich auch nicht ruhig zu ihnen schlendern. Mit Verzögerung schauten sie auf. Sie schienen ein gutes Gespräch zu führen. Beide sahen so normal aus, dass mir Alisas Verhalten noch unwahrscheinlicher vorkam.

»Wo ist Alisa?«, fragte Adrian.

»Sie wartet auf dich am Ausgang.« Ich sprach den Satz viel langsamer und gelassener aus, als ich mich fühlte – wenn Adrian nicht wusste, wovon ich sprach, würde ich mich nicht zum Affen machen. »Ich soll dir ausrichten: ›Er ist da‹«.

Adrian schaute mich nur an; sein Blick gespannt wie das Luftanhalten nach einem Flötenstück. »Am Ausgang, sagst du?«

Ich nickte.

Er sprang auf und rannte los. Mit Verzögerung sprintete ich ihm hinterher.

»Gleich wieder da«, rief ich der verwirrten Olli über die Schulter zu.

In einem irrsinnigen Tempo schlängelte sich Adrian durch die Menge. Es machte keinen Unterschied, dass er barfuß war und über Schotter und potenzielle Scherben rannte. Er schien es nicht einmal zu bemerken.

Am Ausgang konnte ich Alisa nicht sehen, aber sie hatte uns scheinbar schon erspäht, denn auf einmal rannte sie auf Adrian zu. Noch im Laufen fing sie an zu weinen. Tränen rannen über ihr Gesicht, aber sie versteckte es nicht.

Sie umarmte Adrian und daran, wie weit sie ihre Arme übereinander schieben konnte, erkannte ich, wie stark der Griff ihrer Arme sein musste. Adrians Umarmung dagegen war leicht wie die Worte, die er ihr ins Ohr flüsterte. Ihr Gesicht war vom Weinen so verzerrt, dass ich mir nicht sicher war, ob sie irgendetwas hörte, das er sagte.

Mich nahm sie gar nicht wahr.

Dann schien sie sich ihrer Umgebung wieder bewusst zu werden. Immer noch in der Umarmung öffnete sie die Augen und scannte die Menge ab. Ihr Blick wischte über mich hinweg, bevor er zu mir zurückzuckte.

Danke, formte sie mit den Lippen und zog Adrian zur Haltestelle.

Und ich verstand gar nichts, außer dass ich so sehr Angst hatte wie noch nie in meinem Leben.

Alisa

Wir haben es bis in die S-Bahn geschafft. Jetzt sitzen wir da, und ich halte dich fest. Das Abteil ist fast leer, und das ist schlecht, weil wir uns nicht verstecken können, und gut, weil wir jedes Gesicht sehen und jeden, der einsteigt.

Ich sage dir, dass er nicht kommen wird, um dich zu holen.
Dass ich es nicht zulassen werde.
Ich lasse es nicht zu.
Du sagst vorsichtig: »Ich glaube nicht, dass er da war, Alisa.«
Auf einmal fühlt es sich an, als würdest du mich festhalten und nicht umgekehrt. Sind meine Gedanken wie ein sich bewegender Zug? Oder sind sie wie die Welt, die draußen vorbeigetragen wird?

Die S-Bahn bringt uns näher zu dir nach Hause, aber wir können uns nicht in die Augen schauen.

Felix

Schon wieder das Freizeichen. Obwohl Alisa die letzten fünf Anrufe nicht rangegangen war, wartete ich, bis sich die Mailbox meldete. Erst dann legte ich auf.

»Wieder nichts«, sagte ich zu Olli, die mir von meiner Couch aus zusah, wie ich im Zimmer auf und ab tigerte.

»Sie werden sich schon melden«, sagte Olli. »Jetzt setz dich erst mal hin.«

Sie klopfte neben sich auf das Polster.

Ich sackte darauf. Ich hatte Angst um Alisa – zum ersten Mal in meinem Leben hatte ich Angst um jemand anderen als mich selbst, und es war fast nicht in Worte zu fassen.

»Erzähl mal«, sagte Olli. »Was ist hier los?«

»Ich glaube, Alisa hat ihren Vater gesehen«, sagte ich.

»Warum hatte sie dann solche Angst?«

Ich erzählte ihr von der Misshandlung. Vielleicht war Alisa das nicht recht, aber Olli war meine beste Freundin, und ich musste mit irgendjemandem darüber reden. Als ich fertig war, hatte Olli Tränen in den Augen.

»Das ist so scheißgemein«, sagte sie. »Warum passieren solche Dinge?«

Ich zuckte hilflos die Achseln. »Glaubst du wirklich, es gibt eine Antwort auf diese Frage?«

Olli schüttelte den Kopf und starrte auf ihre Knie. Dann setzte sie sich abrupt auf und strich sich energisch die Tränen aus den Augen.

»Zurück zur Detektivarbeit«, sagte sie, auf einmal doppelt entschlossen. »Warum denkst du, dass sie ihren Vater gesehen hat?«

»Sie hat nur gesagt ›Er ist da‹. Ich wüsste nicht, wen sie sonst meinen könnte. Außerdem ergibt das alles Sinn – weißt du noch, wie sie nicht über ihre Familie reden wollte? Allein, dass sie mir nichts von Adrian erzählt hat.«

»Irgendetwas passt da aber nicht«, sagte Olli und schloss die Augen.

»Wir sollten den Vater anzeigen«, sagte ich und stand wieder auf. »Muss man zur Polizei fahren, oder kann man da anrufen? Und kann ich das machen, oder muss man persönlich betroffen sein?« Mit einem Ruck zog Olli mich aufs Sofa zurück.

»Ich weiß, was nicht passt«, sagte sie. »Adrians Reaktion. Er hat auf mich nicht so gewirkt, als hätte er Angst *vor* jemandem, nur *um* jemanden.«

Sie sah mich eindringlich an.

»Wie meinst du das?«, fragte ich.

»Überleg mal: Wenn es der Vater wäre, dann müsste Adrian doch erst recht Angst vor ihm haben, sogar noch mehr als Alisa. Aber wenn er Angst gehabt hätte, wäre er doch nicht einfach losgestürmt. Er hat sich ja nicht mal umgeschaut.«

»Er ist erst losgerannt, als er wusste, wo Alisa war«, sagte ich langsam.

»Genau.« Olli nickte. »Wenn du also mit jemandem reden solltest, dann mit Adrian.«

Ich seufzte. »Soll ich dir was Schreckliches sagen?«

»Immer raus damit.«

»Ich kann Adrian nicht leiden.«

»Was? Aber er ist doch so lustig.«

»Lustig ist er also auch? Bisher war er nur hypertalentiert, erfolgreich, entspannt, zielgerichtet und Alisas Bruder. Das hat mir schon gereicht.«

»Du Toastbrot«, sagte sie. »Bist du wirklich eifersüchtig?«

Verlegen schaute ich zur Seite. Sie drehte mich an den Schultern in ihre Richtung.

»Du hast eine Ausstellung«, sagte sie. »Du bist feinfühlig, kannst besser kochen als wir alle zusammen und machst ab und zu sogar halbherziges Bauchtraining. Und selbst wenn du das alles nicht könntest, wärst du es wert, dich würdig und geliebt zu fühlen.«

Sie ließ meine Schultern wieder los.

»Muss ich dich jetzt für eine Therapie-Sitzung bezahlen?«, fragte ich.

»Hast du denn irgendetwas zum Bezahlen da?«, fragte Olli.

»Bargeld, Aktien, Goldbarren?«, fragte ich.

»Snickers, Nutella, Schnapspralinen?«

»So Fertig-Zeug hab ich nicht«, sagte ich.

»Immer diese insolventen Hobby-Köche.« Olli seufzte theatralisch. »Dann geht das wohl aufs Haus.«

18. AUGUST

Felix

Es war Nacht, und ich konnte nicht schlafen. Die Ruhe war mit Olli gekommen und gegangen, und die Minuten schlichen vorbei. Immer wieder drückte ich auf mein Handy-Display, und das blaue Licht blendete mich. Keine Nachricht. Die Luft in meinem Zimmer war heiß und unmöglich einzuatmen.

Als es gar nicht mehr ging, zog ich mich an und ging nach draußen. Ich wusste, ich würde nicht schlafen können, weil es in meinem Kopf weiter kreiste und kreiste und kreiste. Außer mir war niemand unterwegs, oder ich sah sie nicht. Meine Beine brachten mich auf den Olympiaberg, in halsbrecherischem Tempo. Meine Lunge war kalt, als ich oben ankam. Ich setzte mich auf einen der Steine dort – jetzt kam doch ein Jogger vorbei – und betrachtete die Lichter der Stadt.

Keine Ahnung, wie lange ich dort saß. Es war noch Sommer, aber ich trug nur ein Shirt.

Zuerst betäubte die Kälte meine Finger, dann floss sie durch die Ärmel und kroch über meine Brust, aber sie schaffte es nicht, in meinen Kopf einzudringen. Das Signal meines Körpers war fern, wie die verzerrten Funksprüche eines U-Boots und unverständlich wie Walgesang.

Ich wollte wütend werden, und ich war auch wütend auf sie,

aber es klappte nicht so richtig, weil ich wusste, dass ich die Wut nur wollte, damit die Angst verschwand.

Irgendwann ging ich zurück. Die Luft in meiner Wohnung war warm und muffig. Meine Haut und die Schichten darunter meldeten sich mit einem Kribbeln zurück, und ich spürte, dass ich tatsächlich da war. Frierend, kribbelig, allein.

Ich legte mich wieder ins Bett, in der Hoffnung auf Schlaf, Ohnmacht, irgendeine Betäubung vor der Angst.

Felix

Ich hatte nicht schlafen können. Also war ich aufgestanden und zu Alisas Wohnung gefahren, wo ich Sturm klingelte. Keine Antwort.

Adrians Wohnung. Sturm klingeln. Wieder nichts.

Schließlich ging ich zu meinem üblichen Malplatz. Statt zu malen, setzte ich mich neben den Buchsbäumen auf den Boden. Die Scheißbuchsbäume mit ihren Erinnerungen. Irgendwann musste Adrian ja vorbeikommen.

Falls sie nicht schon längst weg waren. Der Gedanke traf mich ohne Vorbereitung. Alisa war gestern so außer sich gewesen – warum nicht schon früher gehen?

Ich schloss die Augen. Natürlich wusste ich nicht, ob sie wirklich mitgehen wollte, aber ich war zu müde, um mich gegen den Gedanken zu wehren.

Vielleicht war es sinnlos, dass ich hier saß, aber der Ort war genauso schlecht wie jeder andere. Mehr erschöpft als entschlossen blieb ich sitzen.

Als ich dann leise Schritte hörte, die Augen öffnete und seine nackten Füße vor mir sah, freute ich mich fast, ihn zu sehen.

»Du warst nicht im Café«, sagte Adrian. Seine Stimme klang wie Splitter.

Warum würde er mich suchen? Ich rappelte mich auf.

Man sah ihm an, dass er schlecht geschlafen hatte, dabei war er vermutlich der Typ, der überall schlafen konnte. Sein Hemd war schmutzig und zerknittert, seine Haare ungewaschen.

Ich sah genauso beschissen aus, und er erkannte es mit einem Blick. Vielleicht war er von allen Menschen derjenige, der mich gerade am besten verstand. Seltsamer Gedanke.

»Es ist wegen Alisa«, fing er an und schaffte es nicht, mir in die Augen zu schauen.

»Was war gestern mit ihr los?«, fragte ich.

Sein Blick wich meinem weiter aus. Je länger er um Worte rang, desto flacher wurde mein Atem. Ich wollte ihn packen und schütteln, damit er eine Erklärung ausspuckte, die mich beruhigte, sogar wenn es eine war, die ich nicht hören wollte.

»Sie vertraut dir, weißt du?«

Plötzlich schaute er mich an, und die Ähnlichkeit traf mich direkt in den Magen. Derselbe feste, offene Blick.

»Bist du ihr Vertrauen wert?«

Es war kein zwanzigjähriger Flötist, der mir diese Frage stellte. Es war ein altes Wesen, müde gelaufen und verletzt, aber mit eiserner Entschlossenheit.

»Ja«, sagte ich.

Etwas in seinem Blick entspannte sich, und dann schwiegen wir ein ehrliches Schweigen, als hätten wir eine Grube ausgehoben und würden von verschiedenen Seiten hinunterschauen, wie tief sie war.

»Hast du einen Zettel?«, fragte Adrian.

Ich schüttelte den Kopf, und er kramte ein zusammengeknülltes Papier aus seiner Hosentasche und kritzelte etwas darauf.

Eine Adresse, erkannte ich, als er mir den Zettel in die Hand drückte.

»Bring sie da hin«, sagte Adrian. »Sonst weiß ich auch nicht weiter.«

»Wo ist sie gerade?«, fragte ich.

Den Zettel mit Adrians Handschrift in der Hand flammte meine Angst von Neuem auf. Wie schlimm musste es um Alisa stehen, damit Adrian *mich* um Hilfe bat?

»In der Bib, um sich abzulenken. Sie fühlt sich dort sicher, weil man nur mit Studentenausweis reinkommt.«

Alisa

Ich sitze in der Bibliothek, und das ist auch schon alles, was ich dort tue. Eigentlich sollte ich Biochemie lernen. Eigentlich sollte ich überhaupt nicht hier sein. Eigentlich sollte ich mich in einem sicheren Raum einschließen oder nach dir schauen.

Auf einmal höre ich Tumult.

»Sie können hier nicht durch!«, kreischt eine Stimme.

Dankbar, eine Pause machen zu können, lausche ich dem Drama. Ich sitze auf der ersten Empore, deshalb kann ich nichts sehen.

»Gehen Sie sofort raus«, schreit die Stimme. Vermutlich der Bibliothekar. »Ich rufe die Polizei!«

Wie aufs Stichwort schaltet sich meine Angst an. Ist er das?

Und dann – wie Schneeflocken auf Brandwunden – erkenne ich die Stimme, die antwortet.

»Machen Sie das.«

Ich stolpere zur Brüstung.

Felix steht dort unten und dreht sich im Kreis, während er die Gesichter der Lernenden abscannt. Alle starren ihn an, während der Bibliothekar weiter zetert.

»Alisa?«, ruft er schließlich. Ziemlich laut. Noch einmal: »Alisa?«

»Hier«, sage ich leise, weil meine Stimme auf einmal schwach ist.

Er sieht mich, strahlt (woher nimmt er die Kraft?) und kommt die breiten Stufen hoch.

Schon steht er vor mir – heute wirkt er riesig.

Meine Knie zittern. Er fasst mich behutsam an den Schultern, als müsste er meinen Körper zusammenhalten.

In seinen Pupillen spiegelt sich eine verzerrte Maske. Mein Gesicht.

»Sind das deine Sachen?«, fragt er, auf einmal in Bibliotheks-Flüsterlautstärke.

Immer noch lässt er mich nicht los.
Ich nicke.
»Okay. Warte kurz.«
Er hält meinen Jute-Beutel an die Tischkante und schiebt mit dem Unterarm alles auf einmal rein, bevor er die Tasche schultert. Eine Sache von Sekunden, und schon ist er wieder bei mir und bietet mir seine Hand an.
»Alisa?«
Mir ist schwindelig. Ich habe Angst.
Wohin will er?
Sein Blick ist weich.
»Kommst du?«
Kommst du mit?
Kommst du mit mir?
Kommst du mit mir heim?

Felix

Sie war wackelig auf den Füßen, als wäre das Adrenalin in ihrem Körper immer noch nicht abgebaut. Ich hielt ihre Hand fester und warf ihr immer wieder Blicke zu, um sie aufzufangen, wenn sie fiel. Der Bibliothekar telefonierte wild gestikulierend mit jemandem, aber niemand hielt uns auf.

Ich hatte draußen im Halteverbot geparkt. Alisa runzelte mühsam die Stirn, als ich neben dem Auto stehen blieb und es aufschloss.

»Seit wann hast du ein Auto?«, murmelte sie.

»Das gehört David«, sagte ich und stellte ihren Rucksack in den Kofferraum.

»Also redest du wieder mit ihm?«

»Eigentlich nicht«, sagte ich und schlug den Kofferraum zu. Wir stiegen ein, und ich gab Gas.

Ich fuhr zu schnell – natürlich. Nicht über das nachzudenken, was ich tat, ging nur, wenn ich ständig in Bewegung blieb. Ständig den nächsten Schritt tat, bevor ich über den letzten nachdenken konnte.

War ich wütend? War ich besorgt? Sah Alisa aus, als würde sie in Kürze zusammenklappen?

Ich gab mehr Gas.

»Wohin fahren wir?«, fragte Alisa. Sie stellte einfache Fragen. Nicht: Warum hast du mich aus der Bibliothek gezerrt? Nur: Wohin fahren wir?

Anstelle einer Antwort presste ich die Kiefer zusammen. Die Strecke hatte ich mir eingeprägt, damit sie die Adresse nicht sah. Wenn die so wichtig war, wie Adrian sagte, war es wohl besser, wenn sie sie nicht schon beim Einsteigen erkannte. Falls Adrian recht hatte.

Irgendwann machte ich das Radio an – ich stellte ihr keine der

Fragen, auf die ich so gerne eine Antwort gehabt hätte. Mittlerweile hatte ich auch Angst vor den Antworten.

Was war passiert? Wann hatte Alisa sich so verändert? Oder war sie schon immer so gewesen? Ihr geschockter Gesichtsausdruck an ihrer Haustür fiel mir ein.

»Kannst du ein bisschen langsamer fahren?«, fragte Alisa. »Deine Geschwindigkeit macht mir Angst.«

Am liebsten hätte ich geschrien, aber ich bremste nur herunter.

Das Radio brachte drei Mal Nachrichten, bis das Ausfahrtsschild kam, bei dem wir abfahren mussten. Am Anfang hatte ich mir noch Themen für ein Gespräch aus der Nase gezogen, aber je näher wir dem Ziel kamen, desto kürzer wurden Alisas Sätze.

Als ich mich in der Abbiegerspur einordnete, sah ich aus den Augenwinkeln, wie Alisa gefror. Ihr Körper hing steif im Sitz. Also hatte Adrian recht. Zumindest bedeutete die Adresse irgendetwas.

Es fiel mir schwer, nicht schneller zu fahren.

Ein paar Kilometer Bundesstraße, dann bog ich auf eine kleinere Straße ein. Wir überquerten einen Bahnübergang. Viele Bäume.

Alisa sagte nichts. Ich wusste nicht einmal, ob sie atmete.

Ich fuhr langsamer – weil wir in einer Dreißiger-Zone waren und weil ich das Straßenschild suchte.

»Du willst hier rechts«, sagte Alisa mit fast verschluckter Stimme. Und tatsächlich: Da war das Schild.

Ich kannte auch die Hausnummer, aber das Suchen war unnötig.

Ganz am Ende der Straße.

Das war unser Ziel.

Langsam ließ ich das Auto ausrollen. Es rollte bis in die Einfahrt.

Ein großes Grundstück, das sah man sofort. Verwildert, verwuchert. Und unter all dem Grün: die schwarzen Reste eines Hauses. Es war verkohlt und vermodert. Man konnte noch ahnen, wie groß es gewesen sein musste, vor dem Brand. Denn es hatte gebrannt, lange und heftig, das sah man sofort.

Ich drehte mich von dem Haus zu Alisa. Sie schaute auf ihre Hände. Ihre Atmung ging flach.

»Ich will nicht aussteigen«, sagte sie.

»Warum nicht?«, fragte ich.

»Ich kann nicht.«

Waren wir umsonst hierhergefahren? Nur damit alles blieb wie die ganze Zeit schon? Die Hoffnungslosigkeit platzte vor mir auf wie ein Airbag.

Ich drehte mich zu ihr und nahm ihre Hände. Nach einem Moment sah sie auf.

»Ich liebe dich«, sagte ich, so ruhig ich konnte. »Und ich habe dich hierhergebracht, weil Adrian gesagt hat, das könnte helfen. Ich weiß nicht, was ich sonst noch machen soll. Das hier macht mir Angst. Ich halte es nicht aus, dich so verstört zu stehen. Ich will, dass es dir gut geht. Und ich kann dich nicht zwingen auszusteigen, aber bitte, bitte steig aus.«

Sie zog ihre Hände aus meinen und starrte aus dem Fenster. Dann drehte sie ruckartig den Kopf zu mir um – wie wenn sie zur U-Bahn rannte und sich umdrehte, um zu sehen, ob ich ihr noch nachschaute. Ihr Blick war wie eine Frage. Eine lebenswichtige, offen verzweifelte Frage.

Und ich schaute zurück mit der Hoffnung, dass sie in meinem Blick eine Antwort fand.

Alisas Gurt klickte. Warme Luft strömte in den Wagen, als sie die Tür öffnete und offen stehen ließ. Auch ich stieg aus, blieb aber beim Auto, während sie zu dem Haus lief. Sie blieb kurz an der Stelle stehen, wo der Eingang gewesen sein musste, dann verschwand sie in dem Grün, irgendwo nach hinten in den Garten.

Du wartest einfach, sagte ich mir. Du wartest einfach, bis sie wiederkommt.

Die Luft war warm. Von den Nachbarhäusern hörte man das entzückte Jubeln kleiner Kinder, die mit einem Wasserschlauch spielten. Nur dass die Geräusche hier auf dem Grundstück leiser zu sein schienen, als wäre die Hecke aus Watte statt aus Blättern. Es war abgeschieden und – obwohl es in dem Grün offensichtlich von Leben schwirrte – einsam.

Sie kam und kam nicht.

Als ich mich schon vom Auto abstieß, um sie suchen zu gehen, tauchte sie wieder auf.

Mein erster Gedanke war, dass Adrian einen schrecklichen Fehler begangen hatte.

Ihr Gesicht war verzerrt, kaum zu erkennen. Sie stolperte auf mich zu, eine Hand in meine Richtung gestreckt, die andere fest auf den Mund gepresst. Ich machte zwei Schritte auf sie zu, um sie aufzufangen.

Noch nie hatte sie sich in meinen Armen so schwer angefühlt, aber sie hatte sich auch noch nie mit ihrem ganzen Gewicht gegen mich gelehnt, als könne sie es selbst nicht tragen.

»Danke, dass du mich hergebracht hast«, hörte ich sie mit einer geliehenen Stimme sagen, dann fing sie an zu zittern, heftig, plötzlich, am ganzen Körper, ich konnte sie kaum halten.

Ich hob sie hoch, dankbar für jede extra Wiederholung beim Training, die Olli mich hatte machen lassen, und trug sie zum Beifahrersitz.

Sie rutschte auf das Polster.

Vorsichtig zog ich den Gurt über ihre Brust und schnallte sie an.

»Ich bringe dich jetzt nach Hause«, sagte ich sanft.

»Nein.« Sie hielt meine Hand fest. Mit zusammengebissenen Zähnen unterdrückte sie das Zittern. »Ich muss zu Adrian«, presste sie hervor.

»Du musst dich ausruhen«, sagte ich. »Und dann verdiene ich ein paar Antworten.«

Mühsam nickte sie. »Ich verspreche dir, dass ich es dir erkläre. Nur bitte nicht heute.«

Und was sollte ich darauf sagen? Wo ich doch schon so erleichtert war, dass das Zittern aufgehört hatte.

»Okay.«

Sie lächelte mich an. Es war das erste Lächeln seit Ewigkeiten, und es traf mich unvorbereitet, direkt an der Stelle, wo die Rippen sich trennen.

Ich wendete den BMW, und Alisa drehte sich zu dem Haus um. Ihr Blick fixierte die schwarzen Balken und die Hecken, bis wir um die Ecke bogen. Dann zog sie die Beine an, schlang die Arme um die Knie und schlief fast augenblicklich ein. Ein Totenschlaf. Kein Hupen, kein Fahrmanöver weckte sie auf der Rückfahrt, die fast eine Stunde länger als die Hinfahrt dauerte, weil ich mich dieses Mal an die Geschwindigkeitsbegrenzungen hielt.

Als wir vor Adrians Wohnung ankamen und sie immer noch einem Koma gleich schlief, wäre ich lieber stundenlang um München im Kreis gefahren, als sie zu wecken, aber ich respektierte ihre Bitte.

Ich beugte mich hinüber, aber sie hatte vom Stillstand des Autos bereits die Augen geöffnet.

Mit einem Blick, den ich nicht deuten konnte, sah sie mich an.

»Danke«, sagte sie. »Wartest du? Es dauert nicht lange.«

Ich nickte, und sie stieg aus.

Die Haustür fiel hinter ihr ins Schloss.

Alisa hatte mir Antworten versprochen, nur nicht heute, aber als ich da so saß, mit den Fingern auf das Lenkrad trommelte und Ausschau nach Polizisten hielt, die Parkausweise kontrollierten, spürte ich, dass ich die Antworten heute brauchte, genau jetzt.

Und wenn Alisa sie mir nicht geben konnte, musste ich eben meinen Freund Google fragen.

Alisa

Felix hat mich an der Straße vor deinem Haus rausgelassen, und ich laufe die Stufen zu deiner Wohnung nach oben.
Jedes Mal, wenn ich hier stehe, ist es dieselbe Szene:
Du öffnest die Tür und siehst mein Gesicht.
»Also«, fragst du. »Warst du dort?«
Habe ich die Tür des Autos aufgestoßen?
Habe ich die Gummisohle meines Turnschuhs auf das Pflaster gesetzt?
Habe ich kurze Schritte Richtung Garten gemacht, wo es immer noch nach Rosen roch?
Habe ich kurz vor der Tür verharrt, bevor es mich nach hinten gezogen hat, in unser wildes Reich?

War ich dort?
In der Kastanienstraße 21?
Bei der Ruine?
Wo das Gras noch höher geworden ist? Wo die Ameisen regieren und die Heuschrecken zirpen?
Wo ich nach den Schritten lauschte, die hinter mir auftauchen mussten? Nach dem packenden Arm?

Ja.

Und als ich dort stand und die Schatten auf dem Gerippe des Hauses betrachtete, kam ein Wind auf. Ein Wind, der nach Rauch und Asche schmeckte.
Auf einmal wusste ich es wieder. Etwas, das ich verdrängt hatte. Etwas, das mich wütend auf dich machte. Etwas, das meine Angst mit sich ins Pflanzenwild riss.

Felix

Alisas Vater war tot.
Ich hatte ihre Heimatstadt gegoogelt und den Namen »Herre«.
Ich hatte eine Todesanzeige gefunden.

> Bei einem Unglück
> verstarb unser Mann und Vater
>
> **Martin Herre**
>
> – Bauunternehmer –
>
> In stiller Trauer:
> Deine Familie
> Erika, Alisa und Adrian

Es war erst ein Jahr her.
Kurz nach Alisas Abi und bevor sie nach München gezogen war.
Ich war vor allem: überrascht. Verwirrt.
Es gab überhaupt keinen Sinn. Warum hatte sie mich angelogen? Hatte sie das? Ihre Angst – die Panikattacke auf dem Volksfest – hatte echt gewirkt.
Und was hieß »bei einem Unglück«?
Warum hatte sie mir das nicht erzählt?
Auf der Suche nach Antworten hatte ich nur noch mehr Fragen bekommen.

Alisa

»Er ist tot«, sage ich.

»Also erinnerst du dich wieder«, sagst du. »An wie viel?«

»An alles.«

Du sinkst auf die Matratze. »Oh Gott. Ich wusste nicht, was ich tun sollte. Es war gruselig, dich zu sehen. Was dachtest du, was passiert ist?«

»Dass er den Brand überlebt hat und uns auf den Fersen ist.«

»Wäre er auch gewesen.«

»Er ist tot«, wiederhole ich.

»Ja«, sagst du und stößt lachend die Luft aus.

»Deshalb bin ich gegangen«, sage ich. »Deshalb habe ich mich von jedem Menschen abgekapselt.«

Ich reibe meine Fingerknöchel. Hände, immer Hände.

»Ich bin ja wieder hier«, sagst du.

Meine Fingerknöchel sind rau. Hautschüppchen, die sich ablösen. Ein Fakt aus der Dermatologie fällt mir ein: Die Haut erneuert sich durchschnittlich alle 28 Tage komplett. So viele Alisas aus Hautschuppen-Mosaiken, die über die ganze Stadt verteilt sind.

»Deshalb habe ich angefangen, Medizin zu studieren«, sage ich. »Um es wiedergutzumachen.«

Du kommst auf mich zu und legst mir die Hände auf die Schultern. »Wir sind verdammt frei, Alisa. Verstehst du es jetzt endlich?«

Und ein Wissensfetzen aus Physik: Hautschuppen sind Materie. Materie ist Energie. Energie kann man nicht vernichten. Die Naturgesetze gelten vom Multiversum bis in den Neuronenklumpen in unserem Kopf, wo sie das Bewusstsein berühren wie Sand die Flut.

Wenn das Bett warm ist, nachdem Felix schon aufgestanden ist. Ein vertrocknetes Blatt, das Richtung Boden segelt. Und irgendwo ein Partikel, der mal zu Martin gehört hat.

Ich schüttele deine Hände ab. Gerade will ich keine Berührung, ich verdiene keine Berührung. Ich ekele mich vor mir selbst, vor diesem Knochensack aus Haut. Diesem komplizierten organischen System aus halb durchlässigen Membranen, verschlungenen Bauplänen, Verknüpfungen, Gelenken, Einkerbungen und Falten, Mutationen, Dreck unter Fingernägeln, dieser Diktatur aus Zellen mit einem unbekannten Gesamtherrscher. Und vor dir ekele ich mich auch.

Ich stolpere aus der Tür. Zum ersten Mal, seit du wieder da bist, orientierungslos.

Felix

Sie stolperte aus der Wohnung und fiel auf den Beifahrersitz. Auch das letzte bisschen Energie schien jetzt verbraucht. Jede Frage, die ich hatte, schluckte ich herunter. Der BMW rollte uns nach Hause, der Aufzug brachte uns in den elften Stock, der Schlüssel schloss die Tür zu meiner Wohnung auf, sie fiel allein ins Bett, und ich deckte sie zu.

Als ich mir sicher war, dass sie schlief, fuhr ich noch einmal in die Garage und brachte den Wagen zu David zurück.

Ich parkte das Auto vor der Garage, dann stand ich vor dem Briefkasten mit seinem Namen, den Schlüssel schon in der Hand.

Meine Wut auf ihn war schon lange verschwunden. Wenn ich seine Anrufe bisher ignoriert hatte, dann aus einer kindischen Dickköpfigkeit heraus und wegen des Gefühls, endlich mal im Recht zu sein.

Als ich ihn völlig durch den Wind angerufen hatte, hatte er mir seinen BMW ohne Nachfragen überlassen – jetzt könnte ich den Schlüssel einfach einwerfen, und es bliebe dabei.

Stattdessen drückte ich auf die Klingel, nur einmal, nur ganz kurz, und Wunder über Wunder, David war zu Hause und öffnete die Tür.

»Hey«, sagte er mit besorgtem Gesicht. »Alles okay?«

Wortlos drückte ich ihm den Schlüssel in die Hand. Dann – nach kurzem Zögern – umarmte ich ihn.

Er zog mich fest an sich und strich mir mit der schlüsselfreien Hand über den Rücken. Seine Oberarme waren enorm.

»Schon gut, Bro«, sagte er. »Das wird schon wieder.«

Obwohl er keine Ahnung hatte, warum ich das Auto gebraucht hatte, merkte ich, wie ich ihm glaubte.

Als ich ihn losließ, redeten wir nicht viel. Wir luden nur mein Rennrad ins Auto, und er fuhr mich zurück zu meiner Wohnung.

19. AUGUST

Felix

Als sie nach vierzehn Stunden immer noch schlief, ging ich leise aus dem Haus, um einzukaufen. Bei meiner Rückkehr fand ich einen kleinen Zettel auf dem Bett. *Bin Laufen und bald zurück.* Eine halbe Stunde später ging das Schloss, und ich hörte, wie sie im Flur ihre Schuhe auszog.

Sie kam ins Wohnzimmer, sie trug ihre silberne Jacke. Ihre Beine waren wackelig, ihre Wangen waren gerötet. In der Küche setzte sie sich auf einen Stuhl und blieb dort sitzen. Sie war erschöpft, aber sie zeigte es nicht.

Als sie lange genug gesessen hatte, stand sie auf und trank Leitungswasser aus dem Hahn mit lauten Schlucken.

»Also«, sagte sie und drehte sich zu mir um.

An ihrem Gesichtsausdruck erkannte ich, dass sie sich für eine Erklärung rüstete.

Alisa

Ich bin mir unsicher, wie ich anfangen soll, aber bevor ich den Mund öffnen kann, sagt Felix: »Dein Vater ist tot, stimmt's?«
 Mein Mund ist trocken vor Sprachlosigkeit. Damit habe ich nicht gerechnet.
 Das ist deine Schuld. Du hast mich in diese Situation gebracht.
 »Woher weißt du das?«, frage ich. Leugnen macht wenig Sinn.
 Er seufzt und schaut mich direkt an. Ich fühle das Kribbeln seines blauen Blicks.
 »Ich habe gegoogelt«, sagt er.
 »Oh«, sage ich. Der Laut, rund wie eine Murmel, bleibt in einer Luftfalte liegen.
 Felix wartet ab.
 »Ja«, sage ich. »Er ist tot.«
 »Wie ...?«
 »Ein Feuer.«
 Felix wartet bewundernswert ruhig, bis ich weiterrede.
 »Martin hat das Haus selbst geplant. Es war sein Modellhaus und komplett aus Holz. An dem Tag – es war gar nicht so heiß – sind meine Mutter und ich nach Frankfurt gefahren. Adrian und Martin sind zu Hause geblieben, aber Adrian war unterwegs, als das Feuer ausbrach. Martin hat in seinem Zimmer geschlafen. Als die Feuerwehr kam, war er wahrscheinlich schon erstickt.«
 Ich habe »wahrscheinlich« gesagt, weil ihn das über die Möglichkeit nachdenken lässt, dass er nicht bewusstlos war, bevor die Flammen an ihm gebissen haben. Weil er dann ein bisschen weniger über das nachdenkt, was ich davor gesagt habe. Ganz ruhig schaue ich ihn an, dabei schlägt mein Herz so schnell, dass ich das Bedürfnis habe, mich zu bewegen. Obwohl ich nichts Unwahres gesagt habe, habe ich ihn mit den Lücken zwischen meinen Sätzen angelogen.

»Warum hast du mir das nicht erzählt?«
»Ich habe mich nicht erinnert. Bis gestern.«
Felix nickt, denkt nach.
»Aber das ist nicht alles, oder?«
Er hat die Frage sehr vorsichtig gestellt; er traut meinem Versprechen auf Antworten noch nicht.
Je länger das Gespräch mit Felix dauert, desto wütender werde ich auf dich. Du bist schuld daran, dass ich mir nicht mehr ins Gesicht schauen kann. Du bist schuld daran, dass ich Felix schon wieder die wichtigste Information vorenthalten muss.
»Na ja«, sage ich langsam, als fiele es mir schwer. »Wie du dir vorstellen kannst, hat es mir überhaupt nicht leidgetan, dass das Haus abgebrannt ist.«
Ich schaue zu Boden, und natürlich fragt er nicht weiter nach, sondern legt nur den Arm um mich. Tränen treten mir in die Augen, aber nicht wegen Martin, sondern wegen Felix. Allein sein Geruch ist wie eine Umarmung.

22. AUGUST

Felix

Wie die letzten Tage war ich vor ihr wach. Ein Blick aufs Handy: neun Uhr. Ich schlich mich in die Küche und bereitete das Frühstück vor. Der Frischkäse, das Brötchen, die Erdbeeren – alles auf einem Teller, ohne dass sich die Dinge berührten. Sie hatte es nie gesagt, aber wenn ich ihr etwas servierte, schob sie die Lebensmittel immer auseinander, bevor sie mit dem Essen anfing. Daneben eine Schale pappsüße Cornflakes.

Vorsichtig drückte ich mit dem Ellenbogen die Tür nach unten. Ein Streifen Licht malte sich ins Zimmer.

»Hallo«, sagte sie. Die Morgen-Stimme tief und kratzig.

Ich schob die Tür ganz auf. »Hi. Frühstück.«

Manchmal wenn ich sie sah, wurden Wörter und Spucke knapp, und dann kamen solche Sätze heraus.

Sie drückte sich an der Wand nach oben zum Sitzen. Die Müdigkeit hing schwer an ihr wie nasse Kleidung.

Ich stellte das Tablett zwischen uns aufs Bett und zog dann langsam die Rollos nach oben.

»Stopp«, sagte sie auf halber Höhe. »Zu viel Licht.«

Ich drehte mich zu ihr um und sah ihr Gesicht. Trotz drei Tagen im Schlafanzug hatte sie tiefe Ringe unter den Augen.

»Du hast schlecht geschlafen«, stellte ich fest und setzte mich neben sie aufs Bett.

»Geht«, sagte sie und küsste mich mit einem müden Lächeln auf die Wange, bevor sie nach vorne zu dem Tablett rutschte. Stumm beobachtete ich sie, wie sie Frischkäse auf eine Ecke Brötchen schmierte, eine aufgeschnittene Erdbeere darauflegte und abbiss. Immer nur ein Bissen. Ich feuchtete meinen Mund mit Milch an.

»Was machen wir heute?«, fragte ich, bevor ich vorsichtig hinterherschob: »Triffst du heute Adrian?«

Sie überging meine zweite Frage, so wie sie es jeden der letzten Tage getan hatte.

»Ich würde vorschlagen, wir bleiben einfach zu Hause«, sagte sie und lehnte sich an meine Schulter. Ihr Körper war unerwartet warm. Eine Wärme, die in meine Haut gesickert war, während der letzten Tage, die wir ununterbrochen zusammen verbracht hatten. Olli hatte ohne Zögern alle meine Schichten im Café Carlo übernommen oder umverteilt.

Irgendwo im Flur klingelte ihr Handy, aber sie dachte gar nicht daran aufzustehen. Nach dem Frühstück blieb sie halb auf, halb neben mir liegen, dann zog sie mich mit Decke zum Sofa und schaltete den Fernseher an, wo der Rest des Tages dahinglitt.

Irgendwann klingelte mein Handy: eine unbekannte Nummer. Ich ging ran.

»Hallo?«, sagte ich.

»Hey. Hier ist Adrian.« Seine Stimme klang, als würde er auf seiner Unterlippe kauen. »Ich habe die Nummer von Olli.« Er räusperte sich. »Ist Alisa da? Irgendwie geht sie nicht an ihr Handy.«

»Jap«, sagte ich und streckte Alisa das Handy hin. Sie sah auf, sah auf das Handy, raffte die Situation und schüttelte heftig den Kopf.

»Also … äh nein«, sagte ich. »Sie muss gerade gegangen sein.«

»Sie will nicht mit mir reden, oder?«, fragte Adrian.

»Ja, sorry.«

»Danke, Mann«, sagte Adrian müde und legte auf.

Verwirrt warf ich Alisa einen Blick zu, aber sie schaute so verbissen auf den Bildschirm, dass ich nicht nachfragte. Alisa wollte nicht mit Adrian reden. Vielleicht waren sie zerstritten – wie der mysteriöse Streit, wegen dem sie sich ein Jahr lang nicht gesehen hatten. Natürlich hätte ich Alisa danach fragen können, und ich hatte darüber nachgedacht, aber wenn ich eines verstanden hatte, dann, dass sie die Erinnerungen wegsperrte, weil es ihr wehtat, darüber zu sprechen.

Ihre Haut schien dünner geworden zu sein; die schillernde Schicht, die sie in den vergangenen Wochen umgeben hatte und durch die ich sie kaum erkennen konnte, war matt und brüchig. Jetzt musste ich nur den Arm ausstrecken, um sie zu berühren.

Ich tat es. Sie schmiegte sich in meine Ellenbeuge. Machte sich ganz klein, dieser Knoten zitternder Muskeln, und legte ihr Ohr auf meine Schulter.

23. AUGUST

Felix

Derselbe Tagesablauf: wie eine Tote schlafen. Ein bisschen essen. Fernsehen. Schlafen. Kuschel-bedürftig.

Als Alisa nachmittags auf der Couch eingedöst war, radelte ich zu Olli, die zwar auf dem Sprung ins Café war, aber ihrer Nachricht nach »gerne ein paar Minuten zu spät kam«.

Olli öffnete mir auf mein Klingeln die Tür. Sie trug eine zerrissene Jeans mit Netzstrumpfhose darunter und einen hohen Pferdeschwanz. »Immer hereingehüpft«, sagte sie.

»Geht das okay im Café?«

»Ach, ich hab Nina schon Bescheid gesagt. Und ich habe jetzt auch kein Problem damit, noch eine halbe Stunde auf der Couch rumzuhängen, statt mir die Hacken abzulaufen.«

Sie ging mir voran in die Küche ihrer Dreier-WG, die mit den Fähnchen an der Decke, den bunten Kissen auf dem reingequetschten Sofa und den großen Keksdosen urgemütlich aussah.

»Tee?«, fragte sie.

»Bist du schon im Barista-Modus?«

»Hängt davon ab, ob du mir Trinkgeld gibst.«

Sie stellte den Wasserkocher an und drehte sich zu mir um. »Na Toastbrot, warum siehst du so angeknabbert aus? Wegen Alisa? Ich bin ganz Ohr.«

Ich setzte mich auf das Sofa. »Gerade geht's schon wieder mit Alisa. Aber ich verstehe nicht, was überhaupt los war.«

Olli lachte. »Wird das jetzt ein Olli-erklärt-Felix-die-Mädchen-Gespräch?«

»Ich hoffe auf ein Olli-erklärt-Felix-Alisa-Gespräch.«

Sie goss das Teewasser auf und lächelte mich an. »Ich gebe mein Bestes.«

Ich erzählte ihr von dem Brand des Hauses, dass ich herausgefunden hatte, dass der Vater tot war, und dass sie zu Hause herumhing wie depressiv.

»Diese Geschichte wird ja immer krasser«, sagte Olli, als ich fertig war. »Jetzt macht ihre Angst vor dem Feuer erst recht Sinn.«

»Das mit dem Feuer schon«, sagte ich. »Aber das auf dem Rummel überhaupt nicht.«

»Wie meinst du das?«, fragte Olli und reichte mir eine Tasse.

»Also entweder gibt es einen anderen ›Er‹, vor dem Alisa Angst hat, und ich habe nie etwas von ihm mitbekommen«, sagte ich. »Oder sie hat tatsächlich vor ihrem Vater Angst gehabt.«

»Der tot ist«, sagte Olli. Sie setzte sich mit ihrer eigenen Teetasse neben mir aufs Sofa. Durch die Netzstrumpfhose sah ich ihre braunen Beine.

»Genau«, sagte ich. »Also hat sie mich angelogen. Ich verstehe nur nicht, warum. Sie kann ja nichts dafür.«

»Warum denkst du, dass sie gelogen hat?«

»Sie hat gesagt, sie konnte sich nicht daran erinnern. Aber wie kann man denn vergessen, dass der eigene Vater verbrannt ist?«, fragte ich. Eigentlich eine rhetorische Frage.

»Jetzt erinnert sie sich wieder?«, fragte Olli und fixierte mich.

»Seit wir bei dem Haus waren.«

»Dem abgebrannten Haus?«

Ich nickte.

»War sonst noch irgendetwas komisch?«, fragte Olli.

Ich zuckte die Achseln. »Seit dem Feuer ist alles komisch. Weißt du noch, als sie das Messer mitgenommen hat? Sogar Adrian hat sich Sorgen um sie gemacht.«

Olli dachte nach. Um den Hals trug sie eine goldene Kette mit winzigem Anhänger, an dem sie jetzt herumspielte. Das Gold passte gut zu ihrer gebräunten Haut.

»Glaubst du, dass sie sich rausreden wollte, als sie sagte, sie hätte es vergessen?«

»Nein«, sagte ich. Sie hatte es ehrlich und ruhig gesagt.

»Ehrlich gesagt, glaube ich nicht, dass ›vergessen‹ das richtige Wort ist«, sagte Olli. »Ich tippe eher auf ›verdrängt‹.«

»Das ist unlogisch, Olli«, sagte ich. »Der Vater hat ihnen wehgetan – warum sollte sie sich einbilden, dass er wieder da ist?«

Eine Falte grub sich in Ollis Stirn.

»Menschen sind nicht ›unlogisch‹«, sagte sie und malte die Anführungszeichen in die Luft. »Sie handeln aus Gründen, die vielleicht nur sie kennen, und dann macht es von außen für eine andere Person mit anderen Gründen – und ja, damit meine ich *dich* – keinen Sinn. Aber das heißt nicht, dass die Person ›unlogisch‹ handelt.«

»Wie meinst du das?«

»Hast du eine Ahnung, wie es sich anfühlt, wenn man Angst hat, nach Hause zu gehen?«, fragte Olli. »Wenn die Person, die einen beschützen soll, die größte Gefahr ist? Wenn ...«

Ich hob abwehrend eine Hand. »Ich hab's kapiert, Olli: Ich habe keine Ahnung.«

»Gut«, sagte sie. »Und jetzt stell dir vor, du hattest Jahre voller Angst und Schmerz und Vorsicht, bist endlich davon losgekommen, läufst weg, willst dich an nichts erinnern, kommst langsam davon los – und dann steht auf einmal eine Person vor dir, vor der du nicht weglaufen willst, aber die alle Erinnerungen zurückbringt.«

»Und du meinst, deswegen hat sie so was wie einen Flashback bekommen und sich wieder an die Zeit erinnert, als sie zusammenhalten mussten?«

»Ich meine gar nichts«, sagte Olli. »Aber ich kann mir so etwas vorstellen, ja. Genauso gut kann sie von dem Hausbrand getriggert worden sein.«

Ich lehnte mich zurück. »Ist so etwas überhaupt möglich? Psychologisch, meine ich?«

»Soll ich im DSM-V nachschauen? Das ist das Standardmanual zur Diagnose von psychischen Krankheiten.«

»So schlimm ist es doch nicht.«

»Vielleicht könnte sie trotzdem mal mit einem Therapeuten reden.«

»Mit einem *Therapeuten?* Sie ist nicht geisteskrank oder so«, sagte ich laut.

»Huuu«, machte Olli. »Komm mal runter, und hör auf, so ein beschissenes Stigma von Psychotherapie weiterzuverbreiten. Ich sag dir was: Jeder kann Therapie gebrauchen. Würde mir jemand eine Psychotherapeutin bezahlen, würde ich sofort in ihrer Praxis hocken. *Die* müssten *mich* bezahlen, damit ich wieder gehe.«

»Du hast recht«, sagte ich. Mir fiel es ja oft schon schwer, über meine Zweifel zu reden. Eine psychische Krankheit würde ich einfach totschweigen. »Meinst du, ich soll sie da hinschleppen?«

»Gib ihr Zeit«, sagte Olli. »Vermutlich ist sie einfach erschöpft.«

Ich atmete durch. Mit einer Erklärung war alles viel einfacher auszuhalten. »Olli, was würde ich nur ohne dich machen?«

Olli legte den Kopf schief. »Tee trinken«, sagte sie und deutete auf meine immer noch volle Tasse mit Tee, der mittlerweile nur noch lauwarm war. »Ex oder weg«, sagte sie und stand auf.

Ich schüttete den Tee in die Spüle, und wir zogen uns draußen unsere Schuhe an.

Ihre Umarmung war fest und warm.

»Danke, dass du eine halbe Stunde Schuften für mich aufgegeben hast«, sagte ich ihr ins Ohr.

»Du meinst wohl eine halbe Stunde Trinkgeld«, sagte sie, und ich spürte ihr Lachen an meinem Bauch.

24. AUGUST

Felix

Morgens war ich malen. Adrian war auch da: stumm, schweigend, mit tiefen Augenringen. Die Musik war schön wie immer, aber schwerer, ein bisschen zu langsam vielleicht, als schleppte sich Adrian hinter den Tönen her. Sein Blick suchte auf den Gesichtern der Passanten, aber sie war nicht da.

Als ich nach Hause kam, trug Alisa immer noch das T-Shirt von mir, das sie zum Schlafen angehabt hatte. Bestimmt war sie den ganzen Tag nicht draußen gewesen. Beim Pflegepraktikum hatte sie sich krank gemeldet.

»Gehst du heute noch laufen?«, fragte ich.

Alisa schüttelte den Kopf.

»Willst du einen Spaziergang machen?«

Auch nicht.

»Wollen wir Süßigkeiten kaufen?«

Sie zog eine Augenbraue nach oben. Vielleicht war der letzte Köder zu offensichtlich gewesen. Dann seufzte sie. »Ich will einfach nur zu Hause bleiben.«

»Was ist los?«, fragte ich.

»Ich bin müde, nehme ich an.«

»Glaubst du, du wirst krank?«

Sie schüttelte den Kopf.

Ihr Handy klingelte, aber obwohl es direkt vor ihr auf dem

Couchtisch lag, ging sie nicht ran. Sogar von der Stelle, wo ich stand, sah ich Adrians Gesicht auf dem Display.

Wenn sie sowieso nicht mit ihm reden wollte – warum schaltete sie dann nicht den Ton aus?

Mir fiel ein, wie sie ihn angeschaut hatte auf dem Platz zwischen den Pinakotheken, das erste Mal, als ich ihn gesehen hatte. Sie wollte vielleicht nicht mit ihm reden, aber sie wollte wissen, dass er anrief. Adrians Augenringe, die so tief waren wie Alisas. Seine schleppende Musik, die ein perfekter Soundtrack für ihren Tag gewesen wäre.

War es schön, sie für mich zu haben? Absolut. Aber was nützte mir das, wenn sie wie ein ausgeblichenes Bild war?

Auf einmal wusste ich, wie sich Adrian gefühlt haben musste, bevor er mich gebeten hatte, Alisa zu dem Haus zu fahren. Auch er musste diese Hilflosigkeit gespürt haben, dass sie neben ihm, unter seinen Augen verblasste und er selbst nichts dagegen tun konnte. Und die Furcht, dass er zusehen musste, jeden einzelnen Tag, bis es so unerträglich wurde, dass man sich wünschte, es würde schneller passieren, nur damit es vorbei war.

Ich lauschte auf die Signale, dass sie eingeschlafen war, auch wenn es dieses Mal ewig dauerte. Dann rief ich Adrian an.

Vor dem Fenster ballten sich Gewitterwolken.

25. AUGUST

Alisa

Es ist dunkel, als ich aus dem Krankenhaus komme, und es schüttet immer noch. Na toll. Das ist Felix' Schuld, der mich mit Engelszungen überredet hat, wieder zum Praktikum zu gehen. Ich mache ein paar Schritte in den Regen, aber er ist zu stark, und ich spanne doch meinen Schirm auf. Statt die U-Bahn zu nehmen, laufe ich nach Hause. Die Kühle der Luft und die wischenden Lichter der Autoscheinwerfer im Regen sind eine angenehme Abwechslung zu dem hellen Licht und der trockenen Luft im Krankenhaus. Zu den ganzen Gedanken in meinem Kopf. Denn so ist das doch: Ich bin wütend auf dich, und deswegen denke ich die ganze Zeit an nichts anderes.

Es riecht gut – nach Regen, oder vielmehr nach der Erde, die die Regentropfen in die Luft bringen, wenn sie am Boden auftreffen. »Petrichor« ist der Fachbegriff für den Geruch. Solche Dinge wüsstest du, wenn dein Leben langweilig genug für regelmäßiges Flucht-Googeln wäre.

Ich denke an die Kreidebilder, die farbigen, kleinen Staubpartikel, die gerade weggespült werden. Wie nasse Kreide wohl riecht?

Auf dem Weg nach Hause fallen mir die Pfützen deutlicher auf als sonst. Wie kalt ist Regen? Ich tauche die Kuppe meines Zeigefingers in eine Pfütze. Das Wasser ist warm, und ich wische mit dem Finger hin und her. Unter dem Regenschirm spiegelt die Pfütze ein wackelndes Gesicht zurück.

Die fließende Stille dämpft das Gurgeln des Gedankenmahlstroms.

Du fällst mir erst auf, als ich fast in dich hineinlaufe. Ich habe schon meinen Schlüssel in der Hand, um die Tür aufzusperren. Alles an dir trieft. Sogar der dicke Kunststoff deiner Jacke scheint durchgeweicht. Du sitzt auf dem Boden. Wasser schwappt in einer Pfütze um dich herum. Wie lange sitzt du schon hier?

Ich halte meinen Regenschirm über dich, sodass dich der Regen zumindest nicht von oben trifft. Nicht, dass es einen Unterschied machen würde.

Du schaust zu mir hoch.

Deine sonst lockigen Haare sind dunkel und platt.

»Es tut mir leid«, sagst du. »Ich hätte es dir sagen sollen.«

Meine Wut kommt mir vor, als würde ich mit den Händen die Isar vom Fließen abhalten wollen. Ich umarme dich, als würde ich einen Teil von mir selbst halten.

»Mir tut es auch leid«, sage ich.

Der Regenschirm rutscht mir aus der Hand und kippt zur Seite. Schon bin ich auch nass. Das Wasser scheint von allen Seiten zu kommen.

Tränen und Regen. Regen und Tränen.

Unsere Körper sind warm.

»Bereust du auch, was dann passiert ist?«, frage ich.

»Nein«, sagst du mit fester Stimme.

Mein Blut rauscht, rast, reißt durch meine Adern. Ich flüstere dir meine Wahrheit ins Ohr. Die Wahrheit, wegen der ich gegangen bin. Die Wahrheit, die ich bis gerade nicht aushalten konnte: »Ich auch nicht.«

Und das ist unser dunkles Geheimnis.

TEIL 3

28. AUGUST

Alisa

Du hast dir eine schlimme Erkältung geholt und hast weder die Lungenkapazität noch die Kraft, um zu üben. Also kommen wir alle in deine große, leere Wohnung, Felix, Olli und ich.

Olli bringt Luftballons aus dem Café mit und lädt uns alle zu ihrer Geburtstagsfeier an der Isar ein. Felix kocht, als hätte er es sich in den Kopf gesetzt, dich aufzupäppeln.

Seit wir wieder miteinander reden, spüre ich ein vorsichtiges Vertrauen zwischen euch, das vorher nicht da war. Es gefällt mir.

Olli fällt es natürlich auch auf, und sie schickt mir ein verschwörerisches Grinsen, jedes Mal, wenn ihr nett zueinander seid.

Es sind ein paar sorglose Tage, aber die Schuld lässt mich nicht los.

Sie frisst an mir, langsam, langsam.

30. AUGUST

Felix

Mit einer Tupper-Box voll Essen stand ich vor Adrians Haustür. Eine Frage war noch offen, und ich musste die Antwort darauf aus Adrians Mund hören, auch wenn es mich Überwindung kostete und ich unserem Waffenstillstand damit vielleicht zu viel zumutete.

Die Klingel – keine Antwort.

Ich schaute zu seinem Fenster hoch – war er da und das Fenster war offen? – und sah ihn.

Adrian saß im Fenster, oder vielmehr: aus dem Fenster. Die Beine baumelten über dem Gehweg, drei Stockwerke über dem Boden, leicht wie der Samenschirm einer Pusteblume. Er entdeckte mich und winkte mir zu. Löste dafür eine Hand vom Fensterrahmen.

Als er zu mir herunterrief und sich dafür leicht nach vorne beugte, wurde mir ein bisschen mulmig. Was hatte er gesagt? Er beugte sich noch ein Stück weiter nach vorne und rief es noch mal.

»Die Tür ist offen. Lass dich selbst rein.«

Als ich im dritten Stock ankam, war die Wohnungstür tatsächlich angelehnt. Ich schob die Tür zu seinem Zimmer auf, das Fenster war offen, und auf dem Fensterbrett saß er in Hemd und Stoffhose.

»Das ist ein bisschen gefährlich, wie du dasitzt«, sagte ich und kam vorsichtig näher.

»Hey«, sagte Adrian und drehte sich halb zu mir um – auch das ein gefährliches Manöver. »Ja, ich weiß. Man müsste nur ein bisschen nach vorne rutschen und dann ...« Er lächelte schief. »Was gibt's?«

Ich schüttelte die Tupper-Box. »Selbst gemachte Ravioli.«

»Danke. Ich glaube, ich verstehe langsam, warum Alisa dich mag.«

Und ich hatte mittlerweile zumindest im Ansatz verstanden, warum Adrian ihr so wichtig war.

»Ist neben dir noch Platz?«, fragte ich.

»Die Vorstellung, dass noch jemand hier sitzt, macht das ganze natürlich wesentlich gruseliger.« Er rutschte an die äußere Seite des Fensterrahmens.

Also setzte ich mich aufs Fensterbrett, zog die Beine an und manövrierte mich in Position, ohne Adrian zu berühren. Ich hielt mich fest, bevor ich die Beine über die Kante schob. Vorsichtig bewegte ich meine Füße hin und her. Schon fast ein Baumeln. Gemeinsam schauten wir auf die Straße.

Mit der Zeit wurde es besser. Man konnte es wegatmen. Und was war schon gefährlich daran? Wenn einen niemand schubste und man sich nicht plötzlich abstieß – nichts.

»Kriegen die Leute einen Schreck, wenn sie dich sehen?«, fragte ich.

»Es schaut nie jemand hoch«, sagte Adrian.

Die Musik der Stadt drang zu uns nach oben. Rauschen von Reifen und Bäumen. Stimmen aus Fernsehern und Fenstern. Irgendein Geräusch, das es immer gab, wenn viele Menschen an einer Stelle waren, aber das man nicht richtig fassen konnte.

»Ich habe eine Frage«, begann ich.

»Dachte ich mir schon«, sagte Adrian.

Ich sah ihn geradeheraus an. »Hattet ihr jemals was?«

»Hattest du mal was mit Olli?«, fragte er zurück.
»Nein. Also?«
»Alisa ist meine *Schwester*«, sagte er.
Sein Tonfall erleichterte mich ungemein. Er war so nachdrücklich, dass ich nicht auf die Adoption einging.
»Warum sitzt du eigentlich hier?«, fragte ich.
»Mir ist langweilig«, sagte Adrian. »Aber eigentlich war das eine Atemübung, die mir ein verrückter Lehrer mal geraten hat. Natürlich auch wegen der besseren Luft, aber sein Hauptargument war, dass man sich hier draußen besser konzentriert ...«

Ich musste lachen und beugte mich nach vorne. Sofort war Adrians Hand an meinem Oberarm und zog mich unerwartet stark zurück. Er musste das Fensterbrett loslassen, um mich zu fassen, und hielt sich nur noch an der Seite fest.

»Geh lieber im Keller lachen«, sagte er.

3. SEPTEMBER

Alisa

Felix und ich haben gekocht, und ich habe die Zwiebeln geschnitten, mit dem scharfen Messer von Felix, das ich nicht mehr brauche, seit ich mich erinnere. Es ist ein zweifelhafter Segen: keine Angst mehr zu haben, aber dafür zu wissen, dass man etwas Furchtbares getan hat. Felix hat mir schon oft gezeigt, wie man Zwiebeln schneidet, aber meine Würfel sind immer noch grob, und ich bin unglaublich langsam, weil ich mir sonst in die Finger schneide. Jetzt liegen wir in Felix' Bett – er schläft, ich nicht –, und ich halte mir die Hände vor die Nase, in der Hoffnung, dass der Zwiebelgeruch die Erinnerungen vertreibt.

Tut er nicht.

Die Polizei hatte uns damals angerufen. Wir wussten also schon in Frankfurt davon und fuhren nach Hause in einem Auto, in dem das Schweigen so laut war, dass mir fast die Trommelfelle platzten. Aber die Nachricht war nicht echt bis zu dem Moment, als wir die schwelenden Trümmer am Ende der Straße sahen, und dann noch echter, als wir ausstiegen und der Geruch uns traf und sofort unsere Kleidung in Rauch tränkte. Die Asche strahlte immer noch Hitze ab, und die Vorderseite meines Körpers glühte, als ich näher heranging, aber vielleicht bildete ich mir das auch nur ein.

Wo warst du, als wir aus dem Auto gestiegen sind? In meiner Vorstellung stehst du dort, neben uns, aber das macht keinen

Sinn, denn warum hättest du den ganzen Tag ausgerechnet dort auf uns warten sollen?

Die ganze schreckliche Realität brach über mich herein. Und ein Gedanke, wie ein blinkendes Neon-Schild: Jetzt sind wir wie er. Jetzt hat er uns endgültig zu seinen Kindern gemacht.

Der Gedanke war so schnell da, als hätte er all die Jahre auf der Lauer gelegen.

Auch jetzt: Die Nacht und die Stille wirken wie Verstärker für den einen Gedanken: Ich bin wie er. Er ist wie ich. Das Ekelgefühl frisst mit seinem Moder-Atem meinen ganzen Körper, und ich spüre den Würgereiz.

Ich liege neben Felix, robbe nahe an ihn heran, in der Hoffnung, dass sein Gut-Sein auf mich abfärbt. Er atmet ruhig. Am liebsten würde ich mich ganz klein machen und in sein Ohr kriechen und ihm schöne Träume einflüstern. Nein, eigentlich will ich, dass *er mir* ins Ohr flüstert – ich glaube, es wäre eine angenehme Erfahrung, seine Gedanken zu denken.

Ich will nicht alleine wach sein – ich will, dass Felix mit mir wach ist. Also wälze ich mich hin und her, fahre mit den Händen über das Laken und mache Geräusche, als hätte ich einen Albtraum.

An seiner Bewegung spüre ich, dass er wach wird.

»Alisa? Bist du auch wach?«, flüstert er. Natürlich flüstert er so leise, dass ich nicht davon aufgewacht wäre.

»Felix?«, flüstere ich zurück.

»Ich glaube, du hattest einen Albtraum«, sagt er.

»Ich erinnere mich nicht«, flüstere ich zurück. Meine Stimme klingt schlaftrunken, sie ist so eine gute Lügnerin.

»Hat das wieder mit deinem Vater zu tun?«, fragt er.

»Ist dir aufgefallen, dass ich keine Zwiebeln schneiden kann?«, frage ich statt einer Antwort.

»War das dein Albtraum?«

»Ist es dir aufgefallen?«

Felix lacht leise. »Mir ist aufgefallen, dass du relativ wenig kochst«, sagt er, und seine verschlafene Stimme klingt, als wäre sie zugedeckt.

»Ist es schlimm, keine Zwiebeln schneiden zu können?«

»Nicht in einer Welt, in der es Cornflakes und Lieferservice gibt«, sagt er.

Ich brauche noch einen Anlauf.

»Felix?«

»Hm?«

In der Dunkelheit sprinte ich los.

»Was würdest du tun, wenn einer deiner Freunde etwas Schlimmes getan hätte?«

Es hört sich an wie eine Frage von der Liste.

»Es kommt natürlich darauf an, was es ist«, sagt Felix. »Müsste er dafür ins Gefängnis?«

Vorsichtig sage ich: »Ja.«

Ich höre nur seinen Atem, während er nachdenkt. Vor meinem inneren Auge hält er eine Waage wie Justitia und wiegt meine Seele. Natürlich: Es ist nur ein hypothetischer Fall, und es kratzt nur an der Angst, dass alle sehen, wie ich wirklich bin, und mich fallen lassen. Als ich die Zwiebeln nicht richtig geschnitten habe, habe ich Angst gehabt, dass Felix es sieht. Er könnte eines Tages aufwachen und es sehen. Er könnte es jetzt sehen, in diesem Moment.

»Ich würde ihm einen Anwalt besorgen«, sagt er.

Manche Gespräche sind schwierig zu beginnen und dann ganz weich. Wie entschlossen er den Satz ausgesprochen hat. Meine Erleichterung macht das Zimmer hell.

Trotzdem liege ich danach noch wach, und meine Gedanken kreisen um ein Mittel gegen die Schlaflosigkeit. Auf einmal habe ich das dringende Bedürfnis, meine eigene Stimme zu hören.

Ich nehme mein Handy und meine Kopfhörer mit ins Bad, lege mich in die leere Badewanne, drücke Play und rede. Dann spiele

ich die Aufnahme ab und drehe die Lautstärke auf, bis die Kopfhörer von meiner Stimme vibrieren. Ich höre mich selbst die Frage stellen, immer wieder dieselbe Frage, und antworte in Gedanken.
Was willst du?
Was willst du?
Was willst du, Alisa?
Ich kann nicht mehr. Ich bin es leid, mir die Dinge zu verbieten, die mich lebendig machen. Plötzlich habe ich dieses krasse Herzklopfen wie beim Rennen, bevor der Startschuss fällt. Im Liegen ist es nicht auszuhalten, also stehe ich auf, und als ich stehe, ist es auf einmal einfach: Ich ziehe eine Jacke über meine Schlafsachen, nehme meinen Schlüssel mit und fahre mit der U-Bahn zu dir, zu den Dingen hinter der geschlossenen Tür. Das hier fühlt sich an wie die Chance, wie eine Lücke, die sich im Feld der Läufer auftut. Wenn du darüber nachdenkst und deine Beine erst hochschalten musst, hat sich die Lücke wieder geschlossen. Du siehst die Lücke. Du nimmst die Lücke. Du rennst, rennst, rennst.

4. SEPTEMBER

Alisa

Der Geruch nach Kaffee an diesen Nachmittagen hat sich nie aus meinem Gedächtnis gewaschen. Nach der kurzen Nacht – ich bin morgens zu Felix zurückgefahren – brauche ich dringend eine Tasse. Jetzt stehen wir in deiner kleinen Wohnung, die vom Licht blendend sauber gespült ist. Du bereitest den Kaffee auf deinem Esstisch zu, denn du brauchst Platz. Da stehen schon zwei Tassen, in die du heißes Wasser gegossen hast, um sie vorzuwärmen. Dann wiegst du die Bohnen ab, du mahlst sie von Hand. 17 Gramm. Du stellst deine Aeropress umgekehrt auf den Tisch und füllst das Pulver ein. Jetzt warten wir auf den Wasserkocher. 80 Grad muss das Wasser haben. Feines Blubbern. Du gießt das Wasser auf. Einige wenige Male umrühren, sonst senkt man die Temperatur zu stark. Du legst den Deckel darauf. Wir warten.

Draußen: rollende Autos. Vögel zwitschern in Hecken.

Drinnen: das Rinnen des Kaffees, während du ihn langsam auspresst.

Der Geruch schlägt mir entgegen. Es ist wie damals, nur stärker. Dieselbe Bitterkeit.

»Alisa«, sagst du und schaust mit Verzögerung vom Kaffee auf. Dass du meinen Namen sagst, während wir nebeneinanderstehen, lässt mich die Luft anhalten. »Alisa, ich habe mich gefragt, warum du es so schwer genommen hast, und ich so leicht. Weil, also ...«

Du brichst ab, aber ich verstehe, was du meinst.

Warum war ich ein Jahr nicht ich selbst?

Warum konnte ich dir so leicht vergeben und mir selbst nicht?

Ich schlucke.

Da ist eine Erinnerung, die ich nicht mit dir geteilt habe.

Habe ich das gerade laut gesagt?

»Da ist eine Erinnerung, die ich nicht mit dir geteilt habe.«

Wir haben uns so oft gefragt, warum er dich schlägt und mich nicht. Es muss daran liegen, dass du Flöte spielst, haben wir uns gesagt. Es muss daran liegen, dass ich ein Mädchen bin, haben wir uns gesagt. Er ist wahnsinnig, haben wir gesagt.

Und während wir unter der Decke lagen und unsere Theorien hin und her flüsterten, hat die Decke das Gefühl in meinem Bauch versteckt, ein Brennen, wie wenn eine einzelne Ameise sich dort verbissen hätte: Ich weiß es ganz genau.

Eine einzelne Erinnerung. Mit Zeigefinger und Daumen klaube ich sie aus meinem Bauchnabel. Ihre Beinchen zappeln. Sie ist schwer zu fassen. Ich setze sie auf deine Handfläche.

Es war ein heißer Tag gewesen. Ein Sommertag. Ein Grilltag.

Die Gäste waren gegangen. Erika verräumte das Geschirr in der Küche – ich hörte das Klappern auf der Terrasse. Sie hatte mich nach draußen geschickt, um die Fettspritzer von der Wachstischdecke zu wischen. Ich war mit dem schaumigen Spüllappen gekommen, aber hatte ihn dann auf dem Tisch liegen gelassen und war stattdessen an den Grill getreten. Das Glimmen der Kohle – die Farben – war interessanter anzusehen.

Ich suchte mir ein Stöckchen und hielt es in die Flammen. Es entzündete sich nicht, sondern glomm nur an der Spitze. Es war schön, orange, tanzend, ständige Veränderung.

Etwas krabbelte über meinen Fuß.

An meiner Hand und dem Stöckchen vorbei sah ich eine

Ameise dort sitzen, nein, zwei. Ich stand ihrer Straße im Weg, mit der sie die Fettspritzer auftranken.

Wie kam mir die Idee?

Mir fällt nur ein plötzliches Neuronenfeuer ein, eine Zufallszündung, ein Apfel, der einem Physiker auf den Kopf fällt.

Schon saß ich da und führte die glimmende Spitze an die erste Ameise.

Sie lief davon.

Das Stöckchen war schneller.

Die Ameise bäumte sich auf, dann verschrumpelten die Beine und Fühler, und stumm rollte sich der Insektenkörper zu einer kleinen schwarzen Kugel zusammen.

Zu schnell. Noch mal. Stöckchen. Ameise.

Das Aufbäumen, das Einklappen der Glieder, war wunderschön wie ein Tanz. Dabei berührte die Spitze das Tier nicht einmal.

Stöckchen verglommen, neu angezündet.

Stöckchen – Ameise.

Es fing meine Aufmerksamkeit ganz ein.

Da trat Martin auf die Terrasse, und ich gefror. Er war in der Stimmung, in der wir uns großflächig aus seiner Umgebung evakuierten. Man spürte seine schlechte Laune wie die Schwüle vor dem Gewitter. Es war nicht gelaufen wie geplant. Ja, Erika hatte gut gekocht. Ja, wir waren nach dem Essen auf unser Zimmer gegangen, sodass er allein mit den Gästen sprechen konnte. Nein, sie hatten ihm keinen weiteren Kredit gewährt.

Sie hatten uns nicht davon erzählt, dass es schlecht um Martins Firma stand, aber dein Querflötenlehrer war eine Klatschbase, der dir mit seiner sanften Stimme sehr präzise darlegte, dass Martin Insolvenz anmelden musste. »Insolvenz« aus seinem Mund, der sonst nur »ionisch«, »Triller« und »Triole« sagte. »Insolvenz« aus deinem Mund, ein Flüstern in der Dunkelheit.

Martin war in der Stimmung, in der seine Fäuste das Denken

übernahmen. Man sah es seinen Schritten an. Sein ganzer Körper wurde von angestauter Wut angetrieben wie ein aufziehbares Rennauto. Ganz offensichtlich suchte er nach dir, obwohl Erika in der Nähe war. Er war unvorsichtig, wie ein Tier.

Ich weiß nicht, wie lange er in der Tür gestanden hatte, aber ich war mir sicher, er hatte alles gesehen. Also schaute ich ihn an und gab mir keine Mühe, den Hass oder den Ekel in einem Lächeln zu verstecken. Die Ameisen waren nur noch kleine Punkte auf den Fliesen der Terrasse.

Mit seinen großen, wässrigen Augen nahm er es auf: meinen Blick, das Stöckchen, jeden kleinen schwarzen Krümel, wo vorher ein lebendiges Wesen gekrabbelt war.

Meistens interessierte er sich nicht für uns, aber in dieser Situation sah er mich genau.

Dann ging er. Ich fühlte mich ruhig dabei, ganz die Herrin meiner Gedanken, als wäre nicht gerade etwas Wichtiges passiert.

Erst später wurde mir bewusst, was ich getan hatte.

Natürlich: Es war eine kleine Grausamkeit. Kinder taten das. Aber diese Entschuldigung hatte ich nicht: Ich war kein Kind mehr, und der Hitzeball an der Spitze des Stöckchens war nur ein Splitter meiner Boshaftigkeit.

Wie gesagt: Es tut mir nicht leid. Ich habe kein schlechtes Gewissen.

Und das ist es, das ich mir nicht verzeihen kann: dass er mich nicht angefasst hat, weil er erkannt hat, dass ich bin wie er.

Felix

Das Bild, Alisa, wie sie mir von früher erzählte. Schwarz und blau. Seit Wochen hatte ich es nicht angeschaut – Alisa war wichtiger gewesen –, aber heute drehte ich die Platte herum. Ich mochte es. Es war gut und eigentlich fertig, stellte ich fest. Jetzt musste ich es nur noch Alisa zeigen, und dann konnte ich es abgeben.

Ich rief Katharina an und freute mich, als sie direkt abhob. Es war wie ein Zirkelschluss zu ihrem Anruf, dass sie mich ausstellen wollte.

Wir begrüßten uns.

»Du bringst mir das Bild also morgen vorbei?«, fasste sie meine Erklärung zusammen.

»Jap«, sagte ich.

»Super!« In ihrer Stimme konnte man das Ausrufezeichen direkt hören. »Und wo ich dich sowieso gerade an der Strippe habe: Wer soll auf die Gästeliste?«

»Olivia Malström«, sagte ich. »Mit ›Ö‹. Und Alisa und Adrian Herre. Zwei ›R‹.«

»M-hm.« Ich hörte, wie sie etwas notierte. »Und David?«

Hatte sie David gesagt?

»Entschuldigung, wer?«

»Da-vid«, sagte sie lachend. »Dein Bruder.«

So fühlte sich ein Zeichentrick-Charakter in dem Moment, nachdem er fröhlich über die Klippe hinausspaziert war und nach unten schaute. Ich war mir hundertprozentig sicher, David nicht in ihrer Anwesenheit erwähnt zu haben. Mein Körper verkrampfte sich vor meinem Kopf.

Katharina war es gewohnt, Gesprächslücken zu füllen, deshalb musste ich gar nicht nachfragen: »Er hat mir die Galerieräume für einen Sonderpreis vermittelt. Und dabei hat er so lange von deinen Bildern geschwärmt, bis ich sie mir angeschaut habe.«

Ich ließ den Hörer sinken. Sie plapperte weiter, aber ich verstand nichts.

Wieder nur David.

Wie Schatten wanden sich meine Selbstzweifel aus den Ritzen. Hallo Felix. Lange nicht gesehen.

Und das stärkste Argument, das sie bisher zurückgetrieben hatte – die Ausstellung –, stand auf einmal neben ihnen. Aber warum sollte ich mich auch gegen die Zweifel wehren? Sie hatten ja von Anfang an recht gehabt. Sie hätten mich beschützt, wenn ich auf sie gehört hätte.

Es war fast tröstlich, sich in sie einzuwickeln.

Alisa

Du hustest nicht mehr, und wir haben beide wieder angefangen. Du mit der Querflöte, mitten im Raum. Ich in meiner Ecke auf dem Boden, mit dem Rücken an der Tapete. Die Musik schwappt über wie ein Farbeimer. Es ist wie früher. Ich bin euphorisch. Als ich dich zu eurem Auftrittsort begleite, springe ich mehr, als dass ich laufe. Du lachst fröhlich darüber. Draußen ist es noch einmal warm geworden. Die letzte strahlende Woche vor dem Herbst.

Durch die Regenschauer der vergangenen Wochen hat Felix auf einmal viel Platz auf der Asphalt-Leinwand, und er malt wie ein Wahnsinniger; er ist genau wie wir. Dazu deine Musik, die ich mit geschlossenen Augen genieße.

»Ist das nicht perfekt?«, sage ich zu Felix. Ich entdecke eine Zeichnung, die er von seiner Lieblingszuschauerin, der alten Frau mit dem Hund, gemacht hat. Sie gefällt mir gut, und ich sage es ihm. Dann schließe ich wieder die Augen, um dir zuzuhören.

Felix

Alisa saß vor Adrian auf dem Boden und reckte den Kopf in die Sonne, während sie ihm zuhörte. Sie strahlte trotz der Augenringe, das letzte Sommerglühen unter ihrer Haut wie ein fluoreszierendes Insekt.

Vor ihr auf dem Boden stand Adrians obligatorischer Kaffee, von dem sie ab und an einen Schluck nahm. Neben ihr stand der geöffnete Flötenkoffer, in dem schon so viele Münzen lagen, dass es klimperte, wenn eine neue dazugeworfen wurde. Meine Dose war eindeutig leerer. Würden wir heute wieder teilen?

Verdammt. Ich musste den Zweifeln nicht glauben, ich konnte gegen sie ankämpfen. Also gut. Ich biss die Zähne zusammen und fasste die Kreide fester. Würde ich mir beweisen, was ich konnte.

Die Striche gingen mir schnell von der Hand. Ein Motiv, das ich schon viele Male gemalt hatte. Zack, zack. Hier noch ein bisschen, fertig. Ich fühlte mich ausgepumpt, leer gesprintet. Besser als das konnte ich es nicht, aber es war nicht gut genug. Wenn ich ehrlich war, war meine Technik mies.

Stumm stand ich vor dem Abgrund, den ich in mir fühlte.

Ich brauchte Alisas Zuspruch, ihren weichen Blick, ihr stetes Vertrauen in mein Talent.

Schau her, Alisa.

Als hätte sie meinen Gedanken gehört, öffnete sie die Augen.

»Wie schön. Das Bild gefällt mir gut«, sagte sie, und das war alles.

Sie war meilenweit weg, in ihrer Adrian-und-Alisa-Welt.

Das Bild hatte ihr gefallen. *Gefallen.*

Und in mir: das Gefälle.

Zwischen dem, das ich gemalt hatte, und dem, das ich malen wollte.

Zwischen dem, der ich sein wollte, und dem, der ich war.

Zwischen dem, was ich mir vorstellte, und dem, was – unvorstellbarerweise – nach so viel Mühe vor mir auf dem Boden lag.

Wo war der Moment in meinem Leben, wo die Film-Musik einsetzte und ich das perfekte Bild malte?

Wo?

Denn das wurde mir doch versprochen: dass Leidenschaft und harte Arbeit ausreichten.

Taten sie nicht.

Langsam packte ich meine Sachen zusammen.

Alisa

»Wo ist Felix hin?«, frage ich, als die Sonne hinter Wolken verschwindet und es auf einmal doch zu kalt ist, um auf dem Boden zu sitzen.

»Er ist gerade gegangen«, sagst du. »Musste vermutlich zum Café Carlo.«

»Warum hat er sich nicht verabschiedet?«

Dein Blick ist weich. »Steht bei ihm bald etwas an?«, fragst du.

»Er wollte diese Woche das Bild abgeben.«

»Ah«, sagst du.

»Was?«

»Ich glaube, er hat Kurz-vor-knapp-Zweifel. Ich kenne das. Lass mich mit ihm reden.«

Du legst mir die Querflöte in die Hände und läufst los. Von hinten sehe ich deine tanzenden Fußsohlen.

Felix

Die Tür zum Café Carlo klingelte, als ich eintrat. Innen war es angenehm warm, und es spielte ein gemütlicher Kaffeehaus-Mix. Olli hantierte hinter der Theke. Beim Klingeln sah sie mit einem Lächeln auf, und als sie mich erkannte, lächelte sie noch breiter.

Etwas in mir ließ sich fallen, als ich sie sah. Da war jemand, der mit mir redete und mich verstand. Jemand, der mich mochte und dem ich vertrauen konnte.

Ich machte die paar Schritte auf sie zu.

»Alles klar?«, sagte sie, immer noch lächelnd.

Mit Olli war alles einfach. Bei Olli gab es keine Zweifel. Olli war von Natur aus so gut gelaunt, dass sie auch auf ihrem biometrischen Passbild lächelte.

Der letzte Schritt zwischen uns, obwohl in mir etwas anfing zu schrillen.

Ich hatte so viel ausgehalten. So viel gekämpft. Und einmal, einmal nur brauchte ich Alisas Unterstützung.

Dann – wie auf Autopilot – beugte ich mich nach vorne.

Ihre Lippen waren samtig.

Sie bewegte sich nicht.

Wie ein Schlag in den Magen: das Gefühl, einen furchtbaren Fehler gemacht zu haben.

In weiter Ferne ein zweites Klingeln, und als hätte es Olli an etwas erinnert, wich sie plötzlich zurück. Den Blick, mit dem sie mich anschaute, hatte ich noch nie an ihr gesehen. So weite Pupillen, so orientierungslos. Dann glitt ihr Blick über meine Schulter und fixierte sich dort.

Als ich mich umdrehte, stand Adrian da.

Er sah atemlos aus, als wäre er gerannt, und sein Blick ließ keinen Zweifel zu, dass er alles mitbekommen hatte.

Halb erwartete ich, dass er sich umdrehen und gehen würde, wie Alisa das vermutlich getan hätte. Stattdessen machte er zwei große Schritte auf mich zu, bis er direkt vor mir stand und sein Gesicht viel zu nah vor meinem schwebte. Auf einmal wirkte er überhaupt nicht mehr schmal.

»Wir haben dir vertraut«, sagte er leise.

Wir. Vertraut. Vergangenheit.

»Hast du eine Ahnung, wie sehr ihr das wehtun wird?«

Das Schlimme war: Ja, ich wusste es. Vor dem Kuss hatte ich viele Rechtfertigungen gehabt, aber als Entschuldigung war keine gut genug.

Mehr sagte Adrian nicht. Für einen Atemzug, den ich auf meinen Wangen spürte, hielt er meinen Blick fest. Dann drehte er sich um und ging. Olli warf sich ihren Rucksack über die Schulter und flüchtete.

Und ich stand dort und dachte, dass jetzt zuletzt sogar sie verstanden hatte, dass ich nicht annähernd gut genug war.

Alisa

Es dauert eine Ewigkeit, bis du wieder da bist.

»War wohl ein langes Gespräch«, sage ich.

Du machst eine Geste, die alles heißen könnte, und ich verstehe: Es soll zwischen Felix und dir bleiben.

»Danke«, sage ich. »Danke, dass du ihn akzeptierst.« Ich weiß, das ist nicht einfach für dich, und es bedeutet mir viel.

Statt einer Antwort umarmst du mich. Dein Gefühlsausbruch kommt überraschend. Du umarmst mich doch selten und nie so fest.

5. SEPTEMBER

Felix

Alisa und ich wollten zusammen zu Ollis Geburtstagsfeier laufen, und ich wartete nervös an der U-Bahn in Thalkirchen auf sie. Olli hatte jeden meiner Anrufe ignoriert, und von Adrian hatte ich nichts gehört. Allerdings hatte sie gestern ganz normal geschrieben, deswegen hatte er es ihr wohl noch nicht erzählt. Ob es in Ordnung sei, wenn sie statt unseres Abendessens spontan mit Adrian in eine Theatervorstellung ginge, von der er gehört hatte? Natürlich. Aber er würde ihr noch davon erzählen, dessen war ich mir sicher.

Katharina war die Einzige, mit der ich heute telefoniert hatte, aber auch nur, um sie wegen des Bildes zu vertrösten, das ich nicht einmal anschauen wollte.

Da war Alisa, in einem hellen Top und Maxi-Rock, und küsste mich gut gelaunt auf den Mund. Sie nahm meine Hand, und zusammen liefen wir zur Isar.

»Riechst du das?«, fragte sie leise.

Den Geruch ihrer Haare? Wenn ich das Kinn auf ihre Schulter senkte, den Geruch ihrer Haut und irgendein anderer künstlicher Geruch, den ich nicht richtig einordnen konnte?

»Was meinst du?«

Da roch ich noch etwas anderes: Rauch. Den Geruch der Grills, die am Flaucher aufgestellt waren.

»Das Wasser«, sagte Alisa. »Der Fluss. Komm schon, riech es.«
Ich atmete noch einmal ein. Da war schon irgendetwas Kühles, Algiges oder Moosiges, vielleicht waren es auch die Bäume, die links und rechts der Isar wuchsen.
»Ja«, sagte ich. »Vielleicht.«
Alisa ließ das »vielleicht« davongleiten. »Ich bin froh, dass du da bist«, sagte sie.
Vielleicht sagte sie mir nachher nicht mehr dasselbe, wenn der Fluss dunkel glänzte und Olli oder Adrian mit ihr geredet hatten.
Wir fanden die anderen relativ schnell: Es war eine große Gruppe, schon ein bisschen angetrunken und ziemlich laut.
Wir umarmten Olli, die sich verhielt, als wäre nichts, grölten ihr ein Geburtstagslied, packten unseren Beitrag zum Picknick aus und fingen alle an, auf unseren Handtüchern zu essen.
Die Hitze prallte von oben herab, und wir zogen uns in den Schatten der Bäume am Ufer zurück. Nur Alisa nicht – sie blieb in der Sonne liegen, die Arme entspannt von sich gestreckt, und bewegte langsam ihre Fingerspitzen.
Erst als ich Olli mein Geburtstagsgeschenk gab, merkte ich, wie wütend sie war.
»Oh«, sagte sie nur, als sie das Geschenkpapier abgerissen hatte. Sie hielt den anschraubbaren Klettergriff in Form einer Kaffeetasse in der Hand. »Ich hätte lieber eine Entschuldigung gehabt.«
Dann legte sie mein Geschenk zur Seite, ohne es noch mal anzuschauen.
»Ich weiß, ich bin ein Idiot«, sagte ich.
»Weiß sie das auch?«, fragte Olli und schaute zu Alisa, die außer Hörweite lag.
Ich biss mir auf die Lippen. Adrian war noch nicht da. Wie lange würde er dichthalten? Vielleicht war das die letzte Chance, die ich hatte.
Als mein Schatten auf Alisas Gesicht fiel, öffnete sie die Augen.
»Willst du ins Wasser?«, fragte ich.

Mit der Einfachheit, an die ich mich fast gewöhnt hatte, sagte sie Ja.

Eine metallene Brücke spannte sich über den Fluss, und als wir hinter den Pfeilern verschwanden, verschwanden wir auch aus dem Blickfeld der anderen. Wir waren allein. Der Fluss plätscherte. Vielleicht waren wir nur zu zweit hierhergekommen. Vielleicht war es einfach ein heißer Tag, an dem man verschlafen aufwachte und noch eine Stunde weiterdöste. Dann zum Bäcker schlenderte, um ein Stück Kuchen zum Frühstück zu holen. Bücher, helle Bettlaken, Schnitze aus kühlem Obst. Bis man sich dann doch achtsam die Schuhe schnürte, aus dem Haus ging und nichts mitnahm außer einem Hausschlüssel, klimperndem Kleingeld und vielleicht einem Strohhut.

Ich hatte erwartet, dass sie ihre Kleidung ausziehen würde, aber sie streifte nur ihre Schuhe ab und lief von dort in den Fluss. Das Wasser färbte den Stoff dunkel, erst nur den Rock, dann auch ihr Top. Dann tauchte sie unter, als würde sie ins Wasser fallen.

Als sie wieder auftauchte, lagen ihre Haare glatt am Kopf an, die Wimperntusche war verlaufen.

Ich stand immer noch am Rand und bemerkte es erst jetzt. Mit zwei großen Schritten war ich im Wasser – es war nicht kalt –, es gab kein Zögern, als die Wasserlinie den Bauch traf. Alisa tauchte noch einmal unter und wusch sich die Wimperntusche aus dem Gesicht.

Der Stoff ihres Rockes bewegte sich unter Wasser wie Tang und hing schwer von ihren Hüften. Auch das Top hatte sich mit Wasser vollgesogen und warf neue Falten um ihre Taille. Alles an ihr schien schwer zu sein, alles wurde vom Wasser nach unten gezogen.

Ohne Wimperntusche und Lidschatten war ihr Blick schärfer, als hätte man ein Messer aus der Scheide gezogen, und nicht zu deuten.

Wusste sie es vielleicht doch schon?

Sollte ich es ihr jetzt sagen?
Mein Herz schlug. Schlug.
Sie stand nah vor mir; ich konnte sie riechen. Ihr Duft floss unter dem algigen Geruch der Isar. Ihr Gesicht war dem Ufer zugewandt.
Ich öffnete gerade den Mund, als sie anfing zu fluchen und hektisch an ihrer Kleidung herumzutasten. Schließlich zog sie ihr tropfendes Handy aus dem Rock und watete an Land.
»Das ist garantiert hinüber«, sagte sie.
»Ich fürchte schon.«
Die Erleichterung, dass ich die Frage gerade doch nicht gestellt hatte, rollte über mich hinweg wie eine Springflut.
Alisa hielt ihr Handy in den Händen wie ein Vogelbaby. Dann hörte sie die Flöten-Musik, *Happy Birthday*.
»Adrian ist da«, sagte sie. »Kommst du?«
Sie lief aus dem Fluss, das Wasser rann an ihr herunter. Der Stoff des Rocks klebte an ihren Beinen wie bei einer Nixe.

Adrian spielte noch, als ich ein paar Minuten später auch aus dem Wasser kam. Die Töne glitten über mich hinweg. Das ganze Ufer wurde leiser – sogar die Leute an den umliegenden Grills hörten zu. Es war dasselbe Gefühl wie in dem Konzertsaal. Es hatte nichts mit dem Saal zu tun, verstand ich jetzt.
Zwischen zwei Liedern setzte er die Flöte ab. Sein Blick huschte zwischen Alisa und mir hin und her, als wäge er ab. Dann schaute er mich fest an, mit zusammengebissenem Kiefer. Mein Blick rutschte an seinem ab. Wir beide hatten es bemerkt: Wie schnell ich weggeschaut hatte.
Ich wollte woanders hingehen, wollte Steine in den Fluss schnippen oder Krach machen. Die Musik klang nicht mehr wie das Gefühl, das man an einem Morgen hatte, wenn man schon durch die Fensterläden sah, dass der Himmel blau war. Jeder Ton war eine Warnung in meine Richtung.

Später lagen sie ein bisschen abseits von den anderen in der Sonne, Arme und Beine auf dem Boden verstreut. Sie sahen aus wie Kinder. Es war nicht zu übersehen, wie unverstellt sie in der Gegenwart des anderen waren. Adrian lag auf der Seite und spielte mit Alisas Haaren. Alisas Körper war entspannt, sogar als Adrian an der Strähne zupfte, die er zwischen den Fingern hielt. Die Sonne flutete über ihr glückliches Gesicht. Adrian legte ihr die Strähne wie einen Schnurrbart über die Oberlippe. Sie grinste. Er pikste sie zwischen die Rippen. Zack – saß sie auf seinem Bauch und piesackte ihn mit ihren schnellen Fingern. Adrian wand sich strampelnd unter ihr. Er lachte und sagte etwas, und obwohl so viel Bewegung war, redete er leise, als wären sie in ihrer eigenen Welt.

Alisas Haare trockneten schnell und wellten sich dabei.

Als es kühler wurde, die Helligkeit im Himmel versickerte und auch die Steine keine Wärme mehr abgaben, schürte Adrian auf Ollis Bitte hin ein Feuer. Er war geschickt darin, und nach kurzer Zeit prasselten die Flammen in den Himmel. Die Funken waren wunderschön, wie das Glitzern in Alisas Iris, als wäre der Himmel ein riesiges Auge.

Irgendwann, nachdem die letzten Reste verzehrt waren, musste Adrian gehen, weil er noch einen Auftritt bei einem Firmenjubiläum hatte. Er winkte in die Runde und umarmte Olli noch einmal. Sein Blick streifte über Alisa, und er lächelte; das war ihre einzige Verabschiedung, bevor er ging.

Mir klopfte er zum Abschied auf die Schulter. Das Knacken des Feuers war zu laut, als dass die anderen die Wörter gehört hätten, die sein Mund leise formte: »Folge mir.«

Ich wartete ein paar Minuten, dann ging ich ihm nach. Schon hinter der nächsten Ecke lehnte er unter einer Laterne. Das fahle Licht warf Schatten unter seine Wangenknochen.

»Du hast es ihr noch nicht gesagt«, stellte er fest.

So musste ein Bulle sich fühlen, wenn er in seiner engen Holzbox eingeschlossen war. Es gab nur die Flucht nach vorne.

»Warum hast *du* es ihr noch nicht gesagt?«

»Alisa hat wegen mir schon genug gelitten«, sagte er. »Aber wenn du es ihr diese Woche nicht beibringst, werde ich es trotzdem tun.«

Ich räusperte mich. Meine Gedanken schürften meinen Schädel auf.

»Und wenn wir es ihr nicht sagen?«

Langsam schüttelte Adrian den Kopf, aber ich wusste nicht, ob er verneinte oder nachdachte. »Als Alisa zu uns gekommen ist, war sie misstrauisch. Ich war es, der sie davon überzeugt hat, dass sie sich auf uns einlassen kann. Es hat ewig gedauert. Und dann musste ich mitanschauen, wie diese ganze schöne Welt, die sie so sehr verdient hatte, vor ihren Augen zersplittert ist.«

»Das muss es ja dieses Mal nicht. Ich habe einen Fehler gemacht, aber ich kann ihn geradebiegen.«

»Du hattest doch deine Chance. Ich lasse nicht zu, dass du noch näher an sie herankommst, bevor du ihr wehtust.«

»Ich könnte es abstreiten«, sagte ich.

»Ach ja?«, sagte Adrian und lächelte traurig, fast enttäuscht. »Und glaubst du, wenn Alisa Olli offen fragt, streitet die es auch ab?«

Nein. Dazu war Olli zu ehrlich.

Er hatte ja recht. Ich hatte es vermasselt. Würde ich Alisa verlieren? Die Panik fühlte sich an wie Ertrinken, und ich hustete brackige Wörter.

»Hast du Angst vor mir, weil ihr keine richtigen Geschwister seid?«

Adrian stieß sich von der Lampe ab und schaute mich ein letztes Mal an. Adoptiv-Geschwister hin oder her – ihr Blick war derselbe.

»Mach dir nichts vor, Felix«, sagte er. »Hier geht es nicht um mich. Hier geht es nur darum, dass du einen Fehler gemacht hast. Und Alisa und ich haben die Hölle zusammen überstanden. Wir sind viel mehr als Geschwister.«

Damit ließ er mich stehen.

Die Gruppe stand am Wasser, um Steine zu schnippen, aber Alisa war nicht dort. Ich entdeckte sie am Feuer. Langsam bewegte ich mich zu ihr. Die Dunkelheit hüllte mich ein, und Alisa sah mich nicht.

Für einen Moment konnte ich sie still beobachten. Wie konnte ich es ihr am besten beibringen? Vielleicht fing ich mit dem Bild an. Mit Katharina und David.

Ich hatte so viel Angst, sie zu verlieren, dass ich mein Handy herausholte und ein Erinnerungsbild von ihr schoss. Dann machte ich einen Schritt zurück, und zwei Kiesel schlugen aneinander.

Wie in Trance, mit verschleierten Augen, sah Alisa auf. Über das Feuer hinweg blickte sie mich an. Ihre Augen waren dunkel. Die sonnengetrockneten Haare lagen schwer um ihr Gesicht. Ich schmeckte den Rauch, er wand sich kratzig in die Lungen.

Wie würde sie reagieren, wenn sie es erfuhr?

Alisa

Ich sehe vom Feuer auf, das Stöckchen noch in der Hand, aus Erinnerungen aufgeschreckt.

Die Ameisen haben sich verformt, ihre Beine sind kurz geworden und zusammengeschrumpelt.

Sie haben sich aufgebäumt, sich auf den Rücken gewälzt und sind kleiner geworden.

Jedes Mal hat es ein bisschen anders ausgesehen.

Da steht Felix. Schön wie immer, steht da gerade wie immer. Sein Gesicht ist verzerrt vom Schatten der tanzenden Flammen, der von unten auf sein Gesicht fällt, und er sieht aus, als hätte er gerade etwas Wunderschönes gesehen.

Ich fühle mich wie ein aufgezogenes Spielzeugauto, das man festhalten muss, damit es nicht davonschießt.

Ich fühle mich frei und aufgedreht, seit ich das Pflegepraktikum abgebrochen habe. Seit ich überhaupt nichts mehr für das Studium tue.

Irgendwann muss ich es Felix sagen, aber ich weiß noch nicht, was ich auf die Frage antworten soll, was ich stattdessen mache. Ich will ihm nicht wehtun, und ich kann nicht aufhören.

Er sagt nichts, aber ich könnte baden in seinem Blick.

Schließlich streckt er mir die Hand hin.

»Kommst du?«, fragt er. »Ich will dir was zeigen.«

Felix

Ich schloss meine Wohnungstür auf und machte das Licht im Wohnzimmer an. Man konnte das Bild von der Tür aus nicht sehen, und ich beobachtete, wie Alisa langsam darauf zulief.

Sie machte den letzten Schritt vor die Holzplatte.

Dann sagte sie lange nichts.

Alisa

Der Moment ist so intim, dass ich wünschte, nicht einmal Felix wäre im Raum.

Er hat meine Traurigkeit gesehen, und wir wollen doch alle gesehen werden, kleiner Käfer.

Wenn ich auf dem S-Bahn-Steig warte oder von der S-Bahn nach draußen schaue, blicke ich die Leute auf der anderen Seite der Scheibe an. Ich fixiere meinen Blick auf ihre Augen, und es ergibt sich immer dasselbe Muster: Sie bemerken meinen Blick, schauen weg, meistens nach unten, schauen wieder hin. Ich blicke sie immer noch an, und sie schauen wieder weg. Wie ferngesteuert sind sie. Im Takt schauen sie hin und wieder weg. Manchmal runzelt sich ihre Stirn, aber ich halte mein Gesicht unbewegt. Ich sehe, was ihnen durch den Kopf geht: Schaut sie *mich* an? Schaut sie mich *an?* Vielleicht denken sie, dass ich mich nur selbst in der Scheibe spiegele. Wenn die S-Bahn ausfährt, bewege ich den Kopf mit. Jetzt verstehen sie, dass ich tatsächlich sie angesehen habe. Manchmal traut sich jemand, im letzten Moment, zu lächeln.

Und das ist das Gefühl, das ich habe, als ich das Bild anschaue.

Felix kommt in kleinen Schritten näher. Er knetet seine Hände wie Mürbteig. »Wie findest du es?«

Weißt du was?

Ich sehe ihn auch. Manche Menschen sind wie Anatomiepuppen: Du kannst gleich auf ihr Herz schauen. In manchen Momenten ist Felix so jemand.

Er ist glitzernd und strahlend zerbrechlich.

Felix

Ihr die Frage zu stellen fühlte sich an wie nachts Autobahn fahren: Hundertdreißig Kilometer pro Stunde, und dabei konnte man nur einen Lichtkegel weit sehen.

Alisa schaute auf, wie aus einem Traum.

»Das bin ich«, sagte sie. »Es ist schön.«

Etwas in mir sackte nach unten. *Danke, Alisa.* Und unter der Erleichterung, dass sie es gut fand: die bittere Gewissheit meines Fehlers.

Ich hätte einfach mit ihr über meine Zweifel reden sollen, und sie – mit den weichen Augen, die so hart werden konnten, wenn sie entschlossen war – hätte mich aufgefangen.

Ja, vielleicht war ich von der Angst um sie erschöpft gewesen, und ein fürsorglicher Teil von mir vergab mir deswegen. Aber gleichzeitig hatte ich gesehen und gehört, wie sie gegen ihre Vergangenheit kämpfte, und es ihr nicht gleichgetan.

»Felix?«, sagte sie. Ihre Stimme klang angespannt und zögerlich.

Alisa

Etwas drückt seine Schultern nach unten. Es ist mir nicht sofort aufgefallen, aber jetzt sehe ich es. Ich fühle mich hilflos wie ein Baum im Herbst, dem die Blätter davonfliegen, und mir fällt auf, dass ich mich nicht erinnern kann, wann ich mal etwas angesprochen habe und nicht er.

Ich habe nicht gewusst, wie schwierig es ist. Es ist, als hätte man sich heimlich vorgenommen, vom Zehn-Meter-Brett zu springen, und würde nachts auf den Sprungturm klettern. Dann steht man da oben, das Brett schwankt, der Wind ist stärker als gedacht, auf jeden Fall kälter, und man denkt sich: Eigentlich könnte ich jetzt auch wieder nach Hause gehen. Sieht ja keiner.

»Was ist los?«, will ich fragen, aber er schaut mich nicht an.

Das Ticken seiner Armbanduhr. So laut.

Seine Mimik. So leise.

Als er spricht, dringen die Worte verzögert an mein Ohr, so konzentriert bin ich auf sein Gesicht.

»Das mit der Ausstellung kam ziemlich plötzlich, oder?«, fragt Felix.

Es ist kein echtes Fragezeichen am Ende seines Satzes, sondern nur ein Haken, um den nächsten Satz hervorzuziehen, also antworte ich nicht.

»David hat Katharina praktisch dafür bezahlt, dass sie mich ausstellt.«

Sein Gesicht ist wie eine gespannte Trommel, und er schaut mich immer noch nicht an.

Dann schon.

Wie. Soll. Ich. Seinen. Blick. Ganz machen?

Ich kann ja nicht einmal mich selbst trösten.

Und soll ich ihn anlügen? Sein Blick ist einzigartig, aber seine Bilder sind noch ein bisschen unscharf. Es hat mich doch auch überrascht, dass jemand ihn jetzt schon ausstellen will.

»Was soll ich denn jetzt machen?«, fragt er tonlos. Ich wünschte, das Licht wäre aus.

Ich verstehe es. Das Erzählen muss ihm schwergefallen sein. Die Information muss ihm unglaublich wehgetan haben. Aber ich verstehe es auch nicht: Niemand würde für uns je eine Galeristin oder eine Dirigentin bestechen. Ich verstehe nicht: wie schwer. Wie sehr. Ich kann ihn festhalten. Ich kann meine Arme um ihn schlingen, bis die Wärme meines Körpers seinen mitwärmt. Ich kann so tun, als würde ich die Träne nicht sehen, die er schnell wegwischt. Ich kann wieder und wieder sagen: Du bist gut genug. Ich glaube an dich.

Und wenn es ihm besser geht und er langsam von mir wegrutscht, kann ich ein kleines bisschen von mir selbst teilen, damit der Raum zurück ins Gleichgewicht kippt.

Felix

Alisas Stimme war tastend.

Wir kauerten auf dem Boden vor dem Sofa, wir beide, ein Ball aus Wärme. Alisas Kopf lag in meinen Händen, und ich strich über ihre Haare, während sie mir eine Geschichte erzählte, die ich in ihrer Logik kaum verstand.

Natürlich war es nicht korrekt, Ameisen zu verkokeln, aber sich deswegen gleich mit ihrem prügelnden Adoptiv-Vater gleichsetzen?

Was musste passiert sein, damit man zu einem solchen Schluss kam?

Ein Gedanke stolperte über den anderen, und dann fiel mir ein, dass ich die Antwort doch längst kannte: Jahre voller Hilflosigkeit, in denen Adrian verprügelt worden war. Er ertrug es still. Alisa war Mittäterin im Überschminken der Wunden. Damit es niemand bemerkte. Und warum? Damit sie zusammenbleiben konnten. Also letzten Endes wegen ihr.

Ich fragte mich – und der Gedanke tauchte mich wieder in mein schlechtes Gewissen –, was Olli dazu sagen würde.

Schließlich sagte ich: »Es geht gar nicht um die Ameisen. Und es ist nicht deine Schuld. Hörst du? Das war nur er.«

Alisa schloss die Augen. Erleichterung erhellte ihr Gesicht.

Eine letzte gemurmelte Frage, bevor wir zum Bett krochen und rauchbehangen einschliefen: »Und was mache ich jetzt mit dem Bild?«

Eine ohne Zögern gemurmelte Antwort, bevor sich unsere Beine verschlangen: »Ist doch egal, wie du zu der Chance gekommen bist. Du gibst es natürlich ab.«

6. SEPTEMBER

Felix

Unglaublich erleichtert tappte ich aus der Galerie.
Das Bild.
Ich hatte es abgegeben.
Ich war fertig.
Es war vorbei.
Diese erhabene Stille in meinem Kopf:

Fertig.
Ich fühlte mich trunken.
Gedankensprünge.
Auf den Boden setzen.
Freiheit.
Pause.
Aber schon der nächste Gedanke:
Ich musste zu Alisa.
Sie ging nicht an ihr Handy, aber ich hatte eine Ahnung, wo sie war.
Ein Nachbar kam mir entgegen, und ich fing die Tür auf, bevor sie zufiel. Den ganzen Weg in den dritten Stock nahm ich zwei Stufen auf einmal.
Ich wollte FEIERN. Auf einmal war so viel Energie in meinem Körper.

Ich klingelte.

Von drinnen hörte ich Lachen

»Vielleicht die Pizzabotin«, sagte Alisa, während sie die Tür öffnete. Sie drehte sich um und schaute mich an. In der halb geöffneten Tür blieb sie stehen.

»Oh, hi. *Felix*.«

Es verwirrte mich, dass sie meinen Namen so überdeutlich und mit Pause sagte.

Eine Tür klickte, und Adrian tauchte hinter ihr auf.

»Hey Felix«, sagte Adrian.

»Willst du mit Pizza essen?«, fragte Alisa. »Wir haben Margherita Spezial bestellt.«

»Ja, kann ich reinkommen?«

So wie Alisa und Adrian gerade standen, blockierten sie die Tür.

»Klar«, sagte Adrian, und sie machten kleine, unbeholfene Schritte zur Seite.

Ich blieb zwischen ihnen stehen, um meine Schuhe auszuziehen. Dann ging ich ins Wohnzimmer und drehte mich zu ihnen um.

»Ich habe das Bild gerade abgegeben«, sagte ich.

Sie flog auf mich zu und umarmte mich. Die Umarmung hätte sich gut angefühlt, wenn es nicht die erste Berührung gewesen wäre, seit ich an der Tür geklingelt hatte. War da ein erleichterter Blick über ihr Gesicht gelaufen?

»Gratuliere«, sagte Adrian und lächelte sogar.

»Oh, ich glaube, wir haben noch Sekt im Kühlschrank. Wir müssen anstoßen, jetzt gleich.« Sie entwischte in die Küche.

Wir haben noch. Als würde sie hier wohnen.

»War ein ganz schöner Brocken Arbeit«, sagte Adrian.

Ich nickte automatisch, dabei war es nicht einmal eine Frage gewesen. Warum lächelte Adrian und machte Small Talk?

Aus der Küche: ein Ploppen. Alisa kam wieder mit der geöffneten Flasche und drei Tassen.

»Sektgläser gibt es keine, aber ist ja egal, oder?«

Wir stießen an: Alisas Gesicht war vom Lächeln verzerrt, Adrian hatte eine Hand in der Hosentasche und spielte mit einem Schlüsselbund. Aus der Etage über dem Zimmer hörte man Geräusche und leise Musik.

Irgendetwas stimmte nicht. Als würden die Wände des Zimmers gleich zur Seite klappen, und jemand würde »Cut« rufen und »Leute, was ist los mit euch? Ihr seid total steif.«

Ich nahm einen Schluck. Der Sekt schmeckte komisch, nein, er roch komisch. Seit wann roch Sekt so? Stopp, es war gar nicht der Geruch des Sektes. Es war der Geruch in dem Raum. Der Geruch war mir nicht aufgefallen, als ich hereingekommen war, vielleicht, weil ich außer Atem gewesen war.

Der seltsame Geruch, der in Alisas Kleidung hing, weil sie jede freie Minute hier verbrachte.

Es roch nach Farbe.

Ich drückte Alisa die Tasse in die Hand.

Mit zwei Schritten war ich an der einzigen Tür im Flur, die klickte.

Ich öffnete die Tür, und der Geruch wallte mir entgegen.

Und der Anblick.

Drei große Leinwände in verschiedenen Stadien der Fertigstellung lehnten an der Wand. Die zwei fertigen zeigten ein brennendes Haus, die andere Ameisen.

Sie waren laut – ich hörte die Balken des Hauses brechen.

Sie waren leise – ich hörte meinen eigenen Atem.

Sie waren warm – ich spürte die Hitze des Feuers auf meiner Haut.

Sie waren kalt – ich spürte die Angst vor den Flammen.

Sie waren ... großartig. Zum Niederknien. Sogar ein Laie wie David würde das sehen.

Ich hatte das Gefühl, dass etwas riss.

Mein zweites Treffen mit Alisa. Meine Frage, ob sie malte. Ihre Antwort: Ich kannte mal jemanden.
Sie hatte ihn ihr halbes Leben lang gekannt.
Kein Wunder, dass Alisa lieber Zeit mit Adrian verbrachte.
Er war ein Meisterflötist, und er konnte malen.

Felix

Einsam wie ein Embryo.

Lächerlich wie ein unlustiger Clown.

Unecht wie ein aus Luftballons gedrehter, schwebender Hund.

Ich.

Felix

In der Nacht wachte ich auf.
Das orange Licht der Straßenlaternen sickerte durchs Fenster.
Es war so still, dass ich den Sekundenzeiger meiner Armbanduhr ticken hörte.
Im Halbschlaf gerade hatte ich an irgendetwas gedacht. Es hatte mich wach gemacht. Was war es?
Das orange Licht der Straßenlaternen sickerte durchs Fenster wie Feuerschein.
Tick tick tick tick.
Das Bild heute. Das Motiv erinnerte mich an etwas.
Tick tick tick.
Eine Todesanzeige, ein Unglück.
Tick tick.
Adrian, der so geschickt auf einer Lichtung ein Feuer anzündet.
Tick.

Ich wusste es: Das Bild in Adrians freiem Zimmer zeigte das Haus.
Das Haus, das abgebrannt war, nachdem Martin Adrians Flöte zerstört hatte.
Martin, der ihn misshandelt hatte.
Adrian war dort gewesen, aber zum Glück nicht zu Hause.
Es war leicht, sich ihn mit einem Feuerzeug vorzustellen.
Alisa musste es gewusst haben.
Deshalb hatten sie sich gestritten.
Deshalb hatte sie ihn ein Jahr lang nicht gesehen.
Es war ein Gedanke aus Halbschlaf und müden Gehirnwindungen, aber er erschien so plausibel:
Adrian hatte das Haus abgebrannt.

7. SEPTEMBER

Felix

Adrian war wie gewohnt auf meinem Platz und spielte. Dass er die Frechheit besaß. Bestimmt sah er meine Wut, aber er spielte das Lied trotzdem zu Ende.

»Hi«, sagte er und setzte die Flöte ab. »Keine Kreide dabei?«

»Wo ist Alisa?«, fragte ich.

»Vermutlich ein neues Handy kaufen.«

Gut, dass sie nicht da war.

»Ich weiß von dem Feuer«, sagte ich.

»Alisa hat mir gesagt, dass sie dir davon erzählt hat.«

»Ich weiß, dass du es warst.«

»Du hast keine Ahnung, wovon du redest«, sagte er ruhig, und so wirkte er auch. Die Anspannung fand sich nur in seinen Händen, mit denen er ruckartig die Flöte auseinandersteckte.

»Aber so war es doch, oder?«

»Was bringt dich darauf?« Behutsam legte er die drei silbernen Teile in den blauen Samt des Flötenkastens.

Dass er vor mir kniete und sich anders beschäftigte, machte mich wütend. Noch wütender machte mich, dass meine Indizien sich auf einmal so nichtig anfühlten.

»Dachte ich mir«, antwortete er auf mein Schweigen und klappte den Kasten zu.

»Musst du deine Flöte nicht putzen?«

Ich versuchte, meine Stimme ironisch klingen zu lassen. Warum war Adrian mit so viel beschenkt worden und ich mit so wenig? Er stand auf. »Mache ich zu Hause.«

»Wo du malst?«

»Ach, darum geht es«, sagte Adrian und drehte sich wieder zu mir. »Die Bilder sind gut, stimmt's? Besser als deine.«

Er schaute auf den Boden, von wo aus die Kreidemenschen uns entgegen schauten. Jeder Satz traf. Seine Menschenkenntnis war so gut wie Ollis, nur ohne ihr Wohlwollen.

Mit seinem großen Zeh strich er eine Kreidekante glatt, die ein bisschen verwischt war.

»Du hättest es mir sagen müssen.«

»So wie du Alisa das mit Olli gesagt hast?« Der Sarkasmus war kaum zu hören. *Piano.*

Er beobachtete mein Gesicht, aber ich sagte nichts.

»Du sagst selbst nicht die Wahrheit, aber du magst keine Lügner, hm?«, sagte Adrian mit weicher Stimme. »Du findest Lügen furchtbar. Na gut, ich sage dir die Wahrheit: Ich spiele Flöte. Ich kann nicht malen. Geh hin, schau es dir an. Die Bilder sind nicht von *mir*.«

Alisa

Das erste Mal, als ich wieder einen Pinsel in der Hand gehalten habe: Es hat sich angefühlt, als hätte ich Jahre lang unter Decken aus Moos geschlafen und wäre unmerklich versteinert, und in der klirrendsten Kälte des Winters hätte jemand das Grün weggerissen und gesagt: Es ist kalt, aber du bist wach.

Ich war in das Zimmer geschlichen, zu der Leinwand und den Rahmenstücken, die du gekauft hattest. Es war mitten in der Nacht, und ich habe die Leinwand ausgerollt, die Farben genommen und mit den Händen darauf verschmiert.

Irgendwann hast du in der Tür gestanden und mir zugesehen. So wie jetzt, als du die angelehnte Tür öffnest und deine Schritte hereinkommen.

Und dann bist es gar nicht du, sondern Felix.

Ich fühle mich ertappt und dann ganz ruhig. Das ist also der Moment, wo er mich sieht. Wo er mich erkennt.

Es ist wie ein Rausch: All die Momente, als wir in unserer Dachboden-Höhle Töne und Farben gemalt haben. All diese Momente stapeln sich aufeinander, um die Person zu bilden, die ich gerade bin.

Felix schaut mich an.

Manchmal, für Bruchteile von Sekunden, macht die Welt Sinn. Ah, denke ich dann. So ist das also.

Und dann hat man für einen Moment den Eindruck, jemand würde mit einem Skalpell die oberste Hautschicht der Welt anheben und man könnte sehen, was darunterliegt. Aber man macht sich etwas vor: Man hat nur bis zur *Dermis* geschaut, man hat nicht den Knochen gesehen, man weiß nicht, was darin ist. Außerdem sind echte Einblicke nicht glatt geschnitten. Echte Einblicke sind klaffende Wunden mit zerfetzten Rändern, Splitterbrüche.

Denn für einen Moment fühle ich diese Klarheit, dieses »Endlich, oh Gott, er weiß es jetzt«.
Dann verändert sich sein Gesicht.
»Lügnerin«, sagt er.

Felix

Diese Traurigkeit bei jedem Schritt wie ein tränennasses Ausatmen.
Ihr Kunst-Abi.
Die Farben in dem Fotoalbum.
Die perfekte Skizze von Adrian auf seiner Homepage.
Wie sie jede meiner Mal-Überlegungen verstanden hatte.
Wie intensiv lebendig sie in den letzten Tagen gewesen war.
Diese Traurigkeit. Als hätte man etwas Glitzerndes in der Hand gehabt und hätte es nicht festhalten können, und jetzt glitzerte nur noch die Erinnerung, aber auch die stumpfte schon ab.
Ich wählte die Nummer, und sie hob ab.
»Olli?«, sagte ich. »Es tut mir leid.«

8. SEPTEMBER

Felix

Auf dem Fahrrad raste ich durch die Nacht. Der Olympia-See: Groß und still und klar. Die saftig grünen, gewundenen Wiesen. Dann war ich auf der Straße. Asphalt und Ampel und grau, und schon wieder vorbei, während ich eine Allee hinunterstrampelte. Schnell, ich konnte noch schneller, konnte mich immer noch ein bisschen mehr in die Pedale stemmen, war auf einmal so wach. Bremste scharf bei einer Ampel, überfuhr eine andere. Das Wasser in den 1,5-Liter-Flaschen gluckerte bei jedem Tritt in die Pedale.

Der Platz war dunkler als die Straße, und ich konnte nicht sagen, ob es an den Bäumen gegenüber lag oder daran, dass er tatsächlich weniger beleuchtet war.

Meine Knie zitterten, als ich abstieg. Mein Atem kam mit harten Kanten und schliff sich nur langsam ab.

Ich stellte das Fahrrad ab und nahm die erste Flasche aus dem Rucksack. Im Schein des Vorderlichtes kippte ich das Wasser über die Kreidemalerei. Einen Moment hielt sich Alisas Gesicht noch, als würden die Partikel sich am Boden festkrallen, dann verliefen ihre Züge. Die Flasche gluckerte. Ich kippte weiter: löschte mein eigenes Gesicht, das ich neben ihres gemalt hatte. Es war ein seltsames Gefühl.

Eine Fußgängerin lief vorbei – sie warf mir einen bösen Blick zu. Aber es war nachts, und die Leute blieben im Dunkeln nicht gerne stehen. Das ist mein Gesicht, wollte ich sagen, aber da war sie schon weg.

Ich nahm die zweite Flasche aus dem Rucksack und löschte auch die Bilder daneben, sodass es aussah, als wäre etwas heruntergefallen, und die Pfütze hätte zufällig ihr Gesicht mitgenommen. Nicht, dass sie vorbeikam und wusste, wie sehr sie mir wehgetan hatte.

12. SEPTEMBER

Alisa

Ohne dass ich es bemerkt habe, ist es September geworden. Das ist jedes Jahr ein seltsames Gefühl – wenn der Himmel wolkenlos ist, aber das Licht trotzdem weniger wird, als gäbe es ein himmlisches Leck, durch das es hinausfließen würde. Die Dunkelheit kommt mir immer zu schnell.

Du spielst laut Flöte, um die Welt um mich herum leiser zu machen und meine Gedanken auch. Du spielst mir ein Meer aus Tönen, zum Schwimmen, zum Verschwimmen, zum Mich-Auflösen.

Ich rolle mich auf deiner Matratze zusammen. Die Pizza, die du bestellst, schmeckt nicht halb so gut wie die Pizza, die Felix bäckt. Er macht seine Tomatensoße selbst, weißt du?

Ich dachte immer, wir wären genug. Du und ich. Die Höhle. Die Musik und die Farben. Die Querflöte und der Pinsel. Aber das stimmt nicht – nicht mehr. Als du nicht da warst, hat sich die Welt geweitet, und der Horizont ist ein Stück weiter in die Ferne gerückt.

Ich vermisse Felix. Es ist ein sehr einfaches Gefühl. Dass er zwei Stunden in Pizzateig und Belag steckt und dann eine Schere nimmt, um die Pizza zu schneiden, und dass er trotz seines Essens-Snobismus die billigen, weichen Butterkekse bevorzugt.

Ist es nicht witzig, dass die ersten Dinge, dir mir bei ihm einfallen, die Essensdinge sind, obwohl die eigentlich unwichtig sind?

Ich wüsste nicht, wie ich ihn dir anders beschreiben soll als in diesen kleinen Schnipseln eines zerrissenen Tagebuches. Aber vielleicht ist das so: Wir kommen für Talent, Intelligenz und Schönheit eines Menschen, und wir bleiben für seine Kleinigkeiten und wie wir uns in seiner Gegenwart fühlen.

Du beginnst mit dem Packen, während ich neben dir liege und auf dem riesigen Bildschirm meines frisch ausgepackten Handys über die Bilder auf Felix' Homepage flippe. Sie sind so ehrlich und voller Herzblut, genau wie er.

Du hast mir erzählt, dass er Olli geküsst hat. Ich weiß, du hast gedacht, es tut dann vielleicht weniger weh, aber da lagst du falsch.

Ich habe mehrmals versucht, ihn anzurufen.

Das Freizeichen kommt immer verräterisch schnell.

14. SEPTEMBER

Felix

Jeden Tag fuhr ich auf dem Weg zum Café Carlo an ihrer Wohnung vorbei.

Fielen die Blätter, weil es so trocken war, oder war das schon der Herbst?

Ich vermisste sie, als wäre ich gerade erst gegangen.

17. SEPTEMBER

Alisa

Ich bin Felix' Wohnung gewohnt. Das fällt mir an den Lichtschaltern auf. Ich bin es gewohnt, dass die Lichter im Flur sich von alleine ausschalten.

Kleiner Käfer, ich bin ihm viel zu nahe gekommen. So lange wollte ich nichts von anderen Leuten wissen. Ich wollte andere Leute nicht brauchen. Aber weißt du, andere Leute nicht brauchen wollen und andere Leute brauchen ist dieselbe Sache.

Ich hasse Felix dafür, dass er mir gezeigt hat, dass alles mit etwas Zitrone besser schmeckt. Ich hasse ihn dafür, dass ich jetzt Balsamico-Creme und Honig brauche, wenn ich Brot mit Ziegenkäse essen will. Ich hasse ihn dafür, dass ich nicht mehr in der Mensa esse und meine Lebensmittelausgaben sich verdreifacht haben.

Und am meisten hasse ich ihn dafür, wie sehr er mir fehlt.

Nachts kann ich nicht schlafen, und am Tag fühle ich mich durchsichtig. Kochen ist das Einzige, das hilft.

Nach dem Essen liege ich in meinem Bett oder auf deiner Matratze und schaue mir seine Bilder an, bis der Akku aufgibt.

Immer hoffe ich, ein neues Bild zu sehen, aber er stellt keine auf seine Homepage.

Kreidebilder und dazu verbrannte Pizza, verkochte Nudeln, matschiges Gemüse, rostige Tomatensoße.
Willst du mal probieren?

Felix

Die Kreide-Menschen waren trauriger geworden. Keine Luftballons mehr, keine gepfiffenen Noten vor Mündern, keine Tiere. Ich fing die Menschen immer noch ein, ich malte sie immer noch so, wie sie ihre Gesichter und Seelen an mir vorbeitrugen. Aber ich malte jetzt andere Menschen. Die obdachlose Alkoholikerin, den Mann im Rollstuhl, den Künstler mit Liebeskummer.

Die Leute gaben weniger; sie mochten die glücklichen Kinder und Tiere und die Schönen und die Musik lieber.

Aber was sollte ich machen? Ich konnte die glücklichen Menschen nicht malen. Die Kreide verweigerte sich mir.

19. SEPTEMBER

Alisa

Ich wache auf. Weil es so heiß ist, denke ich. Das Laken klebt an meiner Haut und meine Haut am Laken. Habe ich vergessen, die Rollos runterzulassen?

Dann nehme ich meinen ersten bewussten Atemzug und weiß, dass ich nicht wegen der Hitze aufgewacht bin. Es ist dieser Geruch, von dem ich gedacht habe, ich würde ihn nie wieder riechen: schwarzer Rauch.

Er quillt aus der Ecke unter dem Schreibtisch, wo mein Handy mit Felix' Bildern in der Steckdose steckt.

Es ist ein Albtraum.

Ein Flashback.

Unaufhaltsam.

Wie ich aus dem Auto steige …

Die Dinge wiederholen sich – das hier ist die Folge von dem, was wir getan haben.

Und dieses Mal: ich.

Felix

Ich war auf dem Weg zum Café Carlo und in Gedanken verloren und überhörte das Blaulicht, obwohl es immer lauter wurde.

Dann bog ich um die Ecke zu ihrem Haus. Zuerst fiel mir die Drehleiter auf: groß und rot, mit ausgefahrenen Seitenstützen und einer Leiter, die sich langsam in Richtung … ihres Zimmers streckte.

Da sah ich auch das Feuer hinter ihren Fensterscheiben: Es flackerte orange-rot.

Ich legte eine Vollbremsung hin und starrte nach oben.

Nein, bitte nicht. Nicht nach unserem Streit.

Die zwei Feuerwehrmänner hatten den Schlauch im Anschlag.

Das Fenster war geschlossen. Vielleicht war sie gar nicht da.

Sie war bestimmt bei Adrian.

Bestimmt war sie bei Adrian.

Das durchdringende Piepen der Drehleiter schraubte sich durch meine Schläfen. Das Feuer war noch klein, oder? Es war gar nicht so …

Dann barsten die Fensterscheiben.

Alisa

Das Feuer ist unglaublich heiß. Es frisst sich über den Teppichboden in die Küche und läuft die Vorhänge nach oben. In seinem Hunger wirft es die Stehlampe um. Wie ein wildes Tier kreist es um sich selbst, jagt durch das Zimmer auf der Suche nach Sauerstoff, genau wie ich.

Ich bekomme keine Luft, obwohl ich die Luft verzweifelt in meine Lungen ziehe.

Mein Blickfeld verschwimmt.

Ich bin weit weg von der Hitze und spüre sie nur wie eine Erinnerung.

Das Feuer spiegelt sich in der Balkontür. Es lauert. Es legt die heißen Finger dagegen, atmet grollend ein und wirft sich dagegen. Das Glas birst nach außen. Das Feuer kreischt und spuckt im Triumph.

Der Boden kippt mir entgegen.

Ich spüre keinen Aufschlag.

Felix

Ich raste einmal um das Haus herum, zum Eingang. Drei Feuerwehrautos und ein Rettungswagen hatten die Straße zugeparkt. Autos wurden umgeleitet, aber ich quetschte mich durch, schmiss mein Rennrad an die Seite und rannte zum Eingang, der mit rotweißem Band abgesperrt war.

Ein uniformierter Arm fing mich ab.

»Wo glauben Sie, dass Sie hingehen?«, fragte die Feuerwehrfrau.

»Das ist die Wohnung meiner Freundin«, schrie ich und stemmte mich gegen sie.

Wo war sie? Wo war Alisa? War sie noch drinnen? War sie schon draußen? Warum war der Rettungswagen da?

»Sehen Sie dieses Absperrband?«, sagte sie.

»LASSEN SIE MICH DURCH!«

Die Ruine stand mir plötzlich wieder vor Augen. *Schwarze Balken.*

»Das Absperrband mussten wir anbringen, weil die anderen Anwohner auch nicht zurückbleiben wollten. Wir versuchen gerade, das Feuer von außen zu löschen, damit nicht das ganze Haus zuqualmt und man hier weiter wohnen kann. Stellen Sie sich bitte zu den anderen.«

Sie deutete in Richtung einer Traube evakuierter Bewohner, unter denen ich vage ein paar Gesichter erkannte.

»Wo ist sie?«, fragte ich. »Ist sie schon draußen?«

»Es wurde jemand rausgeholt«, sagte sie. »Fragen Sie die Sanitäter.«

Schwarze Balken. Ein Mann, verbrannt.

Ich sprintete hin.

Die zwei Sanitäter kümmerten sich gerade um eine ältere Frau, die auf der Ladefläche saß. Einer von ihnen, ein Typ in meinem Alter mit kurzen Haaren und Goldohrring, drehte sich zu mir um.

»Alisa Herre«, stammelte ich.
»Weiß ich nichts von«, sagte er.
»Sie müssen doch wissen, wo sie hin ist.«
»Keine Ahnung, Mann. Wir sind bloß der zweite Wagen, weil diese Dame hier bei der Evakuierung einen Schwächeanfall hatte.«
»Wo bringen Sie die Verletzten hin?«
Er sagte mir den Namen des Krankenhauses.
Ein Mann, verbrannt. Feuerwehrmänner bergen den Körper.
Ich musste sofort hin. Natürlich musste ich hin. Mit dem Fahrrad wäre ich wohl am schnellsten gewesen, aber ich fuhr mit der U-Bahn, weil ich mir nicht zutraute, an roten Ampeln zu halten und rechts vor links zu akzeptieren. Außerdem zitterten meine Knie.
Bitte, nicht nach unserem Streit. Bitte, lass es ihr gut gehen.
In der Bahn kauerte ich ganz vorne auf der Kante des Sitzes, trommelte mit den Fersen in den Boden und drehte mein Handy hin und her, während wir an überflüssigen Stationen hielten und die Leute viel zu langsam einstiegen und sich im letzten Moment noch reinquetschen wollten. Zurückbleiben, verdammt.
Ob ich Adrian Bescheid geben sollte?
Ja, nein, vielleicht? Er war ein Arschloch. Und Alisas Bruder. Und ich konnte ihn nicht leiden. Und sie würde ihn brauchen.
Schließlich schrieb ich ihm eine SMS.
Ich würde sie sowieso zuerst sehen.
Dann rannte ich den Weg von der U-Bahn zum Krankenhaus und spürte dabei meinen eigenen Atem nicht.
Am Empfang sagte man mir eine Zimmernummer.

Alisa

Ich bin umgefallen, und der Boden hat sich unter mir bewegt, und ich bin in einem weißen Bett aufgewacht. Es ist seltsam, in einem solchen Bett zu liegen, nachdem ich während des Praktikums so viele Tage in einem Krankenhauskittel darum herumgelaufen bin. Jetzt steht Felix in einem dunkelblauen Hemd an der Tür. Er hat die Hand zum Klopfen gehoben, aber dann sieht er, dass ich ihn schon gesehen habe, und kommt zögerlich ins Zimmer. Das Bett unter mir scheint sich zu bewegen, aber das kann nicht sein, oder? Sonst würde Felix es festhalten.

»Ich bin gerade vorbeigefahren«, erklärt er.

Ich nicke, auch wenn ich gar nichts kapiere, außer der Blase aus Wärme in meinem Bauch, ihn jetzt zu sehen.

»Ist heute nicht die Ausstellung?«, frage ich.

»Morgen«, sagt er.

Eine Krankenschwester kommt rein, um mich zu verkabeln. Wir schweigen, bis sie wieder draußen ist. Felix schaut weg, als sie mein Krankenhaushemdchen anhebt, und das tut seltsam weh. Ich schließe die Augen. Als hätte es so sein müssen, dass ich hier lande.

»Was ist mit dir passiert?«, fragt er.

»Ich bin umgekippt. Eine Rauchvergiftung habe ich wohl nicht, aber sie behalten mich zur Beobachtung über Nacht da.«

»Wie kam es zu dem Feuer?«

»Die Sanitäter haben unterwegs darüber geredet, dass es wahrscheinlich der Handy-Akku war. So banal, oder?«

Er sagt nichts.

Warum steht er so weit von mir entfernt?

»Warum bist du da?«, frage ich.

»Ich weiß es nicht«, sagt er, und das ist nicht die Antwort, auf die ich gehofft habe.

»Willst du eine Erklärung?«, frage ich, weil er doch ständig nach

Antworten sucht und ich irgendetwas sagen muss, damit er mich wieder anschaut.

Er nickt. Kopfschmerzen rammen sich durch meine Schläfen, aber ich beiße die Zähne zusammen.

Ein letztes Mal fange ich an zu erzählen.

Nachdem er deine Querflöte zerschlagen hat, waren wir hoffnungslos.

Das Abi war bald, und wir wussten beide nicht, wie wir es bestehen sollten, wenn sich keiner von uns länger als eine Viertelstunde auf Analysis und Literaturepochen konzentrieren konnte.

Du bist wieder schmaler geworden, als wolltest du deiner Flöte ähnlicher sehen.

Ich war erschüttert von der Ungerechtigkeit der Welt: Wenn du Atemübungen gemacht hast, obwohl dir die Rippen schmerzten, und ich malte, obwohl ich vor Tränen nichts sehen konnte und die Welt einen trotzdem scheitern ließ.

Meine Stimme bricht beim Erzählen ab. Da ist keine Luft mehr, da sind keine Worte mehr. Ich erwarte das Gefühl vor dem Brechreflex, wenn der Rachen sich weitet. Aber auch das passiert nicht. Es steckt einfach alles in meinem Hals fest.

Mühsam presse ich die nächsten Worte heraus.

Ich schlief schlecht, auch bei abgeschlossener Tür. Wann immer ich einschlafen wollte, hörte ich ein Geräusch und schreckte auf. Die Gedanken krochen durch meinen Kopf. In einer Nacht, am Rand der Erschöpfung, kam mir die Lösung. Sie war einfach da und schwebte leuchtend in meinem Kopf.

Leise, um dich, der du ebenfalls kaum schliefst, nicht zu wecken, rollte ich mich aus dem Bett und fuhr unseren Laptop hoch. Eine Stunde lang informierte ich mich. Als ich zurück ins Bett kroch, waren meine Augen trocken und müde wie seit Tagen, aber dieses Mal spürte ich die Müdigkeit auch hinter meinen Augenlidern. Mein ganzer Kopf war schwarz und schwer. Sobald ich unter der Decke lag, schlief ich ein.

Wir bestanden beide unser Abi und ich sogar sehr gut. Zur Belohnung fuhr Erika mit mir nach Frankfurt, zu einer Ausstellung, die ich mir gewünscht hatte. Ich hatte alles vorbereitet: Du würdest bei deinem Querflötenlehrer übernachten. Martin wollte campen fahren.

Mein Plan war einfach: Du musstest nur den Topf auf den Herd stellen und gehen. Der Topf würde durchbrennen, und als Erstes würde die Dunstabzugshaube Feuer fangen. Dann würde es etwas dauern, bis sich durch die Hitze etwas anderes entzündete: der Schrank, die Küchenrolle, die Vorhänge, die Tischdecke und dein Flötenkoffer, der zufällig auf dem Tisch lag. Die Versicherung würde eine neue Flöte bezahlen.

Gab es die Chance, dass sein ganzes verdammtes Holz-Haus abbrannte und nichts übrig blieb? Natürlich.

War es diese Möglichkeit, die den Plan besonders reizvoll machte? Ganz genau.

In Hochstimmung fuhr ich mit Erika zu der Ausstellung. Es war ein toller Tag, wir aßen Eis und checkten abends sogar in einem Hotel ein. Am nächsten Morgen erreichte uns die Nachricht.

Wir waren schon auf dem Rückweg, Erika und ich. Erika musste rechts ranfahren, und ich kotzte in das Gras. Gelbe Kotze, gelbes Gras. Es hatte so lange nicht geregnet.

Nur langsam habe ich realisiert, was ich getan habe.

»Er ist nicht campen gefahren«, sagt Felix.

Ich nicke müde. Seinen Gesichtsausdruck kann ich nicht deuten. Ist er abgestoßen?

Du warst jedenfalls froh. Selten habe ich dich so glücklich gesehen wie in diesen Tagen.

Und ich? Auf einmal fühlte ich mich abgekappt von dir, wie unter einer Glasglocke. Erika brach zusammen, und dir konnte ich nicht in die Augen sehen. Du hast nicht verstanden, wie ich mich gefühlt habe, und ich war so wütend auf dich.

Also bin ich gegangen. Ich habe nicht mehr mit dir geredet und nicht mehr gemalt.

Die Gedanken spülten mich unter. Ein langsames Ertrinken, bis ich eines Tages am Strand aufwachte, mit rauem Hals und orientierungslos, die Wellen brandeten über meine Füße. Das war das Ende des ersten Semesters. Ich kam aus der Klinik von einem Testat und lief an diesem Platz vorbei. Jemand hatte eine Figur auf den Boden gezeichnet. Ein junger Mann. Es war klirrend kalt, schon Nachmittag und gerade am Dunkelwerden. Die Autos hatten schon die Scheinwerfer eingeschaltet und die wenigen tapferen Radfahrer auch. Der Himmel war grau, was alles noch dunkler machte. Weihnachten war schon vorbei. Das neue Jahr war schon vorbei. Gute Vorsätze waren schon vorbei. Ich hörte Menschen, hinter mir quoll eine Touristengruppe aus einem Museum und spülte die Geräusche nach draußen. Eine erste Schneeflocke legte sich auf die Figur auf dem Boden. Es schneite in der Stadt. Es gab Menschen in der Stadt. Ich war da. Das Meer hatte mich wieder ausgespuckt.

Felix

Ich hatte nicht gewusst, dass sie meine Bilder schon vor unserem ersten Gespräch gesehen hatte und welche Wirkung sie auf sie gehabt hatten, auch wenn es wohl mehr das Überraschungsmoment als meine Technik gewesen war. Das Kompliment strich an mir vorbei. Ich sah sie an. Sie war blass unter ihrer gebräunten Haut. Ihr Haar war offen, und über ihren Ohren ringelten sich feine Strähnen. Sie war ungeschminkt. Ich konnte all das sehen, aber zum ersten Mal war es nicht genug.

Ihr Blick war voller Erwartung, als müsste ich reagieren. Dabei hatte sie mir überhaupt nicht erzählt, was ich wissen wollte. Es war immer dieselbe Leier: Adrian, das Feuer. Nichts, das mit mir zu tun hatte. Und keine Erklärung, warum sie mich angelogen hatte, als mir ihre Meinung am wichtigsten war.

»Ich habe dir vertraut«, sagte ich.

Auf dem Monitor hinter ihr beschleunigte sich ihr Herzschlag, während sie offensichtlich nach den richtigen Worten suchte.

»Ich habe das Malen aufgegeben, als ich nach München gekommen bin«, sagte sie. »Meinen Traum. Mein Talent. Es war meine Sühne, verstehst du?«

»Warum hast du dich überhaupt mit mir getroffen, wenn du wusstest, dass du besser bist?«

»Glaubst du, es interessiert mich, ob du besser malen kannst als ich?«, sagte sie.

Nein. Natürlich interessierte es sie nicht. Sie wusste ja, dass sie gut war. Zwischen all ihren Ängsten hatte sie daran nie gezweifelt.

Ich zweifelte auch nicht mehr. Wenn man einmal gesehen hatte, wie jemand geboren war, etwas zu tun, gab es keine Interpretationsspielräume. Die Wahrheit schlug einem ins Gesicht.

All die Bilder und Skizzen von ihr auf meinem Handy. All die Zeit, die ich mit ihr verbracht hatte. All ihre Geheimnisse.

»Wer bist du?«, fragte ich.

Schon als ich die Tür hinter mir schloss, hatte ich das Gefühl, gerade einen Fehler zu machen. Aber ich wusste nicht, was ich anderes hätte sagen sollen, deshalb ließ ich die Klinke nach oben schnappen und ging langsam den Gang hinunter.

Jemand hastete an mir vorbei. Ich erkannte ihn kaum, so verzerrt war sein Gesicht, während er in ihre Richtung rannte.

»Adrian«, rief ich.

Ruckartig drehte er sich um. Er hatte keine Schuhe, keine Querflöte, kein gar nichts. Seine Augen flossen über vor Angst.

»Es geht ihr gut«, sagte ich.

Ein unkontrollierter Laut kam aus seiner Kehle, und er nickte mir zu, bevor er sich abwandte.

In diesem Moment verstand ich etwas über Alisa: wie schlimm es gewesen sein musste, in all den Nächten vor dem Brand, aber vor allem in all den Nächten danach. Als sie alleine gewesen war und nicht einmal mehr ihren Bruder gehabt hatte. Nur die Schuld war ihr geblieben und hatte sie heimgesucht, bis sie dachte, der Brand wäre nie passiert.

Seit unserer ersten Begegnung hatte ich versucht, sie zu sehen, aber erst jetzt, als ich ging, hatte ich das Gefühl, es wäre mir zum ersten Mal gelungen.

Alisa

Du stehst neben dem Bett mit fragendem Blick.

Keine Angst. Ich habe ihm nichts von dir erzählt. Vielleicht denkt er sich etwas, aber er hat nicht gefragt, und erzählt habe ich nichts.

Ich habe nicht erzählt, dass ich gleich, nachdem Erika mir beiläufig erzählt hatte, dass Martin nicht campen war, aus Frankfurt angerufen und dir gesagt habe, dass du nach Hause fahren musst, um das Feuer zu löschen.

Ich habe ihm nicht gesagt, dass du Ja gesagt und dann aufgelegt hast.

Ich weiß nicht, was du dann gemacht hast. Hast du vor deinem Handy gesessen und überlegt? Oder war es nie eine Frage für dich, zu dem Haus zu fahren und das Feuer zu ersticken? Woran hast du gedacht? Die Querflöte? Die salzigen Nächte? Die Angst, wenn man das Zimmer verließ? Die Wut?

Ich weiß es nicht. Aber du saßt da, und was auch immer du gemacht hast, du hast das Feuer nicht gelöscht.

Und als wir nach Hause kamen, war es zu spät.

21. SEPTEMBER

Felix

So fühlte sich das also an. Die Strecke nach der Ziellinie: mit einem Sektglas in der Hand in der Mitte eines Raumes zu stehen, in dem sich hippe Menschen bei noch hipperer Musik ein Bild anschauten, das man selbst gemalt hatte. Der Bass ließ den Sekt in meinem Glas vibrieren.

Gerade hatte Katharina durch die Ausstellung geführt und bei meinem Bild von einem »aufstrebenden Künstler mit außergewöhnlicher Beobachtungsgabe« gesprochen. Olli hatte am lautesten geklatscht und dann ihr Sektglas geext.

Jetzt kam sie mit Nachschub wieder und hängte sich bei mir ein. Sie trug ein Mini-Kleid, und es hechelten ihr schon einige Besucher in teurerer Kleidung hinterher.

»Und, schon das nächste Bild in Planung?«, fragte sie.

Ich schüttelte den Kopf. Inzwischen wusste ich mit völliger Sicherheit, dass ich nicht mehr malen würde. Nicht, nachdem ich Alisas Bilder gesehen hatte. Sie war besser als jeder einzelne Künstler hier im Raum.

»Das war's mit dem Berufskünstler-Dasein«, sagte ich.

Es fühlte sich befreiend an, das auszusprechen. Jetzt – im Nachhinein – konnte ich genau sehen, wie ich mich unter Druck gesetzt und buchstäblich in eine Ecke gemalt hatte, weil ich anders sein wollte als David und besser als Adrian.

»Auch gut«, sagte Olli nur.

»Und was mache ich jetzt?«, fragte ich, weil ich auf einen schlauen Olli-Satz gehofft hatte.

Sie drehte sich zu mir um und drückte mir das Sektglas in die Hand »Wie wäre es, wenn du die Dinge einfach mal auf dich zukommen lassen würdest? Volles *Hakuna Matata* voraus?«

»Na ja ... Ich nehme an, wenn du mit dem Studium fertig bist, könnten wir zusammen ein Taxi-Unternehmen aufmachen«, sagte ich.

Olli schnitt mir eine Grimasse. »Oder du könntest im Café Carlo die warme Küche einführen. Oder Bücher illustrieren. Oder in ein Design-Büro reinschnuppern. Mann, Felix. Sind das nur die Häppchen, oder riecht es gerade tatsächlich nach ungeahnten Möglichkeiten?«

»Nee, nee«, sagte ich. »Das riecht nach übertriebener Begeisterung.«

Olli lachte und ließ ihren Blick durch den Raum schweifen.

Sie sagte: »Ich glaube, du hast noch mehr Gäste.«

David stand an der Tür. Mit seinem schieferfarbenen Anzug und dem fein getrimmten Bart fiel er unter den Gästen kaum auf. Ganz im Gegenteil zu der Frau und dem Mann hinter ihm, die in ihren praktischen Schuhen und den regenfesten Jacken allem Anschein nach den Touristenführer falsch rum gehalten hatten.

Meine Eltern.

Ich schob mich zu ihnen durch.

Meine Mutter drückte mir einen Kuss auf die Wange. »Hier ist es aber laut«, rief sie.

»Hättest ja mal Bescheid sagen können, dass du eine Ausstellung hast«, sagte mein Vater und schüttelte mir die Hand.

Ich habe ja nicht gedacht, dass ihr kommen würdet, dachte ich.

Dann stand ich vor David. »Ich habe ihnen Bescheid gesagt *und sie vom Bahnhof abgeholt*«, sagte er und warf mir einen bedeutenden Blick zu. Die Fahrt hierher war vermutlich der anstrengendste Teil seiner Woche gewesen.

Ich hatte keine Ahnung, wie ich mit ihm umgehen sollte. War es seine Art der Entschuldigung, dass er unsere Eltern herschleppte, obwohl er sich schlecht mit ihnen verstand?

»Hi«, sagte Olli da zu meinen Eltern. »Soll ich Sie rumführen?«

Sie warfen mir einen fragenden Blick zu, aber ich nickte ihnen zu, und sie zockelten Olli hinterher, die schon auf sie einquatschte.

Mein Mund war trocken.

»Du hättest mir sagen können, dass ich die Ausstellung nur wegen deiner Beziehungen bekommen habe«, sagte ich, und obwohl ich mir Mühe gab, konnte ich die Enttäuschung nicht ganz verstecken.

David zog eine Augenbraue nach oben.

»Erstens war das nicht so«, sagte er. »Katharina fand das mit der Kreide einfach originell. Und zweitens wolltest du nicht mit mir reden, und deshalb habe ich dir eine Mail geschrieben. Betreff: Wichtig, bitte lesen.«

»Da war was«, sagte ich.

»Und drittens ...«

»Ich dachte ja schon, dass ich unter drei nicht davonkomme.«

»Und *drittens*«, wiederholte David grinsend und lauter. »Unterstütze ich meinen Bruder, wenn ich weiß, dass es ihm wichtig ist.«

Ach ja?

Jetzt schaute er ernst. »Was ich zu dir gesagt habe, tut mir leid.«

»Welcher Teil der tausend Beleidigungen denn?«, fragte ich, halb im Scherz.

»Mensch, Flip«, sagte David und boxte mir auf die Schulter. »Mach es deinem alten, langsam Haarausfall bekommenden Bruder nicht so schwer.«

»›Flip‹ ist nicht mehr«, sagte ich. »Und soll ich dich jetzt wegen deiner Haare bemitleiden?«

»Wirst du, wenn du auch die ersten kahlen Stellen auf deinem Schädel entdeckst.«

Er seufzte und strich sich durch die Haare. »Sei froh, dass du der Jüngere von uns beiden bist«, sagte er.

»Mir tut es auch leid«, sagte ich.

Ich hielt ihm die Hand hin. Er schlug ein.

»Ihr könntet noch ein bisschen näher nebeneinander stehen«, sagte meine Mutter und blitzte mit ihrem Fotoapparat. »Ich habe extra meine *Digi-Cam* mitgenommen, und ich will bis zu meinem Ersatz-Akku Bilder schießen.« Sie knipste. »Und jetzt du und Olivia«, sagte sie und suchte nach Ollis Gesicht in der Menschentraube.

»Deine Mutter will eigentlich nur wissen, ob das deine Freundin ist«, brummte mein Vater.

»Fred!« Meine Mutter schlug ihm entrüstet auf den Arm.

»Will sie«, sagte mein Vater.

»Nein, ist sie nicht«, sagte ich, bevor meine Mutter weiter widersprechen konnte. »Olli ist meine beste Freundin.«

»Wo ist deine Freundin denn dann?«, fragte meine Mutter. »David hat uns auf der Fahrt von ihr erzählt.«

Alisa.

»Sie ist nicht hier«, sagte ich, als wäre es nicht offensichtlich, dass in dem Raum jemand fehlte – die Person, wegen der ich überhaupt hier war.

Aber sie war dort, auf dem Bild. So gut und ehrlich, wie ich sie hatte malen können. So echt, dass ich das Bild nicht anschauen konnte.

Wie viel Überwindung musste es sie gekostet haben, all die Fotos von meinen Bildern zu machen, wenn sie sich das Malen selbst verboten hatte?

Ich führte meine Mutter hin. Sie war einen ganzen Kopf kleiner als ich, und trotzdem fühlte ich mich wie ein kleiner Junge, als sie meine Hand drückte.

»Sie sieht sehr geheimnisvoll aus«, sagte sie.

War sie das? Es traf es nicht so richtig. Am Ende hatte sie keine Geheimnisse gehabt, sondern nur sehr viel Angst.

»Ja«, sagte ich, ohne hinzuschauen. »Das tut sie.«

23. SEPTEMBER

Alisa

Wir liegen auf deiner Riesenmatratze und betrachten den Stuck an der Decke deiner Wohnung. Wir liegen noch so da, wie wir an dem Abend, als wir aus dem Krankenhaus kamen, hier eingeschlafen sind: wir zwei unter der großen Decke. Wir warten, worauf wissen wir nicht genau. Auf das Vibrieren eines Handys, das Schrillen der Türklingel.

Den ganzen Nachmittag hat es geregnet, aber jetzt strahlt die Sonne durchs Fenster, als wäre der Himmel blau, was wir von unserer Position auf dem Bett nicht sehen können. Wir haben uns noch nicht bewegt.

Sich zu bewegen würde heißen, dass es weitergeht, und ich weiß nicht, was es heißt, von diesem Punkt aus weiterzugehen. Weitergehen wohin? Und wie? Kann man weitergehen mit einem so großen Geheimnis?

Die Stille ist weich wie indirekte Beleuchtung. Am Rand der Stille treffe ich dich wieder. Du drehst dich auf die Seite und schaust mich an. Aus meinem Blickwinkel, mit den Augen auf der Matratze, scheint sich das weiße Laken in alle Richtungen zu erstrecken, und da bist du.

»Warum, glaubst du, hat es bei mir gebrannt?«, frage ich.

Du schaust mich fragend an. »Dein Handy hatte einen kaputten Akku«, sagst du. »Die Sorte, die sie jetzt überall zurückrufen.«

»Aber warum sollte es einfach so *bei mir* brennen?«, frage ich, drängender. »Das ist doch unwahrscheinlich.«

Dein Gesicht wird dunkel. »Was denkst du denn, was der Grund war?«

Ich zögere. Es fällt mir schwer, es auszusprechen. »Der Kochtopf war meine Idee.«

Du packst meine Handgelenke. Es tut weh. »Hör auf«, sagst du. »Hör endlich auf, nach einem Grund zu suchen, wenn es keinen gibt. Manchmal gibt es keinen. Manche Dinge haben nicht einmal den Trost einer Erklärung.«

Ich werde blaue Flecken an meinen Handgelenken bekommen, so wichtig ist dir, dass ich es verstehe.

»Ist das angekommen?«, fragst du.

Meine Wange reibt über die Matratze. Das heißt »Ja«.

Ich bemerke, dass ich weine. Die Tränen rinnen warm über meine Wange, und das Laken saugt sie auf. Jede Träne ein Moment, in dem ich Angst gehabt habe, glücklich zu sein. Dabei ist die Lösung nur einen Gedanken entfernt: Vielleicht liegt es nicht an mir. Vielleicht gibt es keinen Grund. Vielleicht hat Erika getan, was sie konnte.

So liegen wir da:

Du schaust mich an.

Ich schaue dich an.

Das Laken trocknet.

Die Zeit in der Wohnung scheint langsamer zu vergehen als draußen. Während die Menschen draußen Feuer löschen und Kinder adoptieren und sich in Kreidemenschen auf dem Pflaster verlieben, liegen wir auf der Matratze, und die Sonne zieht am Fenster vorbei.

»Ich glaube, er wird es nicht mehr verraten«, sagst du schließlich.

»Habe ich nie geglaubt.«

»Ich weiß. Tut mir leid.«

Ich nicke.

Ich fühle mich sehr leicht. Wie das glitzernde Staubkorn, das im Sonnenstrahl über der Matratze schwebt.

In der Ecke steht dein gepackter Koffer. Morgen gehst du, und ich bleibe hier, in deiner Wohnung, bis du zurückkommst. Es ist die Adresse, die ich auf meiner Bewerbung für die Akademie der Bildenden Künste angeben werde. Jeden Tag werde ich den Briefkasten in der Hoffnung öffnen, dass eine Zusage angekommen ist – außer in zwei Monaten, wenn ich dich in Porto besuche.

»Warum bist du nach München gekommen?«, frage ich dich.

Du runzelst die Stirn, weil du die Frage nicht verstehst.

»Wegen dir«, antwortest du.

»Warum jetzt? Warum nicht vor einem Jahr?«

»Ich dachte, wenn du auf die SMS antwortest, heißt das, dass ich eine Chance habe.«

»Was meinst du?«, frage ich.

»Die SMS waren nicht von Erika.«

Ich bin verblüfft von deiner Trickserei. Das ist eine neue Information.

»Aber ich habe ihr – dir – nie geantwortet«, sage ich.

»Doch, hast du. Deshalb bin ich doch hier.«

Du stehst auf und holst einen Umschlag. Darin steckt eine SIM-Karte, und du schiebst sie in dein Dinosaurier-Handy. Dann klickst du dich bis zu dem SMS-Wechsel durch.

Tatsächlich. Da ist eine Nachricht von mir.

Hör auf, mir wehzutun.

»Ich habe das nicht geschrieben«, sage ich.

Und denke: Felix.

Du nickst langsam, und deine Wange streicht dabei über das Laken.

»Du solltest jetzt gehen«, sagst du.
»Meinst du …«
»Ja.«
Ich schaue dich an, ob du es ernst meinst.
Dann rutsche ich über das Laken und küsse dich auf die Wange.

Alisa

Mein Herz schlägt schnell und laut, als ich aus der U-Bahn steige. Der Himmel ist aufgerissen und strahlt tatsächlich in einem irritierend hellen Blau. Der Boden dampft. Der Regen scheint das letzte Grün der Blätter noch schwerer gemacht zu haben.

Die Galerie ist offen, aber es sind keine Kunden da. Als ich die Tür öffne, klingelt eine leise Glocke, und eine Frau mit kurz rasierten weißen Haaren – das muss Katharina sein – schaut auf. Sie hebt einen Finger, und ihre Augen leuchten, als hätte ihr gerade jemand eine nette Nachricht geschickt. »Bin gleich da.« Und senkt den Blick wieder auf ihr Handy-Display.

Ohne anzuhalten, gehe ich zu dem Bild.

Es hängt in einer Ecke. Ein schlechter Platz – ich hoffe, Felix war nicht enttäuscht deswegen. Der Boden knarzt unter meinen Schritten, als ich langsam näher komme.

Das Kreidebild – ich kenne es ja schon – ist immer noch gut. Daneben hängt ein weiteres Bild. Es ist klein und gerahmt und nicht aus Kreide, sondern ein ausgedrucktes Foto. Ich erkenne die Szene sofort: Das war bei Ollis Geburtstagsfeier an der Isar. Ich sitze vor einem Lagerfeuer. Funken spritzen in den Himmel. Meine Augen reflektieren das orange Licht, und meine Hände halten – nichts. Kein Stöckchen. Keine Ameisen. Alles an mir leuchtet.

»Gehört das Bild zur Ausstellung?«, frage ich Katharina. Der kleine Rahmen passt nicht zu den anderen Leinwänden.

»Eigentlich nicht, aber heute schon«, sagt sie mit einem Lächeln.

Ich fühle mich, als würde ich keine Luft bekommen, fast so wie in dem brennendem Zimmer.

Vielleicht ist es Felix tatsächlich egal, wie Martin gestorben ist, und meine Angst war völlig unnötig.

Und wenn das stimmt, dann liegt es nicht an den Dingen, die ich getan habe, dass Felix und ich nicht mehr zusammen sind, sondern an den Dingen, die ich *nicht* getan habe. Blind vor Angst habe ich ihn nicht gesehen und nicht verstanden.

Kleiner Käfer, was jetzt?

Ich taumele aus dem Raum, obwohl Katharina mich noch einmal anspricht. Draußen setze ich mich auf die Treppe und halte mich an den Stufen fest.

Felix

Gerade setzte sie sich auf die Treppenstufen. Ihre Hände waren so aufgeregt, verkrampft, versuchten, sich an den Treppenstufen zu beruhigen.

Auf Katharinas SMS hin war ich sofort losgefahren und den ganzen Weg gerast, aber meine Atemlosigkeit wurde mir erst jetzt bewusst, als ich sie dort auf der Treppe sitzen sah.

Sie war tatsächlich gekommen.

Gefühle schwappten über mir zusammen. Ein Teil von mir wollte auf sie zulaufen, ein anderer Teil wollte sich vor ihr verstecken. Es machte mir Angst, das hier. Ihr so nah zu sein; ihr so viel Möglichkeiten zu geben, mich zu verletzen. Ihr zu verzeihen, nachdem sie das getan hatte. Mir zu verzeihen.

Und gleichzeitig vermisste ich sie so sehr.

Ich stieg vom Fahrrad und blieb ein Stück vor ihr stehen. Sie sah auf.

»Hi«, sagte sie.

Ihre Stimme war nicht so tief, wie ich sie in Erinnerung hatte. Überhaupt nicht tief eigentlich. Ihre Stimme eben. Vertraut und willkommen.

»Wie war es?«

Erst mit Verzögerung verstand ich, dass sie die Ausstellung meinte.

»Meine Eltern waren da«, sagte ich. »Meine Mutter hat genug Fotos geschossen, um den NSA-Server zum Absturz zu bringen. Es gab Häppchen.«

Plappern. Bedeutungsleere Worte. Nicht, was sie gefragt hatte.

Ich verstummte und setzte mich neben sie. Nach dem ganzen Regen war der Tag schön geworden, sonnig. Vor uns auf dem Pflaster führte eine Ameisenstraße entlang.

»Es tut mir leid«, sagte sie. »Ich hätte dir vom Malen erzählen sollen. Aber als ich wieder angefangen habe, wusste ich nicht wie.«

»Mir tut es auch leid«, sagte ich hastig. Endlich war es draußen. Wir schwiegen, und in dem Schweigen konnte ich unsere Anspannung hören.

»Wie geht es dir?«, fragte ich.

»Ich habe keine Rauchvergiftung.«

»Das meinte ich nicht.«

Sie schüttelte leicht den Kopf und lächelte dabei. So als wollte sie sagen »Natürlich meinst du das nicht«.

»Ich habe mich so lange schuldig gefühlt, dass ich mich nicht alleine davon befreien konnte. Dafür hat es ein halbes Jahr mit dir und einen Moment mit deinem Bild gebraucht.«

Zeit mit mir. Meinem Bild.

»Das Kreidebild?«

Sie schüttelte den Kopf. »Das Foto.«

»Und jetzt?«, fragte ich angespannt.

»Ich weiß nicht. In mir fühlt sich alles weit an. Als würde ich an einer Startlinie auf einer ausgedehnten Ebene stehen.«

Eine Startlinie. Möglichkeiten. So fühlte ich mich auch. Aber waren wir noch möglich? Waren wir das?

»Malst du noch?«, fragte sie.

Ich schüttelte den Kopf. »Gerade nicht. Du?«

»So viel.« Sie schaute nach oben, als müsste sie Tränen wegblinzeln. »Es fühlt sich an, als hätte sich die Farbe in mir angesammelt, und jetzt platzt sie heraus.«

Ich nickte. Es tat immer noch ein bisschen weh, wenn sie über das Malen redete, aber es tat weh wie eine Erinnerung.

»Ich habe angefangen, Fotos zu machen«, sagte ich langsam. »Auf der Ausstellung. Es ist wie das Hinsehen vor dem Malen.«

Alisa lächelte, nickte, dann schwiegen wir wieder.

Alisa

Ich weiß nicht, wie ich den Abstand zwischen uns überwinden soll, diese schmalen zehn Zentimeter zwischen unseren Händen auf der Betonstufe.

Der Himmel spiegelt sich blau in den vielen kleinen Lachen zu unseren Füßen, die durch Rinnsale miteinander und mit den Pfützen und kleinen Tümpeln verbunden sind. Die Ameisenstraße windet sich emsig hindurch.

Gerade fühle ich mich hilflos. Ich will das hier so sehr. Ich will Felix und mich mit Felix und eine zweite Chance auf all das, was ich die ganze Zeit schon hätte haben können.

Fast beneide ich die Ameisen um ihre Zielstrebigkeit nach dem Regen. Alles sieht anders aus, sie sind voneinander abgeschnitten, die Welt überrollt von einer Sintflut.

Und was machen die Ameisen? Sie werden sich einen Moment lang umschauen, dann werden sie um die Pfützen herumkrabbeln, sie werden Wege finden, sie werden überleben, wie Ameisen das tun, und das Wasser in dem Moment vergessen haben, wo es verschwunden ist.

Von der Seite schaue ich Felix an. So viel, das ich noch nicht verstehe. So viel, das ich instinktiv weiß.

Nur nicht seine Antwort auf meine nächste Frage.

Felix

»Willst du reingehen?«, fragte sie.

Für einen Moment schloss ich die Augen und hörte nur auf den Klang ihrer Stimme.

In dieser Frage steckten viele andere Fragen. Kannst du akzeptieren, dass ich male? Haben wir noch eine Chance? Werden wir hinschauen, wenn es wehtut?

So viel Angst und Hoffnung und Wollen in einer Frage.

So viel Angst und Hoffnung und Wollen in einem Nicken.

Dann zwei Hände, die sich auf einer Betonstufe berühren.

DANKE

Manche Bücher schreiben sich ganz leicht. Die Geschichte ist auf einmal da, wie ein unerwarteter, aber höchst willkommener Gast, die Dialoge tippen sich in einem Rausch, und die Charaktere erzählen einem flüsternd ihre Geschichte wie verloren geglaubte Seelenverwandte.

Dieses Buch gehört nicht dazu. Nach all den Schreibpausen, euphorischen Phasen, Ideenflauten und Oh-Neins kann ich es kaum fassen, dass ich tatsächlich auf dieser Seite angekommen bin.

Umso mehr Grund, den Menschen zu danken, ohne die ich es nicht so frohen Mutes bis hierher geschafft hätte.

An die ganze Mannschaft von Heyne fliegt: Ich fühle mich bei euch wunderbar aufgehoben, und das kommt nicht von ungefähr. Danke für alle tollen Kleinig- und Großigkeiten!

Ganz besonders danken möchte ich:

Elvina, für den wunderbaren Einsatz von sprühenden Adjektiven und für jede wilde Idee.

Julia, Tina, Patricia und Diana. Da schreibt und denkt und träumt man dieses halb fertige, hoffnungsvolle Ding zusammen – und ihr macht es so leicht, es in eure Hände zu legen. Nicht nur, weil jeder eurer Vorschläge ein Volltreffer ist, sondern auch wegen der Behutsamkeit und der Begeisterung, mit denen ihr den Text besser macht. Es ist mir ein Fest, mit euch Geschichten zu erzählen.

Julia. Irgendwie war jedes Mal, wenn ich gezweifelt habe, eine Mail von dir in meinem Postfach (ja, auch samstagnachts!). Danke für den Rückenwind und jedes Lob am Rand.

Sophie, Martina und Gerd. Danke für eure (allgemeine und spezielle) Bücherbegeisterung – egal ob in München, in Leipzig oder am Telefon.

Meinen Leserinnen und Lesern. Danke für alle Nachrichten, die ihr mir nach »Es ist gefährlich, bei Sturm zu schwimmen« geschrieben habt. Ich freue mich jedes Mal!

Meinen Freunden. Für den Rückhalt, die Unterstützung und die richtigen Gespräche zur richtigen Zeit. Ich danke euch!

Querido Ralf. Keine Postkarte der Welt wäre groß genug für dieses Danke.

Melina und Sinem. Für jede einzelne (auch digitale) Heimsuchung. Mit euch ist alles besser.

Narona. Freundschaft mit dir ist eine Reise zu uns selbst.

Sylvia. Für gefühlte tausend Gespräche bei leckerem Essen und Rauchmandeln, Buchtipps, Mut-Machen und ein dickes Paket voll mit Anmerkungen – danke!

Béla. Du bist der beste Interviewpartner, den ich mir vorstellen kann! (Danke auch für die Fun Facts und das Zuhören.)

Remy. Danke für den entscheidenden Satz, deine Begeisterung und unsere Gespräche, die jedes Mal mit neuer Schreiblust enden. Ich habe die Spannungsmaus buckliger gemacht!

Agnes. Danke für deine besonderen Anmerkungen, dass du genau zur richtigen Zeit die akute psychotische Störung ausfindig gemacht hast, und für deine sanfte, authentische Ehrlichkeit.

Zuletzt: meiner Familie, für alle meine Zuhauses, für Zündel-»Tipps«, wöchentliche Telefonate, Überraschungskarten und all die anderen kleinen Arten, wie wir füreinander da sind.